A RAIZ DO MAL

TOVE ALSTERDAL
A RAIZ DO MAL

Tradução do sueco
Fernanda Sarmatz Åkesson

Título original: *Rotvälta*

Copyright © Tove Alsterdal 2021
Publicado pela primeira vez em sueco por Lind & CO em 2020.
Esta edição é publicada mediante acordo com Ahlander Agency.

Direitos de edição da obra em língua portuguesa no Brasil adquiridos pela Trama, selo da Editora Nova Fronteira Participações S.A. Todos os direitos reservados. Nenhuma parte desta obra pode ser apropriada e estocada em sistema de banco de dados ou processo similar, em qualquer forma ou meio, seja eletrônico, de fotocópia, gravação etc., sem a permissão do detentor do copirraite.

Editora Nova Fronteira Participações S.A.
Rua Candelária, 60 — 7.º andar — Centro — 20091-020
Rio de Janeiro — RJ — Brasil
Tel.: (21) 3882-8200

Dados Internacionais de Catalogação na Publicação (CIP)

A463r	Alsterdal, Tove
	A raiz do mal / Tove Alsterdal; traduzido por Fernanda Sarmatz Åkesson. — Rio de Janeiro: Trama, 2022.
	15,5 x 23 cm
	Título original: *Rotvälta*
	ISBN: 978-65-89132-73-8
	1. Literatura sueca. I. Åkesson, Fernanda Sarmatz. II. Título.
	CDD: 890
	CDU: 811.113.6

André Queiroz – CRB-4/2242

www.editoratrama.com.br

  / editoratrama

A RAIZ DO MAL

Lá ao longe se erguia, com sua imensa sombra, o Skuleberg, a montanha dos ladrões. Pelo canto do olho, ele percebeu o reflexo das luzes de um posto de gasolina e, em seguida, ainda mais floresta. Já estava com vontade de urinar há mais de duzentos quilômetros.

Dirigiu o carro até uma estrada secundária, parou e desceu tropeçando sobre as flores silvestres do acostamento.

Virou-se para a floresta e se aliviou.

Havia algo com os odores ali. Com as flores ao longo do leito da estrada. Era a umidade na grama e a neblina do entardecer, os ranúnculos, a camomila-do-campo e a cicutária que alcançavam um metro de altura. Talvez fosse capim-timóteo, afinal, o que sabia sobre isso? Apenas reconhecia o cheiro.

O asfalto estava irregular devido aos danos causados pelo congelamento do longo inverno, e havia se transformado em cascalho. Em alguns quilômetros ele poderia virar à esquerda e retornar para a E4, não seria um grande desvio. A paisagem se desenrolava diante de seus olhos. Colinas cobertas de verde e vales ondulantes, com um toque de beleza, como a suave silhueta de uma mulher quente e curvilínea.

Ele passou por fazendas adormecidas, casas abandonadas e um lago tão brilhante que a imagem espelhada da floresta era como ela própria. Os pinheiros eram todos iguais. Certa vez ele havia subido uma montanha e admirado as florestas infinitas do Ådalen, e percebeu que de fato não havia fim.

Não havia trânsito quando ele chegou ao cruzamento em Bjärtrå. Reconheceu de imediato aquela construção amarela de madeira logo à frente. Agora se avistavam somente os entulhos da obra por trás da vitrine empoeirada, mas a placa permanecia pendurada ali; o local havia sido uma loja de comida. Olof se lembrou das guloseimas que comia aos sábados, do sabor dos sapos e peixinhos de gelatina azedos. Ele virou na direção errada, seguindo para o interior. De qualquer forma, estaria no extremo norte de Estocolmo antes do amanhecer. Seu chefe dormia até tarde, e ninguém controlava o horário ou a gasolina consumida. Uns cinco quilômetros a mais não faria diferença. Olof poderia colocar a culpa nos trailers que circulavam ou nas obras na pista, todos sabiam como era o movimento nas estradas suecas durante o verão.

Nessa época. Final de junho.

Os odores, a luz — ele ficou com a boca seca e com as pernas dormentes, todo o seu ser reconhecia quando chegava o momento. Quando a escola terminava e o tédio começava, aqueles dias longos, quando ele perdia a noção do tempo. Olof se lembrava daqueles dias como se fossem uma escuridão meio acinzentada, apesar de saber que deviam ser claros como agora, a eterna noite de verão, as horas pálidas da meia-noite, quando o sol apenas mergulha abaixo da linha do horizonte.

Ele passou por lugares que já havia esquecido ou em que simplesmente havia deixado de pensar. Mesmo assim, eles tinham permanecido ali o tempo todo. A grande casa amarela, onde recebiam visitantes no verão, e as crianças eram proibidas de andar de bicicleta na estrada. A casa América com sua varanda peculiar e o cercado no qual cavalos de corrida se aglomeravam, olhando fixamente para a estrada. Os grandes sacos brancos de feno em formato redondo, nos quais se podia subir e brincar de rei da montanha, e lá estava a bétula-branca ao lado esquerdo, onde ele diminuiu a velocidade e entrou. A árvore havia crescido demais. Os galhos se curvavam profundamente, pesados com as folhas esverdeadas que escondiam as caixas de correspondência.

Ele sabia muito bem qual era a caixa certa, feita de plástico cinzento, a terceira da fila. Um jornal estava saindo pela portinhola. Olof desceu do carro para ler o nome na caixa.

Hagström.

Espantou os mosquitos com a mão e puxou o *Jornal de Ångermanland*, que estava em cima de outros dois jornais, por isso não coubera na caixa. Propaganda de instalação de fibra, uma conta da Prefeitura de Kramfors. Alguém ainda morava ali, recebia correspondência, jornal; alguém pagava a conta de água e a coleta do lixo, ou qualquer coisa que fosse. Um calafrio fez seu corpo estremecer quando leu o nome do destinatário.

Sven Hagström.

Olof devolveu toda a correspondência para a caixa. No carro, pegou uma barra de chocolate da sacola no chão, pois queria mastigar alguma coisa. Abriu uma lata de energético, engoliu vorazmente o líquido e matou os mosquitos que tinham entrado no carro. Um já o tinha picado, uma mancha vermelha se espalhava pelo assento de couro. Ele esfregou a mancha com cuspe e papel higiênico. Em seguida, ligou o carro e avançou sem pressa ao longo da antiga estrada de tratores. A grama crescida no meio da via batia contra o para-choque, o carro sacudia entre um buraco e outro. Passando por Strinnevik e pelo celeiro cinza, que se destacava no meio do verde, descendo o morro e subindo mais uma vez, chegou ao cume onde a floresta de abetos terminava e a natureza desabrochava, revelando o rio e as extensas planícies. Olof não tinha coragem de olhar. A casa vermelha passou por seu campo de visão. Ele fez o retorno no fim da estrada e voltou devagar.

A tinta ao redor das janelas estava descascada. Ele não avistou nenhum carro, mas poderia estar estacionado na garagem. A grama crescia livre em volta do depósito de lenha, misturando-se com galhos salientes que em breve se transformariam em arbustos.

Olof não sabia por que tinha pensado que tudo estaria diferente, abandonado e decadente, ou até que tivesse sido vendido para outras pessoas, que agora viviam ali.

Não parecia ser o caso.

Ele parou atrás da lata de lixo e desligou o motor. Os dentes-de-leão brilhavam amarelados sobre toda a relva. Ele se lembrava de como tinha que fazer força para arrancar as flores dali. Tirá-las antes que ficassem maiores e suas sementes se espalhassem ao vento, então cortava-as pelas raízes, para que não voltassem a nascer. Na sua lembrança, ele tinha as mãos pequenas. Ficou observando a mão larga que deveria virar a chave na ignição agora.

O sol se levantou sobre o topo das árvores. Os raios atingiram o retrovisor, ofuscando os olhos dele. Olof os fechou e a avistou à sua frente, ou dentro de si mesmo. Era incerto onde ela se encontrava, mas era como ele a enxergava todas as vezes, noite após noite, durante todos esses anos. Se não adormecia de imediato, embriagado, exausto, semimorto, a enxergava sempre, continuamente, lá onde ela andava pela floresta. Ela entrava e saía de dentro dele. Bem próximo dali, na direção do rio.

Aquele olhar quando ela andava pelo caminho. Estaria mesmo sorrindo para ele? Acenando? Venha, Olof, venha! Seria realmente para ele?

E aquelas vozes o cercavam, e ele sentia o cheiro da gasolina dos velozes ciclomotores, do cigarro que espantava os mosquitos.

Mas olhe, Olof, você tem chance. Vá atrás dela agora. Lina não é nenhuma boba. Vamos lá, você sabe o que ela quer. Ele talvez seja gay, não é? Você é gay, Olof, já beijou uma garota, ou somente a mamãe?

Ande, Olof, vamos lá! Você nunca fez nada, não é? Enfie a mão debaixo da blusa dela logo, é isso o que importa. Faça as garotas sentirem tesão antes de elas terem tempo para pensar duas vezes.

As vozes deles ainda estavam em sua mente quando ele foi andando pela estradinha. A saia dela esvoaçava à frente dele, o casaco amarelo se destacava entre os galhos das árvores.

Lina.

Braços macios como o veludo, risadas cheirando à urtiga, tornozelos ardendo por causa da mata, nuvens de mosquitos, mutucas desgraçadas e sangue no braço dela, lá onde ele dera um tapa em uma mutuca, pá, depois a risada dela, obrigada, Olof, que herói você é. Quando os lábios dela ficaram muito próximos. Ele imaginara a maciez deles, como a relva, úmidos, profundos, como o chupariam. Enfie a língua antes que ela tenha tempo de falar, ele os ouvia dizer, algumas querem ficar de papo a noite toda, mas tenha cuidado para não se transformar somente em um amigo, nada disso, ponha a mão nos peitos dela, belisque e brinque com eles, elas gostam que chupem os peitos também, fique à vontade, juro. Não se pode hesitar. As garotas aprendem essa porcaria de dizer "não" e recuar, apesar de estarem molhadinhas e excitadas, sonhando com aquilo, mas não se pode apenas enfiar o pau de uma vez; tem que fazer do jeito delas. Primeiro com os dedos, esfregando a boceta até se abrirem, aí você pode ir com toda a força, entende?

Olof se deita sobre a relva, e ela está em cima dele, está por todos os lados.

Não havia ventilação no carro, somente um calor escaldante, ele precisava sair dali.

A nebulosidade da manhã se estendia como um fino véu sobre a baía lá embaixo. Do outro lado do rio se erguiam as eternas montanhas, pilares de vapor saíam da fábrica de Väja. Naquele silêncio, ele percebeu o farfalhar dos álamos com um vento tão fraco que nem podia ser sentido, o zumbido das abelhas trabalhando entre os tremoços e a macela. Em seguida, ouviu gemidos. Lamentosos como os de um animal ferido ou infeliz.

Vinham de dentro da casa. Olof tentou voltar para o carro sem fazer ruído, antes de o cachorro perceber sua presença, o que era uma tarefa impossível, com aquele corpo, com a grama e com os galhos que se partiam sob o seu peso. Ouviu seu próprio murmúrio sobrepor o zumbido dos insetos, assim como o próprio cão o fez também, e se pôs a latir como um louco lá dentro. Gania e arranhava, batendo contra uma parede ou uma porta. Olof ficou pensando no latido selvagem dos cães de caça, como se atiravam sobre a grade do canil quando ele passava de bicicleta pelas estradas secundárias. Os cachorros da polícia. Quando farejavam ao redor do rio para encontrar os rastros de Lina, o latido deles à distância ao encontrarem as coisas dela.

Ele devia entrar no carro e ir embora dali, o mais rápido possível, antes que o velho acordasse e visse um vulto rondando no seu terreno. Ele apanharia a espingarda, aquela que Olof segurara, mas nunca pôde usá-la por ainda não ter atingido a idade permitida? Os móveis e as cores passavam como um filme em sua mente, a escada pintada de verde, o papel de parede estampado, a cama no andar de cima sob o teto rebaixado, que era de Olof.

Em seguida viu a água escorrendo, lentamente, pelo lado de fora da casa. Seria um cano estourado? E por que o cachorro estava trancado lá dentro? Pelo ruído, dava para saber que o animal não estava no hall de entrada, o que seria mais natural para um cão de caça ou para qualquer cachorro que fosse; o barulho vinha dos fundos da casa. Talvez da cozinha, que ficava do outro lado do hall. Olof vislumbrou o painel de madeira azul-claro à sua frente, os armários pintados de branco, um cozido sobre o fogão.

O cachorro devia estar sozinho em casa. Ninguém poderia ter o sono tão pesado.

Ele se lembrou da pedra, aquela redonda, no canto da casa. Uns tatuzinhos apareceram quando ele ergueu a pedra. A chave ainda estava ali.

Era difícil acertar a fechadura com a mão trêmula. Olof não tinha direito de abrir aquela porta. *Você deveria saber que eles cortaram relações.*

O cheiro distinto da casa o envolveu, aquela sensação de ser criança novamente. O quadro de um senhor de bigodes enormes que olhava para baixo, um primeiro-ministro de cem anos atrás, agora o olhava nos olhos. E lá estava o banco estofado em que se tirava os sapatos, os tapetes de retalhos feitos pela avó. Eles mal podiam ser vistos devido à quantidade de objetos espalhados aqui e ali, uns sobre os outros, ferramentas e instrumentos, que deixavam somente uma estreita passagem no cômodo, sacolas cheias de latas e garrafas vazias. Sua mãe nunca teria permitido que a casa ficasse nesse estado.

As unhas do cão arranhavam a madeira. Olof tinha razão, o cachorro estava trancado na cozinha. Uma vassoura estava presa junto à porta. Nenhuma pessoa deveria fazer isso com seu próprio cachorro. Essa era uma certeza que ele tinha naquela desordem de pensamentos que passavam em sua cabeça.

Ele tirou a vassoura que segurava a porta da cozinha e se protegeu atrás dela ao abri-la. Ficou segurando a vassoura, caso fosse necessário se defender das mordidas do cachorro, mas o vulto preto passou correndo por ele, acompanhado por um fedor de urina e fezes. Era repugnante o coitado ter sido obrigado a fazer suas necessidades ali dentro.

Em seguida viu a água escorrendo para fora do banheiro. Passava por baixo da porta e pela soleira, enxarcando os tapetes de retalhos na sala, formando poças sobre o piso de linóleo marrom.

O indicador da fechadura da porta estava branco e não vermelho, como ficava quando o banheiro estava ocupado. Olof havia aprendido a se trancar nesse banheiro com revistas em quadrinhos, o que era necessário quando se tinha uma irmã mais velha e chata gritando que queria entrar.

Ele abriu a porta do banheiro e uma corrente de água ensopou seus sapatos.

Uma esponja flutuava, assim como sujeira, fios de cabelo e moscas mortas. A cortina listrada do chuveiro estava fechada. Olof sentiu a água fria penetrar em suas meias quando deu um passo para dentro do banheiro. Ele podia ao menos tentar fechar a água antes de ir embora dali, para que a casa não fosse totalmente destruída. Abriu a cortina.

Havia uma pessoa sentada lá dentro. Um corpo encurvado sobre si mesmo, acomodado em uma estranha cadeira. Olof entendeu, porém não conseguia processar. O velho estava ali, todo encolhido e completamente pálido. O sol entrou pela janela, fazendo com que a pele dele ficasse brilhante, quase como as escamas de um peixe. Mechas de cabelo grudadas no crânio. Olof tomou coragem, dando mais um passo para alcançar o registro. O chuveiro parou, finalmente, de pingar.

Sua própria respiração rouca era o único som que se ouvia. Moscas se debatiam contra o vidro da janela. As últimas gotas d'água. Ele não queria mais ver nada, porém não conseguia parar. O corpo nu atraía seu olhar e não deixava que se desviasse. A pele já estava inchada e parecia solta de alguma maneira. Manchas esverdeadas se espalhavam sobre as costas. Olof se apoiou na pia e se aproximou. Não conseguia ver os olhos do homem, mas seu nariz avantajado tinha um caroço no meio, devido a um golpe de taco de hóquei levado na juventude. O pênis estava encolhido, parecendo uma minhoca entre as pernas.

De repente, a pia se soltou da parede. Um baque violento, como se a casa estivesse desabando, e Olof perdeu o equilíbrio. Caiu e bateu a cabeça na máquina de lavar roupas e escorregou quando tentava se levantar.

Engatinhando, saiu do banheiro e se pôs de pé.

Para sair dali.

Bateu a porta da casa, trancando-a. Colocou a chave de volta embaixo da pedra, foi o mais rápido possível para o carro, ligou o motor, e ao dar marcha a ré derrubou a lata de lixo.

Muitas pessoas de idade morriam daquela maneira, pensou enquanto ia embora; o coração batendo com tanta força que parecia prestes a explodir. Os idosos tinham um ataque cardíaco ou um derrame, caíam e morriam. A polícia nem se importava com esses casos. Grande parte dessas pessoas vivia sozinha, muitas só seriam encontradas anos depois de mortas.

Mas por que ele havia trancado o cachorro?

Olof freou o carro bruscamente. Lá estava o animal, no meio da estrada, bem à sua frente. Mais dez metros e teria atropelado o desgraçado. Com a boca escancarada e a língua para fora, desgrenhado, ansioso e muito preto. Parecia o resultado de uma cruza irracional, feita nas florestas. Tinha a cabeça de um labrador e o pelo de um terrier selvagem. Suas orelhas estavam erguidas.

Olof ligou o motor. Tinha que entregar o carro, um belo Pontiac, um verdadeiro achado, deveria estar de volta à garagem do patrão logo, com a chave escondida no lugar de sempre.

O cão não se movia.

Se ele buzinasse, os vizinhos acabariam escutando e relacionando um fato com o outro, então ele desceu do carro para espantar o animal. O cachorro ficou apenas olhando para ele.

— Saia já daqui, seu capeta dos infernos — disse ele furioso, atirando um graveto na direção do cachorro.

O animal o apanhou no ar, voltou correndo e depositou o objeto aos pés de Olof, balançando o rabo, como se a vida fosse uma grande brincadeira. Olof jogou o graveto o mais longe possível para dentro da mata. O cão saiu correndo e atravessou o campo de mirtilos. Ele já ia entrar no carro novamente, quando ouviu passos na estrada de cascalho atrás de si.

— Carro bacana — exclamou uma voz. — Não é bem o que se espera encontrar em um lugar como este.

Um homem se aproximava com passos rápidos e leves. Ele trajava bermuda, camisa polo e tênis brancos. Deu uma batidinha na traseira do carro como se fosse um cavalo.

— Estou certo se disser que é um Trans Am de terceira geração?

Olof tinha um pé dentro do carro e o outro fora.

— Aham, 88 — murmurou ele olhando para o carro. — Vou para Estocolmo, Upplands Bro.

Ele queria dizer que tinha pressa e precisava ir embora antes de o engarrafamento de verão começar. Era sexta-feira e noite de solstício de verão, haveria trânsito intenso para todos os lugares. Além disso, tinha o aviso de pista interditada em todo o trajeto entre Hudiksvall e Gävle devido às obras na estrada, mas não conseguiu dizer nada. Além do mais, o cão estava de volta com o graveto e o empurrava com o focinho.

— Ah, então não está à venda?

— Não é meu. Só peguei emprestado.

— E veio parar aqui.

O homem sorriu, mas Olof achava que havia algo por trás daquela voz educada e daquele sorriso.

— Eu só ia dar uma mijada.

— E escolheu logo essa estrada? Desculpe lhe perguntar, mas já tivemos problemas anteriormente, gangues de ladrões que vêm aqui para roubar as casas, o vizinho lá embaixo teve o cortador de grama furtado. Ajudamos uns aos outros a ficar de olho. Vigiamos carros estranhos e tal.

O cachorro tinha avistado a sacola de comida e tentava entrar no carro pelo meio das pernas dele. A desordem na cozinha surgiu em sua mente, com embalagens espalhadas pelo chão. O animal deve ter se esforçado muito para conseguir encontrar comida dentro dos armários.

Olof o segurou pela pele da nuca, o cachorro rosnou e se soltou.

— É seu?

— Não... ele estava na estrada.

— Mas não é o cachorro de Sven Hagström? — O homem se virou e ficou observando a casa que ainda se avistava por trás dos galhos das árvores. — Ele está em casa?

Olof lutava com as palavras. Com a verdade. O chuveiro ligado, pingando e pingando, a pele pálida que se soltara sob o seu olhar, a chave sob a pedra. Ele pigarreou, segurando a porta do carro.

— Sven está morto. — Algo se retorceu dentro dele, travando sua garganta ao proferir aquelas palavras, como se dessem um nó em uma corda e puxassem as pontas. Ele precisava dizer mais alguma coisa, porque o homem tinha começado a se afastar dele e passara a observar a placa do carro. Olof reparou que ele segurava um celular. — A chave estava debaixo da pedra — acabou dizendo. — Eu pretendia soltar o cachorro... Só estava de passagem.

— E quem é você? — O homem segurava o telefone à sua frente. Olof ouviu um clique, e mais outro. Ele estava tirando fotos do carro e de Olof?

— Vou telefonar — disse ele. — Para a central de emergências.

— Era o meu pai. Sven Hagström.

O homem olhou para o cachorro e para Olof mais uma vez, encarando-o.

— Olof? Você é Olof Hagström?

— Eu ia telefonar, mas...

— O meu nome é Patrik Nydalen — disse o homem, dando mais uns passos para trás. — Você talvez não se lembre de mim, sou filho de Tryggve e Mejan lá de cima — ele apontou para a estrada, em direção à fazenda que ficava no interior da floresta e que Olof não tinha visto, mas sabia que havia uma clareira quando se cortava caminho pela trilha de motos de neve. — Não posso afirmar que me lembro de você, eu só tinha uns cinco ou seis anos de idade quando...

Durante o momento de silêncio, Olof podia perceber como os pensamentos corriam soltos naquela cabeça loira, a vibração nos olhos quando as memórias lhe vinham à mente. Tudo o que tinham lhe contado ao longo dos anos.

— Talvez você mesmo deva falar para a central de emergências o que aconteceu — continuou ele. — Eu digito o número e lhe dou o celular, está bem? — O homem estendeu bem o braço, evitando se aproximar de Olof. — É o meu telefone pessoal. Tenho o do trabalho aqui comigo também, como sempre.

O cachorro tinha conseguido entrar no carro, e estava com o focinho enfiado no fundo da sacola de comida.

— Ou eu mesmo telefono? — perguntou Patrik, se afastando novamente.

Olof se afundou no banco do carro. Agora se lembrava da presença de algumas crianças na época lá em cima na fazenda Nydal. Eles não tinham coelhos em uma gaiola atrás da casa? Olof a havia aberto em segredo em uma noite de verão e atraído os coelhos para fora com uma folha de dente de leão. Talvez a raposa os tivesse apanhado.

Talvez tivessem ficado livres, por fim.

A noite do solstício de verão era, provavelmente, o pior dia de trabalho do ano, com belas tradições que prometiam flores e embriaguez descontrolada, abusos e maus-tratos na noite mais iluminada do ano.

Eira Sjödin tinha se voluntariado. Havia outras pessoas que precisavam tirar folga, que tinham filhos e tudo mais.

— Mas você já está de saída? — perguntou a mãe dela, seguindo-a até o corredor. Suas mãos apalpavam aqui e ali, recolhendo tudo o que havia no aparador da entrada da casa.

— Vou trabalhar, mãe, já disse. Você viu as chaves do carro?

— Quando você volta?

A calçadeira em uma das mãos, uma luva na outra.

— À noite, bem tarde.

— Você não precisa ficar correndo por aqui o tempo todo, deve ter outras coisas para fazer.

— Mãe, agora eu moro aqui, esqueceu?

Logo seguiu-se a busca pelas chaves que Kerstin Sjödin jurava que não havia tirado do lugar de jeito algum.

— Não pode dizer que esqueci, quando lembro que não mexi nas chaves — disse a mãe, enquanto Eira as encontrava no bolso de sua própria calça, onde tinham estado desde o dia anterior.

Um carinho no rosto.

— Comemoramos amanhã, mamãe, com arenque e morangos.

— E a bebidinha.

— E a bebida.

Catorze graus, tempo encoberto por uma camada de nuvens leves e esvoaçantes. A previsão do tempo no rádio prometera sol em toda região central de Norrland, um clima perfeito para se embriagar no meio da tarde. A aguardente já estava garantida nas geladeiras de todas as casas por onde ela passara, em Lunde e Frånö, em Gudmunrå, nas casas de veraneio para onde as pessoas costumavam ir há duas ou três gerações e nas caixas de isopor nos campings.

O estacionamento junto à delegacia de Kramfors estava relativamente vazio. As forças se concentravam para o turno da noite.

Um jovem colega foi ao encontro dela na entrada.

— Vamos sair — disse ele. — Morte suspeita, um idoso em Kungsängen.

— Você quer dizer Kungsgården?

— Pode ser. Não foi o que eu disse?

Eira olhou de soslaio para o nome no crachá dele. Ela o tinha visto na semana anterior, mas ainda não tinham trabalhado juntos no mesmo turno.

— Um idoso caiu e morreu no chuveiro, pelo jeito — continuou ele com o olhar concentrado no relatório da central de emergências em Umeå. — Foi o filho quem o encontrou, um vizinho nos acionou.

— Está mais me parecendo um caso de emergência médica — disse Eira. — Por que nos chamaram?

— Dúvidas. O filho parecia estar tentando fugir.

Eira entrou depressa para se trocar. August Engelhardt. Era esse o nome dele. Mais um policial recém-formado, com o cabelo raspado dos lados e franja comprida, musculoso e com no máximo 27 anos de idade. Os policiais de séries de televisão, que trabalhavam juntos ano após ano, lhe pareciam figuras lendárias de tempos perdidos.

Na realidade eles se formavam na Academia de Polícia de Umeå e disputavam os cargos por lá. Procuravam trabalho em algum distrito menos atrativo, como Kramfors, apenas para acrescentar ao currículo, e ficavam ali no máximo por uns seis meses. Preferiam viajar duzentos e cinquenta quilômetros de volta para casa aos fins de semana, até que surgisse um novo cargo na capital da região, com seus cafés e restaurantes veganos.

Esse rapaz se diferenciava dos demais somente por ter cursado a faculdade de Södertörn, pois raramente eles vinham de Estocolmo.

— Tenho uma namorada lá também — declarou ele assim que chegara em Nyland.

Eira olhou para os relógios do Tribunal de Justiça na torre quadrada, cada qual parado em um horário diferente, um em cada direção. Quatro vezes ao dia o relógio mostrava a hora certa em Nyland.

— Compramos um apartamento, mas prefiro trabalhar no centro da cidade — continuou August. — Poder ir de bicicleta para o trabalho e tal. Evitar levar uma pedrada na cabeça quando sair do carro, sabe? Achei que seria bom trabalhar no interior até que surja uma vaga.

— E ficar mais tranquilo, também?

— Sim, por que não?

Ele não entendera o sarcasmo dela. Eira havia trabalhado quatro anos em Estocolmo depois de formada, em Västerort, e tinha uma ideia romantizada da aglomeração de colegas à sua volta. Se alguém requisitasse recursos especiais, eles chegariam em poucos minutos.

Ela atravessou o rio, passando sobre a ponte Hammar, seguindo rio abaixo em direção a Kungsgården. Era a região agrícola de Ådalen que se estendia desse outro lado. Inconscientemente, ficou procurando o morro marcado com uma estaca de madeira. Seu pai havia lhe mostrado o lugar há muitos anos. Fora a fazenda mais setentrional a serviço do rei no século XIV, quando o nível do mar era seis metros mais alto e aqueles morros eram ilhas. Às vezes Eira conseguia ver a estaca, porém outras vezes ela desaparecia no meio da paisagem, como naquele momento. A monarquia sueca tivera seus poderes estendidos até ali, e o dirigente de Ångermanland governara como o braço direito do rei.

Ao norte do local, reinavam a floresta intocada e a liberdade.

Ela estava prestes a dar uma aula de história, mas se controlou a tempo. Bastava ela ter 32 anos de idade e ser sempre a policial mais velha entre os colegas, não precisava ficar contando fatos históricos sobre cada pedra e graveto.

Seu pai também lhe havia mostrado o ponto central da Suécia, em Ytterhogdal, porém outros afirmavam que estaria localizado em Kårböle.

Ao avistar as caixas de correspondência ao longo da estrada, Eira fez uma curva fechada, freando sobre o cascalho.

Havia algo naquele lugar, dava-lhe uma sensação imediata de familiaridade. Era uma estrada de chão batido como outra qualquer, com a grama crescendo no meio da pista, sulcos de rodas cheios de lama e cascalhos colocados ali há muito tempo, pinhas amassadas e folhas de anos passados. Uma casa insignificante podia ser avistada da estrada, os restos de um celeiro antigo à sombra da floresta.

Uma sensação forte de que já passara por ali de bicicleta, com alguma amiga, provavelmente Stina. Eira nunca mais pensara nela, mas agora a amiga parecia estar ao seu lado. Aquele silêncio tenso enquanto pedalavam em direção à densa floresta, a falta de fôlego, algo proibido.

— Creio não ter ouvido o nome — disse ela. — Como era mesmo?

— Patrik Nydalen. — August baixou o olhar para o celular, iniciando a busca. — Foi ele quem nos telefonou, o morto se chamava Sven Hagström.

Ali, atrás dos primeiros pinheiros era onde elas escondiam as bicicletas. Um pedaço poderoso e intocado da floresta. A emoção que sentia era praticamente incontrolável, seu coração quase saía pela boca.

— E o filho? — perguntou ela ainda sem fôlego. — Ele estava fugindo do local?

— Sim. Como era o nome dele? Deve estar aqui... não, não está.

Eira bateu no volante do carro. Uma vez, duas vezes.

— Por que ninguém reagiu, nenhum infeliz se lembra de nada nesse lugar?

— Desculpe, não estou entendendo. Por que eu deveria ter reagido?

— Não estou me referindo a você. Sei que não sabe de nada.

Eira seguiu dirigindo devagar, enquanto a floresta de pinheiros ficava cada vez mais próxima, uma escuridão profunda e milenar. O rapaz sentado ao seu lado sequer devia ter largado as fraldas quando tudo acontecera. Os casos policiais em toda a região de Norrland eram, havia anos, administrados por uma central, a RLC em Umeå. Ela não podia esperar que tivessem frescos na memória casos ocorridos há mais de vinte anos em Ångermanland.

Especialmente nesse caso, cujo nome nunca viera a conhecimento público.

— Não tem importância — respondeu ela.

— O quê? O que não tem importância?

Eira lançou um olhar para a floresta. Pedras cobertas de musgo, arbustos de mirtilo, ela e Stina tinham andado escondidas e agachadas por ali, até se aproximarem da casa. Engatinhado debaixo dos pinheiros para observar a residência. Ver onde uma pessoa daquelas morava.

Ela fez a contagem dos anos de cabeça, a matemática. Fazia 23 anos. Agora Olof Hagström tinha 37 anos de idade e os aguardava junto ao cume daquele morro, segundo o relatório.

Eira desviou de um buraco, batendo em uma pedra.

— Olof Hagström cometeu um crime grave há muito tempo — disse ela. — Se declarou culpado de estupro e de homicídio.

— Nossa — disse August Engelhardt. — Mas ele já cumpriu a pena, não é? Concordo que deviam ter visto isso na RLC.

— Não consta nada nos registros. Ele nunca foi condenado, não chegou nem a ser formalmente acusado. Seu nome não foi publicado em lugar algum, não faziam isso naquele tempo.

— E quando foi isso, na Idade da Pedra?

— Ele era menor de idade — disse Eira. — Tinha só 14 anos.

A investigação fora arquivada e registrada como confidencial, porém todos desde Ådalen até a Costa Alta, incluindo parte de Sollefteå, sabiam quem era o garoto detido, conhecido pela mídia como "o menino de 14 anos". O caso fora investigado, desvendado e arquivado. As crianças podiam ficar do lado de fora brincando novamente. Podiam se esconder embaixo de uma árvore e espiar o lugar onde o garoto morara, pois ele fora mandado embora dali. A irmã dele tomando banho de sol no jardim, a bicicleta que devia ter sido dele, a janela de um assassino. Tudo o que podia ter acontecido dentro daquela casa.

Estranho pensar que a casa parece igual às outras.

Eira entrou no terreno e estacionou.

Era mais uma casa simples de madeira, castigada pelos ventos e pelas chuvas, pintada de vermelho já desbotado, com a tinta branca das janelas descascando.

— Talvez não tenha sido nada de mais — disse ela. — Pode se tratar muito bem de uma morte natural.

Um pequeno grupo de pessoas se aglomerava em volta de um monte de pedras do outro lado da estrada. Um jovem casal na casa dos trinta anos ou até mais novo. Vestidos com roupas de verão típicas de turistas, claras e caras demais. A mulher estava sentada sobre uma pedra, e o homem muito próximo dela, o que demonstrava grande intimidade. A poucos metros de distância, havia um homem mais velho com um blusão de lã e calças caídas, que pisava no lugar como se estivesse desconfortável com a situação; era com certeza um morador local.

Mais adiante, na entrada da garagem: um carro esnobe norte-americano, preto. Um homem obeso sentado no banco do motorista. Ele parecia estar dormindo.

— Como vocês demoraram.

O homem vestido de branco deixou o grupo de lado, indo ao encontro deles. Cumprimentou-os com um aperto de mão e se apresentou como Patrik Nydalen, fora ele quem tinha telefonado. Eira não precisou pedir que contasse tudo em detalhes mais uma vez, pois ele o fez por vontade própria.

Eram vizinhos agora no verão, Patrik apontou para a estrada; ele tinha crescido ali, mas não conhecia Hagström muito bem. Tampouco sua esposa. Sofi Nydalen se levantou da pedra. Tinha a mão pequena e um sorriso preocupado.

O vizinho mais velho balançou a cabeça. Também não conhecia Sven Hagström muito bem. Conversavam às vezes junto às caixas de correspondência e se ajudavam a retirar a neve.

Como vizinhos costumam fazer.

Eira fez algumas anotações e viu que August fazia o mesmo.

— Acho que ele ficou chocado — disse Patrik Nydalen, fazendo um aceno com a cabeça para o homem sentado no carro norte-americano. — E quem não ficaria, se foi realmente como ele disse?

Ele não havia reconhecido Olof Hagström à primeira vista, mal se lembrava dele. Tinha sido sorte ele ter saído para correr tão cedo, antes que houvesse muito trânsito na estrada e, ao mesmo tempo, ter ido buscar o jornal *Dagens Nyhete* na caixa de correspondência. Senão, sabe-se lá o que teria acontecido.

Ele pedira para Olof Hagström voltar e esperar ali pela polícia.

— Achei meio desagradável ter que ficar aqui, mas a telefonista me pediu para aguardar e eu o fiz, ainda que tenham demorado tanto — disse Patrik olhando para o relógio, demonstrando insatisfação com a lentidão da polícia.

Eira gostaria de contar para ele que havia somente duas viaturas em um distrito que se estendia desde a costa ao sul de Härnösand até a fronteira com Jämtland. Ela poderia falar sobre quilômetros e quilômetros de estradas e uma equipe concentrada justamente naquela noite de solstício de verão, o único dia do ano em que um helicóptero era colocado em Härnösand, já que era geograficamente impossível atender os locais de comemoração tanto em Junsele quanto em Norrfällsviken ao mesmo tempo.

— Então, nenhum de vocês esteve dentro da casa? — perguntou ela.

Eles negaram.

Sofi, a esposa, em seu vestido esvoaçante, havia se juntado a ele mais tarde, trazendo café e um sanduíche para que Patrik comesse algo, pois ele não havia tomado café da manhã antes de sair para correr.

Ela não tinha nenhum sotaque de Ångermanland, cujos resquícios melódicos o marido ainda tinha. Era de Estocolmo, ela disse, e amava a paisagem local. Não desejava temer o silêncio e a solidão, pois os achava agradáveis. Passavam quase todas as férias no sítio onde Patrik crescera, que não era nenhum luxo, mas era bastante genuíno. Os sogros eram muito saudáveis e se mudavam para a casa dos fundos durante o verão, para dar espaço a eles. Agora estavam na praia com as crianças, ainda bem. Sofi segurou a mão do marido.

O homem mais velho, que se chamava Kjell Strinnevik e morava na casa mais próxima à estrada, tinha reparado que desde o dia anterior Hagström não ia buscar o jornal na caixa de correspondência. Não tinha mais nada a dizer sobre o assunto, não tinha visto o senhor a semana toda, pelo que lembrava, mas não era do tipo que ficava espiando os vizinhos por trás da cortina, tinha mais o que fazer.

— E você é a filha de Veine Sjödin, de Lunde? Ouvi dizer que é policial. — Kjell Strinnevik cerrou os olhos, com desaprovação e possivelmente admiração ao mesmo tempo.

Eira pediu ao jovem colega para anotar os dados de todos. Não que fosse, necessariamente, o trabalho dele, mas porque era importante ouvir o que Olof Hagström tinha a dizer, e o policial mais experiente deveria se encarregar do caso.

A criança de nove anos de idade dentro dela concordava.

Ela foi até o carro. Um Pontiac Firebird Trans Am, ano 1988, segundo Patrik Nydalen, cuja voz desaparecia ao longe enquanto ela atravessava o gramado.

— Foi um pouco estranho ele falar de modelo de carro quando acabara de encontrar o próprio pai morto. Mas quem sabe como cada pessoa reagiria? Nós temos um bom relacionamento, eu e meus pais, e nunca deixaria meu pai daquela maneira…

O jardim estava malcuidado, porém não completamente abandonado, a grama estava amarelada da seca do início do verão. Alguém tinha cuidado de tudo havia pouco tempo. E desistido mais ou menos no último ano.

Um cão preto se levantou, apoiando as patas no vidro do carro e latindo. O homem olhou para cima.

— Olof Hagström?

Ela ergueu sua identificação policial à altura dos olhos dele. Eira Sjödin, assistente de polícia em Kramfors, área da polícia local do sul de Ångermanland.

O braço dele parecia pesado ao abrir a janela do carro.

— Você poderia me contar o que houve? — perguntou ela.

— Ele estava sentado lá.

— No chuveiro?

— É — Olof Hagström olhou para o cão, que se distraía com um saco rasgado de hambúrguer no chão do automóvel. Eira teve que se esforçar para ouvir o que Olof murmurava. Ele pensara em chamar uma ambulância. Não havia sinal. Ele não queria fugir, só queria ir até a estrada.

— Seu pai vivia sozinho?

— Não sei. Ele tinha o cachorro.

Talvez fosse aquele cheiro que a deixava enjoada, o odor de alguém que não tomava banho há dias, e o cachorro sujo, lambendo os restos de comida no carro; ou talvez fosse a ideia de que, sob aquele corpo gordo e de todos os anos passados, havia alguém que estuprara uma menina de 16 anos e a estrangulara com uma vara de junco, antes de jogar seu corpo no rio.

Para ser levado pelas correntes em direção à vastidão e ao esquecimento do mar de Bótnia.

Eira endireitou as costas, anotando.

— Quando você o encontrou pela última vez?

— Faz muito tempo.

— Ele tinha alguma enfermidade?

— Nós não nos falávamos… Não sei de nada.

Os olhos dele eram pequenos e se perdiam em seu rosto redondo. Quando ele olhou para Eira, manteve o olhar em algum lugar abaixo do queixo dela. Ela se sentiu incomodada por perceber que seus seios estavam ganhando atenção.

— Precisamos entrar e dar uma olhada na casa. Está aberta?

Ela se afastou depressa quando a porta do carro se abriu. Seu colega percebeu o movimento e se aproximou deles em um instante, mas Olof Hagström não saiu do carro. Apenas se debruçou para fora, para poder apontar...

Uma pedra redonda junto à varanda, que se diferenciava das outras pedras. Eira colocou as luvas. Deixar a chave exposta dessa maneira era tão ruim quanto guardá-la em um vaso na varanda ou escondê-la em um chinelo estragado. As pessoas achavam que os ladrões eram completamente imbecis, o que na maioria das vezes não era verdade.

— O que você acha dele? — perguntou o colega em voz baixa.

— Não acho nada ainda — respondeu Eira, abrindo a porta.

— Que imundície — exclamou August, colocando a mão sobre o rosto quando entraram na casa.

Fedia a fezes de cachorro. Não havia uma maior quantidade de moscas que o normal, mas havia muito entulho no hall, que adentrava pela casa. Sacolas cheias de jornais, garrafas vazias, serrote, cortador de grama, latarias e sucatas. Eira respirava pela boca, mas já tinha visto coisas piores. Uma vez encontrara uma pessoa que estivera morta havia seis meses.

Ela já esperava conviver com a violência quando se tornou policial, mas não com a solidão das pessoas, e isso lhe partia o coração. Casas como esta, em que a vida terminava quando ninguém mais aparecia para visitar.

Entrou na cozinha, observando bem onde pisava. O cachorro tinha espalhado suas fezes por ali. Pacotes de comida tinham sido rasgados e mastigados.

Eira desejava ser aquele tipo de policial que ao observar o local do crime sabia instintivamente o que havia ocorrido, porém ela não era assim. Seu ponto forte era a precisão. Observar, documentar e analisar cada detalhe.

Um resto de café havia endurecido no fundo da xícara. Um prato vazio com as migalhas de um sanduíche. O jornal aberto na mesa da cozinha era de segunda-feira. Quatro dias atrás. A última leitura feita na vida de Sven Hagström fora um artigo sobre o arrombamento das casas de veraneio na região. Os culpados eram, provavelmente, viciados locais, e ela sabia que os objetos de valor roubados estariam guardados em um depósito em Lo, enquanto as mídias especulavam sobre gangues de ladrões do outro lado do mar Báltico.

August Engelhardt foi atrás dela enquanto se dirigiram para o banheiro. Você vai se acostumar, pensou Eira, mais rápido do que imagina.

Uma poça se formara em frente à porta aberta.

Havia algo indescritivelmente triste naquilo com que eles se depararam. O homem parecia tão desprotegido, encolhido sobre sua nudez. A pele branca lembrava a cor do mármore.

Antes de Eira voltar para Ådalen, no inverno passado, ela havia encontrado uma pessoa que estivera morta havia duas semanas na banheira de um apartamento em Blackeberg. A pele se soltara quando os técnicos tocaram no corpo.

— Não vamos aguardar o médico? — perguntou August atrás dela.

Ela nem se incomodou em responder. O que você acha, que não é nossa obrigação ver o que aconteceu aqui? Senão, por que eu estaria com o nariz enfiado no rosto de alguém falecido há dias? Sentindo o vapor subir, o apodrecimento que se iniciou assim que a água parou de escorrer.

Eira virou a cadeira com cuidado. Era feita de alumínio e plástico, daquelas que os hospitais usam no chuveiro com pacientes que corriam risco de cair. O traseiro do homem havia afundado na abertura da cadeira.

Ela se agachou em frente ao corpo, observando o abdome e o tórax dele. Não havia sangue ali, mesmo o ferimento sendo bastante profundo. Um corte na parte superior do ventre. Ela conseguiu avistar as extremidades do ferimento e parte dos órgãos internos.

Sentiu uma leve tontura quando se levantou.

— O que você acha? — perguntou o colega quando voltaram para a sala.

— Um único ferimento — respondeu Eira. — Pelo que pude ver.

— Você acha que foi obra de um profissional?

— Talvez.

Eira examinou a porta. Não havia sinal de arrombamento.

— Você acha que foi um conhecido dele? — perguntou August indo até a janela, com vista para a entrada, onde o carro norte-americano estava estacionado. — Alguém que pudesse entrar aqui, simplesmente. Como não parece haver sinal de arrombamento, a pessoa talvez soubesse onde encontrar a chave.

— Se ocorreu na segunda-feira — disse Eira —, ele havia ido lá fora buscar o jornal. A porta pode ter ficado destrancada e a fechadura do banheiro é fácil de se abrir com uma faca ou uma chave de fenda, se estivesse trancada. E por que ele trancaria se vivia sozinho?

— Que inferno.

August saiu correndo pelo hall. Eira foi atrás dele, até a varanda. Olof Hagström não se encontrava mais no carro. A porta do motorista estava aberta.

— Eu não o vi pela janela — disse o colega, sem fôlego. — Somente que o carro estava vazio. Ele não pode ter ido muito longe, ainda mais com aquele físico.

Eles não tinham pedido aos vizinhos que voltassem para casa? Kjell Strinnevik não os tinha escutado, e podiam ficar agradecidos por isso. Ele estava parado um pouco mais adiante na estrada. Apontava em direção à floresta e ao rio.

— Para onde ele foi?

— Disse que ia dar uma mijada.

Eles contornaram a casa, cada um por um lado. Nem sinal de Olof Hagström. O penhasco era muito inclinado, a floresta era fechada e verde-clara, uma vegetação nova depois do desmatamento feito, talvez, há vinte anos, arbustos de framboesa e de macela. Eira telefonou pedindo reforços, ao mesmo tempo em que desciam pelo caminho inclinado, correndo o mais rápido possível entre as pedras e os arbustos.

— O erro foi meu — disse Eira. — Não achei que ele fosse propenso a escapar.

— Por que nos esperou, se queria fugir?

Eira praguejou quando os galhos caídos de uma árvore lhe arranharam a perna.

— Bem-vindo à vida real — disse ela. — Nem tudo é lógico por aqui.

O cachorro foi o primeiro a ser avistado no meio do bosque de bétulas, a alguns metros da água. Em seguida, o homem. Ele estava sentado em um tronco de árvore, junto à beira do rio, completamente imóvel. O colega foi obrigado a andar na frente dela, entre urtigas de um metro de altura. Algumas gaivotas saíram voando aos gritos.

— Você precisa nos acompanhar — disse August Engelhardt.

Olof Hagström olhou para o vazio sobre o rio. O reflexo do céu foi quebrado em pequenos pedaços quando o vento deslizou sobre a superfície da água.

— O barco ficava aqui na areia — disse ele. — Mas agora está desaparecido.

— Não, mãe, o solstício de verão foi mesmo ontem — disse Eira pela terceira vez, enquanto abria os vidros de arenque em conserva —, eu avisei que íamos comemorar hoje.

— Está bem, não faz diferença.

Eira arrancou o plástico do pacote de salmão, arrumou a mesa e cortou um pouco de cebolinha. Tinha conseguido fazer a mãe se sentar e lavar as batatas. Participação. Confiança. Tudo o que era importante para seguir vivendo.

— Só temos isso de batata? — murmurou Kerstin Sjödin. — Não sei se vai ser suficiente para todos.

— Somos só nós duas — respondeu Eira.

Pela janela observou o mato na horta de batatas, as folhas apodrecendo. Não contou para a mãe que as batatas eram do supermercado.

— Mas e Magnus? E as crianças?

Contar uma mentirinha para alguém com demência era errado?

— Eu o convidei — disse Eira. — Mas ele não vem. Magnus anda meio desanimado.

A primeira parte era mentira. Ela não havia telefonado para o irmão. O restante era verdade. Ela o havia avistado na praça em Kramfors há algumas semanas.

— Então, é ele quem está com as crianças no fim de semana?

A obstinada limpeza das batatas foi interrompida. O olhar da mãe ficou distante e pesado. As mãos caídas na água suja de terra.

— Não nesse fim de semana — respondeu Eira.

As sombras de ambas recaíram sobre a mesa arrumada para duas pessoas. O buquê de flores silvestres parecia infantil. Mas eu estou aqui, Eira queria dizer, apesar de saber que isso não ajudaria.

— Você se lembra de Lina Stavred? — perguntou Eira, enquanto as batatas cozinhavam e elas comiam os morangos antes da refeição.

Abriu uma lata de cerveja comum para a mãe e uma IPA para si mesma, feita na nova cervejaria de Nässom. Fazia-se o possível para ajudar as pessoas corajosas que abriam negócios na região.

— Sabe, aquela garota desaparecida? — perguntou Eira.

— Não, não sei...

— Sim, mãe, você lembra. Foi no verão de 1996, ela tinha apenas 16 anos. Aconteceu lá em Marieberg, no caminho que segue o rio naquele lado, abaixo de Borgen e do depósito de madeira da serraria de Marieberg, onde ficavam os banheiros dos trabalhadores.

Ela mencionava cada lugar com muita atenção. Os detalhes mais importantes e concretos, coisas muito bem conhecidas pela mãe há muito tempo. Seu avô havia trabalhado na serraria nos anos 1960, antes de a empresa fechar; o primeiro lar de sua mãe na infância ficava nas redondezas. Eira percebeu que quase tudo naquele ambiente podia ser descrito como velho ou fechado. Lembranças daquilo que havia sido.

— Você tinha uma amiga lá no vilarejo. Unni, que alugava um apartamento nas antigas casernas de trabalhadores, aquela conhecida como Höga Nöjet. Lembro que ela esteve aqui, ela vivia sozinha e dormiu na nossa casa durante uns dias.

— Sim, sim. Não estou completamente senil como você pensa. Ela se mudou de lá. Quando foi mesmo? Conheceu um músico de jazz em Sundsvall. Esse tipo de mulher não consegue ficar sozinha.

Kerstin enfiou um palito na batata para conferir se estava cozida. Estava perfeita, macia, mas não demais, como se a mulher tivesse um cronômetro dentro de si. Ainda existem momentos assim, pensou Eira, há muito dela ainda.

— O garoto de 14 anos — continuou Eira. — Você sabe, ele que cometeu o crime. Está de volta em Kungsgårn. Encontrei com ele ontem.

— Que horror.

A mãe misturava manteiga nas batatas com o creme azedo, colocando porções grandes demais na boca. Misturava o arenque com o salmão, devorando tudo muito rapidamente. Era um sintoma da enfermidade, aquele apetite extremo. Talvez houvesse se esquecido de que tinha comido havia poucas horas ou tinha medo de não ganhar mais comida, perdendo o controle sobre a própria sobrevivência.

— Não entendo como soltam uma pessoa dessas.

— Você conhece Sven Hagström?

A mãe permaneceu em silêncio, mastigando.

— Quem?

— O pai de Olof Hagström. O pai do assassino de Lina. Ele continuou morando em Kungsgårn todos esses anos.

A mãe se levantou da mesa e começou a procurar por algo na geladeira.

— Sei que guardei uma garrafa aqui, mas não a encontro agora.

— Mãe — Eira apontou para a garrafa de aguardente sobre a bancada da pia; elas já tinham bebido um pouco. Serviu mais um copo.

— Olá, amiguinhos do Papai Noel — cantou Kerstin, engolindo o líquido de uma vez só.

Os olhos dela pareciam ter mudado de cor devido à doença, o azul se tornava mais pálido quando ela perdia a noção do tempo, porém brilhavam intensamente quando compreendia algo. Agora estavam muito azuis.

— Sven Hagström foi encontrado morto ontem — disse Eira. — Queria saber que tipo de pessoa ele foi. Quem ele acabou se tornando, com um filho assim.

— Era parente de Emil Hagström?

— Não sei, quem é?

— O poeta! — Seus olhos estavam azuis e brilhantes novamente. Por um instante, Kerstin Sjödin parecia austera e decidida como sempre fora. — Você deve ter ouvido falar nele, apesar de não ler nada.

Ela estendeu a mão, pegou a garrafa e se serviu de mais uma dose. Eira tapou seu copo com a mão e estava tentada a dizer que lia bastante, ou melhor, ouvia audiolivros enquanto corria, colocando-os em velocidade mais rápida para não ficarem tão monotonamente lentos.

— Sven Hagström — repetiu o nome, recordando-se dos fatos apurados por eles no dia anterior, enquanto aguardavam pelo investigador de plantão. — Nascido em 1945, como o papai. Mudou-se para Kungsgårn com os pais na década de 1950. É muito provável que vocês tenham se encontrado alguma vez. Trabalhou na triagem de madeira em Sandslån antes de a fábrica fechar, jogou no time de hóquei por algumas temporadas...

— Não, não o conheço. — Kerstin virou a dose mais uma vez, tossindo e secando a boca com o guardanapo. Uma preocupação aparente no olhar. — Seu pai também não o conheceu. Nenhum de nós.

— Estive na casa dele — continuou Eira, sem saber por que ainda insistia teimosamente no caso.

Talvez fosse pura irritação por não conseguir uma resposta, ou uma sensação de vingança por tudo aquilo que eles tinham cochichado e guardado em segredo quando ela era criança. Além disso, se ela deixasse escapar algo confidencial, logo seria esquecido.

— Ele tinha muitos livros, uma parede quase cheia deles. Talvez ele pegasse emprestado no ônibus-biblioteca. Você se lembrava de todos e do que gostavam de ler, você sempre procurava e levava exatamente o livro que eles queriam para o ônibus. Ou então se lembra de Gunnel Hagström? A esposa dele, se divorciaram depois do assassinato de Lina, quando Olof foi mandado embora...

Eira foi interrompida pelo toque do telefone. O dever a chamava, finalmente. Apanhou o celular e saiu pela porta da cozinha. Durante o preparo do almoço do solstício de verão, ela ficara com vontade de telefonar para o trabalho e perguntar como tudo estava indo. As primeiras 24 horas já tinham se passado, o limite para deter alguém. Olof Hagström poderia estar livre agora. Ou não.

— Oi — disse August Engelhardt. — Achei que quisesse ser atualizada. Se você não se importar de ser incomodada na sua folga.

— Ele está preso?

— Está, acabei de ficar sabendo. Temos três dias para nos mexer.

— Nós? — Ela deixou escapar.

Uma investigação de homicídio não costumava ficar nas mãos deles, voava diretamente com a velocidade do vento para Sundsvall, para a unidade de crimes especiais. Inicialmente todos os recursos eram requisitados, desde o plantão da polícia local, os investigadores civis e até mesmo aspirantes que pudessem trabalhar horas extras para cuidar do que fosse mais urgente, porém os assuntos de maior importância acabavam na Cidade de Pedra junto à costa, a cem quilômetros de distância dali. Ela mesma havia hesitado por tempo demais com o telefone na mão naquela manhã. Já estava pronta para se oferecer para trabalhar horas extras, quando um alarme vindo da cozinha tocou e ela precisou largar o telefone para tirar a quiche de queijo do forno. Então ela viu o buquê de flores que sua mãe colhera, e decidiu não mais adiar a comemoração do solstício de verão.

— Eles conseguiram mais alguma informação? — perguntou ela, se recostando no balanço do jardim, que rangia. Colocou os pés no chão para que parasse de balançar.

— Não muito mais que ontem — disse August. — Estão aguardando a operadora de telefonia, os funcionários da ferrovia, as câmeras de vigilância e tudo mais, mas já há o suficiente para detê-lo. Risco de obstrução da justiça e tentativa de fuga.

— Ele disse alguma coisa?

— Continua negando. Vai ser levado para Sundsvall amanhã de manhã e o interrogatório seguirá por lá.

Para que o inspetor chegue em casa a tempo de jantar com a família, pensou Eira.

Ela via Olof Hagström à sua frente naquela sala pequena, a forma como ele preenchia o local durante o início do interrogatório que ela havia feito no dia anterior.

A tensão que ela sentia por saber o crime que ele cometera. Um assassino podia agir guiado pela raiva ou pelo pânico. Estupro era algo totalmente diferente. Ela não podia deixar que o olhar dele a provocasse quando ele finalmente olhasse para ela. A respiração dele. As mãos gordas repousando sobre a mesa. Eira fixara o olhar em um relógio de pulso grande, analógico, com bússola e tudo o que era possível, um desses que quase não se veem hoje em dia; vira o ponteiro dos segundos dar voltas e mais voltas enquanto esperava pelas respostas dele.

O interrogatório seguia um modelo rígido. Se o suspeito começasse a falar muito, ela teria de interrompê-lo, para que ele não revelasse demais antes da presença de seu advogado de defesa. Não houvera esse problema com Olof Hagström. Ele ficara calado enquanto Eira o informava sobre seus direitos, por que estava ali e do que era suspeito. Em seguida, uma única pergunta: qual era a alegação dele sobre o assunto?

Ela interpretara o silêncio dele como irracional, quase agressivo. Fora obrigada a perguntar mais uma vez. O balbucio dele fora incompreensível e monótono, como uma prece.

Não fui eu.

Não fui eu.

Quantas vezes ele repetira o mesmo?

— Obrigada por ter ligado — disse Eira, matando um mosquito que fazia a festa no seu tornozelo.

Ficou se balançando por mais um instante. Ouvia o rangido, o vento e os ruídos vindos de outra varanda. A voz de sua mãe de dentro da casa, preocupada e fraca:

— Olá? Tem alguém aí fora?

As palavras o perseguiam. As vozes penetravam na cela, partindo seu crânio ao meio e, especialmente, a voz daquela mulher. Raivosa e penetrante, como se quisesse se enraizar nele.

Aprofundar-se em algo que não era da conta dela.

"Qual era a alegação dele sobre o assunto?"

Blá-blá-blá.

Olof andava de um lado para o outro dentro da cela, cinco passos para cá, cinco passos para lá, ele não passava de um animal enjaulado. Parecia estar de volta ao mesmo lugar, ainda que tenha acontecido há muito tempo. Ele tinha tido um quarto mais comum, naquele local onde os jovens eram trancafiados, mas no fundo era a mesma coisa. Estava trancado. Ganhava o almoço e o jantar em uma bandeja. Nada havia de errado com a comida: bife, molho e batata. O ar ali que era insuficiente, o calor o fazia transpirar mais que o normal. O buraco em que lhe disseram para apanhar água fedia a mijo. Queriam fazê-lo beber urina. Afirmavam que ele matara o próprio pai.

Como se ele houvesse tido um pai.

Era mais fácil ficar calado perante o policial de Sundsvall. Homens compreendiam o silêncio. Sabiam que era um poder não matraquear sem necessidade. Uma luta sobre quem desistia primeiro. A força, que era medida. Quem era maior, quem era capaz de fazer o quê.

Olof se deitou no chão novamente. Não era confortável, mas preferia se deitar ali. A cama era estreita demais para seu corpo. Ficou olhando para o teto. Viu uma nesga do céu pela janela. Se fechasse os olhos, via o corpo velho de seu pai, e tomava consciência de todos os anos que tinham se passado.

O pai que saíra do chuveiro e fora até ele.

Na minha família não se mente. Não foi assim que lhe ensinei? Um homem assume o que faz.

E tinha vindo a bofetada.

Agora você vai dizer a verdade, seu merdinha.

Na cabeça dele, a voz do pai não soava velha; nada havia de miserável ou de frágil.

Estão lá fora esperando. Vai sair daqui como um homem ou vou precisar carregar você? O quê? Quanta vergonha a sua mãe terá que aguentar por sua causa? Não tem pernas para andar? Vá embora agora, pelo amor de Deus...

Da voz da mãe ele não se lembrava. Tinha a lembrança de se sentar no banco traseiro de um carro e se virar, vendo seu lar pela última vez através da janela. Não havia mais ninguém no lado de fora.

Olof manteve os olhos abertos pelo maior tempo possível.

As nuvens passaram depressa. Uma delas parecia uma nave espacial, aquela outra era um dragão, ou um cachorro. O que teriam feito com o cão? Atirado nele, ou o trancado em um canil? Ficou também pensando no carro. Tinha ficado em frente à casa, ou teria sido roubado, assim como o seu celular, a carteira de motorista e as roupas que usava? Não queria nem pensar no que o chefe teria a dizer. Quantas vezes a essa altura ele já não teria berrado na caixa de mensagens sobre onde o Pontiac se encontrava? Ou talvez estivesse celebrando o solstício de verão e pensasse que Olof chegaria assim que pudesse, pois ele sempre cuidara muito bem do transporte dos carros, por isso ganhava comissão. Ele não tinha dito uma palavra sequer para a polícia sobre aonde estava levando o carro, somente que comprara de um vendedor em Harads. Era o que tinha acontecido de fato, embora o dinheiro não fosse dele.

Agora ele perderia a permissão de fazer as entregas. Era o melhor trabalho que já tinha tido, andar sozinho pelas estradas; muito melhor que a serraria ou o depósito. Lá sempre tinha alguém atrás dele, controlando tudo. Gritando e dando ordens de uma maneira que o fazia cometer erros.

Fechou os olhos, por fim. A porta rangeu. O guarda entrou e quase pisou nele. Olof rolou para o lado e se levantou, apoiado nos cotovelos.

— O que foi agora?

O guarda era do tipo bombado, de cabeça raspada e músculos de Schwarzenegger. Parecia estar sorrindo. Devia era estar rindo dele. Olof estava acostumado a ser encarado pelas pessoas.

— Pode ficar com as roupas — disse o guarda.

— O que eu ia fazer? Ir pelado ao banheiro?

Olof puxou a manga da camisa, que era curta demais; a calça de moletom tinham achado em uma gaveta quando o prenderam. A calça dele tinha ido para a perícia, lógico. Observada no microscópio e analisada. Ficou pensando se haveria alguma mancha de sangue que pudesse incriminá-lo. Não havia visto sangue. Se houvesse, teria sido lavado pela água do chuveiro.

O guarda permanecia na porta, parecia que tinha dito algo mais.

— O quê?

— Eu disse que você está livre para ir embora.

Um motorista suspeito de dirigir embriagado em Bollstabruk, um veículo que se perdera ao fazer a curva em Väja. Uma quantidade de chamadas de emergência, por causa do mesmo carro. O motorista havia destruído a grade de proteção da estrada, porém não colidira com a parede rochosa; um carro da marca Saab, fumegando, estava parado no acostamento.

— Mas que droga, você é a irmã de Mange Sjödin — disse o homem gemendo, quando o ergueram do carro.

Eira o reconhecia vagamente da escola, era um ou dois anos mais velho que ela, tinha sido um dos mais bonitos. Ela puxou o extintor de incêndio e apagou o fogo, enquanto procurava na mente alguma lembrança se tinha ficado com ele ou não.

— Estava indo para casa — disse ele, enrolando a língua. — Minha namorada terminou comigo no sábado, você sabe como é. Achei que tivessem me oferecido cerveja sem álcool, juro, só tente desviar de um louco. Desviar no desvio, haha.

O bafômetro mostrava dois miligramas de álcool no sangue.

— Como vai Mange? Faz tempo que não o vejo. Fala sério, Eva, você me conhece.

Ele continuou se lamentando lá do banco traseiro durante todo o caminho para Kramfors. Falava de amigos traidores, feministas, falências, enfim, tudo o que podia se abater sobre um inocente. Além disso a curva era mal projetada, deviam reclamar com a Administração Sueca de Transportes e não com ele.

— Não deve ser nada fácil ter que prender os antigos amigos — disse August Engelhardt, depois de deixarem o rapaz na cela.

— Ele não é meu amigo.

— Mas isso deve acontecer o tempo todo em um lugar como este.

— É só aprender a lidar com isso — respondeu Eira, num tom mais irritado do que pretendia. — Não tem problema nenhum, desde que você seja profissional.

Ela pediu para August fazer o relatório, pegou uma xícara de café e foi se sentar ao computador. Logo ele iria embora dali. Eira apostava que seria dentro de três meses; menos de meio ano, com certeza.

Havia duas mensagens. A primeira vinha de uma tal de Ingela Berg Haider, que a tinha procurado, e Georg Georgssom, o investigador do departamento de crimes hediondos, queria falar com ela. Eira o tinha avistado de longe no corredor, no momento que a chamada de Väja tinha chegado à delegacia. Ele tinha dois metros de altura, um estilo desajeitado em um blazer bem alinhado, que denunciava sua origem de Sundsvall.

— Olá, que bom nos encontrarmos. Você é Eva Sjöberg, não é?

Georg Gerogsson guardou o jornal quando ela entrou na sala. Seu aperto de mão era firme e ansioso. Eles já tinham se visto pelo menos umas três vezes, em uma investigação de incêndio criminoso durante o inverno e em uma conferência em que ele fora o palestrante.

— Eira — disse ela — Sjödin.

— Lógico! Eu e os nomes... ótimo você ter vindo aqui.

Ele se sentou no canto da escrivaninha. Era uma sala sem maiores decorações, com duas plantas perenes na janela. Nenhuma fotografia da família ou desenhos feitos pelos filhos colados nas paredes, era mais um local de trabalho anônimo para os investigadores visitantes. Ela ouvira falar que o chamavam de GG em Sundsvall.

— Você fez um bom trabalho na sexta-feira, o homem que prendeu não era nada pequeno.

— Obrigada, mas éramos dois policiais — respondeu Eira.

— Se não foi o filho, assim como Édipo, que matou o pai, quem foi então?

GG batia com a caneta na palma da mão, como se para aumentar o ritmo. Talvez para conseguir voltar para casa em poucos dias, pensou Eira, para não precisar dormir sozinho em um quarto do Hotel Kramm. Se é que ele não voltava para casa no final do expediente.

— Algumas pessoas estão achando que não estamos dando prioridade ao caso — continuou ele. — Que estamos liberando suspeitos sem analisar, que os idosos da região não são a nossa prioridade.

— Pelo que entendi, ele nem se encontrava nas proximidades.

Mesmo que Eira não estivesse envolvida na investigação, havia ouvido os motivos do promotor de justiça para liberar Olof Hagström. Não se tratava da diferença de alguns poucos quilômetros, mas sim de uma distância de quinhentos quilômetros. Essa informação havia sido devidamente confirmada pela perícia.

Segundo o relatório preliminar, Sven Hagström havia falecido na segunda-feira. Olof se encontrava em sua residência em Upplands Bro, um subúrbio de Estocolmo. Apenas na quarta-feira ele havia apanhado o trem em direção ao norte da Suécia para comprar um automóvel em Harads, nas proximidades de Boden. Tratava-se de uma viagem de 18 horas, com diversas conexões. A cada troca de estação, a presença de Olof Hagström fora registrada digitalmente no sistema de passagens.

Era uma brincadeira de criança ser policial hoje em dia, diria um colega se já não estivesse aposentado. Antigamente, quando o condutor cortava a passagem manualmente, era preciso ter a esperança de que o funcionário ferroviário se lembrasse do rosto do passageiro.

A viúva que vendera o Pontiac pela internet tinha inclusive identificado Olof Hagström. Ela ficara aliviada em fazer o negócio, o carro era imprestável no inverno e ocupava toda a garagem — seu marido tinha falecido, e não se leva nada para o céu.

Por meio das câmeras ao longo da estrada E4, puderam seguir a viagem de volta pelo sul, até Docksta. O telefone havia captado o sinal da única torre de celular em Kramfors quando Olof Hagström se aproximara da casa da sua infância, lá pela meia-noite da quinta-feira, quase quatro dias depois da morte do pai.

— Você que esteve lá, qual a sua impressão sobre ele? Foi ele?

— Não parece haver nada que o incrimine — respondeu Eira com cautela.

— Você é jovem — disse GG —, mas já está conosco há um tempo. Nós dois sabemos que o culpado é quase sempre alguém das relações mais próximas da vítima. A família é um grande perigo.

Eira pesava as alternativas: concordar, discordar, especular ou tirar conclusões apressadas. Um suspeito preso por ela; cuidado com o prestígio pessoal.

— Nada — respondeu ela.

— Perdão?

— Você perguntou o que temos, se não foi Olof Hagström quem cometeu o crime. Quase nada, segundo o que ouvi. Rastros eventuais desapareceram com a água do chuveiro. Há algumas impressões digitais não identificadas espalhadas por toda a casa. Nenhuma arma do crime, mas, segundo o médico-legista, trata-se de uma faca grande, com uma lâmina de cento e dez milímetros, que pode ser uma faca de caça de um modelo que quase todo mundo por aqui tem em casa.

— Inclusive Sven Hagström — disse GG. — Mas a dele estava bem guardada em um armário de armas debaixo da escada.

O líder da investigação parecia um tanto inquieto, com uma tendência a olhar pela janela ou para o corredor.

— E nenhuma testemunha — continuou Eira. — Mas estamos falando de Ådalen. As pessoas nem sempre vêm conversar com os policiais, ainda mais com aqueles que são de fora.

GG franziu um pouco as sobrancelhas. Era provavelmente um sorriso que se espalhava pelo seu rosto, porém ele não moveu os lábios. Ele era, no mínimo, uns vinte anos mais velho que ela, atraente de uma maneira segura e irritante.

— Pode ter sido uma faca de cozinha também — sugeriu ele. — De um modelo mais afiado.

— Quero ser assistente da investigação — declarou Eira.

Ninguém lhe tiraria o direito de presenciar o pôr do sol. Aquele mergulho ao anoitecer na praia secreta, como as crianças a chamavam.

Então, Sofi Nydalen buscou a toalha e a bolsa, como ela sempre fazia nessas noites de verão quando os filhos já tinham se acalmado em frente a um desenho animado na televisão e os sogros tinham ido para a casa deles. Deu um beijo em Patrik, que estava debruçado sobre o computador, e nada revelou sobre sua apreensão.

— Não quer que eu vá com você?

— Meu amor — disse ela, rindo. — Você não gostaria de nadar quando a temperatura da água está em 17 graus, não é?

É importante manter a alegria viva no casamento, apesar de não ser nada fácil. O marido dela era muito corajoso, mas tinha pavor de água fria. Ele colocou a mão na cintura dela, como se quisesse prendê-la consigo.

— Depois de tudo o que aconteceu, eu quis dizer.

— Não tem perigo. Já passou.

Sofi resolveu fazer o caminho de sempre, que cortava a floresta. Ela devia encarar seus temores. O medo da escuridão era algo irracional. Era um sentimento infantil, que devia ficar no passado. Além disso, nunca ficava completamente escuro nos meses de verão. A luz se mantinha, ganhando outros tons, tornando as noites reluzentes.

Ela mal ouvia seus próprios passos sobre a relva macia.

"A floresta é um lugar seguro para mim", dissera Patrik durante o primeiro verão que passaram juntos ali, quando ele queria dividir com ela tudo o que fazia parte dele.

A natureza. O rio. A vastidão.

E a floresta, acima de tudo havia a floresta. Infinda e muitas vezes impenetrável, com caminhos que ela nunca encontraria, mas que eram como lembranças encravadas no corpo dele, troncos de árvore acinzentados que a levavam a pensar na velhice.

A floresta não lhe quer mal. Ela protege. Se houver um urso ou alguém lá fora, a floresta avisará. A presença de uma ameaça é ouvida por meio das folhas e dos galhos secos no chão, entre pássaros e pequenos animais; se você ouvir com atenção, a floresta lhe contará.

Havia ursos?

Por muito tempo, a cada vez que saía, ela imaginava que eles estavam escondidos dentro dos troncos das árvores.

De acordo com as estatísticas, Patrik havia lhe dito, é cem vezes mais perigoso andar sozinha em uma rua da cidade.

Ou ser casada com um homem, respondera Sofi.

Depois eles fizeram amor. Na floresta, com as árvores debruçadas sobre eles, sobre o musgo que subia e afundava. Ela queria acreditar que fora então que engravidara de Lukas.

Como esperado, ela estava sendo mais cuidadosa agora, e olhou ao redor antes de deixar o vestido jogado sobre a areia. Entrou deslizando nas águas do rio. A única coisa que havia ali era o seu corpo sobre a superfície e a profundidade sob ela. Alguns pássaros pretos lá no alto, talvez fossem corvos ou algo assim. O ruído do motor de um barco ao longe, casas solitárias do outro lado da baía.

Ela saiu nadando em um pequeno círculo. Voltou depressa para o local onde sentia a lama e a areia debaixo dos pés. Ficou junto à beira, lavando os cabelos com xampu, tentando manter a sensação de pureza e paz. Normalmente, costumava dar uma nadada contornando a baía. Agora tinha apenas mergulhado mais uma vez depressa, enxaguado os cabelos e se secado mais rápido que de costume.

A floresta parecia mais escura no caminho de volta. Um galho estalou, um pássaro saiu voando entre as árvores. O medo havia permanecido nas redondezas, a presença do mal. Novas raízes saíam para fora da terra, como se fossem um grito vindo de dentro do solo. Havia uma sensação de raiva nela, por se deixar afetar pelos acontecimentos.

Sofi pensava mal sobre si mesma quando ficava inquieta e fraca. Por isso, parou no lugar de sempre, no seu ponto favorito, para fotografar o pôr do sol, onde o céu queimava por trás do penhasco e o rio desaparecia ao noroeste. A mesma parte do mundo, noite após noite em um mesmo verão e, ainda assim, uma fotografia nunca ficava igual à outra. A paisagem estava sempre sofrendo mudanças, com a luz, as nuvens e o tempo. Havia algo muito fugaz e reconfortante naquilo.

O lugar não ficava longe da casa de Sven Hagström. As barreiras da polícia já tinham sido retiradas dali. Sofi conseguia avistar a casa simples lá de cima. O telhado de zinco, de onde saía uma antena de televisão de modelo antigo. A varanda nos fundos da casa e a janela que ela desconfiava ser do quarto dele. Imaginava o idoso que vivera lá dentro, na sua solidão e monotonia, por trás da cortina fechada. A paz absoluta que a morte traz. Um nunca mais, um atraso eterno. Pensamentos sobre o que poderia ter acontecido.

E se...? E se...?

Se Patrik não houvesse agido rápido e corretamente, se aquele filho doente tivesse escapado. Havia acontecido ali, nas proximidades.

O sol se pôs por trás da floresta.

Não vamos mais pensar nisso, tinham dito um ao outro, está tudo bem.

Já passou.

Uma cortina tinha balançado. Ou ela estava imaginando coisas? Uma janela devia estar aberta lá na casa. Sofi pensou que podia ser um desleixo da polícia terem deixado a janela aberta. A cortina se mexera mais uma vez. O medo tomou conta dela de tal forma que não conseguia se afastar dali. É o espírito dele, ela pensou, mesmo que não pretendesse falar com o marido sobre o assunto, sobre o incompreensível, sobre o que abandonamos depois da morte.

Uma luz lá dentro, uma sombra, um movimento.

Em seguida, algo mais, uma escuridão que se estendia sobre toda a largura da janela. Sofi ergueu o telefone. Era difícil focar, a imagem ficou borrada quando ela deu um zoom à luz fraca da noite. Mais tarde, depois de descer apressadamente da pedra e correr para casa, observou a foto diversas vezes.

Tinha de fato visto o que pensava que fosse, havia alguém na casa. Naquela situação era até uma tranquilidade. Ela não tinha imaginado coisas, não era ela quem estava confusa e louca.

O marido concordou com ela quando viu a fotografia, e eles conversaram como era louco que a polícia tivesse soltado o homem, enquanto Sofi estava deitada no colo de Patrik e ele passava a mão em seus cabelos, beijando-a, à medida que ela ficava cada vez mais fria por dentro. Não, não era ela quem estava louca, era o mundo em que viviam.

— O interior — disse Georg Georgsson, com um gesto amplo, espalhando a fumaça do cigarro ao seu redor. — As pessoas acordam com as galinhas. Tomam café às seis da manhã, olham para fora e notam qualquer mudança.

— Não são muitos que ainda têm galinhas — disse Eira.

— Mas mesmo assim. Os hábitos. As obrigações. Essas coisas permanecem. Então por que raios ninguém viu ou ouviu nada?

Eles tinham acabado de visitar o terceiro morador da área, Kjell Strinnevik, que vivia na casa mais próxima à estrada. Os vizinhos do falecido já tinham sido ouvidos uma vez, mas podiam ter se esquecido de alguma coisa.

Agora sabiam mais sobre a hora da morte.

Sven Hagström tinha ligado o chuveiro às sete e vinte da manhã. O sistema computadorizado na Companhia de Água de Kramfors tinha medido exatamente o consumo.

Normalmente, a vítima gastava sessenta litros de água em uma manhã, o que correspondia a um banho de cinco minutos de duração. Naquele dia, e nos três dias seguintes, o consumo havia sido totalmente imoderado.

Kjell Strinnevik confirmara que o vizinho tinha ido buscar o jornal como de costume, pelas seis da manhã, naquele dia.

Sim, ele mesmo se levantava antes das seis. Tinha sido em 1972 a última vez que ele dormira demais e perdera a hora.

Se ele ouvira algo de estranho? Se tinha visto algum carro desconhecido pelas sete da manhã?

Não, não tinha visto.

— Talvez seja a hora ideal — disse Eira, depois de encerrada a conversa.

Eles estavam parados do lado de fora, de onde avistavam as caixas de correspondência e a saída para a estrada.

— À noite é mais comum as pessoas repararem em um carro desconhecido — continuou ela. — O segurança local dá uma volta, recebemos relatos o tempo todo. Pela manhã, ninguém se preocupa com isso.

— Você acha que foi planejado? — perguntou GG.

— Fiquei pensando no que houve com o cachorro também — disse Eira. — Ele ou ela deve ter tido algo comestível consigo, para distrair o cão, se não o latido teria feito Hagström reagir. Há a questão da porta de entrada também. Pode ter ficado destrancada depois de a vítima ter ido buscar o jornal, mas estava trancada quando o filho chegou. A pergunta é se ele ou ela conhecia o esconderijo da chave debaixo da pedra.

— Elu — disse GG.

— Perdão?

— Você não precisa mais dizer "ele ou ela" quando não souber o gênero da pessoa.

— Sim, lógico — respondeu Eira, se perdendo em suas anotações, ideias e padrões que tentava analisar.

GG olhou para a estrada, que desaparecia depois da curva.

— Um filho, que já cometera um homicídio anteriormente, retorna. Há coincidências demais, se você me perguntar.

— Vamos lá falar com ele?

Eles tinham circulado pelo local a manhã toda, sem serem vistos, pelos arredores. Olof Hagström tinha voltado para a casa do pai. Tinha sido visto no supermercado Ica em Nyland, na praia quando tomava banho certa noite, e pela janela enquanto as pessoas passavam; e era culpa deles que Olof tinha sido libertado. Diversos vizinhos tinham deixado isso muito claro, falando em voz alta, com preocupação ou até com raiva.

— Ainda não — respondeu GG. — Vamos cercá-lo, acabar com o álibi dele, vamos examinar as câmeras em outras estradas e perguntar em todas as casas, até encontrarmos alguém que o tenha visto aqui na segunda-feira, que possa testemunhar que o velho se sentia ameaçado, qualquer coisa.

GG tinha mandado alguns policiais em Estocolmo para perguntar aos vizinhos de Hagström se alguém o tinha visto sair ou se ele havia viajado. Alguém sempre revelava alguma coisa.

— Vamos falar com ele quando tivermos mais informações — disse Georgsson.

— Se ele ainda estiver por aqui — respondeu Eira.

— Se não, o encontramos onde ele estiver.

Havia uma possibilidade teórica. Alguém de outro grupo de investigações tinha levantado a questão na reunião da manhã, na qual vários deles se conectaram por vídeo com o pessoal de Sundsvall.

Olof Hagström podia ter deixado o celular em casa.

Ido para o local durante a noite de domingo para segunda, matado o pai e retornado, para depois pegar o trem dois dias mais tarde com o celular ligado e fazer parecer que havia encontrado o corpo por mera coincidência.

Era complicado, mas podia explicar por que a casa, passados 23 anos de ausência, estava repleta de impressões digitais de Olof Hagström.

GG apagou o cigarro com a sola do sapato. Estava tentando parar de fumar, tinha dito, ao acender o primeiro cigarro horas atrás — era uma promessa para a nova namorada.

— Tem algum lugar por aqui onde se possa almoçar decentemente?

Eles tinham acabado de se acomodar em um restaurante em High Coast Whisky, com uma vista de tirar o fôlego sobre o rio e as montanhas azuladas, quando o celular de Eira começou a tocar. Ela saiu para a varanda. A nova destilaria de uísque não ficava exatamente junto à costa, assim como o nome do local sugeria, mas Costa Alta evocava uma natureza espetacular e um patrimônio mundial. Ådalen era mais associado às greves, aos comunistas e aos militares que tinham atirado nos trabalhadores, o que era bem menos atrativo.

Havia também o aeroporto da Costa Alta, apesar de não se ver o mar de lá tampouco.

Havia uma voz feminina do outro lado da linha, profunda e ao mesmo tempo um tanto vacilante. Ela se apresentou como Ingela Berg Haider.

— Que bom você estar entrando em contato novamente — disse Eira, que tinha ligado para a mulher diversas vezes ao longo do dia anterior.

— Preciso saber como fazer com o funeral nesses casos — respondeu ela, meio distante.

Talvez estivesse chocada, pensou Eira, dizendo com calma que sabia como era perder o pai. Ficar sem chão, sem saber como reagir.

Ingela Berg Haider era filha do falecido e irmã de Olof, três anos mais velha que ele. Ela era a garota que ficava tomando banho de sol no gramado, quando ainda se chamava Ingela Hagström, e Eira se escondia atrás dos arbustos. Ingela já estava no fim da adolescência na época, tinha seios crescidos, fones de ouvido e um biquíni de estampa de leopardo; tinha cabelos curtos e era durona, tudo o que meninas de nove anos de idade sonhavam em ser. Menos a parte de ser irmã de um assassino.

Eira lhe explicou que o corpo do pai estava sob a responsabilidade do médico-legista na estação de Umeå, e a liberação podia levar alguns dias, talvez até semanas.

— Só quero fazer tudo do jeito certo — disse Ingela Berg Haider.

— O que você sabe sobre o ocorrido?

— Um policial me telefonou, contando que meu pai havia falecido. E li nos jornais. Alguém me procurou no trabalho, mas perdi o número e, quando olhei na página da polícia na internet, achei que conhecia seu nome. Você não tinha um irmão?

O terraço recém-construído cheirava a óleo de linhaça, erguendo-se como um convés de um navio. Um pouco mais adiante ficava a antiga usina onde se localizava a própria destilaria.

Segundo o banco de dados pessoais, Ingela Berg Haider tinha quarenta anos de idade e trabalhava como produtora de imagens no canal SVT. Casada, tinha uma filha de 12 anos e morava na Swedenborgsgatan, no bairro de Södermalm. Eira imaginava que seria um daqueles prédios antigos no quarteirão muito apreciado perto de Mariatorget. Pensava em uma porta adornada por dois sobrenomes, Berg e Haider, e que ninguém ali se chamava Hagström.

— Quando foi a última vez que você falou com seu pai?

— Eu não o encontrava há anos.

— Você tem contato com seu irmão?

— Você teria — perguntou Ingela Berg Haider — se ele fosse o seu irmão?

Eira sentiu alguns pingos de chuva. O rio ficara mais claro, mudando de coloração para um cinza prateado. Ela buscou proteção sob o telhado.

— Precisamos saber mais sobre os últimos tempos da vida de seu pai — disse ela. — Sabe de alguém que tivesse intimidade com ele?

— Não.

— Talvez algum amigo de infância ou antigo colega de trabalho...

— Não tenho a menor ideia. Saí de casa aos 17 anos, três meses depois daqueles acontecimentos. O meu pai não era uma pessoa fácil. Já não era antes de tudo, e depois ficou ainda pior. Com a bebida, com a raiva e tudo mais. Sempre tive a consciência pesada por ter abandonado a minha mãe lá. Levou dois anos até ela ter coragem de ir embora e deixar tudo para trás. Pelo menos ela não precisa sofrer com isso agora, morreu de câncer no ano passado.

GG tinha terminado de comer o salmão e estava absorto com a carta de uísque nas mãos quando Eira voltou para a mesa.

— Talvez seja meio cedo para uma degustação, o que você acha?

Eira relatou a ele a conversa que não fora em nada produtiva. Sentia um grande desconforto. Havia percebido um tom agressivo em quase tudo o que Ingela Berg Haider dissera e, ao mesmo tempo, a mulher parecia um tanto distante, como se nada daquilo lhe afetasse.

— Seria bom evitar vizinhos zangados por um tempo — disse GG, enquanto andavam até o carro. — Ao menos até fazer a digestão.

— E o antigo colega de trabalho em Sandslån? — sugeriu Eira.

— Ele tinha ao menos um nome?

A lista de pessoas que provavelmente conheciam Sven Hagström era bastante curta. Irritantemente vaga. Mas, ainda assim, era uma lista.

Eira ficou procurando pela conversa gravada com Kjell Strinnevik, escutando-a até o final, quando eles tinham tentado fazer com que ele se lembrasse de algo mais, de alguém que conhecesse Sven Hagström, qualquer coisa que se recordasse, mesmo que fosse de muitos anos atrás.

... um antigo colega de trabalho da triagem de madeira, que o tinha visitado uns anos atrás, mas Hagström não abrira a porta. O velho bateu na minha porta e perguntou se eu sabia de algo. Se Sven estava doente. O carro estava parado lá. Estavam tentando entrar em contato com ele para alguma comemoração, mas Sven não respondia ao convite.

Pois é, qual era mesmo o nome dele agora? Ele tinha dito que morava em Sandslån. Dessas coisas nós lembramos, mas os nomes, são tantos nomes...

Rolle!

Eira deu marcha a ré no estacionamento.

— Rolle em Sandslån — disse ela. — Vale como um endereço.

GG deu risada.

— Já disse que amo o interior?

Sandslån era um idílio adormecido que se estendia ao longo da beira do rio. Um estreito curso de água e uma pequena ponte separavam a comunidade da ilha onde era feita a triagem de madeira. Durante o auge da madeireira local, setecentos homens tinham trabalhado ali com a triagem, enchendo o rio com a matéria-prima, que era levada pelas correntes diretamente para a serraria ou para a indústria de papel. Sandslån havia tido três supermercados e um time de hóquei no gelo de primeira categoria. Mas isso já ficara no passado.

Um cortador de grama robótico e solitário andava devagar sobre o terreno, como se fosse um besouro gigantesco. Dois canoístas passaram remando depressa pelo rio. Na primeira porta em que os policiais bateram, morava um desenhista de histórias em quadrinhos criado em Bollstabruk, que tinha há pouco tempo retornado de Estocolmo para o local. Não conhecia nenhum Rolle, porém a viúva naquela casa amarela lá, disse ele apontando, morava em Sandslån desde sempre.

Eira foi até a outra casa, enquanto GG dava alguns telefonemas. Ela tentou ser o mais breve possível, sem parecer mal-educada.

A mulher tinha 83 anos e precisava ficar sentada. Era algum problema com as costas, mas logo iria passar.

Ah, sim, Rolle. Rolle Mattsson ela conhecia bem.

Tinham trabalhado na mesma época na triagem de madeira, ela havia começado lá quando tudo fora mecanizado e descobriram que mulheres jovens eram mais adequadas como mão de obra. Podiam escrever *Tornsvala* em sua lápide, pois assim eram chamadas por causa da torre de controle que ainda estava de pé no rio. A precisão era fundamental para as novas tecnologias, assim como uma boa visão geral, talvez também dedos rápidos. As jovens não precisavam correr em cima das tábuas de madeira, o que era um grande perigo, pois poderiam ser sugadas ao cair entre elas e isso seria a despedida dessa vida para sempre. Um tio dela tivera esse fim.

Sven Hagström?

Sim, ela ouvira tanto o nome como tudo aquilo de terrível que acontecera, porém não se recordava dele. Aquelas pessoas com quem nunca tivemos intimidade eram fáceis de ser esquecidas, os contornos dos rostos se dissolviam como aquarela, e com os nomes era ainda pior. Rolle Mattsson, no entanto, morava a três casas de distância dela, "naquela casinha de madeira que vocês podem ver por trás da cama elástica".

Eira foi até o carro buscar GG, que apreciava o fim de um último cigarro e recebia as informações mais recentes sobre o caso da equipe de Sundsvall. Grande parte do trabalho deles era ficar no escritório, revisar listas de ligações e registros, e examinar análises técnicas. Os investigadores podiam jantar com suas famílias e evitar horas extras, porém se fosse necessário deveriam estar presentes no local em um par de horas.

— Olof Hagström entrou em contato — disse ele, enquanto se encaminhavam para a casa de madeira.

A chuva inesperada não tinha chegado ali, o asfalto estava seco.

— O que ele queria?

— Queria saber o que fizemos com o cachorro. E parece que pai e filho não mantinham contato mesmo. Sven Hagström somente usou seu telefone fixo para reclamar da conservação das estradas para a prefeitura, além de algumas chamadas para a biblioteca e, na verdade, algumas para vocês.

— Sobre o quê?

— Não há registros — respondeu GG. — Os telefonemas tiveram menos de um minuto de duração. Ele talvez quisesse denunciar algo, mas se arrependeu.

— Ele não tinha celular?

— Nenhum que tenhamos encontrado.

Rolle Mattsson estava no jardim aparando a grama, com um cortador manual das antigas. Estava sem camisa, com os braços ainda musculosos à mostra.

O suor escorria pelo seu corpo quando ele se sentou no banco do jardim.

Pediu para Eira entrar e buscar uma cerveja ou três, se é que a polícia podia beber, senão ela encontraria suco na despensa.

Nada havia de deprimente na casa, não era a morada melancólica de um idoso, tudo estava minuciosamente limpo e arrumado, com um cheiro agradável. As mesmas flores frescas dos canteiros lá fora estavam arranjadas sobre uma mesa. Ela ouvira falar que eram conhecidas como rosas dos pobres.

— Quem faz uma coisa dessas contra uma pessoa de idade? — perguntou Rolle Mattsson, tomando uns goles de cerveja. — A pessoa não pode ficar em paz nem em sua própria casa!

Ele conhecia Sven Hagström desde a década de 1950, por causa do trabalho e do clube de hóquei. Sven tinha até o ajudado a levar a madeira para construir esta casa, em uma parte do terreno doada pelos pais a ele. A madeira de menor qualidade podia ser comprada mais barata, mas nem se percebia. A casa ainda estava muito firme ali, tinha suportado as travessuras de quatro crianças, além da mulher é claro, que agora vivia em um lar em Bjärtrå.

Uma tristeza passou pelo seu rosto ao dizer isso, porém ele sorriu.

— Foram 47 anos felizes. É mais do que muitos sonham em ter.

Ele tinha ido parar na serraria de Bollsta quando o transporte da madeira pela água fora definitivamente encerrado. Sven Hagström continuara na floresta. Nos últimos anos, quase não tinham convivido. Aliás, desde aquele acontecimento terrível com o filho de Sven e a menina Lina. Durante os anos seguintes, Sven perdeu o resto da família e ficou sozinho.

— Algo se quebra dentro do homem. O sentido de tudo isso aqui — disse Rolle Mattsson fazendo um gesto com a garrafa nas mãos em direção ao jardim e até a floresta.

— Sven falava no filho?

— Nunca. Era como se ele nunca houvesse existido. Conheci Olof desde pequeno, ele brincava com os meus meninos. Fico me perguntando, porque nunca vi nada nele. Era desajeitado e podia se envolver em brigas, como os garotos fazem, e tampouco era dado a olhar diretamente nos olhos das pessoas, mas nunca imaginei que não fosse um menino normal.

Rolle Mattsson engoliu o resto da cerveja. Algumas abelhas teimavam em circular ao redor, uma acabou entrando dentro da garrafa vazia.

— Isso foi obra do filho — perguntou ele —, ou o que vocês acham?

— Não sabemos o que houve — respondeu GG. — É isso o que estamos tentando descobrir.

— Quem mais iria querer o mal de Sven?

— Olof queria o mal do pai?

— Não que Sven tenha falado algo… Mesmo assim. Dá para desconfiar. Ser mandado embora dessa maneira. Era apenas uma criança, assim muitas vezes pensei, mas nunca disse nada para Sven. Nunca se deixa de ser pai de um filho. Não sei se a moda chegou lá em Sundsvall, mas os homens já andam por lá falando de seus sentimentos?

— Tem vezes que sim — respondeu GG.

Rolle Mattsson abriu mais uma cerveja.

— É esse silêncio, essa mania de guardar tudo dentro de si. Cuidem-se caso alguém levante a sobrancelha, pois a pessoa pode estar completamente zangada.

Eles se revezaram para fazer as outras perguntas, sobre quem mais convivia com Sven Hagström, o que Rolle Mattsson fizera naquela manhã.

Ele tinha recebido a visita dos netos, podiam verificar isso se confiavam no testemunho de crianças de três e cinco anos de idade. Pelo que lembrava, tinham assistido a um filme de Pettson e Findus e comido sucrilhos com chocolate. Também se recordava que Sven Hagström era boca-livre na casa de uma viúva, que tinha um brechó em Sörviken uns sete ou oito anos atrás.

— Talvez ela tenha feito ele se abrir um pouco, o que é uma habilidade feminina.

— Boca-livre?

Rolle deu risada.

— Um belo arranjo entre duas pessoas que ficaram sozinhas. O homem vai até a casa da mulher, come bem, a ajuda com serviços gerais, os dois passam momentos agradáveis e depois ele volta para casa. Nada de passarem a noite juntos, nada de obrigações. Nada de juntar as escovas de dentes e misturar as coisas.

Eira teve a impressão de que ele tinha dado uma olhadinha rápida para a casa onde ela acabara de bater na porta. A viúva que havia comparado as pessoas com tinta de aquarela, e um sorriso na voz dele.

— Me parece um sonho — declarou GG.

— Agora me dei conta de que Sven tampouco falava na filha, depois que ela foi embora. Uma garota durona; que eu me lembre, rebelde. Não sei o que foi feito dela. Todos costumam se exibir com as conquistas dos filhos.

— Eles são todos gênios — acrescentou GG.

— Ela trabalha na televisão, mora em Estocolmo e tem uma filha — disse Eira.

Rolle apanhou uma abelha com a mão e a soltou, o inseto saiu voando confuso.

— Mas por que ele não me contou nada disso?

— Você tem filhos? — perguntou GG enquanto dirigiam com cuidado na saída de Sandslån.

— Ainda não — respondeu Eira.

— E você tem trinta e poucos anos?

— Aham.

— Sem estresse, né?

— Mas elas têm que andar na estrada? — Eira freou o carro por causa de uma garotinha andando de bicicleta, ultrapassou-a e manteve uma boa distância. — Sem estresse — disse, por fim.

— Estava aqui pensando — continuou GG. — Já que a minha namorada tem mais ou menos a sua idade... Eu deixei claro no início que não queria ter mais filhos, mas, quando o relacionamento ficou sério, ela demonstrou que não havia fechado essa porta, e agora me encontro diante de um dilema.

Eira parou o veículo junto à entrada para a ponte de Hammar, onde as estradas se cruzavam. Se estivesse ali com um assistente na casa dos vinte e poucos anos de idade, diria a ele para deixar os assuntos da vida pessoal em casa em vez de trazê-los para o trabalho.

— Vamos continuar com os vizinhos? — perguntou ela.

GG conferiu a lista.

— Nydalen — disse ele. — Patrik, o filho da família, esteve conosco e testemunhou, mas seus pais só foram ouvidos no primeiro momento. Nada viram, nada ouviram. — Ele suspirou. — Então, esse tal de Patrik entrou em contato conosco e quer saber o que estamos fazendo para proteger sua família, agora que Olof Hagström foi solto.

Eira parou junto à placa de "pare", deixando um trailer alemão passar, que estava vindo de Sollefteå a caminho da costa. Ela lembrou a si mesma que deveria entrar em contato com a polícia em Jämtland também, se os outros já não o tivessem feito. Para saber se também tiveram algum arrombamento com violência, se algum criminoso conhecido tinha sido libertado ou recebido permissão para sair. Eles haviam verificado em sua própria região, porém eram somente cem quilômetros de distância até a fronteira, em direção ao interior do país, onde as cadeias de montanhas e as vastas pastagens para as renas tomavam conta. Depois vinha a fronteira com a Noruega. Isso não podia ser descartado. Se Hagström, de repente, houvesse saído do chuveiro e os ladrões entraram em pânico, ou se estivessem lidando com algum outro tipo de ladrão. Ela se lembrou da perícia técnica, do que havia percebido na casa. Nada parecia estar faltando. A televisão tinha ficado lá, um aparelho velho e sem valor, o rádio, alguns antigos e belos barômetros e bússolas, porcelanas e quadros. Isso era o que os ladrões locais levavam consigo nos seus carros para tentar vender em mercadinhos menos escrupulosos.

— Eu realmente não tinha planejado começar tudo de novo — disse GG, que ainda estava concentrado em seus próprios pensamentos. — Tenho filhos adultos e vou até me tornar avô no outono, mas acabei me dando conta de que é uma segunda chance, e que nem sempre temos essa oportunidade na vida.

Eira se afastou de um caminhão carregado de madeira, tentando achar algo para dizer. As pessoas mudavam de ideia o tempo todo, diziam uma coisa e faziam outra, e devíamos entender que podemos nos envolver em algo diferente daquilo que planejávamos. Talvez fosse essa a base do amor.

Ela não conseguiu dizer nada, o que foi bom, pois não tinha entendido a questão.

— Na última vez eu estava ocupado demais com o trabalho e com a minha carreira — continuou GG. — Mas agora poderia estar presente de outra maneira...

Ele se interrompeu, praguejando, quando um carro os ultrapassou, cortando-lhes o caminho. Um logotipo vermelho no carro denunciava a estação de rádio local.

Ele bateu com o punho na porta do carro.

— Do que estão atrás agora, querem fazer o ofensor sexual falar? Podemos pegar outro caminho? Eles podem me reconhecer.

Eira fez o retorno, em direção à estrada de chão batido a pouco menos de um quilômetro dali. A casa da família Nydalen não ficava muito longe, então poderiam passar por lá. Além disso, o investigador poderia testar seus sapatos finos na lama.

Tinham conseguido esconder o nome de Hagström das mídias. Os moradores já sabiam de quem se tratava, mas a televisão e os jornais ainda se referiam a ele como "o idoso assassinado...". Não tinham feito, ainda, a conexão com "o menino de 14 anos", cujo nome nunca ficara conhecido e nem sequer constava nos arquivos. A pressão não era muito intensa. O lugar era distante demais, a área mal povoada. A imprensa nacional havia feito uma comparação com outros casos de idosos assassinados em seus lares, em Rosvik, em Kalamark, um antigo esquiador em Kivikangas. Tinham perguntado se era perigoso morar sozinho no interior e constatado que era pior fazer o caminho do bar até em casa na cidade, ou se envolver no crime organizado.

Provavelmente, estavam ali a caminho da casa da vítima somente para fazer um relato sobre o ambiente, talvez fazer uma gravação no local do crime. "Aqui onde me encontro agora, com vista para o rio de Ångerman, cintilante à luz do sol, fica difícil de se imaginar tamanha maldade. Um idoso solitário foi assassinado em seu próprio lar há pouco mais de uma semana. A preocupação está se espalhando entre os idosos da região. O que realmente a polícia está fazendo, eles se perguntam, será que a sociedade nos abandonou?"

Pois é, algo nesse estilo.

O sítio ficava em uma localização magnífica na colina. Se não fosse pela floresta ao redor, a família Nydalen teria vista para todas as quatro direções, mas agora se avistava somente uma pequena parte do rio, onde este se alargava junto às montanhas no horizonte, que a notável elevação da terra havia criado na Costa Alta.

Uma residência muito bem-cuidada, uma piscina infantil no gramado e gerânios em vasos do lado de fora da casa dos fundos.

Tryggve Nydalen, que era quase da mesma altura que Georgsson e um pouco mais corpulento, tinha um aperto de mão bastante firme.

— Não sei se tenho algo mais a acrescentar — disse ele. — Mas é bom ver que vocês estejam trabalhando. Meu filho está descontente, e vocês precisam compreendê-lo. Está preocupado com as crianças.

— Nós entendemos

— Tentei dizer ao Patrik que devemos confiar no empenho da polícia, e temos esperança de que tudo se resolva bem.

— Estamos fazendo o possível — respondeu GG.

Eira ficou observando a movimentação no jardim. Sofi Nydalen tentava levar as crianças para dentro da casa, prometendo que assistiriam a um filme. Seu marido gritava algo lá de dentro, e uma mulher, de uns sessenta anos, apareceu na porta da casa dos fundos.

— Mas houve algum avanço? — perguntou Tryggve Nydalen, observando a casa de Hagström entre as árvores. — Para que meus netos tenham a liberdade de volta. Não queremos ter que ficar de olho neles o tempo todo.

Em seguida, Patrik Nydalen apareceu. Repetiu quase tudo o que já tinha dito por telefone, que praticamente havia feito o trabalho da polícia ao impedir Olof Hagström de fugir do local do crime, que a incompetência policial estava prejudicando a família dele, que era esse tipo de atitude que fazia as pessoas perderem a confiança na polícia e na justiça e, no final, em toda a democracia.

— O que vocês estão fazendo de concreto para proteger meus filhos, minha esposa e todos os outros moradores?

— Vocês foram ameaçados por Olof Hagström? — indagou GG.

— Não basta haver um ofensor sexual atacando outras pessoas a cem metros de distância daqui? Ele tem que nos ameaçar também? Não posso nem permitir que minha esposa vá nadar sozinha na nossa própria praia. Eu vi que ele estava lá e deixou o cachorro nadar hoje de manhã. Vocês entendem como estamos nos sentindo?

— Sem uma ameaça concreta, não podemos oferecer a nossa proteção — respondeu GG com calma. — O melhor que podemos fazer agora é nos sentarmos e vocês responderem às perguntas para solucionarmos o caso.

Sofi tinha se acomodado na varanda. A mulher mais velha, Marianne Nydalen, chegou trazendo uma bandeja com café e bolinhos de canela.

— Sentem-se — ela disse —, assim terminamos esse assunto.

De dentro da casa se ouvia a trilha sonora de um filme infantil muito conhecido, *As crianças de Bullerbyn*. Um dos símbolos da segurança sueca, a infância passada em casinhas no campo, pintadas de vermelho, onde o pior que poderia acontecer era… o que era mesmo? Que um cordeirinho precisasse tomar mamadeira?

Patrik Nydalen continuou a questioná-los.

— Onde eles estavam entre as sete e as oito horas? Vocês estão falando sério que o meus pais vão ter que responder mais uma vez? O que importa se eles estavam na casa dos fundos ou no jardim, cortando lenha?

— Eles precisam perguntar, faz parte da rotina — disse Tryggve Nydalen, colocando a mão, de um jeito paternal, sobre a do filho. Patrik retirou a sua.

— Como se vocês estivessem entre os suspeitos, quando já sabem muito bem quem é o culpado. Isso tudo não passa de uma charada do inferno.

— Vamos terminar esse assunto logo, para que as crianças possam brincar no jardim novamente.

— Nem estávamos aqui — reiterou Sofi Nydalen. — Já dissemos. Nossas férias começaram na semana passada e viemos para cá na segunda-feira à tarde, para evitar o trânsito do fim de semana. Paramos em Tönnebro, comemos e deixamos as crianças brincarem um pouco. Chegamos aqui pelas nove da noite.

— Pergunte como é morar aqui — disse Patrik. — Como nos sentimos quando a nossa filha de dois anos desaparece do nosso campo de visão por um segundo.

Marianne, mãe de Patrik, conhecida por todos como Mejan, olhou para eles pedindo desculpas com um sorriso forçado.

— São somente algumas perguntas. Coisas que precisam perguntar.

Mejan passava a impressão de ser uma pessoa estável e forte, que nem mesmo um assassinato na vizinhança seria capaz de perturbar.

— Querem mais café? — perguntou ela.

Tryggve e Mejan haviam ficado em casa naquela manhã. Tinham arrumado tudo e se preparado para a chegada dos netos. Ele cortara lenha, parafusara os pés de uma cama, deve ter feito outras coisas também, enquanto ela arranjava tudo na casa dos fundos, para onde eles se mudariam naquele dia. Ambos estavam muito ocupados, cada um com seus afazeres, então quem perceberia a presença de um carro ou de alguém andando lá na casa de Hagström? Eles nem a viam bem. O engarrafamento tornava a estrada barulhenta, e nem tinham como ouvir mais nada.

Quando GG perguntou sobre a relação deles com Sven Hagström, Patrik explodiu mais uma vez. Se levantou de um jeito tão brusco, que a cadeira caiu no chão.

— Ninguém aqui tem ou teve uma *relação* com ele. Não podem nos deixar em paz? Já é suficiente ter que aguentar tudo o que está acontecendo por aqui.

Em seguida, ele atravessou o jardim, desaparecendo atrás do celeiro.

— Vocês o desculpem — disse Sofi. — Ele fica assim, diz o que não devia, como se fosse melhorar as coisas. Não é o que sente de verdade.

— É o jeito dele — acrescentou Mejan. — Patrik sempre foi um furacão.

— Você faz com que ele pareça uma pessoa incontrolável — disse Tryggve.

— Não foi isso o que quis dizer.

Mejan ganhou um carinho do marido na mão, o mesmo gesto que ele fizera com o filho um instante atrás. Ela segurou a mão do marido.

— Estive na casa de Sven faz um mês — disse Tryggve. — Mas não diria que éramos amigos.

Sofi Nydalen pediu licença, queria dar uma olhada nos filhos, e ela mal fazia ideia de quem era Sven Hagström.

— Vocês conviviam? — perguntou GG quando Sofi entrou na casa. — Como vizinhos, quis dizer?

— Ele não era do tipo de sentar e jogar conversa fora.

— Era melhor antigamente — disse Mejan. — Quando ele tinha Gunnel.

— Mas ela se mudou — disse Tryggve. — Não aguentou mais, quando foi mesmo…?

— Um ano ou dois depois de…

— Depois daquilo com o filho.

Eles balançaram a cabeça, um completando a declaração do outro.

— Sven Hagström ficava mais sozinho… — disse Mejan.

— Dá para entender — falou Tryggve. — As pessoas comentam. Têm suas teorias.

— Sobre o quê? — perguntou GG.

— Sobre o que faz uma pessoa ser o que ela é. Se é culpa dos pais — Tryggve Nydalen deu uma olhada em direção ao celeiro, onde Patrik não era mais avistado.

— Há quanto tempo vocês moram aqui? — perguntou Eira.

— Há trinta anos — respondeu Mejan. — Nos conhecemos enquanto trabalhávamos na Noruega. Lá ganhamos um bom dinheiro e pudemos comprar o sítio no mesmo ano em que nos casamos. Vocês sabem como são os preços por aqui, não tem nada mais barato no país inteiro, apesar de ser o lugar mais lindo. — Uma sombra passou pelo rosto dela. — Nunca imaginamos que ficaria assim.

— Estamos falando sobre a estrada — disse Tryggve. — E sua conservação. Foi por isso que fui até a casa de Hagström na última vez. Vocês estão vendo como ficou terrível.

— E como foi?

— Estávamos de acordo, no geral. Mas é um longo processo conseguir que a prefeitura tome uma atitude, e digo isso como funcionário de lá.

— No setor de contabilidade, que é outro departamento. — Mejan se levantou e começou a recolher os pratos, limpando as migalhas da mesa com a mão. — Para não atrair as abelhas, estão incomodando muito esse ano.

— Eu a ajudo — disse Eira.

— Não precisa se incomodar.

Eira apanhou algumas xícaras e foi atrás da mulher mesmo assim. A casa dos fundos era composta somente da cozinha e de um quartinho, tudo muito bem reformado, mantendo os detalhes originais da época em que a casa fora construída. Havia uma tranquilidade lá dentro, uma possibilidade de conversar de uma forma mais privada. O duradouro casamento parecia tê-los unido para dizerem a mesma coisa na maioria das vezes.

— Aqui é o bastante para nós durante o verão, os jovens precisam de mais espaço — disse Mejan enxaguando as xícaras com cuidado.

Tinham também uma filha, ela contou, Jenny, que tinha ido para Sidney e ficado por lá. Ela não tinha filhos. Eram os filhos de Patrik que lhes davam alegria.

— Vocês têm um sítio muito bonito — elogiou Eira.

— Queríamos criar o nosso canto no mundo — disse Mejan. — Eu sou daqui, mas Tryggve se apaixonou pelo lugar desde a primeira vez. Nydalen é o sobrenome da minha família, na verdade. Venho de um vilarejo a alguns quilômetros daqui.

— É muito generoso da parte de vocês passar o verão todo aqui nessa casinha.

— Desde que eles queiram vir para cá. É tudo para nós.

Da janela ao lado da bancada da pia, se podia avistar uma parte do telhado da casa de Hagström. O olhar de Mejan também se dirigiu para lá.

— Você conversava com Sven Hagström? — perguntou Eira.

— Eu o cumprimentava, é claro, como se costuma fazer. Fui lá algumas vezes com um pote de geleia, mas quase nunca conversávamos. Falávamos mais sobre o tempo. Andei pensando nisso algumas vezes, que ele parecia tão solitário. Acho que nem a filha vinha visitá-lo.

— Você ouviu falar se ele tinha algum conflito com alguém, se estava zangado...? — indagou Eira. — Sou daqui também, sei como se costuma falar nessas coisas, muitas vezes ao longo de gerações.

Mejan ficou pensando, enquanto a água escorria na pia. Ela olhou para fora por um longo momento.

— Se estava, devia ser sobre a floresta. É por isso que as pessoas brigam: se alguém pegou a lenha no terreno do outro, cortou árvores caídas, isso acontece o tempo todo, ou se vendeu os direitos de exploração da floresta, aí, de repente, os vizinhos se deparam com uma área desmatada bem do outro lado da janela.

Mejan se arrepiou diante de seus próprios pensamentos — ou viu alguma coisa se mexer lá fora.

— Mas vocês têm certeza de que não foi ele, o filho? Senão, quem mais poderia ser?

Olof freou abruptamente no topo na colina. Um carro estava estacionado do lado de fora da sua casa. Havia uma garota magra de roupas pretas, parada ali, falando em um microfone. Ele avistou uma cabeça no banco da frente do carro, eram duas pessoas.

Ele não teve tempo de descobrir se vinham da televisão ou da rádio, pois engatou a marcha a ré, desceu e voltou para a estrada de chão batido mais uma vez.

Ele se lembrava desses tipos desde aquela época. As perguntas que o atingiam como se viessem de uma espingarda automática, enquanto saía com sua mãe ou com seu pai da delegacia; os carros com letreiros nas laterais, que se aglomeravam ao longo da estrada. Sua mãe tinha coberto a cabeça dele com o casaco, segurando-o junto ao corpo. O pai os tinha mandado para o inferno.

Certa vez ele tinha assistido justamente a essa reportagem na televisão, visto a si mesmo no carro velho da família com o casaco cobrindo a sua cabeça, ouvido o eco dos palavrões ditos pelo pai. Depois alguém havia desligado a televisão.

Eles tinham um Passat vermelho naquele tempo. Havia alguma coisa no cheiro desse carro que lembrava o outro. Olof tinha deixado o

Pontiac parado quando fora buscar o cachorro e tinha usado o carro do pai, que estava estacionado na garagem.

Como se fosse invisível, ele dirigira até o lar de animais em Frånö. Ninguém olhava para um Toyota Corolla de 2007. O cachorro lambeu todo o seu rosto quando ele chegou. Olof saíra do local com a sensação de ter libertado o animal de uma prisão, o que ele, de fato, havia feito.

Estendeu a mão, afagando o cão entre as orelhas. O cachorro estava sentado no banco do passageiro com as orelhas em pé. Latiu para uma vaca e se agitou com alguns cavalos que corriam soltos em um cercado. Era difícil escolher um nome quando ele já devia ter um, então o chamava apenas de Cachorro.

— Você deve estar querendo sair e correr agora — disse ele, fazendo o retorno para Marieberg.

Ele não pensou para onde estava indo. De repente, surgiram as pequenas casas de madeira ao longo da baía, o campo perto da praia cheio de camomila-do-campo. Se ele se virasse, podia ver a casa onde passara a infância em cima do morro. Ficou pensando em quantas horas se passariam até que aquelas pessoas desistissem e o deixassem em paz. Mais cedo, em duas ocasiões, ele ouvira o som de um motor, alguém batendo na porta. Ele tinha se escondido e ficado calado.

Não podiam lhe telefonar. Seu celular estava desligado. Tinha apenas ouvido as mensagens deixadas pelo chefe, quando a polícia lhe devolvera o telefone. Gritos e lamentos, porque aparecera um comprador para o Pontiac e Olof pagaria caro por isso.

Ele pegou o quinto hambúrguer dos dez que havia comprado em Kramfors. Já tinha esfriado, mas ele não se incomodava. A comida aliviava a sua preocupação. O sexto hambúrguer ele deu para o cachorro. Nem se importou que o animal tivesse lambuzado o banco do carro de maionese. Seu pai nunca mais usaria o carro mesmo.

A estrada terminava novamente em uma subida, uma das mais íngremes e pesadas do mundo para se andar de bicicleta. Era no fim dessa subida que o antigo supermercado Konsum ficava. Ele sabia disso, mesmo assim foi até lá. Desviou para o acostamento e parou. Soltou o cachorro, que saiu correndo entre as árvores.

"Nos vemos no antigo Konsum", se costumava dizer, apesar de ninguém se lembrar de que houvera um supermercado naquele local. A construção estava abandonada havia anos, por isso a gangue se encontrava lá às vezes. Alguém tinha arranjado maconha, devia ser por isso. Será que os outros sabiam? Que Lina viria andando com a mochila meio pendurada sobre o ombro, com o vestido esvoaçando entre as pernas, somente com um casaco leve, aquele casaco amarelo como um dente-de-leão, como o sol, que os cegava.

Por que ela tinha ido direto para a floresta, ao longo daquela trilha, se não quisesse que alguém fosse atrás dela?

Olof pensou, enquanto estava lá e via tudo acontecer de novo, que ela não estava devidamente vestida para a floresta. Sentiu o suor começar a escorrer. Talvez precisasse vomitar. Se entrasse um pouco na mata, ninguém perceberia sua presença. O cachorro estava lá brincando e foi cheirar o vômito dele em seguida, entre as plantas e as pedras.

Olof o afugentou. Encontrou algo que achou que fosse uma azedinha, e mascou a folha para tirar o mau hálito.

Lá adiante, o caminho ficava sinuoso, primeiro na subida da montanha, e depois na descida muito íngreme, próximo à antiga serraria. Foi lá em algum lugar, por trás de Borgen, soberana como um palácio, dominando toda a área no meio dos pinheiros, onde ninguém podia avistá-los. Lá ela tinha parado e aguardado por ele.

O que você quer? Está me seguindo?

E aquela risada que era só para ele.

Olof ficou com a sensação de que ninguém mais tinha passado por ali desde aquela época. Com exceção da polícia, óbvio, que tinha passado o pente-fino em toda a área ao redor; enviaram cães para procurar por ela. Depois a reconstituição do crime. Quando o haviam levado até ali para que ele mostrasse os lugares. Lá onde houvera uma clareira, uma árvore caída. Não encontrava nada disso agora. As bétulas estavam muito mais altas e o caminho tão estreito e coberto de vegetação que chegava quase a desaparecer. O mato havia crescido por cima, com mirtilos e urtigas. Sentiu gosto de terra na boca.

O que você fez com ela, Olof?

Depois, junto ao rio, abaixo do casebre de alvenaria chamado Meken. Na beira da praia onde os restos da antiga plataforma de madeira ainda hoje despontam da água com suas tábuas apodrecidas. Lá encontraram os pertences dela.

Foi aqui que você a jogou? Ou foi mais longe?

Por trás do grande depósito de zinco que começara a enferrujar, entre os pilares de concreto, na parte mais profunda.

Acontece de não querermos lembrar, tinham dito, o cérebro oculta os acontecimentos terríveis.

Por essa razão se encontravam ali, para ajudá-lo a lembrar.

Você quer se lembrar, não é, Olof?

Está aí, dentro de você, tudo que você fez e vivenciou.

Foi aqui? Ela ainda estava viva quando você a jogou na água? Você a atirou por cima da plataforma, sabia que são trinta metros de profundidade?

Você se lembra, Olof, sabemos que se lembra.

E ira escolheu um atalho até a biblioteca, como costumava fazer. Não precisava se expor ao vento na praça aberta, com os bancos ao redor do chafariz, onde podia dar de cara com o irmão.

Agora estava vestida em trajes civis, o que era melhor para não chamar a atenção, mas era pior ao mesmo tempo. Aumentava o risco de ele tratar de assuntos pessoais. Querer pedir dinheiro emprestado. Perguntar como a mãe estava.

Então, a caminhada mais longa valia a pena.

GG tinha ido para Sundsvall, e ela havia passado algumas horas em uma conversa de rotina no centro de reabilitação na cidade vizinha, para saber quem acabara de ter alta de lá.

— Olá, Eira! Que bom ver você por aqui. — A bibliotecária se chamava Susanne e já trabalhava ali havia quase vinte anos. — Me conte como vai a sua mãe.

— Bem, mas não muito.

— É uma doença terrível, eu sei, o meu pai...

— Ela ainda tem momentos de lucidez.

— Ela recebe ajuda?

— Você não conhece Kerstin? Ela não quer ajuda.

— Essa fase é a pior, a de transição. Quando é preciso respeitá-los porque acham que não precisam de ajuda, ao mesmo tempo que precisam. Ela ainda lê?

— Todos os dias — respondeu Eira. — Mas é, na maioria das vezes, o mesmo livro.

— Então, espero que seja um livro bom.

Elas deram uma risada muito próxima do choro.

— Na verdade, estou aqui a serviço — disse Eira. — Você deve ter ouvido falar no caso sobre Sven Hagström em Kungsgården.

— Mas é lógico, que história terrível. No que posso ajudar?

— Ele costumava pegar livros emprestados?

Susanne ficou pensando e sacudiu a cabeça. Ela poderia dar uma verificada no sistema, mas conhecia os frequentadores da biblioteca, ainda mais os idosos. Talvez ele pegasse livros emprestados antigamente, mas não o fizera nos últimos anos. Isso confirmava a teoria de Eira. Ela não tinha visto livros da biblioteca na casa dele, tinha inclusive examinado as fotografias tiradas pela perícia. Ninguém guardava os livros emprestados da biblioteca nas próprias estantes, pois assim se esqueceria de devolvê-los.

— Ele telefonou para cá — disse Eira. — Algumas vezes em meados de maio. Você se lembra de ter falado com ele?

— Mas como não pensei nisso! — exclamou Susanne, se sentando em uma cadeira. — Ele procurava por alguns artigos, era isso!

Eira sentiu uma pontada de tristeza. A bibliotecária tinha aquele tipo especial de memória, como se fosse um catálogo ambulante. Assim fora com sua mãe também, até pouco tempo atrás ela sabia exatamente o que cada cliente da biblioteca desejava e de que livros iriam gostar. Um ano atrás, Kerstin também teria se lembrado de um telefonema entre tantos outros. Se é que muitos ainda ligavam para a biblioteca, talvez as pessoas já não pegassem mais livros emprestados como antes. Ela avistou três clientes durante os 15 minutos que esteve ali, sendo que um deles só queria ir ao banheiro.

— Mas não temos como buscar por artigos aqui — continuou Susanne. — Além disso eram artigos de jornais de Norrbotten ou provavelmente de Västerbotten, do tempo em que ainda não estavam na internet. Eu disse a ele que podia vir aqui e usar um dos computadores, porque ele não tinha em casa e eu poderia ajudá-lo a entrar em contato com quem precisasse.

— Ele esteve aqui?

— Talvez quando a minha colega estava trabalhando aqui, mas não no meu turno, pois eu me lembraria.

— Com certeza — disse Eira.

— Mande lembranças para a sua mãe, se ela se lembrar de mim. Ou mande da mesma forma.

August Engelhardt estava sentado no lugar dela quando Eira retornou. Não que eles tivessem lugares fixos na delegacia e, além disso, ela fora cedida para outro departamento. Ainda assim, ela via aquele lugar como seu.

— Acho que você vai querer ver isso aqui — disse ele, empurrando a cadeira para trás.

Eira acabou se aproximando muito dele. Sentiu um arrepio no corpo contra a sua vontade.

— A minha namorada recebeu isso no perfil dela — informou August.

Era uma página em uma das mídias sociais, comentários que enchiam a tela toda.

O nome de Olof Hagström aparecia em cada comentário.

Deviam cortar o pênis dele e de todos como ele, porque um demônio desses não devia andar solto por aí, e a polícia protege estupradores porque eles mesmos são estupradores. Por isso, os nomes desses asquerosos deviam ser expostos e viva aos corajosos que fazem isso etc. etc.

Eira praguejou para si mesma.

Tinham tentado manter o nome dele em sigilo, mas todos na polícia conheciam a história, havia milhares de possibilidades de o assunto se espalhar, assim como todos na região sabiam muito bem quem ele era.

August estendeu o braço, tocando no quadril dela.

— Foi compartilhado mais de cem vezes — disse ele, descendo a tela. — Sete vezes somente enquanto eu estava aqui.

Vamos contar onde eles moram, estava escrito em uma postagem. *Temos que cuidar uns dos outros. As mídias estão escondendo tudo. Temos o direito de saber.*

— E a sua namorada — disse Eira —, ela também postou um comentário?

— Ela apenas compartilhou — respondeu August.

— Seria bom você dizer para ela parar.

— Eu sei.

Os momentos de lucidez se manifestavam normalmente pela manhã, entre as cinco e as seis horas, quando Kerstin Sjödin se levantava e ia fazer café.

Às vezes o café era forte e outras vezes forte demais, mas Eira ficava calada. As manhãs eram uma calmaria, antes que todas as impressões sentidas durante o dia criassem uma grande confusão. Quando o campo junto ao antigo porto em Lunde ainda estava parado e quieto. Antigamente houvera muito trânsito ali, com navios do mundo todo aportando. Quando a grande manifestação fora impedida há quase noventa anos. A comunidade parou de vez, no mesmo instante que as balas das armas dos militares zuniam no ar, quando os amigos tombaram. Cinco mortos em poucos segundos.

Aqui jaz um trabalhador sueco, dizia a lápide sem nome. Seu crime foi a fome, nunca o esqueçam.

Os tiros em Ådalen ficaram ecoando para sempre em Lunde, ou melhor, "Os acontecimentos em Ådalen", como preferiam que chamassem o ocorrido — soava mais neutro, como se a realidade pudesse ser lapidada com palavras. O Estado que protegera os fura-greves, que permitiu atirar em seus próprios trabalhadores. O sangue naquele dia.

O trompetista que anunciou o cessar-fogo. Era uma história forte demais para ser abandonada. Ninguém queria, todos queriam. Nunca deixaria de importar quem aderiu à greve e quem não o fez, os pais de quem, os avós de quem. Não se falava o tempo todo no assunto, contudo ninguém queria que ele fosse esquecido.

— Um mercado de antiguidades em Sörviken? — Kerstin ergueu o olhar do jornal, e ela logo se esqueceria de tudo o que havia lido. — Conheço, sim. É naquela casa branca quando se faz a curva. Eu comprava tecido lá. Mas como é mesmo o nome...?

Eira sabia que podia parar em qualquer lugar em Sörviken e perguntar onde ficava a loja na qual Sven Hagström fazia boca-livre, mas era algo para falar com a mãe, para fazer Kerstin lembrar. Durante o ano que se passara, percebera o quanto a memória era importante: você se lembra dele ou dela, você se lembra da música, do filme, do livro, você se lembra do que fizemos, em que ano foi mesmo?

— Karin Backe — exclamou Kerstin quando Eira estava pronta para sair de casa. — Esse era o nome dela! Talvez possa ir junto, para ver se ela tem alguma novidade?

— Preciso ir lá a serviço — respondeu Eira. — Por causa da morte de Sven Hagström. Você lembra que falamos sobre isso? Você leu a notícia.

A notícia já não era atual, tinha ido parar em uma coluna secundária do jornal e comentava-se apenas que a polícia estava calada e não tinha mais pistas. Na internet ela tinha lido que estavam ignorando avisos sobre uma onda de roubos comandada por ladrões estrangeiros.

— E você tem que se envolver nisso — disse Kerstin. Aquele olhar preocupado mais uma vez. A angústia constante que fazia seus dedos buscarem ocupação. — Tome cuidado, viu?

Ela entregou um cachecol para Eira, como se a filha ainda fosse uma criança.

Como se fosse inverno.

Eira jogou o cachecol no carro e telefonou para a delegacia. GG ia aguardar que um dos investigadores desse uma olhada em alguns trabalhadores de construção letões, que moravam em um camping a sete quilômetros de distância do local do crime.

— Dicas do povo — disse ele. — Nunca devem ser ignoradas.

Karin Backe fora deixada, com toda a confiança, para ela.

A casa em Sörviken era pequena e desordenada, mas de um jeito diferente. Não era como a casa de Sven Hagström, onde o lixo se acumulava em camadas. Eira percebeu alguns aspectos em comum por ali, como vasos com a mesma estampa floral, cerâmica azul e incontáveis pássaros de vidro.

— Parei de vender — disse Karin Backe. — Mas ainda compro. Agora está todo mundo falando em fazer uma limpeza antes de morrer, para não dar trabalho a mais ninguém, mas não consigo deixar de procurar coisas e comprar. O que mais eu tenho para fazer?

Ela era uma senhora de cabelos grisalhos, com um jeito gracioso de falar e de se mexer, um pouco como aquela louça de porcelana delicada que se usava para servir as visitas.

— Vocês sabem como vai ser o funeral? — perguntou ela, fazendo um gesto sutil em direção ao jornal sobre a mesa da cozinha. — Ainda não vi o anúncio do enterro. Seria terrível se a igreja ficasse vazia. Será na igreja?

Havia o ruído borbulhante da cafeteira, a vista para a água, um audiolivro pausado no celular. Fotografias dos filhos e dos netos sobre o aparador, um marido falecido, uma fotografia do casamento em preto e branco, os rostos de várias gerações passadas, uma quantidade de pessoas que vivera em volta dessa mulher, mas ainda assim — em cada mesa de cozinha por esse país, em cada casa que alguém havia abandonado, alguém tinha ficado sozinho.

Eira disse que Sven Hagström ainda não podia ser sepultado, que talvez demorasse.

— Ele começou a vir aqui uns nove ou dez anos atrás — disse a mulher ao se sentar. — Procurava objetos especiais, que eu ajudei a encontrar. Um antigo barômetro, uma bússola da época da guerra, eram essas coisas que o interessavam. Ficamos amigos durante um tempo. Era ele quem sempre vinha até aqui, sempre na hora do jantar. Eu o convidava e ele me ajudava com tarefas diversas. Substituía a junta na torneira. Sempre tem algo estragado. Assistíamos juntos a algum programa na televisão, geralmente a programação cultural do Kunskapskanalen. Depois, não deu mais. Ele era muito melancólico. Ninguém quer melancolia dentro de casa. Mas até sinto falta. De ter alguém ao meu lado.

— Vocês falavam sobre o que aconteceu com o filho dele?

— Não, não. Era um assunto proibido, como se diz, uma área interditada. Certa vez perguntei e ele ficou zangado. Não é isso o que se deseja depois de uma vida longa.

Eira fez perguntas gerais. Quando você o encontrou pela última vez, se ele tinha inimigos… Pessoas comuns teriam inimigos?

Desafetos, perguntou ela, então.

— Grande parte de Ådalen — respondeu Karin Backe. — Era assim que ele via, como se todos estivessem contra ele. Por ter criado mal o filho. Mas nem mesmo Sven achava que seria espancado até a morte por isso. Ele foi espancado até a morte?

— Infelizmente não posso comentar.

Karin Blacke encontrou uma fotografia tirada há cinco anos de sua visita boca-livre, junto à pista de corrida de cavalos. Sven Hagström parecia sisudo, porém mais vivo que na foto de sua carteira de motorista de sete anos atrás.

A fotografia foi tirada quando ela o acompanhara até Dannero, para jantarem juntos.

— Mas ele só estava interessado na corrida. Queria acompanhar os outros velhotes lá no alto, que dava para ver melhor, sentir a velocidade e o barulho dos cascos.

Depois disso não mantiveram mais contato, mas às vezes acabavam se encontrando. A última vez fora há pouco tempo, no final da primavera, quando a última camada de gelo finalmente tinha desaparecido no mar. Sven Hagström estava andando com Farrapo e Karin os vira pela janela e saíra para a rua.

— É esse o nome do cachorro?

A senhora deu risada.

— Sven achava que o nome era bem apropriado ao cachorro. Ele o adotou de um lar para cães abandonados, uma história muito triste, mas ele tinha jeito com os cachorros. Eles não exigem que a pessoa abra o coração e se exponha.

O mais estanho dessa vez é que ele tinha chorado. Eles estavam parados na plataforma, naquela junto à praia. De lá podiam avistar a casa de Hagström, pendurada no penhasco do outro lado, como se fosse um ninho de passarinho sozinho no meio da mata. Talvez fosse pela distância, ou pelo fato de que, por um momento, ele avistara o seu lugar no mundo. O que havia se tornado.

Não era só porque a Terra girava, disse ele, não era só por essa razão que o tinham colocado no banco de réus da Inquisição.

Karin percebera que ele falava de Galileu. Tinham assistido ao documentário juntos. Sven era interessado em ciências, dizia que tudo o que sabemos de verdade é conhecimento antigo, depois disso só vieram bobagens. Não que Karin concordasse com ele, mas ela sabia a que ele se referia.

— Era aquela história de que duas verdades podem existir juntas — ele assim dissera, pelo que ela se lembrava. — Era isso que a Igreja e os inquisidores não aceitavam. Quando Galileu descobriu que a Terra não era o centro de tudo, aquilo que o Sol e as estrelas giravam ao redor, eles deram um basta. Só conseguiam aceitar uma verdade, que era o que a Bíblia dizia. Ele não podia deixá-los inseguros. Era a confusão que os assombrava.

— Ele disse mais alguma coisa?

— Perguntei como ele estava, óbvio.

— E então?

Karin Backe sacudiu a cabeça. Uma mecha prateada caiu sobre sua testa, ela a prendeu mais uma vez com a presilha. Era enfeitada com uma pequena pena.

— Ele chamou o cachorro de volta.

Mais tarde, quando o sol mergulhara sob o topo das árvores e o canto dos pássaros era o único som que se ouvia, ele foi até o rio para se lavar. O cachorro nadava em círculos. Remava com as patas como se estivesse com medo de se afogar.

A água respingava ao redor, enquanto ele se sacudia. No caminho de volta, ele corria alguns metros à frente, bufando como se o ar fosse algo divertido, saltando e tentando apanhar os mosquitos.

Em seguida, parou e ficou de guarda. Olof percebeu a movimentação do outro lado da casa. O carro que ali estivera durante o dia tinha desaparecido, agora eram outros que espionavam por entre as árvores; viu o brilho metálico de uma bicicleta.

— O que estão fazendo aqui?

Olof deu alguns passos na direção deles, fazendo barulho para espantá-los. Havia um farfalhar entre as árvores, um tumulto por lá.

Seu coração batia com força, e uma onda de calor se espalhou pelo seu corpo.

— Vão embora daqui!

Ele ergueu os braços, dando mais alguns passos. Devemos mostrar que estamos preparados para atacar, ele tinha descoberto naquele lugar em que fora parar; ficar maior e mais pesado para ser deixado em paz. O corpo cresceu e cresceu até encher todos os espaços, onde ninguém mais tinha coragem de entrar.

Os funcionários do centro de detenção infantil trabalhavam sob sigilo, mas isso não o ajudou. Os outros garotos ficaram sabendo que ele havia matado. Acabou confessando quando alguém discutiu com ele. Fazia tempo que não apanhava.

Quando os moleques decidiram ir embora da floresta com suas bicicletas, ele viu que se tratava de três. Magros e compridos, mal chegados à adolescência, desapareceram em um instante.

Olof entrou na casa e trancou a porta. Ouviu um grito das gaivotas no telhado. Ele havia descoberto que tinham um ninho na chaminé. Ficou pensando se devia acender a lareira, não porque fosse necessário naquele calor, mas para se livrar das gaivotas, pois seria um caos se elas voltassem ano após ano, se lembrava do pai dizendo certa vez. Mas não tinha ânimo. Então, se lembrou de como ele, em segredo, quando o pai não estava vendo, colocara folhas de jornal entre as achas de lenha para fazer fogo. Um homem de verdade não precisava disso.

Ele não acendeu nenhuma luz na casa. Tinha fechado as cortinas no andar de baixo, onde estava sentado e comia almôndegas e purê de batata diretamente da embalagem de plástico. Não havia silêncio nesta casa. Eram galhos batendo, um rangido. Talvez o vento tivesse quebrado algo. Um rato se mexia dentro da parede, saía correndo. Um homem podia morrer, mas sua voz permanecia. Passos no segundo andar. Batidas no telhado acima.

Olof percebeu que tinha se sentado no mesmo lugar de antes, na ponta do sofá. Sua mãe se sentava ao seu lado, um pouco afastada para que seu corpo não tocasse no dele. Ela parecia encolhida, ele já estava maior que ela, o pai na poltrona e Ingela do outro lado da mãe, uma perto da outra. Ninguém via Olof. Seu corpo preenchia o lugar. Eles olhavam para o chão, olhavam para fora. Ele olhava para o chão e para suas próprias mãos, aquelas mãos nojentas.

Pelo que lembrava, eles nada disseram.

Depois os passos na escada quando a polícia chegou, um deles com um saco plástico na mão. Dentro dele havia algo macio, amarelo.

Tinham revirado as gavetas debaixo da cama dele. O policial colocou o saco sobre a mesa. Amarelo como um dente-de-leão, como o sol, ofuscante. Todos os olhares sabiam, de repente, para onde se dirigir. Aterrissaram como moscas sobre o saco plástico.

Pode nos contar, Olof, o que é isso aqui?

Como foi parar debaixo da sua cama?

Ele não podia dizer, enquanto todos estavam ali olhando para ele, apesar de fingirem olhar para outro lugar, o que o cheiro tinha feito com ele. O perfume dela, ou seria o desodorante, ou os cabelos, toda ela tinha um odor forte.

É um casaco, Olof.

Era uma voz desconhecida. Quando ele levantou o olhar, deu de cara com o pai. Não reconheceu aquele olhar.

Ela estava usando um exatamente assim quando desapareceu.

As nuvens tinham passado sem vazar nenhuma gota de chuva. O ar estava empoeirado, seco e quente, enquanto o sangue frio se aquecia antes do início.

— Então é aqui onde todos se encontram — disse August com o olhar fixo nos números que surgiam nos quadros digitais.

Fräcke Prins era o grande favorito, com chances que chegavam a 12, enquanto a vitória de Axel Sigfrid pagaria setecentos e oitenta vezes mais. August tinha sido rápido em se candidatar como voluntário quando precisaram de alguém para acompanhar o turfe.

— O Kallblodskriterium — começou Eira. — Uma das competições mais importantes que acontecem em Dannero durante toda a temporada, quase tão importante quanto a V75.

— Tudo bem se eu apostar vinte coroas?

Ela lhe lançou um olhar penetrante.

— Só estava brincando — disse August.

Dannero não era mais o mesmo, desde que o antigo restaurante fora consumido pelo fogo. Os novos prédios eram claros e espaçosos, mas não tinham o mesmo charme desgastado do anterior. Eles costumavam ir até lá com a família toda, especialmente durante a corrida da meia-noite, que era a maior festa do verão nas redondezas. Eira se lembrava de pessoas embriagadas e da tensão quase insuportável quando ganhavam dez coroas para apostar nos cavalos, ela e Magnus, isso sem mencionar quando eles engatinhavam entre os pés dos adultos para ver se achavam alguma aposta que tivessem deixado cair durante a bebedeira. Ela ainda se arrepiava ao pensar que os sonhos podiam ser realizados, quando qualquer pessoa, de um momento para outro, podia ficar muito rica.

O novo restaurante e a área VIP estavam lotados. Do lado de fora, o campo se enchia de gente. Era naquele lugar que Sven Hagström ficava, segundo Karin Backe. Tão perto que se podia sentir o vento e a vibração no chão quando o bando passava correndo, o odor intenso do suor dos cavalos. Eira ouvia a conversa das pessoas que pareciam se conhecer. Homens mais velhos, de boné para se proteger do sol e casaco com logotipo de empresa, apesar da temperatura de 25 graus. Falavam baixo e ficavam perto uns dos outros. Ela escutou a dica de um deles, que tinha contato com alguém no estábulo, de que Byske Philip tinha se saído bem no treinamento, enquanto Eldborken teria uma temporada pior depois de sua lesão no inverno.

O narrador falava cada vez mais rápido quando, para surpresa geral, Eldborken passou a liderar, ultrapassando Buske Philip e chegando com probabilidades que provocaram os gritos de alguém.

Depois de o jóquei ter ganhado o seu buquê de flores e do vencedor ter dado uma volta pela pista, o telefone dela começou a vibrar. O diretor esportivo estivera inacessível, mas em dois minutos estaria junto aos caixas, atrás da carrocinha de cachorro-quente.

— É muito trabalho em um dia como esse — disse ele, enxugando o suor da testa. Havia arregaçado as mangas da camisa e tinha, no máximo, três minutos para falar com eles.

Não reconhecia o nome Sven Hagström, "mas eram muitos que ele conhecia sem saber os nomes".

Eira lhe mostrou a fotografia que fora tirada a uns trinta metros de distância dali.

— Ah, sim — disse ele. — Sei quem é. Ele costuma ficar com o grupo daquele lado, frequentadores assíduos desde muito tempo, antes de eu ter vindo para cá, apostam pequenas somas. — Ele apontou para um grupo de idosos espalhados próximos da cerca, dois deles sentados em um banco também deviam fazer parte do grupo. — Ele fez alguma coisa?

— Precisamos falar com pessoas que o conheciam.

— Conheciam? — O olhar do homem vagou entre a polícia e o público, passando pelos quadros de apostas. — Vocês estão dizendo que foi ele quem...? Ai, meu Deus. Falem com aqueles rapazes ali, Hacke é o nome de um dos veteranos, há também Kurt Ullberg, de Prästmon, que já teve cavalos, os outros eu não sei... Não tenho como ajudá-los mais, infelizmente.

Quando os policiais começaram a agradecer pelas informações, ele já tinha se afastado.

A corrida havia começado. Eira comprou café, em copos descartáveis, para cada um deles. Eles seriam hostilizados se interrompessem os homens antes de os cavalos cruzarem a linha de chegada, mostrariam ser tipos insensíveis que não compreendiam os valores do mundo real. A beleza dos cavalos de sangue frio, as apostas que podiam transformar uma vida.

Quando Järvsö Johanna chegou na reta final como a égua mais rápida, eles foram falar com os homens. O pequeno grupo junto aos bancos tinha sentimentos diversos, alguns alegres, outros tristes, alguém tinha ganhado e outro havia perdido. Não precisaram mostrar a fotografia a eles. Lógico que conheciam Svenne, sabiam o que lhe havia acontecido.

— E ele nem devia ter dinheiro em casa — declarou o homem conhecido por Hacke, com o rosto coberto por uma barba grisalha e desgrenhada. — Svenne perdeu muito dinheiro no V75 no fim de maio e depois disso não me lembro de a sorte dele ter virado. Normalmente são fases.

— Vocês têm certeza de que ele não se matou? — perguntou um deles, chamado Gustav alguma coisa.

Eira reconheceu o sotaque do interior do país. Fez sinal para August anotar o nome. Ia ser difícil obter a atenção deles assim que a próxima corrida começasse. Não por eles não se importarem, pois todos estavam empenhados e nervosos, rodeando a polícia, porém fazia parte da vida deles dar atenção ao ruído dos cascos dos cavalos assim que se aproximassem.

— Quem poderia fazer mal a ele?

— Não havia nada de errado com ele.

— Era um pouco quieto e ranzinza, mas quem não fica assim com o passar dos anos? Vamos ver aonde esse país vai chegar.

— Vocês vão prender esse desgraçado? Ou o crime vai parar em uma pilha de papel? Uma merda os hospitais terem sido transferidos para a costa. Ele talvez pudesse ter sido salvo.

— Ele já estava morto quando o encontraram.

— Mesmo assim. — O homem chamado Gustav alguma coisa se aproximou. Eira teve vontade de se afastar dele devido ao odor de bebida alcoólica e à falta de higiene. — Ele talvez tivesse recebido ajuda antes disso acontecer. Com isso. — Gustav segurava um copo de plástico com cerveja em uma das mãos e um cachorro-quente já pela metade na outra, sacudindo-a em direção à cabeça, para mostrar com o que Sven Hagström deveria ter sido ajudado.

— Como assim?

Ele deu uma mordida no cachorro-quente, olhando para ela de uma maneira difícil de ser decifrada, observando-a ou assediando-a.

— Você tem filhos?

— Ainda não.

— Queremos o melhor para eles na vida — continuou ele. — Você vai descobrir isso um dia. Se eles falham, temos que nos manter firmes e fortes e, se não conseguimos, eles vão parar no fundo do poço, então a única solução é se agarrar nisso aqui. — Ele derramou um pouco de cerveja, enquanto gesticulava. — Que tipo de pessoa não consegue salvar o próprio filho?

— Ele era alcoólatra?

— Ele usava coisas mais pesadas.

— Sven Hagström?

— Não, não seja louca, o meu filho. Ele já não está mais entre nós. Foi isso que me fez entender o que acontecera com Svenne, aquele vazio dentro de nós.

— Vocês conversavam sobre o assunto?

— Não sei se a palavra certa é conversar, ele sempre evitava tocar no assunto, como as pessoas fazem quando é muito doloroso — disse Gustav.

Ele se virou depressa quando o narrador anunciou a largada; se ouvia o ruído dos cascos no chão, o silêncio da plateia. A expectativa ficou concentrada na possibilidade de Hallsta Bamse passar a liderar com uma probabilidade de seiscentos e quarenta. Eira não percebeu que August estava logo atrás dela, não o tinha visto nos últimos minutos.

— Isso aqui você vai gostar de ouvir — disse ele.

— Espere.

Hallsta Bamse não suportou a pressão da última curva e começou a galopar, o narrador perdeu o ritmo e Förtrollad assumiu a liderança, contrariando todas as expectativas, e um movimento ondulou pelo público, que soltou a respiração.

— Adivinhe onde se escondeu um estuprador. — August estava tão perto ao falar no ouvido dela, que chegou a tocá-lo, fazendo-a sentir o calor da sua respiração.

— Onde?

Ele mostrou com a cabeça o grupo de homens.

— Segui com um deles para buscar o prêmio depois da última corrida. Um bom dinheiro. Então, ouve-se coisas.

— Conte.

August Engelhardt parecia insuportavelmente convencido na maneira como sorria. Provavelmente esse era o seu primeiro triunfo policial na vida, pensou Eira, olhando para o relógio. Ninguém iria embora dali por um bom tempo.

— Você é meu convidado para o almoço — disse ela.

— Picadinho de carne?

— Eles devem ter uma salada.

A revolução vegetariana ainda não havia chegado às pistas de corrida de cavalo em Norrland, então August acabou pedindo uma salada simples com um sanduíche de queijo e Eira pediu almôndegas com purê de batata e geleia de arando-vermelho.

Conseguiram achar uma mesa quase sem vista para a pista, era a única que estava desocupada. August se aproximou para evitar os ruídos do local e a irritante música que tocava, uma versão piorada de um sucesso dos anos 1970.

O homem que ele havia acompanhado até os caixas se chamava Kurt Ullberg, ele que tinha sido proprietário de cavalos anteriormente. August leu o que escrevera em suas anotações bagunçadas.

— Na primavera, no início de maio, ele achava. Ouviu de um primo, cujo cunhado é vizinho daquela mulher, ou o vizinho que era seu cunhado… Ela havia reconhecido o homem da Ferragens Nyland, que é uma loja de ferragens…

— Sei que é uma loja de ferragens.

— Havia algo com as palavras e a voz, apesar de já terem se passado quase quarenta anos.

— Quem foi reconhecido?

Ele folheou o caderno.

— Adam Vide.

Eira buscou em sua memória, mas não conseguia se lembrar do nome, nem de uma investigação e nem de lugar algum.

— Mas esse já não é mais o nome dele hoje em dia — continuou August. — Ullberg disse que as pessoas sempre fogem para essas florestas daqui, como desertores norte-americanos da guerra do Vietnã, integrantes do neorruralismo ou mulheres que fogem de relações abusivas. Há pouco tempo ele conheceu um líder de um sindicato de

Estocolmo, escondido em uma cabana. Você se lembra do escândalo das reformas luxuosas e dos clubes de *striptease*?

— Bem-vindo à fronteira da selva — disse Eira. — Como isso se relaciona com o nosso caso atual?

August Engelhardt limpou o restante de molho no canto da boca e terminou de beber sua água mineral.

— Ele vive em Kungsgården — respondeu ele. — Foi por isso que Ullberg contou para Sven Hagström, achou que ele devia ficar sabendo. Vou ler aqui: "Por causa do que aconteceu com o filho dele e todo o vexame, ele não era o único."

— Que estupro foi esse?

— Um estupro coletivo em algum lugar do norte de Norrland, uma história muito violenta.

A lotação do lugar, a umidade e o calor de muitas pessoas juntas e o ambiente barulhento interfeririam na capacidade dela de pensar com lucidez. Já tinham saído do restaurante quando ela conseguiu formular algumas perguntas mais urgentes.

— Ullberg sabe o nome que o homem usa hoje em dia?

— Não, infelizmente. O primo dele ou o cunhado do primo não queria que o nome se espalhasse, talvez a mulher houvesse se enganado, ou talvez realmente não soubessem quem era.

A última corrida tinha terminado, mas os idosos permaneciam junto à pista, ela reparou que os copos de plástico deles ainda estavam cheios.

— Mas consegui o nome dela — disse August. — Ela mora em Prästmon, e anotei o telefone de Ullberg se precisarmos de mais detalhes.

— Muito bem! — disse Eira.

Ele sorriu, pegando um pedaço de papel do bolso traseiro da calça.

— Posso ir buscar o meu prêmio?

Eira não saía para tomar uma cerveja com os colegas depois do trabalho. Costumava ir direto para Lunde, ver se sua mãe estava se alimentando e se estava tudo bem.

Para um sueco, uma cerveja significa no mínimo umas três ou quatro.

Significa um táxi para casa, a quase dez quilômetros de distância.

Ainda assim, a sugestão fora dela. Havia algo de desolado no tom de August Engelhardt quando ele fizera o resumo dos acontecimentos no hipódromo. Na saída, ele perguntara se ela recomendava alguma série na televisão, mesmo ele já tendo visto quase todas.

— O que mais se tem para fazer durante a noite em Kramfors?

— Você já esteve no Kramm? — perguntou Eira, se arrependendo no mesmo instante. A solidão dele não era responsabilidade dela.

— Parece legal — disse August.

— Espere um pouco.

Algumas letras estavam apagadas na placa de neon do Hotel Kramm. Eira tinha tido algumas noites de bebedeira no local fazia muitos anos, além de uma aventura sexual ou outra. Corpos sem rostos definidos.

August voltou do bar trazendo duas cervejas locais.

— O que você acha dessa história com o estuprador, pode ser alguma coisa?

— Falar de investigação no bar... Você acha certo?

— Falamos no restaurante do hipódromo.

— Lá era você quem estava me passando informação. Além disso, ninguém estava nos ouvindo.

Eles olharam para lados diferentes no bar. O carpete, as cadeiras forradas, um grupo de mulheres da cidade, em torno dos quarenta anos, alguns desanimados homens de negócios.

August bebeu a cerveja diretamente da garrafa.

— É uma coisa típica daqui de Norrland — disse ele. — Essa história de sangue frio?

— O quê?

— Eles disseram, os velhotes lá no hipódromo, que são mais quentes que os cavalos de sangue quente daqui.

— São cavalos de trabalho — respondeu Eira. — São esforçados, não tão espevitados e nervosos. Sim, talvez seja uma coisa típica daqui de Norrland.

— Não imagino como é morar no mesmo lugar a vida toda, onde todos se conhecem.

August se recostou na cadeira, com um brilho nos olhos. Eira percebeu que era o efeito da bebida, tornando a pessoa dele mais presente. Não havia nenhum risco. Ele era jovem demais e ainda tinha namorada, era o que ele havia dito.

— Morei em Estocolmo durante alguns anos — disse Eira. — Sempre pensei em sair daqui assim que pudesse decidir sozinha.

— Mas o amor a trouxe de volta, foi?

— Sim, de certa forma. — Ela olhou pela janela, observando o asfalto e o estacionamento. Fora a mãe quem a trouxera de volta, mas era um assunto pesado e pessoal demais para ser trazido à tona. A enfermidade, a responsabilidade, o medo de estar no lugar errado, fora por isso que voltara no ano anterior. Também entrava na categoria amor.

Ele brindou com sua garrafa junto ao copo dela.

— Eira — disse ele. — Que nome bonito, diferente.

— Não em Ådalen. — Ficou esperando por algum tipo de reação, que não veio. — A garota que morreu no tiroteio. Ådalen, 1931. Eira Söderberg. Tenho o nome em homenagem a ela.

— Ah, é? Bacana.

Eira ainda não tinha certeza se ele sabia sobre o que ela estava falando. Ela sabia que não queria ser uma daquelas pessoas que conta histórias sobre cada pedra encontrada. O tiroteio em Ådalen fazia parte da cultura geral. Eira Söderberg tinha somente vinte anos de idade quando morrera. Ela nem fazia parte do grupo de protesto, estava somente assistindo, quando foi atingida pelo ricochete de uma bala. Aquele acontecimento mudara a história da Suécia, pois nunca mais os militares foram convocados contra os trabalhadores, o novo modelo sueco teve início naquela ocasião. Paz no mercado de trabalho, a terra dos acordos.

Eira bebeu o resto da cerveja.

— Saúde! — exclamou August, e se levantou para pedir mais uma rodada de cerveja.

Três ou quatro cervejas mais tarde, ela se encontrava ao lado de fora do hotel e chamava um táxi. August tinha ido ao banheiro, a placa de neon refletia nas placas dos carros. Ela o ouviu se aproximar, se virou e, de repente, ele estava perto demais. Eira acabou caindo, surpreendentemente, nos braços dele e sobre seus lábios. Foi um susto para ela.

— O que você está fazendo? — murmurou ela.

Não compreendia. A sua língua já estava envolvida no beijo. Ele era jovem demais, bonito demais. Estou desesperada, pensou, já se passou muito tempo desde a última vez.

— Nós trabalhamos juntos — disse ela.

As palavras saíam quando paravam para respirar.

— Você pode ficar quieta?

— Você disse que tinha namorada.

— Não temos esse tipo de relacionamento.

Ela nem ficou sabendo se o táxi acabou vindo, pois se esqueceu de que havia feito o pedido. O apartamento temporário dele ficava muito longe dali, era mais fácil voltar ao hotel. Ela deixou que ele reservasse um quarto na recepção, com o cartão dele e "o prêmio de Dannero". Eles deram risada quando ele a pressionou contra os botões do elevador e o desgraçado foi parar no andar errado. O porteiro noturno era da Síria, um dos poucos que permanecera ali depois da onda de refugiados, o funcionário não sabia quem ela era, não espalharia nenhuma fofoca.

É apenas uma noite, ela pensou, enquanto August se atrapalhava e deixava cair as chaves do quarto. Se for só isso, não significa nada.

O sol atingiu seu rosto em cheio, eram quatro e quinze da manhã. August dormia de bruços, com os braços abertos, como Jesus.

Em silêncio, ela se vestiu e saiu discretamente dali. O porteiro estava ausente. Kramfors ainda estava adormecida, mas a central de táxi, que ficava em Umeå, ou talvez em Bangalore, estava aberta.

Vinte minutos mais tarde ela estava a caminho de Lunde, sentindo pânico só de pensar no que encontraria ao chegar em casa.

A casa de madeira amarela ainda estava no lugar de sempre. A porta não estava aberta. Sua mãe não havia se perdido e caído no rio. Não tinha cheiro de queimado lá dentro. Ninguém estava caído no chão com o quadril fraturado.

Durante o dia, Eira tinha conseguido que um assistente municipal visitasse a mãe em casa, ele aquecia a comida para ela, lhe dava a medicação e a ajudava a tomar banho duas vezes por semana. Se ela precisasse ficar fora por mais tempo, bastava telefonar a algum vizinho ou para algum dos amigos que ainda viviam por perto e que eram cada vez mais raros. Se não tinham se mudado por causa do trabalho, haviam ido embora para ficar junto do restante da família e dos netos.

Encontrou a mãe no quarto, deitada na cama. Kerstin havia adormecido com as roupas do dia anterior. O abajur estava aceso e os óculos de leitura estavam tortos sobre o seu rosto, o livro havia caído no chão. *O amante*, de Marguerite Duras. As páginas estavam manchadas, a cola se soltava da encadernação. Os olhos de Eira pousaram sobre uma passagem:

Ele me pede para esperar mais um pouco. E fala, diz que soube imediatamente, desde a travessia do rio, que eu seria assim depois do meu primeiro amante, que eu gostaria de amar...

O marcador tinha caído quando ela fechara o livro. Eira o colocou no lugar errado. Sentiu uma vergonha infantil de ter flagrado a mãe com uma leitura erótica.

Percebeu que talvez se sentisse assim por ter vestígios de seu amante ainda no corpo, o que poderia ser facilmente confirmado por um perito legal. Ela nada sabia da vida amorosa da mãe nos últimos 19 anos. Ou até mesmo de mais tempo atrás. Seus pais tinham se divorciado, em um acordo mútuo e tenso. Menos de um ano depois seu pai se casara de novo e, por essa razão, ela sempre pensou que a separação fora causada por ele. Mas e se fosse o contrário?

Ela colocou o livro sobre a mesinha de cabeceira, prometendo a si mesma que o leria mais tarde. Era para ter assunto com a mãe, talvez o mesmo todas as manhãs, já que Kerstin se esquecia do que havia lido. Eira ficou pensando se a mãe ainda sentia a mesma alegria na linguagem e nas histórias ou se apenas se deitara com um livro porque era o que sempre havia feito.

Em seguida, entrou no chuveiro. Seu corpo parecia vivo e ausente ao mesmo tempo, ardendo em alguns lugares. Escovou os dentes três vezes, mas o gosto ainda permanecia ali.

Da bebedeira, o gosto dele, de tudo.

A reunião já tinha começado quando ela chegou, um pouco atrasada. Eira colocou um chiclete discretamente na boca, prendendo a respiração ao cumprimentar os colegas.

Ela ainda não tinha entendido bem quem faria parte da investigação. Antes trabalhavam em grupos fixos, mas hoje em dia dependia da necessidade e dos recursos disponíveis para cada tipo de caso. Tudo era mais flexível, em movimento. Assim a informação era compartilhada entre muitos funcionários, e o conhecimento se tornava mais amplo, mas, ao mesmo tempo, a união do grupo ficava prejudicada. Eira não sabia quem estaria presente no dia seguinte e quais colegas ela nunca mais veria.

— Mas, se alguém encontra o pai morto, brutalmente assassinado — disse uma investigadora chamada Silje Andersson, de Sundsvall, cuja voz Eira reconhecia das reuniões on-line —, ou se foi ele mesmo quem enfiou uma faca no abdome do pai, por que ficaria na mesma casa? Que tipo de pessoa faz isso?

— O cara em *Psicose* — respondeu Bosse Ring.

Eira já havia se encontrado com ele algumas vezes, era um veterano com 32 anos na polícia e uma carreira militar pregressa. Nariz torto como o de um velho lutador de boxe, óculos de aros finos.

As vozes enganavam. Eles, normalmente, se esqueciam de ligar as câmeras durante as reuniões on-line. Pela voz profunda e um tanto rouca de Silje Andersson, ela imaginara uma mulher de meia-idade, que pintava os cabelos grisalhos e precisava de óculos para ler, não uma beldade loira platinada, com seios capazes de fazer qualquer criminoso segui-la por vontade própria. Eira ficou incomodada com seus pensamentos.

— Mas como era? — perguntou Bosse Ring. — Ele não matou a mãe?

— Quem? — indagou GG, desviando o olhar de seu computador.

— O cara do *Psicose*. Ele apenas a escondeu no sótão e ficou sacudindo a cadeira de balanço, não?

— Eu encontrei alguns relatórios sobre Olof Haggström — disse Silje. — Um da instituição em que ele ficou quando mais novo; ele bateu em outros meninos em algumas ocasiões, mas nada grave. Depois foi parar em uma casa de acolhimento em Upplands Bro. Não tem notas finais do Ensino Médio, teve diversos empregos, entre eles em um depósito de madeira no mesmo município, endereços temporários, porém nenhum registro na polícia.

— Talvez tenha conseguido se safar — disse Bosse Ring.

— Mas fico pensando na execução do crime — continuou Silje. — Uma facada dessas não exige força extrema, mas uma certa técnica. Demonstra autoconfiança, frieza. Um suspeito nervoso continuaria a esfaquear a vítima, para se assegurar de que estaria morta. Uma pessoa com sede de vingança ou magoada, envolvida com motivos pessoais, descontaria sua raiva.

Eira enxergou o corpo pálido à sua frente e controlou o mal-estar.

— O clínico geral telefonou — disse ela. — Ele confirmou a fratura do fêmur há quatro anos, quando Sven Hagström caiu de uma escada. A cadeira no chuveiro era emprestada, mas ninguém parece tê-la pedido de volta.

— Por favor, me deem um tiro o dia que eu precisar me sentar para tomar banho — disse Bosse Ring.

Eira tomou um gole do café que trouxera consigo. Junto do chiclete de menta era uma combinação repulsiva. GG se virou para ela. Ela achou que ele parecia cansado, com os olhos vermelhos, por falta de sono.

— Antes de você chegar, falamos um pouco a respeito das informações que você obteve na corrida ontem. Quais são as suas considerações sobre elas?

— Não tenho certeza — respondeu Eira, com vergonha por ter se atrasado. — A fonte de informações parecia confiável, mas é baseada em rumores de terceira ou quarta mão.

— Se deixarmos o pensamento correr solto agora, pode ter sido Sven Hagström quem a mulher viu na loja de ferragens? Que era conhecido por... Como era, mesmo?

— Adam Vide.

— Não há nada no histórico de Sven Hagström que indique que ele tenha trocado de nome — disse Silje Andersson.

— Talvez ele desse esse nome quando se encontrava com mulheres — sugeriu Bosse Ring. — As pessoas usam um nome qualquer por aí. Um amigo me perguntou que truque usamos para saber quem uma pessoa é, ele estava sendo cortejado por uma mulher chamada "Peito Grande".

— Um amigo? — perguntou Silje, com calma. — Você sabe que as mídias sociais são como o sofá do analista. Ninguém pergunta alguma coisa no lugar de um amigo.

— Silje, você vai com Eira — disse GG. — Falem com a mulher, vejam se há alguma coisa, conversem com os outros envolvidos nos rumores, se vocês acharem necessário.

Ele e Bosse Ring tentariam pressionar a empresa de construção. Os trabalhadores da Letônia afirmaram que começavam todos os dias às seis da manhã, com a reforma de uma escola que se tornaria um Bed & Breakfast.

— Vamos conferir se é verdade. Há informação sobre impostos não pagos, salários abaixo do mercado e outras coisas que costumam fazer as pessoas falarem.

Também buscariam alguns criminosos da região para inquérito, segundo uma lista que Eira havia organizado.

— Esses rapazes já foram condenados ou acusados por abusos físicos — disse ela. — Mas nenhum deles é suspeito de homicídio.

— Sempre haverá uma primeira vez — respondeu GG. — Mesmo assim eles podem ter alguma informação importante a nos fornecer. Ficam sabendo o que as pessoas escondem em suas casas, quem está viajando. Eles agem em horários fora do expediente de trabalho.

— Sven Hagström raramente viajava — disse Silje. — O passaporte dele venceu no fim do século passado.

— Eles, talvez, acabem confessando outros crimes — disse GG.

Estamos em um beco sem saída, pensou Eira, ninguém acredita que isso vá nos levar a algum lugar. Estamos cumprindo com a nossa obrigação, fingindo apenas ter esperanças.

— Alguém aqui acha que há dinheiro envolvido nesse caso? — perguntou Silje, citando fatos da economia pessoal da vítima. Uma pensão miserável depois de uma vida de trabalhos temporários na indústria florestal, uma casa avaliada em noventa mil coroas, uma poupança de treze mil e setecentas coroas suecas. — Para seu próprio funeral, penso eu, coisas de uma geração que não quer dar trabalho a ninguém.

— Daremos uma olhada em tudo — disse GG, em um tom mais sério. — O que significa que não vamos descartar nada até que tenhamos certeza de que possa ser descartado. A cada dia que passa, outro idoso fica mais preocupado. Um já passou a trancar a porta de casa. Outro reclamou que a polícia não faz nada.

Duas semanas já tinham se passado desde que alguém esfaqueara Sven Hagström no abdome, com tanta força que lhe tinham cortado a carótida.

A arma do crime não fora encontrada, nenhuma testemunha tampouco.

Ele precisava lembrá-los disso?

Eira bebeu de uma vez toda a Coca-Cola que havia comprado para amenizar as náuseas e diminuiu a velocidade ao entrar em Bollstabruk, passando pelas lojas para sempre fechadas do vilarejo que, antes, era sustentado pela serraria. Era um mistério para ela porque a velocidade máxima dali era de quarenta quilômetros por hora.

A conversa no carro com sua nova colega era a de sempre, seguindo o modelo. Quanto tempo você trabalha na polícia, como foi parar ali? As respostas, porém, eram um tanto diferentes, Silje Andersson não era recém-formada pela Academia de Polícia.

— Na verdade, queria ter sido geóloga — disse ela. — Outras garotas se dedicavam aos cavalos, cachorros e ídolos de *boybands*. Eu era obcecada por pedras. O meu terapeuta disse que tem relação com a minha infância.

As pedras são algo perene em um mundo não confiável, levam milhares de anos para serem desgastadas e transformadas. Eira passou a ver a colega sob um novo ângulo. Tinha frequentado metade do curso de psicologia antes de decidir investir na carreira policial.

Ficaram caladas quando as notícias foram anunciadas pelo rádio do carro.

O assassinato já tinha sido deixado de lado pela imprensa local, agora a notícia principal era a descoberta de que municípios ricos da região de Estocolmo mandavam beneficiários sociais para os lugares mais pobres de Norrland. Arranjavam apartamentos de aluguel vazios, pagavam a passagem de trem e um mês de aluguel. Depois disso, passavam a responsabilidade para a outra região. Em Kramfors só ficaram sabendo sobre o que estava acontecendo quando as pessoas começaram a aparecer no escritório de assistência social.

— Então, o que você está achando de trabalhar com GG? — perguntou Silje.

— Ele é legal — respondeu Eira. — Eficiente.

— Por que você acha que ele nos pediu para irmos juntas?

— Porque pareceu lógico. Estamos indo falar com uma mulher sobre abuso sexual.

Eira se sentia agradecida por não ter que ficar atrás de viciados, que lhe pediriam para mandar lembranças a Magnus, mas isso ela evitou dizer. Também deixou de mencionar que tinham acabado de passar pela vergonhosa montanha de Bålberget. A maior quantidade de mulheres em todo o país tinha sido decapitada e queimada na fogueira como bruxa naquele local, durante um único dia do mês de junho no final do século XVII, uma a cada quatro mulheres fora eliminada.

— Ou é porque a namorada dele não gosta que ele ande comigo — disse Silje, dando uma olhada para Eira. — Então, se cuide.

— Como assim?

— Ele é bem atraente, não acha? GG tem uma certa reputação, mas talvez não tenha chegado até aqui.

— Evito ter casos com os colegas — disse Eira, se encaminhando para o endereço em Prästmon. — Ainda mais com aqueles que já têm compromisso — acrescentou ela, aumentando a velocidade.

Mais tarde, depois de um momento de silêncio, ela se deu conta de como era fácil se transformar em uma hipócrita.

— É, você tem razão — respondeu Silje, sorrindo. — É o que todas dizemos, até acontecer.

A mulher se chamava Elsebeth Franck e tinha passado um pouco dos cinquenta anos de idade, mas, quando ela se sentou e Silje lhe pediu para que contasse o ocorrido, era como se a mulher voltasse aos 16 anos de idade. Retorcia as mãos, alisava uma franja inexistente, parecendo menor do que realmente era.

— Por que vocês querem saber?

O marido apertava a mão dela.

— Ele fez aquilo de novo? — perguntou a mulher. — É por isso?

— Seria bom se você nos contasse o que aconteceu — respondeu Silje.

A casa era da família do marido e tinha sido cuidadosamente reformada, talvez sua fundação fosse do século XVII e uma das bruxas houvesse morado ali. Havia um fogão à lenha, o chão de tábuas de madeira bem enceradas, cortinas na cor lilás que balançavam com a brisa. Havia um gramado amplo do lado de fora, onde dois cortadores de grama em forma de robô andavam de um lado para o outro, arrancando tudo o que não prestava. Elsebeth vestia um conjunto de blusa e calça de um famoso designer sueco. Durante o inverno residiam na cidade de Gotemburgo, disse o marido, mas a esposa vinha de um lugar mais ao norte.

— Jävredal, já ouviram falar de lá?

Ficava entre Skellefteå e Piteå, na fronteira entre os estados mais ao norte, o lugar para o qual Elsebeth Franck tinha a intenção de nunca mais retornar.

— Primeiro, eu não tinha certeza — disse ela. — Ouvi um homem falando atrás de mim, e foi como se o meu corpo se lembrasse do abuso que sofri, pois comecei a tremer, entendem? — ela olhou para fora, fez uma pausa, segurou o choro, ou aquilo que ela não queria que saísse.

O céu havia escurecido ao noroeste, uma tempestade vinda das montanhas estava a caminho.

— Achei que tinha me esquecido. Não pensei mais nisso durante muitos anos. Conheci um homem maravilhoso, me casei, tive filhos, uma vida boa, e comecei a achar que tinha ficado no passado para sempre, mas nunca é assim.

— Não precisa ter pressa — disse Silje.

— Como se eu quisesse. Você acha isso mesmo?

Elsebeth Franck olhou bem para a investigadora.

— Sabe que você me faz lembrar dela? Ela era assim, loira, segura de si e bonita. Eu olho as minhas fotografias de quando era jovem e penso que era engraçadinha, mas nunca tive chance se comparada a ela. Acho que uma pessoa como você nunca entenderia como é.

— O quê?

— Ser desprezada. Sempre. E, mesmo assim, queria estar perto dela como de mais ninguém. Por que fazemos assim?

— É a luz do sol — disse Eira. — Queremos estar sob ela.

Elsebeth Franck sacudiu a cabeça devagar, continuando a examinar Silje, tão minuciosamente que parecia querer descobrir algo sob a pele dela.

— Pode nos contar o que houve naquela loja de ferragens? — perguntou Eira.

— Queria ter ido no lugar dela — disse o marido. — Mas ela insistiu. Era o meu aniversário de sessenta anos.

Elsebeth tinha ido à loja para comprar as últimas coisas para a festa e buscar o vinho que tinham encomendado. A loja de ferragens funcionava como local de entrega de bebidas alcoólicas também.

— Eu estava junto a uma prateleira, procurando pelas lâmpadas que precisava, o que não é mais tão fácil hoje em dia com essa mudança que fizeram, quando escutei aquela voz logo atrás de mim. Junto às furadeiras. Talvez algo dentro de mim a tenha reconhecido imediatamente, então fiquei ouvindo, embora eu devesse me apressar e voltar para casa, com tanta coisa que eu tinha a fazer. O homem estava lá escolhendo algum produto e falando com um funcionário da loja, pareciam estar de acordo sobre uma tal marca ser melhor que a outra. Foi quando ouvi aquelas palavras e senti um choque atravessar meu corpo todo.

O marido havia colocado a mão nas costas dela, fazendo um leve carinho.

— "Essa é das boa." Foi exatamente assim que ele falou, deixando seu sotaque transparecer. Olhei por cima das prateleiras, avistei apenas as costas e a nuca dele e, mesmo assim, eu já sabia quem era. Então, deixei escapar. Adam Vide, disse em voz alta, ele se virou, somente ele, em toda a loja. Aqueles olhos. Eram os mesmos olhos. Ele desviou o olhar, largou a furadeira, foi em direção ao caixa e à saída, mas eu tenho certeza que ouvi: "Essa é das boa."

— O que ele quis dizer com isso?

Elsebeth pediu para o marido buscar o café. Quando ele se retirou, ela falou depressa e em um tom baixo de voz.

— Naquela noite, ouvi ele falar exatamente assim. A mais loira delas é minha, ele disse, a mais bonita das duas. "Essa é das boa", assim era ele, Adam Vide, apesar de na ocasião eu desconhecer seu nome; só fiquei sabendo no julgamento… Estávamos no posto comendo hambúrguer, e eu tinha dado uma olhada nele. Era uma gangue, e eu o tinha achado bonito, então enganei a mim mesma acreditando que ele estava interessado em mim, e achei que me olhava. Ele tinha olhos muito bonitos, azuis com um toque esverdeado, assim como o mar nas férias, mas era Anette, sempre Anette. Escutei isso quando fui ao banheiro e passei por eles. Vocês podem dar em cima de quem quiserem, ele disse aos amigos, se referindo a mim, mas deixem a belezinha em paz.

Elsebeth tinha passado um bom tempo no banheiro. Quando voltou, Anette já estava sentada no colo de Adam Vide e dava risada. Ela estava bêbada, todos estavam, tinham assistido à corrida de automóveis, a maior festividade do ano em Jävredal, e aqueles garotos não eram dali, pois vinha gente de todos os lugares. Anette chamou Elsebeth para se juntar a eles, enquanto iam cambaleando em direção aos carros, porque os rapazes tinham mais bebida no acampamento junto ao lago. "Vamos lá, Bettan, não seja tão chata."

— A última coisa que vi foi quando ela se sentou entre dois rapazes no banco da frente do Cadillac com chamas pintadas nas laterais. Ela tinha as pernas sobre Adam Vide e ambos tinham as mãos nela, as dele já estavam debaixo do vestido, e ela bebia do gargalo, cantando a música que tocava no estacionamento. Aguardente caseira, declararam no julgamento. Eu não queria. Detestava quando ela me chamava de Bettan. Eu já tinha transado com alguns rapazes, não porque eu quisesse muito, mas para não me chamarem de chata. Às vezes eu fingia me apaixonar por eles, para me sentir melhor.

Ela endireitou as costas quando o marido voltou para a sala, passando a mão pelo rosto dele com carinho e proteção.

— Talvez seja melhor eu conversar com elas sozinha — disse ela.

— Você sabe que não tem motivo para se envergonhar. Sabe que estou aqui.

— Eu sei.

Dando-lhe um beijo na testa, ele se retirou para outro cômodo da casa.

— Ele não sabe de tudo — declarou Elsebeth. — Não é verdade que eu não penso mais nisso. Está na minha mente o tempo todo. Devia tê-la tirado daquele carro, sabia que era errado, mas não o fiz porque estava furiosa com ela. Consigo vê-la na minha frente agora, com os braços erguidos no ar enquanto eles iam embora. E o que eu fiz? Chorei e fiquei chutando pedras durante os dois quilômetros de caminhada até minha casa, porque tinha pena de mim mesma.

Ela recebera um telefonema da mãe de Anette na tarde do dia seguinte, quando alguém a havia encontrado na barraca e chamado por socorro.

Sete jovens tinham participado do estupro coletivo, o mais novo tinha somente 16 anos de idade. Fora ele quem enfiara a mão dentro dela, rasgando a parede vaginal. Quando Elsebeth ficou sabendo o que acontecera com Anette, ela já estava sendo operada. O rompimento chegara até o abdome.

— Participei somente por um momento da primeira fase do julgamento, depois não suportei mais. Troquei de escola, fui para uma cidade mais ao sul, para não precisar encontrar com eles na rua quando fossem libertados. Pegaram somente um ano de prisão. O que ela faz hoje em dia, eu não sei. Nem sei se está viva. Se pôde ter filhos. Acho que foi por isso que fui embora, para não ter que encontrá-la. Uma vez a procurei no Facebook, para saber se estava bem, se tinha uma vida normal, mas não a encontrei. Ela deve também ter trocado de nome.

— Seu marido tem razão — disse Silje. — A culpa não foi sua. São os culpados que devem se envergonhar.

A mulher se virou para o outro lado. Eira ficou com a sensação de que ela se disfarçava naquelas roupas caras, um pouco anônimas, apropriadas para qualquer tipo de ocasião.

— Ficar lá vendo-o escolher uma furadeira, como se nada... Fiquei pensando depois que, se eu tivesse algo pesado ou perigoso ao meu redor, podia ter batido na cabeça dele com uma pá, ou uma serra, qualquer coisa, mas nada fiz, só fiquei parada lá, vendo-o ir embora.

Elas estremeceram ao ouvir os trovões lá fora. As nuvens estavam escuras, como a pele de alguém depois de ser espancado, mas ainda não começara a chover. Elsebeth Franck se levantou para fechar a janela. Ficou parada lá. A trovoada retumbou uns dez segundos depois, o que significava que a tempestade estava a três quilômetros de distância.

— Não estive mais na loja de ferragens desde então — disse Elsebeth. — Prefiro ir até Sollefteå, embora fique muito mais longe daqui. Andávamos de caiaque no rio, eu e o meu marido. Mas agora digo que não quero mais descer para aquele lado.

— Como você sabe que esse homem mora em Kungsgården?

— Alguém perguntou a ele, quando já estava de saída. Eu me escondi atrás das prateleiras, mas escutei tudo. "Como está lá em Kungsgården, a fibra ótica já foi instalada?" Ainda não tinham instalado. Ele reclamou que estavam demorando muito.

Somente quando ela viu o homem sair da loja, foi que teve coragem de ir até o caixa. Alguma coisa ela precisava dizer. Aquele não era Adam Vide?

Não, esse não era o nome dele.

— Você não perguntou quem ele era?

— Não o fiz, não consegui.

Silje pediu a ela para descrevê-lo. Era alto, acima da média, um metro e noventa de altura, talvez, bem conservado para os seus quase sessenta anos de idade, o que deixou Elsebeth zangada. Preferia ficar cara a cara com alguém que demonstrasse ter dificuldades na vida. Até cabelo ele ainda tinha, apesar de grisalho.

Eira trocou um olhar com a investigadora, excluindo definitivamente Sven Hagström. Ele tinha passado dos setenta anos e era bem mais baixo.

— Já faz muito tempo — disse Silje.

— Trinta e oito anos daqui a duas semanas. — Elsebeth Franck olhou de uma para a outra. — Era a maneira como ele se mexia também. E a voz. Por que mais ele iria se virar quando eu disse o nome? Nem comprou a furadeira, que era *das boa*.

Ela pagou pelas lâmpadas, mas se esqueceu do vinho. Seu marido teve que voltar lá para buscar. Depois disso, se sentiu obrigada a contar tudo para ele, mais tarde naquele mesmo dia, antes de os convidados chegarem. Ele a via como a coordenadora de atividades da família, a líder, aquela que tinha tudo sob controle. Elsebeth tentava parecer o mais normal possível, pois estavam dando uma festa, mas suas quiches ficaram queimadas, ela deixou copos caírem no chão, se desesperou e ficou chorando por essas pequenas coisas.

Era a primeira vez que seu marido se inteirava sobre o que acontecera naquele verão em Jävredal.

— Ainda estou procurando por um sinal de que algo mudou nele, mas nada encontrei. Vocês acreditam? Que ele ainda me ame. Às vezes isso me deixa zangada. Acho que ele é um idiota por não perceber quem eu sou de verdade. Ele ama alguém que não existe.

Mais tarde, no final da festa de sessenta anos, quando somente os mais próximos tinham permanecido na casa, ele queria que Elsebeth contasse para eles também, para que entendessem por que o clima tinha ficado ruim. Estavam entre amigos íntimos e parentes, pessoas que gostavam dela. Ele achava que ela se sentiria melhor assim.

Finalmente poder desabafar, se sentir livre.

Deixou que ele contasse, com a promessa de todos de que não espalhassem a história.

Ela foi se deitar.

— Mesmo assim, alguém contou para alguém, que contou para outra pessoa. Ninguém consegue guardar o segredo de outro.

A tempestade se aproximava. O marido veio do andar de cima, tirando os fios das tomadas, para que os raios não estragassem a televisão ou algum outro objeto.

— Estou falando sobre isso hoje só porque acho que vocês querem prendê-lo por algum motivo — disse Elsebeth.

O marido se colocou atrás dela, protegendo-a, enquanto se despediam no hall de entrada da casa.

— Espero realmente que seja algo importante — disse ele.

— Ainda não sabemos — respondeu Eira. — Essa pista surgiu em uma investigação de um caso completamente diverso, estamos examinando todos os rastros.

— Sobre estupro?

— Sobre homicídio. Talvez seja importante, talvez não tenha relação alguma.

A mão de Elsebeth Franck estava gelada e murcha quando se despediram.

— Agora nunca mais vou pensar nisso.

O processo estava lá esperando para ser lido em um envelope volumoso. Eira tinha saído da delegacia mais cedo para ter tempo de ir até Härnösand buscar os documentos. Processos dos anos 1980 não eram digitalizados, e o tribunal de Piteå já fora fechado há muito tempo. A funcionária do arquivo central levou um bom tempo até encontrá-los.

Depois chegara a hora do jantar.

— E você, que ia embora — murmurou Kerstin. Ela ficou parada com o cortador de queijo na mão, enquanto tiravam a mesa.

— Como assim?

— Você ia ser alguma coisa, mas só fica por aí à toa.

— Talvez porque goste do meu trabalho — respondeu Eira. — É prático ficar morando aqui.

— Mas você é tão talentosa.

— Deixe isso comigo — disse Eira, colocando o cortador de queijo na máquina de lavar louça.

Ela ouvia aquilo desde pequena, sobre todas as oportunidades que tinha por causa do caminho aberto por seus antepassados; ela podia ser o que quisesse.

Uma sensação de que sua vida começara muito antes de ela ter nascido.

Como as árvores, uma vegetação rasteira.

A carreira policial fora um desapontamento, quase uma traição. As gerações anteriores ainda associavam uniformes aos acontecimentos causados pelos militares em 1931.

Ela podia ter estudado o que quisesse, na área das ciências humanas ou exatas, pois a sociedade sofrera uma grande mudança, e os filhos e netos dos trabalhadores tinham, finalmente, a oportunidade de estudar. Se dedicar à literatura, o ponto mais alto da cadeia alimentar. Desde a árvore cortada, acompanhando o processo de aprimoramento, até o final. Ela queria fazer algo concreto, físico e intenso. Deixar os livros de lado, os pomposos textos. Ficar do lado certo, não se perder.

Fiquem felizes por eu não me drogar, Eira havia gritado uma vez, quando a escolha de sua carreira caíra como uma bomba sobre a família. Despedaçando, desunindo.

Ela escolheu um episódio qualquer de *Shetland* para ver na televisão e preparou uma xícara de chá para a mãe. Era difícil saber se Kerstin estava acompanhando o episódio, mas ela gostava de olhar para o policial bonito, que era melancólico e simpático.

O cheiro de fumaça vinha do noroeste, atravessando o rio. A rádio local anunciava que os raios tinham causado incêndios em Marieberg e na parte de cima de Saltsjön. O solo estava seco e havia o receio de que o incêndio se espalhasse, como ocorrera no verão passado. Todos guardavam aquilo na memória. O fogo tinha queimado grande parte da mata e as pessoas precisaram evacuar suas casas.

Eira se sentou à mesa da cozinha com o processo do Tribunal de Piteå.

Era volumoso, exaustivo de se ler. A arquivista de Härnösand tinha comentado o fato de o processo conter tantos detalhes, algo que ela nunca vira antes.

— É muito detalhado. — A arquivista tinha repetido tantas vezes que Eira compreendeu o quanto ela ficara chocada depois de ter lido tudo.

O julgamento havia sido em novembro de 1981.

Sete jovens foram acusados. Adam Vide foi o primeiro a violentar a vítima, Anette Lidman. Ele dera início ao ato, tirando as roupas da garota na barraca, segundo o depoimento das testemunhas.

Arranquem a calcinha, levantem o vestido.

Pelo que Adam Vide lembrava, ela mesma havia se despido, por livre e espontânea vontade. Ele achou que era o que ela queria, pois já estava molhada no carro e foi com eles até a barraca no acampamento. Isso não era prova de que ela realmente queria?

Como ele poderia entender de outra forma?

Outros testemunharam que Anette estava embriagada e inconsciente já na chegada ao acampamento, não conseguira tampouco caminhar até a barraca.

No início dos anos 1980, a técnica de DNA ainda não era usada nas investigações criminais. Quando Anette Lidman foi examinada, pôde-se constatar a presença de esperma em grande quantidade, porém não se sabia quem havia ejaculado nela.

Adam Vide estava muito bêbado, segundo seu próprio testemunho. Não conseguira ter ereção e só ficara deitado sobre ela, se masturbando e tentando. Depois havia deixado a garota lá, pois precisou sair para vomitar.

Lá fora, se encontrou com um rapaz desconhecido. Não sabe por que disse que havia uma garota lá dentro, com tesão, e que devia aproveitar para conhecê-la.

Ou tinha dito: "Você devia trepar com ela."

Depois os testemunhos eram desencontrados.

Adam Vide tinha ido embora dali e se embebedado mais ainda em outro lugar, mas obviamente o outro rapaz tinha seguido o seu conselho e entrado na barraca, assim como vários de seus amigos. Ninguém protestara ou mandara parar, muito pelo contrário, eles se revezavam e torciam uns pelos outros. Alguém tinha, inclusive, dado um tapa no traseiro dele enquanto ele transava com a garota.

Um após o outro. Páginas e páginas, com cada detalhe do estupro. Como era possível que nenhum deles tivesse reagido e impedido que aquela brutalidade continuasse? Ou teriam reagido e ficaram calados apesar de tudo?

Um deles dissera que ela gozava, outro comentara que ela estava inconsciente. Ficaram sem saber quem arrancara o vestido com tamanha força a ponto de rasgá-lo. O último deles, um garoto de 16 anos de idade, o mais novo, foi desafiado por um amigo a enfiar os dedos nela quando não conseguiu ter uma ereção. Ele o fez, até ver que sua mão estava ensanguentada.

Adam Vide havia retornado para a barraca quando já amanhecia. Anette Lidman estava deitada lá, nua. Ele perguntou como ela estava. A garota não respondeu, então ele foi embora.

Quando alguém fez o pedido de socorro e Anette deu entrada no hospital, ela ainda estava inconsciente. O nível de álcool no sangue dela chegava a 0,4%.

Ela não fazia a menor ideia do que havia acontecido.

Adam Vide e mais cinco rapazes foram condenados a um ano de prisão por abuso sexual. Segundo a lei, não havia sido estupro porque a garota não oferecera resistência. O mais jovem deles foi também condenado por abuso grave, mas foi entregue à assistência social.

Eira se levantou e ferveu mais água para o chá.

Fragmentos do que havia aprendido em um curso de direito lhe voltavam à memória. A lei ficara mais rigorosa depois de um debate acalorado justamente sobre o assunto, não teria sido nos anos 1990? Ela consultou o Google e encontrou um texto do parlamento no qual o abuso em Jävredal era mencionado com a sugestão de uma nova legislação. Hoje em dia, os sete acusados não ficariam livres depois de apenas um ano de prisão.

Em seguida ela se sentou, impaciente como uma criança na véspera de Natal, que havia aprendido a não espiar os presentes.

Eira voltou ao próprio veredito, com os nomes dos acusados. Nome é algo muito fácil de ser trocado na Suécia, mas o número de inscrição no seguro social de uma pessoa é o mesmo desde o berço até o túmulo, a não ser que algo muito excepcional aconteça, que dê motivos ao Estado para deixar alguém livre de seu passado.

Isso não se aplicava a um homem condenado a um ano de prisão por abuso sexual.

Somente os investigadores dispunham de laptops que podiam levar para casa. Eira só conseguiria entrar nos registros e nas bases de dados se voltasse até a delegacia, porém existiam vários sites que permitiam a busca pelo número do seguro social. Os últimos quatro dígitos não podiam ser vistos, mas isso não tinha importância.

Ela buscou pelo número do seguro social de Adam Vide. Ele era nascido em agosto de 1959, logo estaria fazendo aniversário, parabéns para ele. Depois digitou o código postal de Nyland como endereço para aqueles que moravam em Kungsgården e nas redondezas.

Um resultado.

Meu Deus do céu, pensou ela, dando uma volta na cozinha, se sentando mais uma vez e olhando fixo para o nome que surgira na tela.

Erik Tryggve Nydalen.

Como não havia percebido isso antes? Estava lá no processo, no lugar do nome do réu.

ADAM Erik Tryggve Vide.

Ele tinha tirado o Adam e assumira o sobrenome da esposa quando se casaram, não era nenhum enigma difícil.

Mas o que significava aquilo?

Ela se lembrava de como Tryggve Nydalen os tinha recebido no sítio com um firme aperto de mão. Ele era bem alto, tinha bastante cabelo, mas seus olhos eram azuis? Eira suspeitava de que ela seria uma péssima testemunha se precisasse descrever as características de um suspeito. Quando encarava alguém nos olhos, ficava concentrada na tentativa de ver o que havia por trás do olhar.

Tryggve Nydalen parecia o porto seguro daquela família desconfiada e um tanto histérica; era o mais razoável deles.

Eira percebeu que a televisão ficara em silêncio, o episódio da série de detetives tinha terminado. Kerstin olhou para ela, tinha adormecido e parecia confusa.

— Oi, é você quem vem aí?

Tirar a roupa, colocar a camisola, escovar os dentes. Havia algo na rotina que ela apreciava. Uma tranquilidade, uma pequena vitória. Esse dia também correra bem.

Quando a mãe já estava deitada com seu livro, o mesmo da noite anterior, Eira desenhou uma linha do tempo na parte de trás de um panfleto de propaganda.

O mês de maio, a curta primavera que espiava entre o degelo e o verão. Havia apenas começado quando Sven Hagström havia ouvido falar dos rumores sobre o ofensor sexual escondido nas redondezas.

O mês de maio. Também havia sido o mês em que ele contatara a biblioteca. Se Eira era péssima em se lembrar da cor dos olhos das pessoas, era muito melhor em se recordar de datas. No dia 14 e no dia 16 de maio, a vítima tinha ligado pedindo ajuda para encontrar algo nos jornais do norte, jornais antigos, dos anos 1980.

Ela fez algumas anotações e depois telefonou para a outra bibliotecária, que provavelmente teria mais informações a lhe dar. Jogou um casaco sobre os ombros e saiu de casa; a fumaça tinha formado uma neblina fechada e amarelada, ocultando as florestas do outro lado do rio.

Uma chamada havia sido feita à polícia. No dia 3 de junho. Talvez Sven tivesse pensado em registrar uma queixa, ou perguntar alguma coisa, ou xingar alguém, porém ele se arrependera e desligara.

Talvez não confiasse na polícia.

Aquele idoso não era nenhum especialista em buscar informações, não tinha nem um computador e tampouco um celular. Por outro lado, Eira levara um minuto para fazer a conexão entre Adam Vide e Tryggve Nydalen. Não teria sido possível para Sven Hagström, que tivera várias semanas, um mês, oceanos de tempo, chegar à mesma conclusão que ela?

No final da primavera, Karin Backe dissera, foi a última vez que se encontrara com seu antigo boca-livre. Devia ter sido no fim de maio. Fora quando ele estivera na praia e olhara para o seu lar, do outro lado da baía. Ele havia chorado, o homem que nunca falava de sentimentos. Falou alguma coisa sobre duplas verdades, se é que duas verdades podiam existir ao mesmo tempo.

Ela podia aguardar até a manhã seguinte. Quando o arquivo abrisse, poderia requisitar uma investigação de mais de vinte anos que não fora digitalizada, cujo processo nunca fora iniciado e, por esse motivo, permaneceu confidencial, sepultada durante decênios sob a sombra de outros crimes.

Em vez disso, ela buscou por um número salvo em seu celular, que não utilizava há muito tempo.

Depois de sete toques, ela ouviu uma voz rouca e muito familiar.

— Perdão, acordei você?

— De jeito nenhum, estava treinando meus passos de salsa — respondeu Eilert Granlund.

— Muito bem — respondeu Eira. — Você parece estar aproveitando a vida.

— Demais — disse seu antigo colega, bocejando alto. — Espero que seja algo interessante o motivo para você me incomodar.

— Sven Hagström — respondeu ela. — Creio que você lê os jornais, mesmo tendo dito que ia parar.

— Escuto o rádio — disse Eilert. — Fiquei espantado por ele ainda estar vivo. Foi uma história terrível com o filho dele. Não acho que ele tenha conseguido superar.

— Surgiu uma dúvida na investigação — disse Eira. — Se é que posso incomodá-lo.

— Então, você é investigadora agora?

Ele a parabenizou por ter avançado, o que a deixou um pouco emocionada. Sentia falta do jeito intrometido dele de ensinar, daquela experiência que estava gravada no corpo dele.

— Os culpados que estremeçam — gritou ele, fazendo com que ela afastasse o telefone do ouvido.

Eira ficou procurando por uma resposta divertida e que combinasse com aquele jargão, mas o que encontrou foi somente uma vontade boba de chorar. Talvez fosse devido à tensão que estava sentindo há uma semana. Nenhum dos outros investigadores havia questionado a competência dela. Era apenas ela mesma, sempre ela.

— Ah, sim! Mas que história do diabo foi essa? — perguntou Eilert, tossindo. Ela se lembrou da fumaça das cigarrilhas dele e ficou torcendo para que não fosse câncer no pulmão o que ela havia escutado.

Seu velho colega tinha dito que esperava a aposentadoria com alegria, poder dormir na hora que quisesse, sem ser acordado por um despertador infeliz, e ensinar os nomes dos pássaros aos netos e tudo mais, porém Eira achava que ouvira um certo tom de hesitação. Agora tinha a consciência pesada por não ter entrado em contato com ele antes. No fim, as pessoas desaparecem das nossas vistas, inclusive aquelas com as quais convivíamos todos os dias.

— Não foi você quem investigou aquela vez? — indagou ela. — Você lembra se entrevistou Tryggve Nydalen no processo?

— Ouvimos muitas pessoas, o que elas tinham ouvido e visto, mas já se passaram mais de vinte anos. Me desculpe se não me lembro assim de cabeça.

— Ele tinha uma condenação por abuso sexual nas costas, mas com a medida jurídica daquela época. Eu li o processo. A garota estava inconsciente, a parede vaginal foi rompida, sete garotos. Uma vez que se tenha lido esse caso, jamais se esquece.

— Ah, droga! Não, não lembro se ouvimos alguém... mas me lembro do ocorrido, creio que foi em algum lugar mais ao norte. Levou à mudança da legislação depois, se é que estamos falando do mesmo caso. Você tem certeza?

— Absoluta.

Houve um momento de silêncio do outro lado da linha.

— Você deve se lembrar de que a morte de Lina Stavred não foi um homicídio típico — disse ele, por fim. — Não tínhamos um corpo nem um lugar do crime. Foi tratado como um caso de desaparecimento nos primeiros dias. Somente depois que obtivemos informações que incriminavam Olof Hagström é que passou a ser investigado como um homicídio. As provas eram muito fortes. Precisávamos de uma confissão para finalizar, eu estava junto quando informamos os pais da garota, então pode ter certeza de que lembro bem... O que você está, na verdade, procurando?

— Não sei — respondeu Eira. — O nome dele apareceu relacionado à investigação...

Ela se arrependeu até de ter ligado para ele, ouvindo suas próprias palavras como se o eco as enviasse de volta sobre o rio, desde Klockestrand até o outro lado onde ela sabia que Eilert Granlund tinha a sua casa.

Como soava a desconfiança.

— Não deve ser nada — disse ela. — Desculpe incomodá-lo a essa hora da noite.

— Não faz mal — respondeu ele alegremente, mas sua voz ganhara um tom vacilante, da mesma natureza de quando ele mencionara a aposentadoria e os pássaros. — Você sabe que sempre pode me telefonar.

A tempestade veio até ele através do sonho, despertando-o para a vida. Sua cabeça tinha ficado caída junto ao peito. À sua frente, a porta para a varanda estava aberta. O ar estava tomado de fumaça, os raios haviam atingido algum lugar próximo.

Olof tinha puxado o sofá para a frente a fim de poder ver os raios enquanto cruzavam a infinitude do céu sobre o rio. Havia ficado sentado esperando pela chuva que não veio.

A dor da tempestade começava na nuca, latejando em toda a cabeça. Olof se lembrava da mãe dizendo. Ela também tinha dor nas articulações quando ia chover, era como uma previsão do tempo na televisão. Apenas o tempo ensolarado não lhe dava dores.

Ele procurou pelo cachorro, talvez estivesse dormindo em um canto qualquer. Se é que não havia fugido. Tinha ficado no seu colo durante a pior parte da tempestade, tremendo e ganindo; Olof lhe fizera carinho nas costas.

Olof nunca temera os trovões. Apreciava o espetáculo quando os raios cruzavam o céu e depois contava "uma pilsen, duas pilsen...", a quantidade de segundos que se passavam entre os raios e as trovoadas. Seu pai lhe ensinara que um segundo era maior do que se achava.

Por isso diziam "pilsen", para que não contassem rápido demais. Era divertido também. Depois dividiam por três, transformando em quilômetros. Era mágico, como se ele mesmo controlasse as forças extraterrestres dos trovões. Depois a emoção quando estava se aproximando. Ficavam juntos medindo e calculando, estaria a tempestade sobre Prästmon agora ou talvez mais perto de Styrnäs?, até aparecer o clarão e o estrondo fazendo as janelas estremecerem. Olof aguardava sempre por aquele momento, gritando quando ele chegava.

Agora fazia silêncio. A tempestade tinha sido, pelo visto, apenas um sonho, uma lembrança da trovoada que havia dentro dele. Por onde diabo andava o cachorro?

Ele precisava se levantar, mas seu corpo não o obedecia. Essa eterna caminhada para lá e para cá, como a vida terrena era. Ele não sabia de onde vinham todas aquelas palavras, elas apenas surgiam em sua mente. Vida terrena, dor da tempestade, pilsen, ninguém mais falava assim nos dias de hoje.

Olof foi para a varanda e urinou entre as frestas da cerca. As nuvens ainda se mostravam pesadas e a fumaça tinha aumentado, o que deixava a noite mais escura, como se o fim do verão já estivesse a caminho. Amanhã, ele pensou, quando o álcool já tiver deixado o seu corpo, depois das três latas de salsicha Bullens Pilsnerkorv encontradas no porão e consumidas enquanto os raios estalavam no céu, ele poderá ir embora dali. Em direção ao pôr do sol, ele pensou, como se fosse um verdadeiro caubói, mas na verdade o sol nem baixava no verão, e ele tampouco tinha para onde ir.

O mais tardar esta semana, a proprietária tinha dito na mensagem gravada no seu celular. Tudo deve estar fora daqui. Não quero ter problemas com a polícia.

A polícia tinha estado por lá, fazendo perguntas sobre ele, mostrando um papel que lhes dava o direito de mexer nas coisas dele.

Seu chefe também havia ligado e gritado com ele. Acusava Olof de ter roubado o carro, que iria registrar queixa se não voltasse agora, anteontem ou dias atrás, mas na mensagem seguinte dizia que nunca mais queria vê-lo, a polícia também estivera por lá.

Olof chamou pelo cachorro outra vez. Nenhum latido, nada de pegadas na grama, nenhum rosnado indicando que ele estivesse aprontando alguma coisa. Somente avistou um caminhão de longe. Estaria ouvindo um leve farfalhar? Pareciam passos sobre o cascalho, do outro lado da casa. Podia ser uma raposa, podia ser o cachorro que ainda não sabia quem era o novo dono.

Ele entrou na casa. As cortinas estavam fechadas na parte da frente, então ele não podia ver se havia alguém do lado de fora. No mesmo instante, a janela explodiu. Vidro quebrado por todos os lados, as cortinas se ergueram e baixaram novamente, como se estivessem em câmera lenta, ao mesmo tempo que algo caía junto aos seus pés. Uma pedra? Ele ouviu mais um estrondo violento na cozinha, um brilho repentino. Chamas saíam de lá. Olof procurava, confuso, por algo para apagar o fogo: um cobertor, o casaco velho do pai. Via o fogo se espalhar pela casa, pelo espelho do hall e pelo reflexo nas janelas, já não sabia onde o fogo estava. Por todos os lados, ao seu redor, nas suas pernas.

Saiu tropeçando na porta da varanda, desceu a escada estreita e caiu pesadamente sobre a grama. Mais uma janela explodiu. O fogo estava atrás dele. Ele escorregou pela descida íngreme no penhasco e ficou em pé; usava apenas as meias grossas e velhas que tinha encontrado na casa, com o cheiro do pai. Desabou sobre umas árvores caídas, enchendo o rosto de terra, assim como a boca. Cuspiu, batendo no rosto para se livrar dos restos de terra e daquele gosto nojento na boca.

Era como se ele pudesse sentir a sombra. Quando ela estava sobre ele, tapando a luz, ela era as árvores, as nuvens e o céu que se fundiam.

Seu idiota asqueroso, o que você estava pensando? Que eu ia beijar alguém como você? A sua boca fede, por acaso escova os dentes?

Ele não está preparado, fica somente parado ali, tentando tocá-la, a mão por baixo da roupa dela, nos peitos, peitos tão macios; ainda consegue sentir que está segurando um deles entre os dedos, aquela maciez. Ela o empurra com tanta força que ele cai no chão, na lama junto às urtigas, e,

quando se levanta, a agarra, porém pega somente o casaco dela, e ela o chuta diversas vezes e grita coisas que fazem ele se afastar, escondendo o rosto entre os braços e, em seguida, ela está sobre ele com o punho cheio de terra, puxa um dos braços dele e enfia terra em sua boca, usando um pedaço de tecido do vestido para arrancar urtigas e esfregar na cara dele.
Beije isso aqui, seu imbecil.

Olof ouvia o fogo queimando tudo, motores girando e gritando, precisava ir para longe dali. A floresta estalava e resmungava, dizendo que havia alguém atrás dele. Foi ficando cada vez mais fechado e apertado entre as árvores, já não conseguia enxergar o caminho.

Nunca havia aprendido a se orientar na floresta, se os formigueiros ficavam ao norte das árvores ou do outro lado, não sabia como tudo se chamava, não compreendia por que as árvores precisavam ter tantos nomes diferentes, liquens e musgos, samambaias com mil anos de idade, quem se importava com isso? Ele não conseguia ver o chão por baixo de tudo o que crescia ali, rasgando suas meias, os galhos lhe batendo no rosto e os restos de árvores mortas que espetavam seus gravetos nele. A floresta representava formigas que picavam, subindo pelas pernas enquanto iam colher mirtilos ou cogumelos, que pareciam todos venenosos; um buraco podia de repente se abrir, sugando a pessoa para dentro do solo, até desaparecer para sempre e o musgo crescer por cima.

Uma vez ele tinha visto um filme sobre um homem que fora coberto pelo musgo, nada mais dele se via, mas sua voz era ouvida por baixo das várias camadas de vegetação que o cobriam.

Ele achava que estava conseguindo identificar um caminho entre dois pinheiros, mas quando chegou lá o caminho tinha desparecido, e ele pisou nas fezes de algum animal, uma grande quantidade, só podia ser de urso, não é mesmo? Ele andou de um lado para o outro, e percebeu que um animal se escondia.

A risada debochada de Lina havia desaparecido, assim como ela mesma. Apenas o casaco ficara ali largado na sujeira. Olof tinha feridas doloridas e ardidas, que precisavam ser lavadas antes que infeccionassem. Ele se sentou em uma pedra para esperar o máximo possível, mas, assim que escurecer, chegarão os mosquitos. Este é um verão daqueles infestados de mosquitos, a floresta é cheia de matas fechadas e fica perto da água, o que é favorável a eles, aqueles desgraçados. Ele não aguenta mais as picadas e a coceira, fica pensando para onde os outros podem ter ido. Não quer encontrá-los. A mata não é tão fechada e selvagem lá para os lados de Marieberg, mas ele se engana e se confunde, pois tudo parece igual, porém é diferente, fazendo com que ele ande em círculos, achando que é um novo caminho, mas volta sempre ao mesmo lugar.

É muito silencioso por ali; passa um carro ou outro de vez em quando. Ele esfrega as mãos nas pernas das calças, vendo que uma delas está rasgada no joelho.

Galhos se quebravam debaixo dos seus pés, como se as árvores crescessem por todos os lados, derrubadas com as raízes apontando para cima, batendo no seu rosto, porém ele já não sentia mais dor, não via os pés, havia perdido as duas meias. Ficou pensando em cobras e em tudo aquilo que rastejava nas árvores mortas, como seu pai uma vez tinha quebrado uma árvore ao meio e lhe mostrado a quantidade de larvas e outros insetos nojentos. Aqui, veja, a vida brota daquilo que já estava morto, é o ciclo da natureza.

Eles estavam do outro lado da estrada, toda a gangue. Esperando por ele ou por algo que estivesse para acontecer, parados sobre suas motos sem fazer nada, quando estão naquele ponto em que já se tem idade, e tinham parado de brincar, mas ainda não sabiam o que aconteceria no futuro.

O silêncio e as cabeças baixas eram devidos à leitura de uma das revistas pornográficas de Ricken, é óbvio. Olof só pensa em ir para casa, mas alguém percebe a sua presença antes que ele possa reagir.

Olá, Olle da mamãe, como você demorou.... se encontrou com o urso, foi?

Ele, então, esconde o casaco dela sob o seu blusão, indo até os garotos. O que mais podia fazer? Sujo de terra e com o rosto quente e ardendo.

Mas olhem pare ele, vocês devem ter rolado no chão!

Ha, ha, vejam as calças dele. Você fez a garota se ajoelhar, seu espertinho.

Ele sente um tapa nas costas. Observa os olhos arregalados dos outros.

Nossa, pergunta Ricken, isso aí foi um chupão?

E Olof dá risada, inflando o peito. Ele é praticamente o mais alto de todos, apesar de ser o mais novo.

Sim, seus imbecis, responde ele. Tenta tirar a terra que há ao redor da boca, mas fica com o rosto mais ardido ainda.

Ela era gostosa, meu Deus, como era gostosa a Lina.

O chão desapareceu sob seus pés. Não havia nada debaixo dele. Olof tentava se agarrar em algo, além da poderosa raiz que se partira, fazendo-o cair de frente, batendo a testa em algo afiado, perto do olho. A floresta desabava sobre ele. Algo pesado lhe golpeou a cabeça, deixando-o sem ar.

Restava apenas o gosto de terra outra vez.

As cortinas blecaute estavam fechadas, por isso ela não sabia se já amanhecera ou se ainda era noite. No geral, a natureza parecia confusa. Muita luz lá fora, escuridão compacta dentro do quarto.

Eira tateou em busca do celular na mesinha de cabeceira, e o aparelho acabou caindo no chão, brilhando e mostrando um nome na tela.

— Desculpe por tê-la acordado.

Aquela voz. Ela não conseguia se livrar do quanto mexia com ela.

— O que houve?

— Você acredita em alguma forma de castigo de Deus? — perguntou August. — Um Deus vingativo?

Ele parecia animado, sem fôlego, como se estivesse correndo. Era por esse motivo que não o tinha visto no dia anterior, ele trabalhara no turno da noite. A última lembrança que tinha era o corpo dele ainda nu, estirado sobre a cama em um quarto do Hotel Kramm.

— Você está me acordando às três da manhã para discutir sobre a minha religião? — Eira deu um chute no edredom, estava quente demais.

— Foi uma noite de tempestade — disse ele.

— Eu sei, ouvi no rádio — respondeu ela. — Lá em Saltsjön e em algum lugar nos arredores de Marieberg. Para que vocês precisam de mim?

— Não foi apenas lá.

Ela ouvia a respiração dele estalando através do telefone. Um estrondo ao fundo.

— Estou do lado de fora da casa de Sven Hagström — disse ele. — Ou melhor, do que restou da casa.

— O quê?

— Está tudo sob controle, mas achei que você gostaria de saber.

Eira abriu as cortinas com um puxão, deixando a luz do sol invadir o cômodo, puxou as roupas da cadeira. Depois fez o café e colocou-o na garrafa térmica para que Kerstin não precisasse mexer com eletricidade. Poucos minutos depois já atravessava a ponte de Sandö, se lembrando do sonho interrompido quando o telefone tocou.

Era um pesadelo frequente que tinha desde criança, sobre troncos de madeira flutuando no rio, mas que se revelavam cadáveres depois. As águas furiosas e cheias de espuma os jogavam de um lado para o outro. Ela entra na água, tenta agarrá-los pelas roupas, pelas mãos, mas perde o equilíbrio; é puxada para o fundo, e fica nadando entre os mortos.

Talvez houvesse começado depois da morte de Lina, ou até mesmo antes. A flutuação da madeira já havia ficado no passado quando Eira nasceu, mas alguns pedaços de madeira tinham permanecido nas águas do rio, presos à vegetação ou na margem, e podiam se soltar na cheia da primavera, bater em uma criança, deixando-a inconsciente. Por essa razão nunca nadavam desacompanhados.

Talvez os pesadelos tivessem piorado ao escutar a história de quando a ponte de Sandö ruíra. Quando cadáveres foram levados pelas correntezas na realidade. Em 1939, as balsas atravessariam pela última vez o rio e seriam substituídas por uma ponte que, finalmente, uniria os dois lados, desde o sul até o norte de Haparanda. A maior e mais moderna ponte em arco do mundo saía de Lunde e passava sobre Sandö e Svanö em uma arqueadura nunca vista antes, quase cinquenta metros acima do nível da água, até o outro lado. Mas, durante a tarde do último dia do mês de agosto, a construção ruiu. Uma onda de vinte metros de altura se formou em Sandö quando metal e concreto caíram no rio.

Dezoito pessoas perderam a vida. No dia seguinte, a Segunda Guerra Mundial explodiu e a catástrofe acabou sendo deixada de lado pela mídia, porém aqueles que residiam no local ainda guardavam tudo na memória, corpos voando como bonecos ao redor da ponte, que acabou sendo reconstruída.

A fumaça podia ser vista a quilômetros de distância. Eira estacionou no gramado, atrás das caixas de correspondência para não atrapalhar os bombeiros, e fez a última parte do caminho a pé.

Os pinheiros chamuscados foram a primeira coisa que viu. Puxou o blusão sobre a boca, para não inalar fumaça. Parte da fachada da casa ainda estava de pé, mas o telhado já tinha tombado. A parte de alvenaria apontava para o céu. Cinzas caíam como uma chuva cinzenta. Ela vislumbrou restos de objetos retorcidos, queimados e derretidos, para os quais ninguém iria um dia apontar e dizer "disso eu me lembro".

Inclusive a parte anexa da casa havia sido consumida pelas chamas. O Pontiac permanecia ali.

August veio até ela.

— Ele estava lá dentro? — perguntou ela.

— Ainda não sabem — respondeu ele. — O incêndio já estava adiantado quando os bombeiros chegaram. Conseguiram mandar só um caminhão para cá, pois estavam ocupados em Sandö. Não conseguiram entrar na casa. Ele talvez nem tenha tido tempo de acordar.

Eles não olhavam um para o outro, tinham os rostos voltados para o que restara da casa chamuscada, ainda queimando, onde o corpo de bombeiros lutava para apagar as últimas chamas, que insistiam em iniciar novos incêndios.

— Não — disse Eira.

— Não o quê?

— Não acredito em Deus nem em vingança. Não acho que a tempestade escolha o que vai atingir. Essa casa fica em uma parte alta. Tinha antigas antenas de televisão no telhado.

Ela lutava contra o desejo de repousar a cabeça no peito dele.

— Eles entrarão na casa assim que for possível — disse August. — Então saberemos.

Ainda faltavam muitas horas para que as pessoas despertassem para o dia, então Eira voltou para casa a fim de trocar de roupa.

Kerstin estava acordada e já tinha ido buscar o jornal.

— Ui, que cheiro forte, por onde você andou?

Quando Eira contou para a mãe sobre o incêndio, percebeu o olhar perdido dela e a tentativa de conseguir entender os acontecimentos.

— Você não devia passar as noites fora.

— Mãe, eu sou policial. Não tenho mais 15 anos.

— Eu sei muito bem.

Eira colocou o pão na torradeira e ficou pensando se a mãe sabia mesmo. Kerstin se concentrava profundamente na leitura dos anúncios fúnebres no jornal, murmurando para si mesma: "Mas ela, mas ele, que tristeza." Ela tinha buscado a correspondência também. Provavelmente o fizera no dia anterior. Era algo que Kerstin Sjödin ainda conseguia fazer e, por esse motivo, Eira deixava a tarefa com a mãe, para não lhe tirar o pouco que ainda tinha. Era alguma conta para pagar, um aviso do banco, informações sobre a aposentadoria. Enquanto abria os envelopes e guardava o que era importante em um lugar seguro, teve uma ideia.

Talvez não fosse preciso ter um computador ou um celular, muito menos saber o que significava uma busca no Google.

— Sven Hagström pode ter examinado a correspondência de seus vizinhos — disse ela para Bosse Ring algumas horas mais tarde quando estavam no carro, voltando para Kungsgården.

Quando o relógio marcou sete horas, ela telefonou para GG, informando-lhe o que descobrira dobre Tryggve Nydalen. Sobre a condenação por abuso sexual, que na verdade era um estupro coletivo, sobre a tentativa dele de apagar a própria identidade.

— Vamos buscá-lo para um interrogatório — disse GG, saindo com uma patrulha assim que chegou a Kramfors pela manhã.

Eira e Bosse Ring entrariam em contato com a família em questão. Era para lá que estavam a caminho, para um lar em que a polícia buscaria alguém e o cheiro do incêndio noturno ainda estava presente, deixando uma sensação de catástrofe no ar.

Eira fez a volta pelos fundos do terreno, onde a ladeira começava, pois os bombeiros tinham bloqueado a outra entrada.

— As caixas de correspondência ficam enfileiradas, lado a lado — constatou ela. — Sven só precisava roubar uma conta da caixa de Nydalen, uma carta formal com o nome completo, para saber que Tryggve Nydalen também se chama Adam; ele pode ter aberto e visto o número do seguro social.

— Deve haver, no mínimo, umas vinte casas por aqui — disse Bosse Ring, quando acharam o caminho e continuaram a subir a ladeira. — Será que o velhote mexeu em todas as caixas de correspondência?

— Ele talvez suspeitasse quem seria o culpado quando ouviu falar sobre o caso lá no hipódromo. Um homem da mesma idade, originário dos arredores de Piteå... Eira não havia percebido nenhum resquício do sotaque do norte quando conversara com Tryggve Nydalen, mas talvez o homem se esforçasse para não deixar nada transparecer. Provavelmente seu sotaque era mais forte trinta anos atrás e, às vezes, lhe escapava, assim como acontecera na loja de ferragens.

— E se ele chegou a confrontar Nydalen — completou Bosse. — Se o lembrou do ocorrido. Então, pode-se perguntar o que acontece com um homem que, durante quase quarenta anos, conseguiu esconder quem realmente é.

Chegaram ao cume da colina, onde o sítio repousava ainda adormecido em sua tranquilidade. Não se via ninguém por ali.

Eira percebeu que, entre os brinquedos na piscina, um dos dois carros estava faltando.

— Fico me perguntando se a esposa dele sabe — disse ela.

— Deve saber — respondeu o colega. — Mesmo sem saber que sabe.

Mejan Nydalen estava com uma aparência cansada; um dos botões de sua blusa estava aberto, deixando a barriga à mostra. Ela tinha passado rímel e pintado as sobrancelhas, porém o botão aberto lhe passara despercebido.

Era uma mulher que tentava manter o controle, pensou Eira, fechando a porta da cozinha. A voz irritada do filho penetrava levemente através da porta. Patrik Nydalen estava na sala, junto de Bosse Ring. Tinham separado mãe e filho para que cada um não pudesse interferir na história do outro, influenciando, fazendo calar ou modificando algum acontecimento. Bastava um olhar, um suspiro, uma respiração diferente. A quebra de lealdade era um dos maiores desafios em uma relação familiar. Era algo profundo e imprevisível inclusive para os envolvidos, que podiam amar e odiar ao mesmo tempo, querer proteger e, ao mesmo tempo, estar pronto para a traição.

Sofi Nydalen não se encontrava mais ali. Tinha ido embora com as crianças naquela mesma manhã, logo depois de a polícia ter aparecido por lá.

— Para onde ela foi? — perguntou Eira.

— Para casa deles em Estocolmo — respondeu Mejan, se virando de costas e observando a porta do armário de madeira da cozinha. Estavam sentadas à mesa com a garrafa térmica de café à frente. A mulher nem fez questão de buscar mais uma xícara. — É melhor assim — disse ela. — Vocês vêm aqui, levam o avô das crianças embora na frente delas e não dão sequer uma explicação.

— O que você sabe sobre o passado do seu marido? — perguntou Eira. — Lá no norte, antes de ele se mudar para cá?

— Tryggve e eu não escondemos segredos um do outro.

— O nome Jävredal lhe diz alguma coisa?

— Então é sobre isso.

— No que está pensando?

— Você deve estar se referindo àquela história com a moça — disse Mejan. — Já se passaram quase quarenta anos, mas nos registros policiais a pessoa nunca fica livre. Vocês olham aquilo e acham que sabem quem a pessoa é.

— Tryggve se sentia aflito por manter a história em segredo? — perguntou Eira. O fato de a esposa saber do abuso sexual a deixava cada vez mais curiosa. Passar a vida sabendo o que o marido fizera no passado e ainda amá-lo.

— Aquele tira de nariz torto está contando tudo para Patrik? — Mejan se levantou, dando alguns passos até a porta e voltando, como se estivesse pensando na possibilidade de ir embora dali. — Me desculpe, mas ele se parece com um gângster.

— Então, Patrik não sabe de nada?

— O que você acha?

— Estou lhe perguntando.

Mejan continuou andando, dava cinco passos para a frente até que fosse obrigada a voltar, pois o espaço era bastante apertado e ela precisava se abaixar por causa de uma viga no teto.

— Patrik ama os filhos acima de tudo, e agora a esposa dele foi embora com as crianças. Sofi tem outra educação, não sei bem o que é. Não coloca a família em primeiro lugar, mas a si mesma e tudo aquilo que lhe é confortável. Patrik escolheu ficar, porque não quer me deixar só, ele é leal, tanto com o pai quanto comigo.

— Há quanto tempo você sabe?

— Não entendo por que estão desenterrando o passado. Tryggve cumpriu sua pena.

— É bom que você responda às minhas perguntas.

Mejan ficou parada, virada de costas e tensa, olhando para a parede onde havia um quadro bordado com uma violeta, a flor símbolo do estado onde viviam. Seus cabelos eram grisalhos de uma maneira elegante, algo que poucas mulheres conseguem obter.

— Ele me convidou para um piquenique — disse ela. — Meio ano depois que nos conhecemos, no Forte Akershus em Oslo, com vista para o mar. Quase achei que fosse me pedir em casamento, estava tão tenso e me oferecia vinho e tudo mais. E de repente ele terminou comigo. Ele começaria a trabalhar na plataforma de petróleo e não ia dar certo, com toda a sua ausência. Respondi que não havia problema nisso, que esperaria por ele. Você não pode imaginar como ele era bonito naquela época e, ao mesmo tempo, tão inseguro de si.

Mejan se virou, encarando Eira, sem desviar o olhar.

— Nunca tivemos segredos entre nós. Sei muito bem que tipo de pessoa ele é.

Todos têm segredos, pensou Eira, ainda mais aqueles que repetem continuamente que não os têm.

— A princípio achei que houvesse algo de errado comigo — continuou Mejan. — Nunca imaginei que conseguiria ficar com alguém tão bonito, mas o problema não era eu, ele me dizia o tempo todo. "Mas o que é, então?", perguntei e continuei insistindo. No fim, ele acabou me contando toda a história. Achou que eu não ia mais querer ficar com ele. Foi assim, e por essa razão, que ele queria ir para bem longe no Mar do Norte.

— Mas você queria?

— Eu estava grávida — respondeu Mejan. — Ainda não tivera coragem de contar a ele, estava com medo de ele não querer o filho, mas acabei sendo obrigada a falar. "Não posso ser pai de ninguém", disse Tryggve, e eu chorei. E olha que que não sou de chorar. Eu disse: "Você pode sim, será um pai maravilhoso", depois sugeri que nos casássemos, para que ele não tivesse mais incertezas.

— O que foi que ele lhe contou?

— Você já sabe muito bem.

— Eu li a versão da justiça.

A versão de Mejan não era exatamente a mesma. Eira ficou pensando se seria a interpretação de Tryggve ou se a outra havia reformulado o acontecimento por conta própria, para torná-lo mais leve.

— Ele tinha se comportado de maneira muito inadequada com uma garota certa vez — disse ela. — Mas Tryggve nunca quis fazer mal a ela, achara que era a vontade dela; ele estava muito bêbado também.

— Foi assim que ele descreveu o que aconteceu?

Mejan se sentou outra vez, no canto do sofá da cozinha, o mais distante possível.

— Ele era outra pessoa naquele tempo — disse ela. — A condenação e a penitenciária o fizeram compreender, ele até trocou de nome para se tornar uma nova pessoa. No início eu o chamava de Adam, mas gostava mais de Tryggve. Ele mal tinha coragem de me tocar quando nos conhecemos. Não se quer que um homem seja delicado demais, não é mesmo? Tive que dizer a ele que eu não era de vidro, de tanto medo que ele tinha.

— De você?

— De si mesmo.

— Há mais alguém além de você aqui nas redondezas que conhece essa história?

Talvez ela tenha estremecido ou tensionado os músculos um pouco? Eira não tinha certeza. A pausa durou somente um segundo, mas ela achava que fora um momento de hesitação.

— Eu nunca comentei sobre isso, e não acho que Tryggve o tenha feito. Não há razão para tal. Vivemos a nossa vida. Uma ótima vida.

Seu olhar preocupado se fixou na porta. Já não era mais possível ouvir a voz de Patrik. Bosse Ring o tinha acalmado.

— Era importante para Tryggve que ninguém soubesse do abuso?

— Sim, se você quer chamar assim. Você sabe bem como o povo fala e julga. Tryggve era um menino imaturo na época, não tinha experiência alguma com mulheres. Nunca tivemos problemas na nossa vida sexual, pode acreditar em mim.

O caso não saía da mente de Eira; sete homens, rompimento da parede vaginal. Perguntas ainda sem respostas, pensou ela. O mais importante agora era fazer a esposa falar.

— Como você acha que Patrik reagiria se ficasse sabendo da história por outra pessoa? Ou a sua nora, ou a sua filha?

— Vocês telefonaram para ela também?

— Ainda não.

Mejan se virou para o outro lado, murmurando.

— Você pode repetir, para que fique gravado? — perguntou Eira.

A mulher se levantou e abriu a torneira. Bebeu um copo d'água. Eira tentava entender os movimentos dela; se estaria nervosa, zangada, chocada, podia ser tudo ao mesmo tempo. Eira tentava elaborar a pergunta como um investigador mais experiente que ela o faria. Sentia dor nos olhos. O cheiro do incêndio ainda era sentido como um gosto amargo em sua boca, ficara impregnado nas suas roupas, em tudo. Tinha se esquecido de como havia dormido pouco naquela noite.

— Sven Hagström — conseguiu dizer, por fim.

— Como?

— Tryggve mencionou se eles tinham conversado, vamos dizer, durante os meses de maio e junho?

— Talvez o tenham feito, não sei. Já não me perguntaram isso? — Mejan parecia estar tentando se lembrar daquilo que havia dito anteriormente. — Deve ter sido sobre a estrada ou a fibra ótica, esses assuntos que vizinhos têm uns com os outros.

— Nós achamos que Sven Hagström havia ouvido falar sobre o abuso.

— Então foi por essa razão que vocês vieram aqui e viraram tudo de ponta-cabeça? — Ela se levantou de supetão. A xícara sacudiu sobre a mesa. — Tryggve trabalha na prefeitura. É encarregado da contabilidade. Vocês não são normais.

— Sven Hagström ameaçou contar aos outros?

— Não tenho como saber disso.

— Você pode me dizer o que fizeram naquela manhã?

— Como se já não houvéssemos contado, agora começa tudo outra vez. — Mejan pegou sua xícara da mesa e derramou o café que nem havia tocado. Enxaguou a xícara na pia. — Acho que Tryggve limpou os ralos do banheiro. Cortou lenha, essas coisas. Sempre deixamos tudo em ordem quando Patrik vem para cá com sua família. Nos trinques. Sofi é muito exigente. Quer tudo do jeito dela, apesar de estar na nossa casa.

— Você mesma viu seu marido fazendo essas tarefas?

— Fiquei indo e voltando entre as duas casas, carregando coisas para lá e para cá durante toda a manhã, trabalhando na cozinha. Teria reparado se ele tivesse saído.

Um ruído repentino fez com que ambas reagissem; eram passos no hall e uma voz. Através da janela, Eira viu Bosse Ring sair para o jardim. Patrik bateu a porta com força. Mejan estremeceu, como se o barulho fosse uma pancada em seu próprio corpo. O que ela tinha dito na última vez? Que eles queriam criar seu próprio paraíso na terra.

O colega já estava a caminho do carro quando Eira saiu da casa. Ele acenou de modo a apressá-la.

— Como foi? — perguntou ela.

— Não foi a tempestade — disse ele — a causa do incêndio na casa de Hagström.

As ruínas escuras criavam um grande contraste com a beleza do verão e com as águas cintilantes do rio, uma lembrança de que nada é permanente.

O fogo já estava quase todo extinto. Por um milagre havia consumido somente as árvores mais próximas e queimado a grama seca. Os peritos se moviam devagar sobre o local, erguendo com cuidado os destroços de um lar.

— Vocês o encontraram?

O investigador responsável que foi ao encontro deles se chamava Costel. Ela tinha se esquecido do sobrenome romeno dele, mas lembrava que significava "floresta". Ele vinha da Transilvânia e, certa vez, comentara que a paisagem dali era parecida com a de lá, com suas montanhas e vales.

— Não havia ninguém lá dentro — disse ele.

— Vocês têm certeza?

— Nenhuma criatura maior que um camundongo.

Ele se virou para as ruínas, assim como todos os outros. Paredes desabadas e transformadas em pilhas de madeira chamuscada. O céu estava em um tom de azul intocado. Costel era um dos policiais que estivera no local do crime depois do assassinato. Ardelean, esse era o sobrenome dele, que significava floresta. Eira tinha visto o nome no protocolo.

— Facilita — disse ele — que eu tenha visto como era antes do incêndio.

Ainda estavam ocupados em recapitular o progresso do fogo, determinar como e onde havia começado e a intensidade de seu fluxo. Ele tinha falado em cacos de vidro encontrados dentro da casa, espalhados pelo chão de uma maneira que testemunhava que a janelas tinham sido estilhaçadas por fora. Havia também garrafas quebradas e uma pedra que, dificilmente, fazia parte da decoração na sala de estar.

Bosse Ring se afastou para telefonar para o centro de comando regional, em busca de informações sobre quando o alarme tinha sido dado e quem havia telefonado. Se ouvia um latido persistente. Eira não reagiu a princípio. Alguns curiosos se aglomeravam mais adiante. Cachorros latiam sempre, em todos os lugares. Em seguida, percebeu que era nas proximidades e acabou o avistando. Amarrado a uma árvore, um pouco afastado da casa. Aquele pelo preto bagunçado. Ele gemia, mordia e retorcia a corda.

— Então, o cão conseguiu sair.

— Um vizinho o encontrou na mata — disse Costel. — Lá perto da colina. Estava todo enrolado em uma corda, amarrado a uma árvore. Alguém deve levá-lo embora mais tarde.

— Alguém sabe onde Olof Hagström se encontra?

— Ele não atendeu ao telefone, está desligado. Os dois carros ainda estão aqui. O pai dele tinha um Toyota antigo na garagem, não restou muito dele.

Eira deu alguns passos para pensar melhor, fazendo um meio círculo ao redor da casa. Nos fundos, o teto de plástico da varanda tinha caído e derretido com a madeira queimada e as cinzas.

Havia uma explicação lógica. Se Olof o houvesse feito. Salvado o cachorro e ateado fogo no lar de sua infância.

A sombra de uma nuvem começava a encobrir o chão lentamente.

— Vamos procurá-lo? — perguntou Eira, se juntando aos outros.

Bosse Ring respondeu à pergunta dela, explicando que estavam aguardando por mais gente.

— E vai chegar um adestrador de cães de Solleftëa com eles, dentro de meia hora.

— Precisamos esperar?

A floresta não oferecia nenhuma resistência. Eira se abaixou para passar por baixo de alguns galhos, sem ao menos refletir sobre isso. Bosse Ring praguejou atrás dela, pois tinha se arranhado e tropeçado, coisas que acontecem quando se cresce em uma cidade ou em uma planície, no chão sem obstáculos e com vista livre. Ela desconfiava que ele fosse uma dessas pessoas. O colega não deixava nada escapar sobre sua vida pessoal, não comentava com os outros de onde vinha e como era a sua vida em família. Era algo que ela apreciava bastante, depois das conversas de GG sobre filhos.

Sentiu um puxão na coleira quando Farrapo se enfiou debaixo de um pinheiro. Havia fezes de alce ali. O cachorro era péssimo farejador, só andava em círculos. Talvez ainda estivesse procurando pelo velhote. Provavelmente fora uma má ideia tê-lo levado junto.

O cão talvez achasse que tudo não passava de uma brincadeira.

Ela ouviu o toque de um celular e Bosse Ring parou para atender a chamada, já que não conseguia andar no terreno acidentado e falar ao mesmo tempo. Eira ficou espiando por trás das árvores. Tentava avistar galhos quebrados, musgo pisoteado, esse tipo de rastros. Ela desejava entender melhor a floresta. Reconhecia as plantas, porém confundia seus nomes, via a idade das diversas árvores e parasitas que se agarravam a elas, mas não as conexões naquele complexo sistema. Uma vez, quando era bem pequena, os caminhos na floresta tinham deixado de ser para ela. O conhecimento das plantas comestíveis e os estudos aprimorados da vida dos insetos tinham sido substituídos pelas atividades feitas em casa, tais como assar bolos e artesanato. Seu pai continuara a levar Magnus para a floresta, porque o irmão era mais velho e deveria aprender a caçar, além de manusear uma serra elétrica.

Nas histórias, os meninos iam para a floresta aprender a ser homens. As meninas, quando iam, eram capturadas por criaturas ou engolidas por lobos.

— Espere, eles chegaram agora — disse Bosse Ring atrás dela em um gemido. — Eles trazem cães de verdade. Nós somos mais úteis na delegacia.

Talvez você, pensou Eira, que tinha acabado de avistar uns galhos quebrados bem na frente deles. Era óbvio que alguém ou alguma coisa tinha passado por ali. Um alce ou Olof Hagström. Ela deu uns passos para a frente e viu uma meia um pouco escondida entre alguns ramos, um pinheiro que havia caído. Entregou a coleira para Bosse, quebrou um galho e conseguiu apanhar a meia. O tamanho era maior que o quarenta, gasta no calcanhar, mas, no geral, não estava tão suja.

— Isso não pode estar aqui há muito tempo.

— Ele saiu só de meias?

O colega tomou conta do achado, enquanto Eira dava mais uma olhada, andando agachada com cuidado, pensando no tamanho do corpo de Olof Hagström e nos caminhos em que ele realmente poderia ter passado. Era mais fácil para ela se movimentar sem o teimoso cachorro. Ela andava em zigue-zague entre as árvores, sem se preocupar se seu colega conseguia acompanhá-la. Ao longe se ouviam latidos e vozes, o barulho ecoava entre as ravinas e os vales. Ela chamava essas montanhas de penhascos dos duendes quando era criança, lapidadas pelo gelo, rodeadas de árvores milenares. Seguiu por um caminho aberto pela rigorosa tempestade da primavera, cruzando entre troncos caídos, evitando as profundas crateras deixadas pelas raízes arrancadas com violência.

Ouviu o ruído de galhos partidos e passos rápidos nas proximidades.

Em seguida um latido e um grito.

— Por aqui!

A patrulha tinha vindo pelo outro lado. Eira só viu o homem quando já estava muito próximo. Ele estava de cócoras, debruçado ao pé de uma árvore. O cão farejador estava sentado, muito obediente, a poucos metros de distância, ofegante e com a língua para fora.

— Telefonei pedindo para mandarem um helicóptero, ou seja lá o que for que conseguirem trazer até aqui.

Ela tentava entender o que havia visto. Uma perna, um pé sem meia, saindo para fora da terra. Coberto de sujeira, talvez também de sangue. A terra estava remexida ao redor, como se alguém houvesse escavado e colocado tudo de volta no lugar. O policial convocado, cujo nome ela não compreendera, apalpava ao longo do pé corpulento, buscando sentir o pulso. A árvore parecia ter crescido por cima do corpo, como se a pessoa tivesse se enterrado ou sido enterrada, as raízes se contorciam ao redor do pé, como se…

— Não é possível — disse Eira.

— O quê?

— Um tombamento de raiz. Todos sabem que não se deve ficar embaixo delas. A árvore pode se mover e a raiz tombada voltar para o lugar. Essa história sempre serviu para assustar as crianças, mas nunca achei que fosse verdade.

— Ele está vivo — disse o colega. — Tem pulso!

— Não é possível.

O colega se levantou, agarrou o tronco e tentou movê-lo.

— Deve haver algum buraco de ar para ele estar recebendo oxigênio, ao redor das raízes, da terra… Sei lá. Precisamos remover o tronco.

Usaram todas as suas forças para puxar o tronco para trás. A árvore fora cortada em alguns lugares, os galhos maiores tinham sido serrados, mesmo assim era quase impossível, como se houvesse prendido as raízes à terra novamente.

— Como pode ser possível? Estava caída aqui agora mesmo.

— Acho que se cria um tipo de sucção, como um vácuo.

Eira se ajoelhou e começou a cavar, precisava chegar ao rosto dele, pois, pelo ângulo do pé, ele estava com a cabeça para baixo. O telefone do colega começou a tocar, ele cavava pelo outro lado.

— O que disseram?

— Não conseguem autorização para usar o trator... Há risco de incêndio. Não podem andar na floresta com veículos, pois qualquer faísca pode...

— Mas peça então, pelo amor de Deus, que o corpo de bombeiros venha.

Ela encostava em algo macio agora. Era a mão dele. Estava completamente mole. Eira a apertou, estava quente. Grande e macia. O pulso dele estava rápido e fraco, mas dava sinal de vida. Sentiu o relógio dele, tirou mais terra.

Um relógio que mostrava uma bússola e a pressão do ar.

— É ele — declarou ela. — É o relógio dele.

Em seguida foram tirando a terra, com as próprias mãos, até ouvirem o barulho de motor ao longe na floresta e o helicóptero-ambulância pairando sobre eles.

Eira estava sozinha no escritório com vista para a ferrovia, enquanto a tarde se transformava em noite sem que ela percebesse. Ainda tinha terra debaixo das unhas.

Tinham conseguido um pequeno trator, que arrancara e levantara a árvore. Olof Hagström estava internado no hospital universitário de Umeå. Ainda não havia acordado. Haviam sido constatadas uma fratura craniana e hemorragia cerebral externa, e ele estava sendo preparado para uma cirurgia. Havia outras lesões também, como costelas fraturadas e sangue nos pulmões. O médico não podia afirmar se ele sobreviveria.

Ao mesmo tempo, a investigação do homicídio tinha se ramificado em novas averiguações, e os recursos precisaram ser realocados para lidar com o incêndio criminoso.

Eira já vinha trabalhando intensivamente há quase 12 horas, além da visita noturna por causa do incêndio, mas alguém precisava compilar o material, descobrir as contradições, e GG deixara toda a responsabilidade com ela — ou fora ela mesma que se oferecera. Não importava. Estava rodeada pelas vozes e pelos interrogatórios escritos.

Três pessoas da mesma família. Como quando ocorre uma fissura e as rochas são separadas umas das outras.

A voz de Patrik em seus ouvidos.

— Vocês estão errados, estão o confundindo com outra pessoa. Meu pai nunca faria uma coisa dessas. Absurdamente errados. O que a polícia está fazendo de verdade? Que tipo de profissionais atrasados são esses que têm por aqui? Entendi tudo. São os incompetentes que não conseguiram trabalho em outro lugar. Adam Vide, quem diabo é essa pessoa?

Um estrondo de algo jogado ao chão ou quebrado.

A calma metódica de Bosse Ring contrastava o ataque de nervos de Patrik. O colega se mostrava uma pessoa amigável, um tanto paternal, de uma maneira que ela nunca havia presenciado antes.

— Você percebeu algo de diferente dessa vez? Como estava o clima em casa? Você já viu seu pai ser violento?

A voz de Patrik estava muito tensa, uma oitava acima, se comparada com a vez em que Eira o ouvira falar. Tudo estava como sempre fora, ele assegurara. Apenas uma certa irritação entre Sofi e a mãe dele, sobre as roupas das crianças ou qualquer coisa do gênero.

— O que meu pai fez, não lembro. Ele costuma se afastar nessas ocasiões. Nos sentamos na varanda mais tarde e tomamos uma cerveja. Não é o que se costuma fazer depois de ter matado seu vizinho, não acha? Isso é loucura. O que você está dizendo é doentio.

Um longo momento de silêncio se fez. Foi quando o colega deixou que Patrik lesse o processo sobre o motivo de o seu pai ter sido condenado.

Mais um barulho, uma cadeira caiu quando Patrik se levantou.

— Estão agora contando essa história para a minha mãe também? Como ela vai viver com isso?

As palavras pareciam estar saindo dele aos poucos, como quando se torce um pano molhado até ficar seco.

— As pessoas que que fizeram isso... Cujos nomes constam aqui... Deviam ficar presos para sempre, esse tipo de gente não pode ficar solta, deviam trancá-los e jogar a chave fora...

Uma pausa, talvez a percepção de que, se assim fosse, ele nem teria vindo ao mundo.

— Meu Deus, que desgraçado. Só de pensar nele com a minha mãe... Não entendo como nunca percebi nada. Uma pessoa não muda tanto assim, é impossível, você é o que é. Acham que ele matou o velhote por causa disso...?

Os passos de Patrik faziam o chão ranger quando ele andava de um lado para o outro sobre o piso de tábuas de madeira.

Eira tinha o testemunho de Mejan ainda fresco em sua mente, como havia perdoado e aceitado o marido, afirmando que ele era outra pessoa agora. Ela se lembrou daquela famosa poeta, cujo marido se tornara conhecido no país inteiro como abusador, condenado por estupro, e como a esposa o defendera e acusara as 18 mulheres que testemunharam de estarem mentindo.

Eira deixou esses pensamentos de lado. Tratava-se de outro caso, pois cada um deles era único, cada pessoa precisava ser ouvida. Cada verdade deveria ser confrontada.

— E eu trouxe meus filhos para cá... — Foi a última frase de Patrik antes de a conversa terminar. — Nunca mais, falo sério, nunca mais.

Eira focou agora no interrogatório de Tryggve Nydalen, que estava espalhado sobre a escrivaninha. Ela já tinha ouvido a gravação, mas ver tudo por escrito lhe dava outra impressão. Ali não havia as longas pausas. Podia passar os olhos sobre as intermináveis partes nas quais ele explicava o que havia acontecido quase quarenta anos atrás. Como ele se interrompia, acusando a si mesmo de expor sua família a essa tragédia, de como o filho ficara sabendo da história dessa maneira. Ele sentira medo durante anos. Então, na loja de ferragens naquele dia, alguém o chamara por aquele nome e ele fugira. Em alguns momentos de sua vida, era o que ele realmente desejava que acontecesse. Agora era obrigado a viajar vinte quilômetros até Kramfors se precisasse comprar um parafuso. Nunca deveria ter tido filhos, teria sido melhor assim.

Mas Sven Hagström ele não tinha matado.

— Não sou assim. Nunca faria isso. Entendo que seja isso que vocês achem, perdão. Perdão. Não queria fazer mal à garota.

E ele estava de volta a Jävredal mais uma vez.

Tryggve Nydalen passava a impressão de ser honesto, mas, ao mesmo tempo, também um pouco... Eira não conseguia definir. Um tanto ansioso — ou falso? E Mejan, ela aceitava o passado do marido como dizia ou seria o exemplo clássico de uma mulher abusada que negava e defendia seu agressor?

E aquela raiva de Patrik, de onde vinha? Já não estava lá desde a primeira vez que o encontraram, naquela manhã quando foram chamados à casa de Sven Hagström, quando ele ficara irritado com a lentidão da polícia e quisera acusar Olof Hagström, porque suspeitava do próprio pai mais do que demonstrava?

Eira se levantou e encheu a xícara com café da máquina. Já era tarde para consumir cafeína, mas sabia que não conseguiria dormir de qualquer forma.

Tryggve Nydalen estava detido desde a hora do almoço. A polícia dispunha de três dias. Agora já eram somente dois e meio.

Ela jogou água fria no rosto, antes de se sentar outra vez.

GG não a tinha colocado ali para que fizesse análises psicológicas, ela não tentava se enganar nem por um momento que fosse.

As impressões digitais encontradas eram o principal motivo para o promotor de justiça ter dado ordem de prisão a Tryggve Nydalen. O polegar e o indicador condiziam com as impressões digitais encontradas na casa, bem recentes, na cozinha e no marco da porta no hall.

Eram detalhes concretos que ela precisava encontrar, como esse, que não podem ser desmentidos.

Ela percebeu pequenas contradições entre o depoimento de Tryggve e de sua esposa sobre o que tinham feito naquela manhã. Ele havia limpado ralos ou parafusado as pernas da cama. Podia ser algo que tivessem esquecido ou até mesmo confundido. Ambos afirmavam que ele cortara lenha. Essa atividade podia ser ouvida de longe, mas talvez Mejan não tivesse visto o que ele fizera dentro de casa, ou o estivesse protegendo. Se ela estivesse mentindo sobre um detalhe desse gênero, então poderia haver mais mentiras.

A estrada na floresta, ela anotou. Tryggve dissera que fora visitar Hagström para falar sobre o assunto. Ela encontrara o nome do funcionário responsável na prefeitura e pensou em perguntar para outros vizinhos sobre isso.

A arma do crime. Tinham apreendido uma faca de caça, devidamente trancada em um armário de armas, com duas espingardas. Era esperar muito encontrar DNA nela, mas em uma equipe de caça seus integrantes se aproximavam muito uns dos outros, e viam os diferentes lados das pessoas. A faca fora comprada havia dois anos, mas talvez ele tivesse mais uma, antiga. Alguém jogava fora esse tipo de arma?

— Você parece ter tido um dia difícil.

Eira girou a cadeira. August estava parado na porta, com a franja meio espetada, vestindo roupa civil, calças jeans e uma camisa azul-cobalto. Uma cor bonita demais.

— O que acha de uma cerveja no Kramm?

Ela se deu conta de que ainda trajava as mesmas roupas que usara na floresta, sujas e com ramos presos na blusa; um gosto na boca que só podia ser mau hálito.

— Preciso examinar o interrogatório — disse ela, passando a mão nos cabelos. Seus dedos ficaram presos em um galho embaraçado.

— A noite toda? — ele perguntou.

— Se for necessário.

— Ok, talvez outro dia?

Sob o sol noturno, a sombra dela se distendia sobre o chão. Se erguesse a mão, tocaria na perna dele. Precisava dizer alguma coisa em tom de brincadeira, que não demonstrasse nenhuma ansiedade, sem deixar transparecer que achava que havia algo entre eles, que obviamente não havia. Mas, antes de conseguir dizer qualquer coisa, seu celular tocou.

Número desconhecido. Um homem agradecido por conseguir falar com ela.

Eira já estava de saída, mas precisou voltar correndo para pegar as chaves do carro, antes de conseguir fazer a conexão entre o nome dele e o rosto de um vizinho que morava junto à praia da antiga alfândega.

— Foi a minha esposa quem a viu, estava andando em volta de uma das casas aqui perto, aquela azul com janelas brancas, vestindo só um roupão…

Ela achava que já sentia o aroma do mês de agosto. Ainda faltava um mês até lá, mas o final do verão vinha se aproximando, minuto a minuto. A escuridão chegava sempre como uma surpresa, repentinamente. Depois vinha o outono.

Eira estava sentada na varanda enrolada em um cobertor. Não fazia frio, mas era nisso que estava pensando. Geada da noite, frio de inverno. Se Kerstin saísse e se perdesse, somente de pantufas como agora, na escuridão, nenhum vizinho atencioso enxergaria um roupão rosa de seda esvoaçando entre as casas.

Quando Eira chegou, estavam todos sentados na cozinha conversando e bebendo chá. Kerstin tinha insistido em convidá-los, disseram os vizinhos. Sua confusão inicial havia passado. Ninguém sabia quanto tempo ela estivera fora ou porque o fizera.

— É uma decisão difícil — disse a vizinha chamada Inez ao ir embora, segurando a mão de Eira. — Tirar uma pessoa de seu lar.

Kerstin havia adormecido, e Eira estava agitada demais para ir se deitar. O cansaço a deixava dolorida, a angústia das horas passando depressa até que tivesse que se levantar.

Não dava mais. Há quanto tempo ela já sabia, mas nada tinha feito para mudar a situação? Kerstin já tinha dito, decididamente, que não. Nunca se mudaria dali. Era o seu lar e ponto final. Ali sabia onde estavam as suas coisas e, além disso, não era caro. Ao mesmo tempo em que a necessidade aumentava, a ideia da mudança a assustava cada vez mais.

A teimosia era muito forte.

— Só dou trabalho — dizia ela.

Eira negava, mas essa discussão sempre voltava à tona.

Era uma decisão difícil, a de tirar uma pessoa de seu lar. Eira ficou admirando a noite. Ter que fazer uma escolha para a mãe, contra a vontade dela, tirar-lhe esse direito. Todo o seu ser lhe dizia que era errado, porém era para lá que a lógica apontava.

E se ela tomasse essa decisão, mas não desse certo?

Queria entrar no cobertor, desejando que fosse um colo. Alguém que pudesse abraçá-la, aconselhá-la, que desse pelo menos uma opinião sobre a situação.

Eira estendeu a mão para pegar o telefone. Nem precisava procurar pelo nome dele. Estava bem acima na lista, apesar de ela nunca mais ter ligado para ele. Era tarde, no meio da noite, mas desde quando isso tivera alguma importância para Magnus?

Ela é sua mãe também, pensou Eira, você não pode me deixar sozinha aqui.

Ouviu um clique do outro lado da linha e uma voz metálica dizendo: "O número chamado encontra-se indisponível."

Tampouco GG parecia ter dormido bem, suas sobrancelhas aparentavam estar mais grisalhas, seu rosto estava pálido. Eira viu uma mancha na camisa dele, porém nada disse, já que não queria saber o que o colega fazia durante a noite.

— Não vamos brigar com eles — disse GG, ao se sentarem no carro. — Não estamos zangados com os guardas locais porque demoraram mais de um dia até entrar em contato conosco.

Eira poderia ter escolhido o caminho mais rápido que passava pela ponte de Sandö e ganhado alguns minutos, mas não se tratava de uma emergência, era mais uma conversa acompanhada por uma xícara de café com pessoas que colaboravam com a polícia, portanto ela escolheu o outro caminho. Atravessou o rio sobre a ponte de Hammar para não voltar pela mesma estrada que tinha ido. A guarda local era composta por voluntários que andavam pelos vilarejos à noite, dando uma olhada, avisando se viam algo suspeito, porém sem intervir. Eira certa vez havia impedido um roubo de carro e a polícia conseguira capturar os ladrões graças a eles.

— Não teríamos a menor chance sem os olhos e os ouvidos deles, não com essas distâncias — continuou GG. — Mas depois é sempre uma questão de interpretação dos acontecimentos, o que de fato se vê ao observar alguém.

Pararam em frente a uma casa de tijolos. Havia gnomos e anões de jardim, uma pequena escultura de cervo.

Jardins floresciam, muito bem-cuidados.

Havia gente que escolhia viver ali, pensou Eira, entre tantos lugares no mundo, não somente porque tinham ido parar ali, fosse por motivo de nascimento ou por outras circunstâncias.

Dois meninos pequenos estavam enfileirados na entrada da casa para cumprimentá-los, até o pai mandar que fossem se ocupar com outras tarefas.

Café, o eterno café.

— Não demos atenção para isso na época — disse Erik Ollikainen, colocando um sachê de tabaco sueco sob o lábio superior. Ele tinha por volta de trinta anos, um abdome volumoso, e usava uma camiseta com propaganda de uma empresa de encanamento. — Não havia nada de diferente.

— Ficamos de olho em acontecimentos incomuns, esses nos fazem reagir, se é que vocês me entendem — complementou o vizinho mais velho. Seu nome era Börje Stål e morava do outro lado da estrada; ele apontou para a casa branca na orla da floresta. Os dois haviam feito a vigília juntos duas noites antes. — Então, vocês podem colocar a culpa em nós dois.

A terrível tempestade estivera em primeiro lugar naquela noite, aquela que não trouxera chuva alguma. Um sinal, talvez, de que o clima estava mudando.

Assustador.

— Temos sorte em morar na parte alta, pelo menos — disse Ollikainen —, quando o nível do mar aumentar.

Foram eles os primeiros a avisar sobre os relâmpagos que tinham atingido Saltsjön ao verem a fumaça se espalhar sobre o topo das árvores. Depois passaram horas ocupados, aguardando pelos bombeiros e ajudando-os a chegar ao local através das pequenas estradas. Por volta da meia-noite, quando tinham feito sua ronda habitual pelo vilarejo, deram mais uma volta até lá e viram que o incêndio estava sob controle. Pararam depois junto ao acostamento e beberam café da garrafa térmica para aguentarem as últimas horas de trabalho, dividiram a comida trazida e ligaram o rádio no programa de música noturno, o que era uma tranquilidade depois da violenta tempestade. Ao mesmo tempo, a estrada voltou a ficar movimentada.

— Reconhecemos os veículos, aqueles garotos andam mais durante o final da tarde e à noite. Fazíamos o mesmo no meu tempo, desde o dia em que se conseguia comprar o primeiro veículo motorizado…

— Não é algo que relatamos — acrescentou o outro —, nem pensamos nisso.

— O que fez vocês mudarem de ideia?

— Quando ouvimos o que tinha acontecido. Então, pensamos que… Enfim, colaboramos com a polícia. Não queremos que nos acusem de não cumprirmos com a nossa obrigação. Mesmo não sendo nada. É assim que deve funcionar. Nós relatamos e vocês tomam as devidas providências, é o que sempre ouvimos.

— O que foi que viram?

Os dois homens trocaram olhares. Um deles fez um sinal com a cabeça e ou outro começou a falar.

— Eram três veículos. Um Volvo, não tenho certeza de qual modelo era, e dois tratores EPA. Estavam a caminho de Kungsgården. Ou indo naquela direção. Podia ser também que fossem para Sollefteå ou para a ponte de Hammar para Nyland, não fazemos a mínima ideia.

— Quando foi isso?

— Logo depois da meia-noite. Não escrevemos no relatório, como já foi dito, mas estávamos procurando o que ouvir entre as estações de rádio. Até a meia-noite a gente ouve Karlavagnen na P3, então deve ter sido depois.

— Comentei que aqueles garotos precisavam de um trabalho que começasse de manhã cedo, você lembra?

— Ficamos conversando sobre todos os assuntos possíveis quando estamos fora.

— Vocês têm os números das placas dos veículos?

— Não é necessário — respondeu Ollikainen.

Conheciam seus nomes e sabiam onde os garotos moravam. Um deles era o neto do primo de Börje Stål. Ele contou isso com o olhar fixo na xícara de café, mexendo a bebida sem pressa.

— Não tem nada de errado com os garotos, só ficam andando por aí à toa. Como se faz quando não se tem nada para fazer. Não há maldade neles.

O vizinho ergueu o olhar, mas nada disse. O silêncio foi longo. Havia algo mais ali, se via neles a hesitação e a angústia, uma espera para ver quem falaria primeiro.

Erik Ollikainen tirou o tabaco da boca e o apertou entre os dedos.

— E eles voltaram — disse ele em voz baixa, colocando o sachê de tabaco no pires. — Estavam em alta velocidade, muito acima da permitida para um EPA, mas acaba sendo assim com todos. Trocam peças, deixam os motores mais potentes, ninguém diz nada.

— Quanto tempo vocês acham que passou?

— Meia hora. Ou mais. Talvez menos. Sei lá. Ficamos cansados tarde da noite, nos tornamos mais lentos.

— Íamos fazer a última ronda — disse Börje Stål —, quando avistamos as chamas e a fumaça em Kungsgårn. Ligamos de imediato para o 112, mas alguém já havia dado o alarme.

— Aquele clima maldito, que noite dos infernos — Erik Ollokainen girava a caixinha de tabaco entre os dedos. — Vocês têm certeza de que não foram os raios?

Ela se recordava bem da sensação de liberdade quando juntara dinheiro para comprar seu primeiro trator EPA. Era um Volvo Amazon reformado, sem o banco traseiro, que, oficialmente, não andava a mais que trinta quilômetros por hora, mas parecia um carro de verdade. O mais importante era poder dirigir assim que se completasse 15 anos de idade. O governo tentara instituir uma proibição durante os anos 1970, mas o protesto das pessoas havia deixado em paz os tratores EPA no interior do país.

Um desses estava estacionado na entrada da casa na qual eles pararam. Era um Mercedes com uma carroceria instalada no lugar em que fora o banco de trás, laqueado em preto e vermelho.

Os pais estavam de férias e se encontravam em casa, acordados, naturalmente, e já ocupados em reformar o telhado. Era uma sorte, porque o filho era menor de idade, tinha apenas 16 anos.

Demorou uma meia hora até que o pai conseguisse acordar o filho e fazê-lo se vestir.

Calças jeans caídas, uma camiseta grande demais e muito sono. Ele tomou uma xícara de chocolate quente.

— Eles estão falando com muitas pessoas — disse a mãe, fazendo um sanduíche para o filho. — Não significa que o estão acusando de algo.

— Diga apenas a verdade — aconselhou o pai.

O garoto se chamava Andreas e já tinha sido detido por pequenos furtos, havia algumas denúncias contra ele. Eira tinha tido tempo de dar uma olhada nos registros enquanto aguardava pelos colegas que visitavam os outros garotos.

— Demos só uma volta — disse Andreas.

— Por onde andaram?

— Pelas estradas, onde mais?

GG abriu um mapa em seu tablet, colocando-o sobre a mesa na frente do garoto.

— Você pode nos mostrar com precisão por onde andou naquela noite?

— Sei lá, que inferno.

Continuaram assim por um bom tempo, até que o pai de Andreas perdeu a paciência e gritou com o filho.

— Diga a verdade agora, pelo amor de Deus!

— Não lembro.

— Suas roupas estavam fedendo à fumaça de manhã.

— Grande coisa, talvez a gente tenha feito churrasco.

— Você acha que não sei diferenciar os tipos de fumaça? Você acha que sou idiota? — O homem deu um passo para a frente, parecendo sentir vontade de esbofetear o filho. A esposa o segurou pelo braço.

— Eles sempre ficam dando voltas por aí — disse ela. — Não há muito o que se fazer por esses lados. Agora no verão não tem nem a escola.

— Como se fosse diferente no inverno! — disse o pai. — Acordado de noite e dormindo de dia. O que andam fazendo de fato, você, Robban e Torstensson?

— Como assim, o que a gente anda fazendo?

— É melhor deixar as perguntas conosco — disse GG.

— Eu vejo, às vezes, o que eles andaram olhando na internet, quando ele pega o meu computador emprestado. Um monte de porcaria e pornografia, é isso o que é.

— Pare com isso, agora — disse a esposa. — Não tem nada a ver com o outro assunto.

Demorou mais uns 15 minutos. GG tinha pedido para Eira levar o pai para outro cômodo. Ela voltou a tempo de presenciar o momento em que o garoto perdia o controle. Um assobio e uma pancada na mesa.

— Alguém precisa dar um jeito nele.

— Em quem?

— Naquele tarado desgraçado — O garoto ergueu o queixo, olhando fixamente para o investigador. — Vocês não fazem nada. Temos que fazer justiça com nossas próprias mãos.

— Você está se referindo a Olof Hagström?

— Ele nunca mais vai fazer de novo. Não com as nossas garotas daqui, pelo menos. — Andreas, chateado, procurou pelo olhar da mãe. — Alguém tem que fazer alguma coisa. Vocês são todos cegos. Não veem o que acontece com elas?

Por mais incrível que pudesse parecer, Eira tinha conseguido sair da delegacia no fim do expediente naquela tarde. Ninguém percebeu sua saída, porque estavam todos ocupados em mapear a movimentação e a vida dos quatro garotos.

Além do garoto de 16 anos que ela e GG tinham levado para a delegacia, havia mais um da mesma idade que dirigira o outro trator EPA com seu irmão de 13 anos e outro de 18 que pegara emprestado o carro da mãe naquela noite.

O clima pesado da delegacia a acompanhava agora. Três adolescentes detidos, e o quarto deles nem tinha completado 15 anos ainda — não era o que se esperava de um dia de trabalho. Como última atividade, ela deu uma olhada nos websites dos computadores apreendidos. Violentas cenas pornográficas tinham ficado guardadas em sua mente.

— Eles dizem que querem proteger as garotas. — Silje tinha dito, espiando por cima de seu ombro. — Ao mesmo tempo, ficam assistindo essa porcaria sobre como violentá-las da melhor maneira. Como se explica isso?

Não se explica, pensou Eira, enquanto andava entre os prédios de tijolos à vista na saída do centro da cidade. Pessoas não são explicáveis.

Ela tentava ver o lado bom da vida, a parte saudável e alegre. Os canteiros de flores nos pátios. Crianças tomando banho de mangueira.

O nome da mulher que estava no contrato de aluguel não era conhecido dela, mas era o último endereço onde o irmão dela estivera inscrito. Ela não havia encontrado outro plano de telefone no nome dele.

Eira tocou o interfone e conseguiu entrar no prédio.

A mulher se chamava Alice, uma beldade nos seus quarenta anos, que abriu a porta usando um leve vestido de verão.

— Não, Magnus não mora mais aqui. Terminamos na primavera.

Eira deu uma olhada para dentro do apartamento, e viu vestígios de crianças em idade escolar, como mochilas e tênis. O local tinha um cheiro de limpeza.

— Mas disse para ele que podia continuar registrado aqui no meu endereço — continuou Alice. — Só até encontrar uma residência fixa. Você não tem o telefone dele, não é?

— Não tenho o último.

Alice apontou para uma pequena pilha de cartas sobre o armário no corredor.

— Ele costuma vir aqui buscar a correspondência de vez em quando.

Eira controlou a vontade de agarrar a pilha de correspondência do irmão. Eram contas a pagar, avisos de cobrança, ameaças de encerramento de assinaturas. Eram dessas que, de certo, só se tornariam piores quanto mais tempo ficassem fechadas.

— Você tem filhos? — perguntou ela.

— Ah, sim. Dois meninos e uma menina. Estão com o pai agora.

Eira respirou aliviada por um instante, ao menos não eram filhos de seu irmão. Já bastavam os dois que ele tinha e mal encontrava. Alice deu um sorriso amistoso e um pouco inseguro.

— Você quer entrar? Magnus sempre falava muito em você.

— Obrigada pelo convite, mas preciso entrar em contato com ele.

— Você é policial, que interessante! Como é corajosa.

Ela quer conversar sobre ele, pensou Eira, por isso ficou contente que vim aqui, mesmo que fosse só para buscar a correspondência dele.

— Talvez você o encontre na casa de Ricken — disse Alice, anotando um número de celular no canto de um panfleto de propaganda. — Foi isso, ao menos, o que Magnus falou, que moraria lá por um tempo. Você deve conhecer Rickard?

— Sim, lógico que conheço Ricken — respondeu Eira, tentando disfarçar seu incômodo —, ele ainda mora em Strinne?

Ela via à sua frente uma casa revestida de placas corrugadas. Uma sala grande no porão, com sofás baixos e paredes cobertas de nó de pinho. Eira sempre olhava para aquela direção quando passava pela estrada, por motivos profissionais e, talvez, inclusive, por outros. Ela sabia que ele ainda morava lá.

— Sim, são amigos há mil anos, ele e Magnus — disse Alice. — Chamam-se de irmãos e tal.

Os dedos dela se movimentaram, indo parar na parte superior do braço; um movimento inconsciente que fez Eira descobrir uma tatuagem lá. Nada de flores ou corações, somente o nome dele. Um estilo bonito e sinuoso no qual um dos traços da letra M continuava em forma de arco ao redor do nome.

— O amor vai e vem, mas as amizades se mantêm. Não é assim que se fala?

Eira estacionou o carro atrás da carroceria enferrujada de um Volvo Amazon.

    Carros sucateados se espalhavam sobre o terreno, alguns tão afundados no solo, que pareciam ter criado raízes. Vinhas de lúpulo contornavam um antigo Ford. Alguns dos carros sucateados pareciam ainda aproveitáveis se alguém se encarregasse deles o mais rápido possível, mas Eira duvidava que isso fosse acontecer. Os destroços eram um símbolo, demonstrando que o morador dali era o responsável e assim marcava seu próprio território.

    O prefeito de Kramfors tinha tentado levantar um debate sobre todos os carros sucateados de Norrland, a fim de fazer com que o governo voltasse a instituir o bônus para quem levasse embora os carros, em vez de largá-los em qualquer lugar e estabelecer multas. Ele tinha mencionado o assunto como uma degeneração da paisagem do interior.

    Rickard Strindlund chamaria isso por outro nome. Poder, talvez. Aqui ele fazia o que bem entendia e não se importava com o que os outros achavam bonito ou feio, ilegal ou legal. Era problema deles se não gostavam do que viam.

Ela reconheceu, imediatamente, a maneira relaxada dele andar, com passos largos e um pouco cambaleantes, como o capim alto sob o vento. Seu sorriso ainda mantinha o mesmo charme de antigamente.

— Oi, Eira, há quanto tempo.

Ricken parou a três metros de distância dela. Colocou os cabelos para trás, fechando um pouco os olhos por causa do sol.

— Ouvi dizer que você tinha voltado. Está aqui a trabalho ou só veio me visitar?

— Preciso falar com Magnus — respondeu ela. — É um assunto particular.

— Está bem.

Ele acenou com a cabeça, para que ela o acompanhasse. O nome de Ricken estava na lista de criminosos conhecidos, como aqueles que GG deteve para interrogatório no outro dia. Havia o suficiente nos registros: roubos, tráfico, agressões físicas em uma festa de solstício de verão em Norrfällsviken no passado. Ela não conseguia evitar o nome dele.

Ricken parou junto à entrada da casa.

— Como está indo com o assassinato do velhote em Kungsgårn, já prenderam alguém? — perguntou ele.

— Ainda não — respondeu Eira.

— Mas que merda, que animal. Atacar um velhote. Se eu soubesse quem foi, ia acabar com ele e servi-lo em uma bandeja de prata para vocês. Foi isso que falei para os seus amigos também.

Eu sei, pensou Eira, sei o que você disse. Agora ela caminhava atrás dele outra vez, observando seu corpo magro e musculoso, as mesmas calças jeans justas de sempre, aquela autoconfiança inabalável. Fora obrigada a ler o interrogatório. Se Ricken estivesse envolvido ficaria complicado. Uma relação era uma relação, mesmo tendo sido muitos anos atrás, uma eternidade desde que ele fora o garoto dos sonhos dela, até que ela ficasse adulta.

O primeiro seria sempre o primeiro, nada podia mudar esse fato.

— Temos um suspeito — disse ela, embora não devesse. — É apenas uma questão de tempo agora.

— Que coisa. Quem é?

— É óbvio que não posso falar para você. — Ela se sentiu um tanto poderosa. Não tinha mais 17 anos, e tampouco estava perdidamente apaixonada por ele; era uma policial. Investigadora. Da unidade de crimes violentos.

— Lógico, entendo — respondeu Ricken.

Magnus estava sentado em uma cadeira bamba nos fundos da casa. Estendeu a mão, segurando a dela, porém não se levantou para abraçá-la.

— Como vai a mãe?

— Não muito bem.

— Aconteceu alguma coisa? — perguntou Magnus.

Ele usava bermudas jeans rasgadas e uma regata, estava bronzeado, seus cabelos loiros chegavam aos ombros. Havia uma lata fechada de cerveja na grama ao lado dele. Eira nada comentou sobre o assunto, tampouco sobre o cheiro de maconha que achava ter sentido. Talvez fosse o que esperasse, a lembrança de um cheiro. Ele não constava naquela lista. A última ocorrência que Eira encontrara fora uma agressão cinco anos atrás, uma briga comum que não tinha levado a nenhuma condenação, portanto não era má conduta deixar o nome dele de lado.

— Mamãe está piorando cada vez mais — disse ela. — Você sabe. Não existe cura para demência.

Ela se sentou em uma daquelas cadeiras que era moda há muitos anos e adorava quando era pequena. Um pedaço de tecido listrado em uma moldura de madeira, que podia deitar cada vez mais. Era impossível ficar sentado ereto nelas.

— Ela parecia bem quando estive lá — disse Magnus.

— E quando foi isso?

— Não sei, talvez uma semana atrás. Fizemos um lanche.

— Ela não me contou nada sobre isso.

— Ou foi há duas semanas. É verão, não se tem controle do tempo. — Magnus estendeu a mão para pegar a lata de cerveja, tomou alguns goles e acendeu um cigarro. — Está de férias agora?

— Estou trabalhando — respondeu ela. — Não agora nesse instante, mas no restante do tempo.

— Sorte nossa — disse ele, dando uma risada.

Ela sempre amara a risada dele, era tão envolvente, se espalhava por todo o local. Quando Magnus ria, todos os outros riam também.

— Mas que coisa, mana — continuou ele. — Estamos em julho, eles a maltratam tanto assim?

— Gosto do meu trabalho — respondeu Eira.

Magnus ergueu a sobrancelha. Ela ficou aguardando por um comentário sarcástico ou uma explicação de como a polícia ficava atrás de pequenos infratores enquanto os verdadeiros bandidos estavam à solta, como os empresários e os políticos corruptos, mas ele não teve tempo de começar, pois Ricken gritou da janela da cozinha, perguntando se queriam um café ou alguma coisa. Eira aceitou o café, e um copo d'água também cairia bem.

— Estou dirigindo — declarou ela, como se precisasse explicar por que não estava bebendo cerveja quando era verão e todas as outras pessoas podiam relaxar, se desculpando por ser chata e sempre cumpridora dos deveres.

— Mamãe se esforça quando você vai lá — disse ela. — Você não entende? Ela não quer que você perceba.

— Mas o que você quer que eu faça? Não posso chegar lá dizendo, "oi, mamãe, você está mais doente do que pensa". Seria maldade.

Abelhas e vespas zumbiam ao redor deles, apreciavam o jardim crescido e selvagem de Ricken, um campo florido que terminava em Strinnefjärden, um pequeno veio do rio que corria entre dois vilarejos.

Eira contou como Kerstin havia se perdido. Sobre os péssimos dias quando a mãe não a reconhecia, os perigos que uma casa oferecia; ela relatou tudo para ele.

Magnus apagou o cigarro na lata de cerveja, fazendo um chiado ao soltá-lo ali dentro. Ele se recostou na cadeira, indiferente ou relaxado, olhando para o céu. Nuvens que se moviam devagar, listras prateadas.

— Não compreendo por que você voltou — disse ele. — A mamãe tampouco entende. Disse que você fica cuidando dela como se ela não soubesse se cuidar.

— Ela não sabe mais se cuidar.

— Você devia ter ficado em Estocolmo, ela acha que você teria sido alguma coisa. Você que era tão boa na escola.

— Pare com isso. Você não está me ouvindo.

— Estou ouvindo.

— Ela fica perguntando por você. O tempo todo.

Eira estava arrependida de ter se sentado naquela cadeira, queria se levantar, se aproximar do irmão, talvez segurar a mão dele, beliscá-lo para que acordasse, derrubar a si mesma com ele junto, brigar na grama, fazer cócegas ou qualquer coisa que não faziam há mais de vinte anos. Em vez disso, se afundou mais ainda naquele móvel.

— Com que frequência você a visita, uma vez por mês? — perguntou ela.

— Você não pode obrigá-la a se mudar contra a vontade dela.

— Nós — respondeu Eira. — Nós dois precisamos resolver a situação. Ela sozinha não tem mais como tomar esse tipo de decisão.

— Cada pessoa é dona de sua própria vida — disse Magnus. — Até o maldito último segundo. Ninguém tem o direito de tirar isso de alguém.

— Acontece de ela urinar nas roupas, ficar angustiada em não saber onde está.

— Talvez ela não queira ficar no meio dos velhos, assistindo *Ídolos* na televisão. Imagine se for pior lá, nós vendemos a casa e não tem mais volta. Que horror, você já não leu sobre como deixam os velhotes trancados, de fraldas sujas e sem poder sair na rua?

— Isso aconteceu em outro lugar. Não foi aqui, não precisa ser dessa maneira.

— Você pode garantir?

— Ela gosta de *Ídolos*. Sempre assistimos juntas.

— Sério?

Eles foram interrompidos por Ricken, que vinha trazendo o café em uma xícara lascada para ela. Da água ele tinha se esquecido.

— Ouvi que vocês prenderam uma gangue toda em Bjärtrå hoje de manhã — disse ele, entregando outra cerveja para Magnus e abrindo uma para si mesmo. — Ouvi que você estava junto.

— Não fale nisso agora — disse Magnus. — Você sabe que Eira não pode falar de assuntos da polícia.

Ricken se sentou na grama. Foi como se os insetos parassem e ficassem em silêncio. Eira avistou uma canoa deslizando no rio. Seu irmão nunca ficara sabendo da relação dela com Ricken, havia sido em segredo.

— Vocês devem estar tirando conclusões, é óbvio — continuou Ricken, sem ter escutado Magnus. — Se eles fizeram uma coisa, devem ser culpados da outra. É assim que vocês pensam.

— Você não precisa dizer a ela como ela pensa — disse Magnus.

— Os idiotas andaram contando vantagem aqui e ali, que atearam fogo na casa, então já sei que estão presos por causa disso. São burros demais para ficarem calados, mas não tentaram matar ninguém. Conheço o pai de dois deles. São apenas garotos.

— Se você, de fato, tem algo para contar — disse Eira —, é melhor eu voltar aqui com um colega de trabalho. Ou telefone para a delegacia.

— Não nos esquecemos do que Olof Hagström fez com Lina Stavred — disse Ricken. — Então, se alguns moleques querem livrar Ådalen daquele homem, não tenho nada contra, mas a justiça deve ser feita.

— Chega, agora — Magnus jogou a lata meio vazia contra Ricken. Não acertou a cabeça do amigo, mas o deixou banhado em cerveja. — Eira não é da polícia quando vem aqui, é minha irmã.

Ricken também errou quando foi atirar a lata de volta, e ficou lambendo a cerveja derramada sobre seu corpo.

Eira riu dele. Gostava quando Magnus tomava seu partido, frisando que ela era sua irmã. Gostava quando Ricken queria lhe contar algo, tudo aquilo a deixava com um calor no corpo, com uma vontade de tomar uma cerveja com eles e relembrar, dar risada das besteiras e se recostar naquela cadeira dos infernos, que balançava e que quase quebrou quando ela tentou se levantar.

— Preciso ir agora — disse ela, colocando a xícara de café na grama e acabando por derrubá-la. Restos de café escorreram sobre o sapato dela.

— Vou dar uma olhada na mamãe amanhã — gritou Magnus, quando ela ia saindo. — Ou depois de amanhã. Prometo que vou melhorar.

— **A**gora vamos juntar tudo o que temos — disse GG de costas para a janela, para o céu e para a Cidade de Pedra. Atrás dele se viam prédios de oito ou nove andares, terraços que escalavam uma montanha.

Por alguma razão, a reunião fora marcada em Sundsvall naquele dia. Ele não tinha explicado o motivo para Eira, e ela tampouco havia lhe perguntado.

Tinha simplesmente se sentado no carro e ido para lá.

— Tudo o quê? — perguntou Bosse Ring. — Está se referindo ao homicídio, ao incêndio criminoso ou à tentativa de homicídio?

— Tudo. Cada crime que, de alguma maneira, contenha o sobrenome Hagström. Então, podemos juntar nossas mãos e rezar juntos, para que daqui a pouco não tenhamos dois homicídios.

— A condição piorou? — perguntou Silje Andersson, levantando o olhar de seu laptop.

— Que condição?

— De Olof Hagström.

— Não, não, está estável. Ele está ligado a tubos, aparelhos e tudo mais. Um colega em Umeå esteve lá hoje pela manhã.

— O que dizem?

— Quer que eu traduza?

— Da linguagem médica? Sim, por favor.

Olof Hagström ainda estava sedado e respirava com ajuda de aparelhos depois da cirurgia. A hemorragia ocorrida entre as meninges havia coagulado um tanto durante as horas passadas na floresta, porém tinham conseguido tirar a maior parte, assim como o sangue nos pulmões. Tinham descoberto uma hemorragia de menor escala no fígado também. O quão extenso seria o dano ainda era desconhecido. Se é que ele iria acordar.

— Os garotos negam que o tenham perseguido pela floresta — continuou GG. — Dizem que ficaram com medo quando o fogo se espalhou. Viram Hagström sair correndo da casa e foram embora do local.

— Mas eles tomaram conta do cão — disse Bosse Ring. — Não se esqueçam disso.

O cachorro tinha vindo correndo de algum lugar. Havia ficado doido quando a casa começara a queimar, porém dois dos garotos conseguiram pegá-lo. Um deles tinha uma ferida no braço por causa da mordida que levara. Ele tirara a atadura do braço com certo orgulho para mostrar as marcas.

— Não tivemos coragem de deixar que ele saísse correndo — leu Bosse Ring do protocolo do interrogatório. — Ele poderia ser atropelado ou qualquer coisa do tipo.

— Quanta consideração — disse Silje.

Um dos meninos tinha ligado para a polícia, anonimamente, quando chegara em casa. Não tinha contado aos amigos. Quanto a quem havia jogado as garrafas incendiárias, a história ganhava diversas versões. Culpavam uns aos outros, com exceção do garoto de 13 anos, que assumia a culpa.

— Ele deve ter assistido no YouTube como minigângsters de verdade fazem — disse Silje. — Assumem a culpa para livrar os mais velhos da prisão.

— Talvez queira impressionar o irmão — disse Eira em voz baixa.

Ela já tinha estado na delegacia de Sundsvall muitas vezes antes, mas nunca nesse cargo, participando da equipe. Quando entrou, ficou com a sensação de que poderia ficar por ali. Procurar um cargo fixo nos Crimes Violentos. Ficava somente a uma hora de distância de carro, não seria problema algum até que resolvesse a história com sua mãe.

— Ou talvez tenha sido ele mesmo — declarou Bosse Ring.

Um suspiro se espalhou pela sala, o peso de quatro adolescentes terem passado do limite.

— Mas eles podem estar falando a verdade sobre o ataque na floresta — continuou GG, acenando com a cabeça para o investigador da cena do crime, que ele havia convocado para participar da reunião.

Era mais fácil para o pessoal não precisar ficar procurando o resultado da análise nos computadores. Podiam interagir uns com os outros, o que não acontecia todos os dias.

— Uma cena de crime incomum, devo dizer — declarou Costel Ardelean, enquanto conectava seu laptop ao sistema. — Sempre se aprende algo novo.

As fotografias da imensa árvore caída surgiram no telão na parede. Tinham levado um guarda florestal até lá para examinar o tombamento da raiz, na noite do ocorrido. A recuperação da natureza, os cortes no tronco, a gravidade. Costel mostrava como os galhos mais grossos da árvore tinham sido serrados, assim como o topo. Alguém estivera lá cortando lenha, assim como se via em outras árvores que tinham caído durante a severa tempestade da primavera. Por esse motivo o equilíbrio tinha sido perturbado e a raiz tombada voltou ao lugar com a ajuda do peso de Olof Hagström, depois de sua queda.

Partes da raiz tinham sido escavadas e levadas para uma análise mais aprofundada.

— Parece que já aconteceu antes — informou Costel. — Há ao menos uma morte registrada em 2013, em Blekinge. O cenário fica ainda mais perigoso quando o gelo derrete e o solo é inundado pelas chuvas da primavera.

— Um perigo essa natureza selvagem — disse Bosse Ring.

— Foi o tombamento da raiz que causou a lesão na cabeça dele? — perguntou GG, chutando Eira, sem querer, por baixo da mesa. Ela encolheu os pés. GG não pareceu ter percebido.

— É possível — respondeu Costel. — Segundo o médico-legista, o ferimento foi causado por uma pancada forte com um tronco pesado. Os rastros de sangue apontam que pode ter sido a placa radicular que tenha batido. Encontraram restos de casca de árvore no ferimento também.

Durante o curto silêncio que se seguiu, Eira ficou pensando no que Ricken havia dito sobre o incêndio e sobre os adolescentes. A parte técnica parecia confirmar o que os garotos tinham falado. Ela não precisava levar isso adiante e, por esse motivo, ela deixava de misturar a parte de sua vida pessoal que estava em desacordo com a pureza daquela sala. A transparência. A evidência de estar no lado certo.

Ela se recostou na cadeira, estendendo as pernas, mas com cuidado para não bater em ninguém.

— De qualquer forma — disse GG —, não temos mais o que fazer nesse caso agora a não ser aguardar. Pelas análises, pelo despertar de Olof, se ele acordar. Os adolescentes já confessaram, estavam no local, serão condenados por incêndio criminoso, de qualquer jeito.

— Que história confusa — disse Costel Ardelean. — Dois casos diferentes, porém no mesmo lugar, apesar de tão distintos. Pai e filho. Uma casa, uma ruína.

— Sem dúvida — disse GG.

Em seguida, passaram para a investigação do homicídio.

Agora dispunham de apenas um dia, desde que o promotor de justiça expedisse a ordem de prisão preventiva de Tryggve Nydalen, para poderem mantê-lo encarcerado.

— Então, temos de ir até Härnösand, passar pelo sistema de segurança, tirar os cintos e esvaziar os bolsos de moedas, assim que quisermos fazer uma pergunta.

— Quem ainda carrega moedas nos bolsos hoje em dia? — perguntou Silje.

Se é que eles ainda tinham motivos para mantê-lo preso.

A cena do crime tinha sido queimada, se transformado em cinzas. O que eles tinham como prova eram as impressões digitais dele na casa, mas não dava para ter certeza de quando eram. Os médicos forenses já tinham dito o que havia a dizer e liberado o corpo de Sven Hagström.

Tryggve Nydalen afirmava ser inocente. Talvez fosse uma má pessoa, mas não havia qualquer inimizade com o vizinho.

— Ok, o que temos, então? Um possível motivo, acima de tudo. Sven Hagström ficara sabendo que seu vizinho era um ofensor sexual condenado. Nydalen se viu obrigado a calá-lo.

— Foi comprovado que Sven o ameaçava? — perguntou Silje, que ainda não tivera tempo de examinar todo o material. — Não vejo nada que comprove isso aqui.

— O único fato que sabemos com certeza — respondeu GG, se virando para Eira — é que Sven sabia muito bem que havia um ofensor sexual nas redondezas e tentou descobrir mais informações. Mas será que ele conseguiu?

— Não é impossível — disse Eira. — Ele leu artigos sobre o abuso, parece ter pesquisado. A ex-parceira dele disse que ele estava mudado.

Ela mesma percebia como o que tinham era vago. Aquilo que parecera sólido alguns dias atrás, era de fato? Ou seria somente um padrão que ela tentava evocar, imagens visualizadas quando se deseja vislumbrar a verdade?

Não, Sven Hagström sabia. Era demais para ser mera coincidência.

— Tem outra coisa que queria lhes mostrar — disse Costel Ardelean.

Ele pressionou os botões e a fotografia do tombamento da raiz foi substituída por uma faca de caça. Era a faca apreendida no armário de armas do suspeito. O tamanho coincidia com o ferimento, assim como o formato da faca. O investigador da cena do crime falava, loquazmente, sobre o modelo, o cabo confeccionado em bétula e carvalho, com um detalhe em couro, a lâmina bem afiada e um pouco curvada. E, acima de tudo, havia os rastros de sangue coagulado entre a lâmina e o cabo que não podiam ser vistos a olho nu, onde os vestígios podiam permanecer mesmo que a faca fosse esterelizada depois de usada.

— A análise do DNA não está pronta, mas já podemos dizer que não se trata de sangue humano.

— É de alce? — disse GG, balançando a cadeira. — Ou ele esfaqueou um urso? Só não diga agora que pode definir a data como setembro do ano passado…

Era a época de caça ao alce naquela parte do país, uma comemoração maior que o Natal para muitos.

— Em breve teremos a resposta.

— E é possível que esses pequenos indícios de… uma criatura não humana ainda poderiam permanecer na faca, mesmo ela tendo sido usada depois e bem desinfetada?

— Depende do que se define por bem desinfetada.

— Por que alguém deixaria a arma do crime em seu próprio armário? — perguntou Silje.

— Para que não se percebesse a falta — respondeu Bosse. — Uma pessoa sem faca de caça é mais suspeita do que uma com faca de caça, pelo menos ao norte de Dalälven.

Um silêncio se fez na sala. Alguém pegou o último sanduíche de queijo. "Arma do crime" tinha ganhado um novo significado na língua sueca desde a morte de Olof Palme. Os anos de busca atravessavam décadas. Cada policial e a maioria dos cidadãos sabia que o assassinato poderia ser solucionado, bastava que a arma do crime fosse encontrada. Era um trauma permanente, um testemunho de que a Suécia havia mudado. Um país onde era possível escapar depois de atirar em um ministro de Estado, onde não havia mais segurança.

— Então, o que ele faz com a faca? — disse GG. — A joga no rio, a enterra?

— Se não houvéssemos apanhado os adolescentes — disse Bosse Ring —, eu teria dito que foi Nydalen quem ateou fogo na casa para esconder os vestígios. Fico incomodado por ter acontecido logo naquela noite, bem antes de prendê-lo.

— Ele talvez conhecesse algum deles. Já demos uma olhada de onde tiraram essa ideia?

— Do Facebook, disseram eles.

— Vale a pena checar essa informação?

— Essas ideias se espalharam bastante por aí. As pessoas começaram a incitar umas às outras em diversos tópicos nas mídias sociais desde que liberamos Olof Hagström.

— Quem sabia que estávamos de olho em Nydalen?

GG se virou para Eira. Ela ficou pensando e sentiu um incômodo: teria comentado com alguém? Não, não que lembrasse. A única pessoa para quem mencionara o nome de Nydalen fora seu antigo colega, aquele que agora estava em casa fingindo aproveitar a vida de aposentado.

— É bastante longe do rio — disse ela, por fim —, não acho que ele jogaria a faca lá.

— É um matagal dos infernos — comentou Bosse Ring —, e ele estava com pressa, era um dia de semana, podia encontrar alguém a qualquer minuto, e a esposa estava em casa. Ela o defende até a morte.

— As versões do que eles faziam naquela manhã estão um pouco desencontradas — explicou Eira —, mas estavam em casas diferentes. Tryggve pode ter saído por um momento e voltado sem que ela percebesse, se ele escolheu não passar em frente à casa dos fundos.

— Podemos dar uma olhada no mapa? — perguntou GG.

Alguém entre eles encontrou um mapa e o abriu na tela. A imagem estremeceu aqui e ali, indo parar primeiro em Jämtland, antes que a área de Kungsgården se mostrasse.

Eira comparou a imagem com as suas lembranças do local. A casa de Nydalen ficava um pouco acima da casa de Hagström, e havia somente um bosque entre elas. Abetos e alguns pinheiros, uma quantidade de choupos. Arbustos de mirtilos e arandos-vermelhos. A montanha era visível aqui e ali, o solo não devia ser muito profundo. Além da estrada, que logicamente podiam excluir, havia um caminho para motocicletas e outras trilhas na mata cerrada que não apareciam nas imagens de satélite.

— Ok — disse GG —, vou tentar convocar todos que puder para fazermos uma busca na floresta com um detector de metais.

Bosse Ring também iria para Kramfors, porém resolveram seguir para o norte em carros diferentes. Assim, Eira pôde dar uma passada rápida em Lunde. Tirar algo do freezer para o jantar e logo seguir para o trabalho.

Chegando em casa, encontrou um buquê de rosas sobre a mesa. Um desses que se compra no supermercado, ainda enrolado em embalagem de celofane.

— Você recebeu visita, mamãe?

O rosto de Kerstin se iluminou.

— Magnus acabou de sair daqui. Estava tudo tão bem com ele, vai até começar em um novo emprego. Eu disse que ele precisar vir aqui com os pequenos algum dia desses.

O olhar dela se desviou para as fotografias dos netos emolduradas na parede. As fotos eram de quando eles ainda frequentavam a creche e moravam em Kramfors, antes que a ex-namorada de Magnus tivesse arranjado trabalho em Gotemburgo e se mudado para lá com os filhos.

Algumas fotos mais recentes estavam coladas na porta da geladeira, talvez tivesse sido a mãe das crianças quem as enviara.

Eira levantou o buquê, retirou a embalagem plástica e algumas folhas murchas. Magnus ao menos tinha cumprido a promessa de visitar a mãe.

Ela pegou uma lasanha e a descongelou no micro-ondas. Rejeitou uma chamada de um número desconhecido e se sentou por um instante. Talvez não fosse tão urgente encontrar um novo lar para a mãe, talvez conseguissem viver assim por mais um tempo, se ficassem juntas.

— Você viu que lindas flores o Magnus me trouxe?

Kerstin arrumava, sem parar, as flores no vaso. Ficaram sentadas por um breve momento, e Eira disse que precisava ir. No carro, se deu conta de que não via a mãe tão feliz havia muito tempo.

Ela estava na entrada da ponte de Sandö quando o celular começou a tocar outra vez, mas agora era Bosse Ring. Ele já havia chegado em Kungsgården, onde haviam combinado de se encontrar. Para "dar uma pressionada na esposa", como GG tinha se expressado.

Tentariam fazer com que Mejan Nydalen recontasse o que tinham feito naquela manhã, minuto por minuto; talvez conseguissem encontrar alguma falha na maneira inflexível como ela defendia o marido.

— Chego em 15 minutos — disse Eira, aumentando a velocidade.

— Não há pressa — disse ele. — Não tem ninguém em casa. Consegui entrar em contato com o filho por telefone, ela foi visitar uma prima em Ö-vik.

— Vamos até lá?

Ele hesitou um instante até responder.

— Eu disse que queríamos conversar um pouco, no meu jeito amigável. Não estamos atrás dela, podemos conversar amanhã de manhã.

Eira fez o retorno junto a um camping fechado, parando para pensar o que seria mais útil. Ir à delegacia e se sentar ao computador que dava acesso a toda a investigação ou haveria mais alguém para entrevistar?

As cabanas de madeira estavam tortas, com a tinta amarela descascada, muitas tinham desmoronado. Havia um certo charme de uma época passada, do início dos anos 1960 provavelmente, quando as pessoas faziam turismo nos campings, apesar de ficarem em um lugar sem graça, junto a uma ponte de concreto entre as saídas para a antiga estrada E4.

Ela conferiu o celular, tinha perdido duas ligações enquanto estava sentada comentando como as rosas eram bonitas.

Uma das chamadas vinha do celular de August. A outra, de um número desconhecido. Ela telefonou para o desconhecido.

— Alô, Rolle falando.

Era o antigo colega de Hagström, Rolle Mattson, da triagem de madeira em Sandslån.

— Já prenderam o diabo? — ele perguntou. — E a casa também queimou. Sven deve estar se revirando no túmulo, coitado, era a casa dos pais dele, que ele herdou. Mas Sven ainda não foi enterrado. Vocês sabem que ele não era religioso, não é?

— Ainda vai demorar até ele ser enterrado — respondeu Eira. — Foi por isso que você ligou?

— De jeito nenhum — disse ele. — Vocês estavam procurando pelo presidente da associação de caça, mas ele teve um derrame em maio, então a esposa dele me pediu para entrar em contato com vocês, caso seja algo importante, como costuma ser quando a polícia telefona.

— Você faz parte da mesma associação?

— Eu vou acabar assumindo o cargo. Se houver sequelas graves.

Eira abriu a porta do carro e saiu. A grama no camping estava bem aparada. Os proprietários cuidavam dessa parte, mesmo com as cabanas abandonadas e em mau estado. Mas deixar o gramado malcuidado seria um pecado.

— Eu tinha algumas perguntas gerais — disse ela — sobre o equipamento de caça.

— Pode falar — respondeu Rolle Mattsson.

— As facas de caça, por exemplo.

— Sim?

Eles ainda não tinham divulgado qual era a arma do crime, mas certamente alguém já devia saber, os rumores se espalhavam. Se ele ainda não sabia, compreendeu quando ela perguntou.

— Todos os membros da associação têm o mesmo modelo de faca? — Eira sabia que sua pergunta parecia um tanto ignorante, mas ele respondeu que sim, era um tipo que todos usavam e que podia ser encontrado na loja de ferragens Nyland.

— E digamos que a sua esteja ficando sem fio, você poderia comprar outra no mesmo lugar?

— De jeito nenhum, eu afio a minha — respondeu Rolle Mattsson.

— Sozinho?

— Sim, ou com o Harry na loja de ferragens.

Lógico.

— E todos aqueles que participam da caça usam as suas próprias facas, é assim que funciona? — Outra pergunta pouco inteligente. Obviedades. Não era necessário ter sido criado na floresta para entender, mas o fato de ela ser mulher a livrava dessa obrigação.

— Sim, isso mesmo — disse ele muito paciente. — Ninguém quer ficar na floresta sem poder caçar um alce. A pessoa deve poder esfolá-lo. Alguns querem um tipo de faca especial para isso, outra para animais selvagens menores e uma terceira para cortar salsicha junto à fogueira depois, mas costumo dizer que é desnecessário, não são os acessórios que fazem um caçador.

— Então, a pessoa precisa ser boa no manejo da faca?

— É tão importante quanto saber atirar. Por respeito ao animal. Não dá para ficar lá apalpando e cortando errado.

— Tryggve Nydalen é membro da associação de caça?

Alguns segundos de pausa. Nas mídias ele havia sido citado como "o homem de 59 anos", mas no dia seguinte haveria uma audiência, e seu nome não teria como permanecer desconhecido. Se é que já não havia se espalhado, como de costume.

Se é que ele ainda continuaria preso.

— Sim, sim — respondeu Rolle Mattsson. — Os dois são membros.
— Os dois?
— Sim, ele e a esposa.
— Mejan?
— Não fique tão espantada — disse ele. — Aceitamos mulheres também. Houve resistência no início, lógico, mas costumo dizer que elas atiram bem, desde que fiquem caladas durante a caça.

Ele riu da própria piada. Eira inspirou o odor da relva. O vento a fez estremecer, apesar de estar quente e calmo.

— Você lembra — disse ela — se algum deles caçou um alce no outono?

— Não — respondeu ele —, não tenho certeza, mas temos um diário, lógico, que está na casa de Sune, aquele que teve o derrame. Mas, espere, talvez tenha sido Mejan quem o capturou, porque há ainda aqueles que ficam chateados e acham que as mulheres não pertencem ao clube de caça, então ficam resmungando quando uma delas se destaca, mas, se foi no outono ou no ano anterior, não, não posso lhe dizer com certeza…

Eira agradeceu pelas informações e telefonou, no mesmo instante, para GG.

— Eles têm duas facas de caça — disse ela, e contou tudo para ele. Talvez tenha falado demais sobre a caça e sobre os diferentes tipos de faca, além do que era preciso fazer para esfolar um alce. — Pode muito bem ter sido a faca da esposa que estava no armário.

— Agora o pegamos — disse GG.

Ele a interrompeu antes de desligar.

— Espero que você pense bem — disse ele — na próxima vez em que tivermos um cargo vago.

A ugust estava esperando por Eira no refeitório, apesar de ser o dia de folga dele.
Terminou de raspar a sopa de cogumelos, diretamente da embalagem plástica e se levantou.
— Venha — disse ele.
Alguém tinha aberto a janela, o que reduzia o efeito do ar-condicionado. Eira sentia calor. Já fazia dias que se encontravam somente pelos corredores, sem mencionarem o que tinha acontecido entre eles.
— Passei bastante tempo dando uma olhada nesse material — disse August, ligando o computador — à noite, depois do expediente.
Eira viu a tela se iluminar. Era um daqueles tópicos de Facebook que incitava as pessoas a cortar o pênis de Olof Hagström. August já havia mostrado a postagem a ela antes, uma semana atrás, ou teriam sido duas? O tempo passava rápido demais, fazia uma eternidade que ela o tinha deixado sozinho naquela cama no Kramm.
Enfiar um taco de beisebol no ânus dele. Caçá-lo até as fronteiras do país.
Os mesmos comentários que tinham surgido no perfil dos suspeitos do incêndio, em seus celulares e computadores.

— Você realmente não tem nada melhor para fazer durante a noite? — perguntou ela.

— Aceito sugestões — respondeu ele, dando um sorriso.

Eira manteve os olhos na tela. Os tópicos tinham sido atualizados desde que ela os tinha visto da última vez. Agora também falavam da casa de Olof Hagström que havia incendiado, as pessoas comemoravam e davam curtidas.

Uma pena ele não ter sido queimado junto, alguém escrevera.

Se ele aparecer outra vez, vai acabar assim.

Ela estremeceu ao ver uma fotografia do local do incêndio. Devia ter sido tirada muito cedo. Havia um caminhão de bombeiros. Ainda não tinham terminado de apagar o fogo, as barreiras ainda se encontravam lá.

— Acho que encontrei a fonte — disse August.

Ele ampliou a foto na tela. Cabelos loiros balançando ao vento, uma sorridente Sofi Nydalen, rodeada pelos filhos e pelo marido em algo que parecia ser um barco.

— Está falando sério?

— Podem ter sido várias pessoas que começaram em outros grupos, mas ela é, com certeza, uma delas.

August mostrou a Eira a hora e a data da primeira postagem, na noite do mesmo dia em que Olof Hagström tinha sido liberado da prisão. Sofi Nydalen havia postado uma foto em que ele podia ser visto como uma sombra em uma janela.

— Também fiquei pensando em como pôde ter acontecido tão rápido — disse August. — Com tanta informação detalhada, o nome, o crime cometido por ele no passado e o exato endereço.

Ele continuou falando, enquanto Eira pegava o mouse e seguia a postagem que a jovem sra. Nydalen havia criado, como o ódio aumentava e a linguagem ia se tornando cada vez mais grosseira.

— Eu usei outra conta para rastrear desde o início — disse ele.

— A da sua namorada?

— É.

— Ela deve confiar em você.

— Eu disse que, provavelmente, ela estaria fazendo algo ilegal ao compartilhar as postagens e seria melhor se ela ajudasse a polícia. Não estaria somente me ajudando, mas também a um investigador dos Crimes Violentos.

Ele não olhou para Eira, mas ela entendeu o sorriso dele. Ele estava meio de costas, e o que mais via era a nuca dele. Os cabelos crescendo ali brilhavam um pouco.

— E eles não estão de brincadeira — complementou August.

Ele havia seguido os compartilhamentos aqui e ali, através da miríade de tópicos que tinham surgido. Eira viu uma grande quantidade comentários passando, e August parava a cada vez que achava algo importante, mudando de posição na cadeira. Em seguida, se deteve em um comentário que contrariava os anteriores.

Vocês são como um rebanho de ovelhas, correndo todos para o mesmo lado, estava escrito.

Por que não usam o pensamento crítico?

Já leram a história do bode expiatório? Creio que não. Vocês ao menos sabem ler, seus mongoloides retardados?

Depois vinham centenas de comentários, atacando quem se atrevera a questionar.

August se recostou na cadeira, olhando para o céu através da janela.

— Sabe quantas pessoas têm uma opinião divergente? — perguntou ele. — Não que eu tenha contado ou lido tudo, mas diria que é menos de um por cento. O que isso nos diz sobre a humanidade?

— Não diz nada sobre como o povo realmente pensa — respondeu Eira. — As pessoas compartilham com aqueles que são da mesma opinião. Quem não concorda acaba deletando suas postagens. Não aguentam, se retiram, bloqueiam aqueles de quem não gostam, isso se não forem bloqueados antes. Você simplesmente não os vê.

Ele colocou a mão no encosto da cadeira dela.

— Só espero que Sofi Nydalen seja punida pelo que fez aqui.

— E nós que estávamos pensando que ela foi embora por causa dos filhos — disse Eira, consciente da mão dele apoiada em algum lugar das costas dela. — Mas ela ficou, obviamente, com medo depois do incêndio. Talvez tenha entendido o que provocou.

— Deve ser, no mínimo, incitação ao crime — disse August.

— E milhares de outros, nesse caso, estariam envolvidos.

— Eu estava junto quando prenderam um dos garotos que ateou fogo — continuou August. — Eles nunca teriam essa ideia por conta própria, nem eram nascidos quando a garota foi assassinada. Vivem no mundo dos jogos. Se algo não está na internet, não existe.

Eira não sabia se devia ficar tão perto dele por tanto tempo assim. Essa proximidade lhe despertava fantasias que ela só deixava vir à tona durante a noite, antes de adormecer. Acontecia também de acordar por causa delas.

— Vou falar com GG sobre o assunto — disse ela, ainda pensando se deveria se levantar do lugar. — É possível que os especialistas em mídias sociais em Sundsvall também estejam seguindo o rastro, mas não tenho certeza.

— É calúnia, então?

— É preciso que Olof Hagström saia do coma, se levante da cama e faça a denúncia.

— Merda — resmungou August.

— Obrigada — disse Eira.

— Pelo quê?

— Por se engajar, mesmo que isso seja meio duvidoso do ponto de vista policial.

— O quê?

— Usar a conta da namorada.

Eira não aguentou ficar olhando o sorriso dele por muito tempo.

Encontraram o saco de lixo naquela mesma noite. Faltavam 11 minutos para as dez horas, quando as nuvens começaram a se colorir em tons de rosa. Estava enterrado a dez centímetros de profundidade, junto a um monte de pedra que parecia saído de uma história infantil de Elsa Beskow.

Uma pedra achatada sobre outra redonda, como se fosse um chapéu. Ambas estavam cobertas de musgo. Havia muita atividade no formigueiro vizinho, o ar estava carregado de mosquitos.

Os mirtilos estavam quase maduros.

— Vocês não fazem ideia do que as pessoas jogam nessas florestas — disse um homem que participara da busca; ela tinha entendido que ele se chamava Jonas.

Ele era um dos dois aspirantes a policial que havia vindo de Sundsvall. Também havia um jovem assistente de polícia além de August e uma investigadora local que ela já conhecia um pouco. Além deles, haviam recebido a ajuda de guardas municipais, porém já tinham pedido para que se retirassem.

Não queriam mais gente andando ali sem necessidade.

O aspirante apontou para a clareira junto à trilha de motocicletas, onde tinham reunido todos os achados. Partes de equipamentos agrícolas enferrujados. Rodas de bicicleta. Dois ancinhos e uma corrente de serra elétrica, barras de ferro entortadas, um cortador de grama velho. Também havia o crânio de um veado, uma pilha de garrafas velhas e o cadáver de uma bola de futebol murcha.

O saco de lixo preto permaneceu no lugar em que fora encontrado. Um deles o havia aberto com um galho e examinado o conteúdo.

Alguma coisa preta, ou talvez em azul-marinho, de tecido grosso. Um tipo de vestimenta. Podia ser um macacão.

Uma luva amarela de borracha.

— Não sabemos se há outra luva — disse o aspirante a policial. — Não quisemos remexer demais.

— Muito bem — disse Eira.

Ela era a primeira investigadora a chegar ao local. Bosse Ring havia acabado de abrir uma garrafa de vinho no seu quarto de hotel, mas chegaria ao local assim que conseguisse um táxi.

— Estava coberto de galhos e folhas — disse o aspirante. — Foi feito com desleixo, mas foi o suficiente para ocultar o fato de que alguém havia escavado ali.

Eira se agachou, mexendo com cuidado no saco de plástico com um galho, até abri-lo.

Um cabo feito de diferentes tipos de madeira. Bétula e carvalho, pensou ela, com um detalhe em couro. A lâmina estava um pouco arqueada, para esfolar melhor um alce.

Ela se levantou.

— Ok — disse ela. — Vamos isolar o local.

A floresta era bastante cerrada naquela área. Diversas árvores pareciam estar morrendo, com os galhos inferiores secos cobertos de musgo cinzento. Eira deu alguns passos para o lado e avistou paredes de madeira vermelha e uma janela com a moldura pintada de branco.

Estavam no máximo a vinte metros de distância da casa dos fundos.

— Todas as facas são parecidas — Mejan Nydalen estava sentada completamente imóvel na sala de interrogatórios. Seu olhar repousava estável na foto impressa sobre a mesa. — Pode ser de qualquer um.

— É exatamente igual à faca que encontramos no seu armário de armas. Da marca Helle, fabricada em Holmedal. Vocês as compraram ao mesmo tempo?

— Como poderia me lembrar disso? Já tivemos muitas facas de caça.

— Você reconhece isso aqui? — perguntou Eira, colocando outro papel impresso sobre a mesa. Era a roupa encontrada por eles na floresta.

— Um macacão de trabalho — respondeu Mejan.

— Seu marido tem um desses?

— Não sei se é exatamente como esse, mas é um tipo de roupa de trabalho que ele usa quando constrói, pinta ou faz reparos em casa, óbvio.

— E onde ele costuma guardar a roupa?

Ela coçou a cabeça.

— Pois é, se eu soubesse... No celeiro, talvez?

Era um macacão de trabalho de uma marca comum, que podia ser comprado em qualquer loja de construção ou pela internet, ou ainda na loja de ferragens. Havia alguém conferindo os dados. Tamanho grande. Estava gasto. Manchas de tinta, talvez outras manchas também.

Eira empurrou a fotografia da luva de borracha para Mejan.

— Encontramos tudo atrás da casa dos fundos. A 18 metros de distância da casa. Você disse que estava lá naquela manhã. Não viu ninguém na floresta?

— Estava muito ocupada naquele dia. Vocês acham que havia alguém na floresta?

Bosse Ring se debruçou sobre a mesa. Tinha estado quieto até então. Havia sido ideia dele que Eira iniciasse o interrogatório. Ele imaginava que seria mais fácil uma mulher se abrir para outra mulher, baixando a guarda. Eira duvidava que ele tivesse razão. Ela pensava que os homens, muitas vezes, tinham uma atitude ingênua em relação às mulheres, achando que elas eram feitas de um material mais macio.

A voz de Mejan Nydalen não estremeceu nem ficou hesitante quando foi obrigada a explicar, mais uma vez, como tinham arrumado tudo para a chegada dos netos. Ela tinha um tom magistral na voz, como se não acreditasse que eles entendessem o trabalho que precisava ser feito.

Eira reconhecia algo nela, como nas mulheres com as quais crescera, suas avós e outras senhoras que andavam por ali, com vozes severas e um conhecimento que não podia ser questionado.

Não, ela não havia visto ninguém escavando na floresta.

— Ela está mentindo? — perguntou Bosse Ring, já de volta ao segundo andar da delegacia.

Através da janela, avistaram Mejan entrando em seu carro e saindo do estacionamento.

— Ela está mentindo — disse Eira. — Mas talvez não saiba disso.

— Quanta merda pode haver em uma mesma família? — perguntou GG, quando ficou sabendo quem estava por trás da incitação contra Olof Hagström.

— Vá até Estocolmo — disse ele um pouco depois. — Deixe a querida Sofi consciente de que estamos sabendo. Mostre as ruínas da casa e, por que não, uma foto na qual aparece o pé do coitado saindo para fora do buraco, para que ela guarde isso na memória e pense duas vezes antes de postar comentariozinhos no Facebook. Faça Sofi Nydalen entender que estamos de olho nela, até se ela postar uma foto do jantar. E grave tudo o que ela disser.

Ele ficaria encarregado de conversar com o promotor de justiça quando a custódia estivesse definida e eles tivessem tempo.

— E você — continuou ele —, por favor. Quero saber que segredos essa família esconde, sobre o que cochicham no quarto.

Eira fechou os olhos enquanto o trem saía da estação de Kramfors e relaxou. Enquanto o o veículo se movimentava, ela percebeu que não podia interferir em nada, que estava entre uma coisa e outra. Não precisava ter uma discussão com o serviço de assistência de sua mãe nem telefonar para algum vizinho. Magnus tinha respondido à mensagem dela. Ele daria uma olhada na mãe, talvez até dormisse uma noite na casa dela.

Sentiu um aroma de liberdade, embriagante.

Estava acomodada no vagão quieto, com o celular no silencioso, porém sentiu a vibração quando recebeu uma mensagem. Tryggve Nydalen continuava preso, era a mensagem enviada por GG.

Ao norte de Gävle, o celular vibrou outra vez. Era a sétima mensagem vinda de Sofi Nydalen.

"Talvez seja melhor nos encontrarmos em algum outro lugar?"

"Certo", respondeu Eira, "onde você sugere?".

Era a terceira vez que ela queria trocar o ponto de encontro, o que indicava preocupação, nervosismo e talvez sensação de culpa.

Primeiro seria na casa deles, em um bairro residencial fora da cidade. Depois ela sugeriu uma conhecida padaria no centro da cidade, pois assim Eira não precisaria apanhar mais um trem e, além disso, eles serviam sanduíches de camarão deliciosos. Agora achava melhor que se encontrassem em um café em Norr Mälarstrand, "já que o tempo estava tão bonito".

"Está bem, nos vemos lá."

Eira recebeu um joinha e um emoji sorridente como resposta, como se fossem duas amigas que estavam prestes a se encontrar para tomar um café ao sol.

O trem chegou pontualmente às 14h38.

Ela já havia esquecido como era estar no meio de uma grande movimentação de pessoas. O caos dos ruídos misturados ecoando sob a cúpula da Estação Central de Estocolmo, o cheiro de suor, de bolinhos de canela recém-saídos do forno, de pratos da culinária asiática de um quiosque que aumentara de tamanho desde que a última vez que estivera ali.

Eira caminhou até o restaurante que ficava na plataforma flutuante sobre as águas do lago Mälaren. Escutou sete idiomas diferentes ao seu redor enquanto aguardava. O balanço tranquilo das ondas provocadas pelos barcos, o anonimato em um lugar onde a maioria das pessoas estava somente de passagem e não conhecia ninguém. Houve momentos em que adorou morar naquela cidade, embora o apartamento alugado ficasse um tanto longe do centro.

— Desculpe o atraso — disse Sofi Nydalen, quando Eira já tinha começado a duvidar de que ela viria. A mulher vestia calças amplas e leves, uma blusa esvoaçante, tudo em branco. — Fui obrigada a achar um lugar para deixar as crianças. Patrik interrompeu suas férias. Ele não se sente bem quando fica ocioso. Você deve entender como está sendo difícil. Uma garrafa de água mineral com gás. Com limão, por favor.

Uma gaivota havia pousado sobre o lugar de Eira enquanto ela buscava a água mineral e uma quarta xícara de café para si mesma. Sofi se abaixou quando o pássaro saiu voando para outra mesa.

— Tudo o que está acontecendo é terrível — disse ela. — Parece um filme do qual fazemos parte também, se é que você me entende. Patrik me contou o que o pai dele fez com aquela garota, mas depois não quis mais tocar no assunto. Tryggve nunca fez nada contra mim. Nenhuma aproximação nem nada. Vocês acham mesmo que ele seja o culpado?

Eira havia sido bastante vaga ao telefone, dando a impressão de que queria conversar sobre a família em geral.

— O que você acha?

Sofi afastou do rosto os cabelos jogados pelo vento, mudando de posição no baixo sofá.

— Fico tão enojada — respondeu ela. — Aquilo que ele fez quando era jovem. Vejo o corpo envelhecido dele à minha frente, às vezes ele andava só de cueca pela casa. Como podemos nos enganar assim a respeito de uma pessoa? Pode ser qualquer um. — Ela fez um gesto discreto com a mão, em direção aos outros frequentadores do café, sentados em assentos iguais. Eira achava que vários casais ali ainda não estavam juntos de fato, pois se esforçavam para conversar, sorrindo demasiadamente, conscientes de si mesmos, de uma maneira que só acontece nos primeiros encontros.

Sofi Nydalen sempre achara seu sogro uma pessoa boa, mas um tanto discreto e difícil de se aproximar. Era fechado, mas ela pensava que os homens de Norrland fossem todos assim mesmo.

— Com Mejan foi mais difícil, até tinha medo dela no começo. Ela sabe como brigar. Por fim, consegui que Patrik exigisse que ficássemos com a casa somente para nós, senão eu não iria mais para lá. Podemos fazer coisas mais divertidas nas férias. É a discórdia típica entre sogra e nora, você sabe. Como se eu não prestasse porque não esfrego o chão com o sabão que ela usa e nem faço sopa de urtiga e erva-de-bispo. Se fizer uma busca no Google, vai aparecer que isso não é nada além de capim. Fico pensando em quão saudável seria...

Sofi deu uma olhada no telefone que estava sobre a mesa, gravando tudo. Eira não sabia dizer se estava preocupada ou entusiasmada com suas palavras sendo gravadas. Talvez o vento atrapalharia o áudio e a conversa mal poderia ser ouvida depois.

— Além disso, há o fato de eu ser de Estocolmo, ter um bom emprego, ganhar bem e tudo mais, sabe? Achei primeiro que era complexo de inferioridade, mas era o contrário. É ela quem me acha inferior. Ela supõe, por assim dizer, que me considero superior. Não seria um tipo de racismo?

Eira não respondeu. Tinha ligado seu iPad e aberto uma página sem que Sofi Nydalen o percebesse.

— Aconteceu mais uma vez — leu ela em voz alta. — A polícia soltou um tarado. Ele já estuprou e matou, agora está à solta de novo.

— O quê?

— Foi você quem escreveu isso aqui?

— Meu Deus, nem lembro.

Eira colocou o tablet na frente da outra mulher, com uma captura de tela da página do Facebook de Sofi com a primeira postagem.

O jeito descontraído dela parecia ter desaparecido.

— Vocês entraram no meu Facebook particular?

— A sua página é pública.

— Vocês não têm nada a ver com isso.

— O que você escreveu teve mais de dois mil compartilhamentos. Chegou até meu colega de trabalho pela namorada dele. De que maneira você considera isso particular?

Sofi Nydalen olhou em direção a Riddarfjärden e a Södermalm, com seus penhascos do outro lado, e baixou os óculos de sol, que estavam no alto da cabeça. Sua conta não era protegida. Todos que entrassem lá podiam ler o que ela havia escrito. Talvez pelo fato de ela usar a mesma conta como página comercial da empresa de decorações em que trabalhava, deve ter sido orientada a fazer dessa maneira. Havia muitas empresas que exigiam que seus funcionários utilizassem seus canais particulares para fortalecer a marca.

— Tenho todo o direito de escrever o que quiser — disse ela. — Temos direito à liberdade de expressão nesse país.

— O que você pensou quando a casa foi incendiada?

— Achei assustador sentir o cheiro da fumaça. Fiquei com medo de que o fogo se espalhasse.

— Você não achou que uma pessoa poderia morrer queimada?

— Você tem filhos?

— Isso não tem nada a ver.

Sofi Nydalen tirou os óculos de sol e ficou examinando a reação de Eira.

— Bem que eu achei — disse ela. — Se tivesse filhos, entenderia. É uma obrigação protegê-los.

— De que maneira Olof Hagström era uma ameaça aos seus filhos?

— Você estava junto naquela manhã, quando o prenderam. Depois vocês o soltaram, sem ao menos nos informar. Não pensaram sequer por um segundo como nos sentimos.

— Entendo que você tenha achado desagradável — disse Eira, se lembrando do que GG tinha dito sobre ser gentil.

— Desagradável? — Sofi Nydalen deu um chute no ar contra a gaivota que andava por ali atrás de migalhas. O pássaro deu um salto e foi para outro lugar. — Ele estuprou e matou uma menina. Se é que foi somente uma. Achei que fosse morrer quando o vi na casa em que o velhote tinha acabado de falecer. Pedi para Patrik tomar uma atitude, ir lá falar com ele e dizer que não devia ficar morando ali, mas Patrik disse que não podíamos fazer nada quanto a isso. Era propriedade privada. Ele disse que iria comigo quando eu fosse nadar e a todos os lugares que eu quisesse ir. Mas ser obrigada a ter meu marido comigo onde quer que eu vá faz com que me sinta no Afeganistão. Por que uma pessoa como ele pode viver livremente, quando eu não posso?

— Nós prendemos os culpados pelo incêndio na casa — disse Eira. — Eles tinham lido os comentários na postagem que você publicou.

— Está me acusando por isso?

— Não — respondeu ela, com certo esforço —, mas achei que deveria saber. Caso seja mencionado em um julgamento.

— Só escrevi a verdade. É crime? Contei a verdade. Ninguém nos protege se não o fizermos sozinhos.

— Olof Hagström está em coma — disse Eira. — Não sabem se ele irá sobreviver.

— Se eu soubesse que você ficaria me acusando, não teria vindo aqui. Nem ao menos contei ao Patrik. Ele acha que vocês estão nos perseguindo. Não temos que pagar pelo que o pai dele supostamente fez. Deveriam nos oferecer apoio nessa situação.

— Não estou acusando você. Só estou fazendo perguntas.

Sofi Nydalen olhou para o relógio, todo feito em ouro rosa.

— Perdão, preciso ir buscar as crianças agora.

O hotel que ela tinha reservado ficava na Cidade Antiga; era espartano, com um quarto minúsculo — o que permitia o orçamento da polícia. A única janela tinha vista para um beco escuro, mas o parapeito era tão largo que ela até podia se sentar ali. O ar úmido e quente penetrava no ambiente, assim como os ruídos das hordas de turistas. Eira deu uma olhada entre os números de telefone de três ou quatro amigas com quem poderia se encontrar. Talvez tomar um drinque, conversar sobre a carreira, a vida amorosa e tudo mais. Por alguma razão, a ideia a deixava mais cansada do que animada. Havia se distanciado um pouco delas quando se mudara e não retomara o contato, o que deixava a sua vida social em um limbo entre o antes e o agora.

A expressão em si não é um tanto exaustiva? "Vida social" soava como algo que não era uma vida de verdade, que deveria ser construída, trabalhada.

Ela arrancou a blusa suada do corpo e se deitou na cama, abrindo o aplicativo de encontros no celular.

O sistema procurava automaticamente por solteiros em uma determinada área geográfica, porém Eira havia desativado essa função assim que retornara para seu antigo lar, pois em poucas horas tinham aparecido três conhecidos de seus tempos de escola, além de um suspeito que ela havia detido e do homem que consertava os computadores da delegacia.

Às vezes, quando se encontrava em Umeå ou em Estocolmo, como agora, ativava o aplicativo e, de forma anônima, dava uma olhada nas fotografias dos homens da sua idade ou cinco anos mais novos ou mais velhos. Talvez encontrasse alguém que não precisasse saber que ela era policial.

Somente para uma noite, para que ela não chegasse a confundir com amor.

Uns vinte rostos passaram pelo seu olhar. Um ou outro pareciam agradáveis. Dois deles lhe mandaram mensagens, mas ela resolveu não responder.

Então, acabou telefonando para a irmã de Olof Hagström. Ingela Berg Haider atendeu no segundo toque.

— Estou em reunião — avisou ela em voz baixa.

— Você pode me ligar mais tarde?

— Espere um pouco. — O ruído ao fundo se modificou quando a mulher se afastou, saiu do local da reunião e fechou a porta. — Vi que vocês prenderam um homem — disse ela. — Foi ele?

— Ainda não há acusação formal — respondeu Eira. — A investigação continua a ser feita. Não posso dizer mais que isso.

— Então por que está me telefonando, se não pode dizer nada?

Não havia nenhuma maneira bonita de se dar aquela notícia, nada suficientemente gentil ou digno.

— Os legistas liberaram o corpo do seu pai ontem.

— O que isso significa? Tenho que ir buscá-lo? Não é possível.

— Não, não é isso. Só queria dizer que terminaram de examinar o corpo. Significa que vocês podem planejar o funeral.

— Vocês? Vocês quem? — Ingela Berg Haider falava alto. Eira podia sentir como o nível de estresse da outra chegava às alturas. — Nem sei como ele queria ser sepultado. Acho que nem ia à igreja, não era religioso... E quem iria ao enterro?

— Não há pressa — respondeu Eira. — Se você entrar em contato com a funerária, podem ajudá-la com toda a parte prática.

Ingela parecia não estar ouvindo.

— E a proprietária do apartamento de Olof me telefona quase todos os dias dizendo que vai jogar as coisas dele no lixo, se eu não for lá buscá-las, e vai me mandar a conta depois. Onde eu poderia guardar as coisas dele, nem carro eu tenho! E imagine quando ele acordar e vir que perdeu tudo, com quem você acha que ele vai ficar furioso?

Ingela respirava aflita, aparentemente andando de um lado para o outro em um corredor. Tapetes macios. Não se ouvia um passo sequer.

— Não entendo por que Olof não foi simplesmente embora de lá. Por que ficou em um lugar onde todos o odeiam?

— Íamos até lá interrogá-lo novamente, mas estávamos ocupados. Não sei por que ele acabou ficando.

— A gente sempre acaba retornando — disse Ingela. — Você tenta sair de lá, mas é impossível. A pessoa se muda para um lugar a quinhentos quilômetros de distância, faz a vida, uma vida boa, devo dizer. Tenho trabalho, filhos, tudo *funciona*. Assumi o sobrenome de solteira da minha mãe, que é Berg, me casei com um Haider, apaguei toda aquela porcaria. Sim, foi o que pensei. Agora estou aqui com um enterro e uma casa incendiada no colo, meu irmão está em coma em Umeå, todos ficam discutindo comigo, a seguradora precisa de documentos, os pertences dele estão prestes a serem jogados no lixo e não aceito que meu pai esteja morto. Não é possível. Eu pensava tão pouco nele enquanto ainda estava vivo.

Eira fechou o aplicativo enquanto ele piscava mais uma vez com um encontro.

— Estou em Estocolmo — disse ela. — Estou com um carro alugado e levo você lá.

Ingela Berg Haider estava esperando no estacionamento da emissora de televisão. Eira nunca a teria reconhecido se não soubesse que era ela.

Mesmo assim, ainda havia algo que a lembrava daquela adolescente de 17 anos que havia espionado por trás dos arbustos quando era pequena.

Os cabelos estavam pintados de preto em um corte assimétrico e ousado, o blazer de modelo masculino apertado na cintura por um cinto laranja. Trazia brincos em forma de guitarra pendurados nas orelhas.

— Não sei o que vou fazer com todas aquelas coisas — confessou Ingela. — Moramos em um apartamento de dois quartos, o depósito tem dois metros quadrados, não tenho lugar para mais nada.

— Vamos dar uma olhada — disse Eira, programando no GPS do carro o endereço de onde Olof Hagström morava. — Fazemos uma avaliação. Talvez você consiga convencer a proprietária a lhe dar mais tempo.

— Eu não o vejo desde que ele tinha 14 anos — disse ela. — A maioria dos meus conhecidos nem sabe que tenho um irmão.

Entraram na avenida Valhallavägen, em direção às saídas para o norte da cidade, e ficaram paradas no trânsito na hora do pico. O rádio estava em uma estação de música country do sul dos Estados Unidos. Eira tinha se lavado na pia do hotel e colocado a mesma blusa. Já havia até se esquecido dos eventuais encontros.

Logo depois de Norrtull, o tráfego ficou completamente parado. O sol baixava mais cedo ao sul, refletindo sobre uma fila infinita de automóveis. Eira contou para Ingela sobre o estado de Olof, o que os médicos diziam sobre a possibilidade de ele não acordar mais. Tinham conseguido tirar o sangue acumulado nos alvéolos pulmonares, assim como ao redor do fígado, mas ele ainda não reagia à dor.

O carro se movimentava na velocidade de uma lesma.

— O que faz Olof, afinal? — perguntou Ingela. — Ou fazia, antes de isso tudo acontecer?

— Com o que trabalhava, você quer dizer?

— Não sei nada sobre o meu irmão. Meu pai cortou relações com ele. Quando ele e minha mãe se divorciaram, ela começou a escrever cartas para Olof, mas ele nunca respondeu. Quando ela ficou doente, procurei pelo endereço dele. Ele tampouco respondeu, nem ao enterro foi.

— Ele busca carros — respondeu Eira. — Um revendedor de carros os encontra nos classificados do interior e os revende com lucro na cidade. É um negócio clandestino, é claro. Aparentemente ele nunca teve um trabalho fixo.

Eles tinham conseguido descobrir quem era o revendedor de carros pela lista de chamadas telefônicas de Olof. Ao primeiro contato, o homem ficara furioso e exigira seu carro de volta, mas, quando compreendeu que se tratava de um caso de homicídio, alegou que nunca tinha ouvido falar sobre um Pontiac Firebird.

— Como ele é? — perguntou Ingela.

— Olof?

— Sim, você o conheceu. Antes do incêndio.

— É difícil dizer. Era uma situação extrema. — Eira tentava se lembrar de suas primeiras impressões quando fora até o carro naquela manhã, do lado de fora da casa dos Hagström, mas tudo o que conseguiu sentir foi um grande incômodo por saber o que ele havia feito.

Depois, junto ao rio, quando estavam atrás dele, aquela tranquilidade insólita.

— Fechado — continuou ela. — Fiquei com a sensação de que não conseguia alcançá-lo. Estava confuso, o que não é de se estranhar. Acho que estava com medo. — Ela ficou pensando no tamanho do corpo dele, mas era difícil encontrar as palavras certas para descrevê-lo. — Ele falou em um barco que havia por lá.

— Eu me lembro. Eu me lembro daquele barco — disse Ingela, olhando pela janela do carro. O parque Haga com seus carvalhos magníficos do outro lado. Ficou calada por um longo momento. O ranger dos violinos foi substituído por uma melodia mais tranquila, uma voz serena cantando sobre ir até o rio e fazer uma prece.

— Costumávamos remar sozinhos, ao longo da praia, onde era mais raso. Ficávamos tentando ver um castor ou só remávamos mesmo por ali. As árvores cresciam dentro da água naquela área. Eu me lembro disso tudo, mas não me recordo como ele era quando éramos crianças. Não é estranho?

Os carros começaram a andar, elas passaram por prédios altos e compactos e pelas planícies verdejantes de Järvafältet.

— A única sensação que tenho em relação a ele é uma presença. Uma sensação de que meu irmão existia lá e depois não existia mais. Eu gritava com ele, porém só me lembro disso dentro de mim, eu não o vejo. Seu nojento, monstro, não me toque, essas coisas. Como eu poderia suportar a situação? Só tinha 17 anos, não entendia nada. Todos olhavam para mim na escola, queriam saber. "Ele também tentou pegar você?" Eu me lembro de quando meu pai recolheu tudo do quarto dele e levou embora. Tirou tudo o que pertencera a ele. Não sei quanto tempo tinha se passado. As coisas não faziam sentido.

Ela se calou. As pistas ficaram livres na estrada ao se aproximarem de Upplands Bro.

— O que você quis dizer com não fazer sentido? — perguntou Eira.

— Estava tudo confuso. Não aguentei. Troquei de escola e morei em Gävle por um tempo.

O endereço as levou até a periferia daquele bairro distante, passando por uma área industrial ao longo de um caminho sinuoso à beira do lago Mälaren, através do que parecia ter sido uma zona agrícola no passado.

Era uma ampla casa de madeira pintada de vermelho, com uma casa dos fundos e macieiras no terreno.

A mulher que as recebeu devia ter uns cinquenta anos, usava um macacão jeans com uma regata por baixo e os cabelos presos em um rabo de cavalo. Ela sorriu e tirou as luvas de jardinagem.

Elas se apresentaram, dizendo que tinham vindo para dar uma olhada nos pertences de Olof.

A mulher parou de sorrir.

— A polícia me disse que já tinha terminado tudo por aqui. Alugamos um quarto para ele, foi só o que fizemos, ajudamos uma pessoa a ter onde morar. Vejo agora que deveríamos ter verificado os antecedentes, mas queremos confiar nas pessoas.

O quarto já se encontrava vazio, mas Ingela pediu para vê-lo assim mesmo. A mulher que se chamava Yvonne foi buscar a chave de má vontade e as acompanhou até o cômodo. Ficava em uma casa anexa, na descida do terreno íngreme, escondida entre arbustos e árvores. O casal não tinha vista para lá nem controlava quando o inquilino entrava ou saía, e isso eles já tinham dito aos outros policiais.

— Não somos fiscais, vivemos assim pela liberdade.

A casa anexa estava vazia, a não ser por algumas latas de tinta, um banco e papel para proteger o chão. A peça tinha, no máximo, uns 15 metros quadrados, com um fogão de uma boca em um canto. Só havia água no chuveiro, enfiado em uma cabine na entrada.

— Agora precisamos desinfetar para podermos alugar novamente. Não fazia ideia de como estava aqui dentro. E o cheiro. Tivemos que usar produtos que deviam ser proibidos.

Os pertences dele se encontravam sob um plástico do lado de fora da casa.

— Posso deixar vocês aqui enquanto limpam?

A mulher desapareceu a passos largos.

Ingela levantou o plástico.

Os móveis eram poucos. Um colchão grosso, sem estrado e sem cabeceira. A proteção do colchão e os lençóis estavam enrolados. Uma poltrona gasta, duas cadeiras e uma mesa, um aparelho de som da marca Yamaha com grandes alto-falantes, tudo empilhado desordenadamente. Eira contou sete caixas e mais três sacos pretos.

— Vai tudo para o lixo — disse Ingela.

— Temos lugar para o aparelho de som e algumas caixas — disse Eira. Ela espiou para dentro do saco mais próximo. Cheiro de mofo. Toalhas, roupas. Tudo misturado. Ficou pensando que deveria ter alugado um carro maior. Pedir favor para a proprietária não parecia uma boa ideia. Uma chuva forte faria tudo ficar úmido, mofado, não sobraria nada.

Ingela se sentou em uma das cadeiras.

— Eu o achava um idiota, o odiava porque ele batia na porta do banheiro quando eu estava lá dentro, entrava no meu quarto e pegava as minhas coisas, essas bobagens que viram motivo de briga entre irmãos. Nem acreditei no que havia ouvido, mesmo assim, acabei contando.

Ela puxou uma caixa para si e a abriu, apanhando uma panela. Um punhado de utensílios e talheres, uma carta. Ingela virou o envelope.

— É de mamãe — disse ela. — Lá havia mais cartas, e ela ficou sentada com uma pilha entre as mãos. — Está vendo, ele as abriu. Olof leu as cartas, mas nunca respondeu. Por que fez isso? — A voz dela estremeceu quando encontrou um envelope grosso e branco. — Esse aqui eu reconheço. É o convite para o funeral de mamãe.

Ingela se virou para o outro lado. Eira não sabia o que dizer. Deu uma olhada em uma caixa próxima. Um pacote de macarrão instantâneo, salsichas em lata.

— No que você não acreditou? — perguntou ela, finalmente.

— O quê?

— Você disse que não acreditou no que tinha ouvido, mas que acabou contando, mesmo assim.

— Que Olof tinha seguido Lina pela floresta — Ingela colocou as cartas ao seu lado, em uma pilha bem ordenada. Puxou um lenço de papel e assoou o nariz. — Meu irmãozinho. Ainda se ocupava em construir aviões de plástico. Claro que o quarto dele fedia a outras substâncias além do suor às vezes, ele tinha 14 anos e havia crescido muito naquele ano, mas, mesmo assim, achei que só estivessem falando bobagens, não sei por que contei para mamãe. Eu estava tão irritada com ele, ou melhor, estava mais irritada ainda com os meus pais, era sempre uma briga sobre tudo que eu fazia, apesar de ser três anos mais velha, mas Olof podia andar com os garotos mais velhos de qualquer jeito. Roubava cigarros e cerveja para eles e fazia o possível para andar com Ricken ou Tore e os outros.

— Rickard Strindlund?

— Era esse o nome dele? Não me lembro de todos, faz tanto tempo, mas me lembro de como ficava irritada de ver Olof com eles. Eram garotos da minha idade, alguns eram até bonitos, aqueles com quem eu queria ficar… Mas tudo sobre ele me irritava na época, estava tão ocupada comigo mesma e achava que…

Ingela olhou para as cartas no chão.

— Todos disseram que foi ele. Olof confessou, então deve ter sido ele, não é?

O primeiro trem da manhã chegou em Kramfors um pouco antes da hora do almoço. Na delegacia o que encontrou foi uma calmaria. Instalações vazias e um ar sufocante, nenhum recado sobre o que se esperava dela durante o dia.

No refeitório, Eira se deparou com uma investigadora local que trabalhava lá há muito tempo e achava que nunca precisava tirar férias. Corriam boatos de que Anja Larionova tinha se casado com um russo alguns anos atrás, e por isso trazia esse sobrenome. Ela não usava aliança de casamento. Ninguém sabia por onde andava o russo. Diziam que ela só queria fazer parecer que era casada.

— Como está indo a investigação? — perguntou Anja Larionova, no mesmo tom de voz de quando falava sobre o tempo.

— Bem — respondeu Eira. — Não há muito o que fazer agora. Estamos aguardando as análises.

— Daquilo que encontraram na floresta?

— É. E você?

— Mais turistas de verão chegando — respondeu Anja, soltando um suspiro alto. — Vão olhar as fotografias dos bens roubados que encontramos em Lo e provavelmente acharão seus pertences, e então precisarei explicar que isso não significa que podem levar tudo com eles. Ontem veio um casal que teve seus biombos japoneses com pinturas de cerejeiras roubados. Deve haver somente alguns exemplares desses em toda Ångermanland, então foi um tanto difícil de fazê-los entender que não podíamos simplesmente ir buscar os biombos em Lo.

— Não havia nenhuma marca diferencial?

— Não. Pinturas de cerejeiras não garantem que uma busca seja feita.

Eira bebeu o restante do café e se despediu. Mandou uma mensagem para GG pedindo que ele lhe telefonasse. A reunião da manhã tinha sido cancelada, já que ele se encontrava na prisão de Härnösand, e os demais colegas estavam ocupados com outras tarefas. GG telefonou para ela meia hora mais tarde, do carro, a caminho de Sundsvall.

— Nydalen está calado — disse ele. — Não falou sequer uma palavra desde que mostramos a ele o que encontramos escondido na floresta.

Eira ouvia U2 tocando no fundo e sentiu vontade de viajar pelas estradas, *Where the streets have no name...*

— Há alguma coisa que você quer que eu faça?

— Estamos aguardando as análises, deve levar até amanhã, no mínimo. Há algum relatório atrasado?

— Fiquei pensando em dar uma olhada na investigação antiga — respondeu Eira —, para me assegurar de que Nydalen não aparece por lá.

— Não precisa remexer no fundo do baú — retrucou GG. Ele parecia distante, como se já tivesse os pensamentos em outro lugar. — E não deixe, de jeito nenhum, que algum jornalista veja o que você está fazendo. Eles têm ereção com casos encerrados, acham que vão ganhar prêmios.

Levou quase três horas até que ela localizasse o protocolo da investigação no fundo do arquivo. O zelador substituto carregou as caixas para fora do elevador.

Segundo a documentação, ninguém havia examinado o material desde que fora arquivado em 1996. Alguns jornalistas tinham solicitado acesso durante os anos passados, porém não haviam recebido autorização.

Tratava-se de milhares de páginas, transcrições de interrogatórios na sua maioria. Caixas cheias de vídeos, fitas VHS volumosas que testemunhavam outros tempos.

Um besouro morto caiu sobre o joelho de Eira quando ela ergueu as pastas.

O sorriso dela.

Tão branco e para sempre paralisado naquela que se tornara a imagem de Lina.

O fundo era azulado e artificial, uma fotografia do álbum da escola, aquela que estivera por todos os lugares naquele verão. Os cabelos bem escovados em ondas sobre os ombros, longos e em tom de loiro médio, cachos feitos com babyliss justamente para a foto. Os jornais tinham publicado outras fotografias também, com a família e os amigos, após terem implorado ou as comprado, porém a que havia caído da pasta era aquela em que Lina Stavred virava a cabeça para a câmera e sorria.

Tirada alguns meses antes do final do primeiro ano do ensino médio.

A estação das flores vem chegando.

Com vontade e grande colorido.

Ela deve ter cantado, assim como todas as crianças na Suécia cantavam aquele antigo salmo, sobre *tudo que havia morrido, sentindo os raios de sol se aproximarem e assim renascer.*

Eira estremeceu ao abrir o material. Seu coração disparou. Ela era assistente em uma investigação de homicídio, era uma menina de nove anos andando pela praia atrás de pistas.

Cheirava a papel seco e velho.

Mal percebeu a tarde passando, a luz do dia enfraquecendo lá fora. O tempo era contado diferente lá onde ela se encontrava. Os dias se arrastavam. Andavam em círculos, voltando ao ponto de partida.

No dia 3 de julho, uma noite quente de verão. Estava ensolarado e sem vento na noite em que Lina Stavred desapareceu.

Ninguém percebeu a ausência dela até o dia seguinte. Eram as férias de verão e Lina havia dito que iria dormir na casa de uma amiga. Somente na noite de 4 de julho ela foi dada como desaparecida.

Muitas pistas tinham chegado até a polícia. Eira deu uma olhada em uma infinidade de páginas; a polícia tinha passado dias verificando todas as informações que indicavam que Lina havia sido vista aqui e ali. Alguém afirmara tê-la visto entre os hippies na república lá em Näsåker, outra pessoa a havia avistado entre as prostitutas na rua Malmskillnadsgatan em Estocolmo, assim como em um barco no rio ou no mar, no lado de fora de um bar em Härnösand ou em uma festa ao pé da montanha Skuleberget; outro tinha dito que fizera sexo com ela em seus sonhos e queria denunciar a si mesmo. Também chegaram até eles pistas sobre homens suspeitos que tinham passado pelos arredores, principalmente estrangeiros da Rússia, da Lituânia e da Iugoslávia, "ou da Sérvia, como se deve dizer agora, ou da Bósnia, bom, não sei exatamente de onde, mas é tudo a mesma coisa". Eram vizinhos que tinham sido vistos andando nus em casa e jovens que não tinham com o que se ocupar e andavam por aí.

Finalmente encontrou o nome de Tryggve Nydalen em um relatório feito quando tinham batido de porta em porta. Haviam conversado com os moradores nos vilarejos próximos, passado de casa em casa em busca de alguém que tivesse visto alguma coisa.

Uma anotação resumida.

Jantar em família em casa. Confirmado pela esposa e pela cunhada. Na noite de 3 de julho: pescaria no rio com o filho de seis anos e o primo dele. Nenhuma observação.

Era tudo.

Eira podia guardar as pastas naquele momento. Colocá-las de volta nas caixas junto com todo o resto.

Deixar a poeira cobri-las novamente e para sempre.

Mas quando teria todo o material assim à sua frente?

Nunca mais teria chances de examiná-lo de novo. Não importava o quão popular a reabertura de casos arquivados fosse lá fora, pois não era nada que a polícia, no geral, costumava fazer, ainda mais quando já tinham sido solucionados e catalogados como confidenciais.

Na manhã do dia 7 de julho, a pista sobre Olof Hagström chegara até a polícia.

"Não deve ser nada, porém queria mesmo assim..."

Eira ficou olhando para o nome de Gunnel Hagström por um longo momento.

A própria mãe de Olof havia telefonado.

"Algumas pessoas viram aquela garota entrar na mata lá, é o que dizem, pois não fui eu que ouvi, mas estão falando claramente entre os jovens que Olof... É, que ele ia... Não quero que ouçam de outras pessoas, que achem que..."

Eira ficou imaginando como a casa em Kungsgården devia ser na época, o hall de entrada muito arrumado, a cozinha com flores na janela, cortinas leves de verão, quando ainda era habitada por uma família. A irmã dele, Ingela, tinha voltado para casa e contado o que ouvira no vilarejo, o que os garotos mais velhos tinham dito sobre Olof. Sobre Lina. Sobre o que eles haviam feito na floresta, ou o que ele dizia que havia feito.

Gunnel Hagström havia aguardado até que amanhecesse. Se tinha dormido ou não, provavelmente tivera uma noite terrível, antes de se levantar e telefonar para a polícia.

Por que ela acreditava naquilo? Ou não sabia no que deveria acreditar?

A pessoa que a atendeu teve a reação que qualquer policial teria. Sempre havia uma quantidade de malucos que ligavam quando a polícia pedia ajuda para a comunidade. Os mais malucos eram os que mais tinham certeza.

A dúvida normalmente ocultava uma verdade.

A primeira conversa com a família tinha sido duas horas depois do telefonema. As perguntas eram aproximadamente as mesmas que Eira teria feito em uma situação semelhante, as respostas eram escassas. Olof não dissera muitas palavras.

OH: Não.

OH: Quem disse isso?

OH: Não sei.

OH: Não.

A maior parte fora respondida com silêncio.

E depois o pai dele:

SH: Diga a verdade agora, para terminarmos logo com isso. A polícia tem mais o que fazer.

Era uma estranha sensação ver Sven Hagström de volta à vida, ou, ao menos, as suas palavras. Em preto e branco, ou melhor, em um papel um tanto amarelado pelo tempo.

SH: Diga a verdade agora, garoto.

E diz para a polícia:

SH: Criei meus filhos para sempre fazerem assim. Falar a verdade.

Eira ficou pensando se Ingela tinha sido entrevistada no mesmo local, se Olof ficara sabendo quem fornecera as informações, se ele sabia que tinha sido sua própria mãe quem ligara para a polícia.

No dia seguinte a polícia havia retornado com uma decisão do promotor de justiça. Tinham colhido as impressões digitais dele e feito uma busca e apreensão na casa.

Eira procurou pelo protocolo. Podia imaginar o silêncio no quarto de Olof, quando puxaram a caixa que estava embaixo da cama. O quarto ficava no andar superior. Lá ela não havia estado, mas entendeu pela descrição que era um cômodo estreito, sob o telhado, como normalmente existe naquele tipo de casa.

A caixa estava cheia, segundo o protocolo.

Revistas em quadrinhos. Papéis de bala. Casca de banana apodrecida. Um avião com a asa quebrada.

Um casaco amarelo.

Eira tinha algumas lembranças dos noticiários da televisão daquele tempo. Sua mãe não conseguia mantê-la afastada das notícias, por mais que tentasse.

Revelação, tinham dito. Ela ainda se lembrava de por que não havia compreendido a palavra na época. Tinha se sentido burra diante da amiga da mãe que estava de visita por alguns dias.

As duas amigas tinham se entreolhado, medindo as palavras na frente da criança, porém sua mãe acabou explicando que talvez houvessem encontrado aquele que... que logo ficariam sabendo o que havia acontecido com Lina.

Ninguém ainda tinha dito claramente que ela estava morta, mas todas as crianças percebiam os murmúrios. Vozes que se tornavam baixas quando uma criança se aproximava. Um grande esforço para dizer que "está tudo bem, mas você não pode sair sozinha".

Talvez tenha sido justamente naquela noite que haviam encontrado o casaco de Lina.

Quando a investigação entrou em uma nova fase.

Eira folheou até chegar ao interrogatório, que começara logo no dia seguinte. Percebeu que tinha centenas de páginas à sua frente. Semana após semana de interrogatórios.

EG: Você pode nos contar o que houve quando você seguiu Lina na floresta?

OH: (Não responde.)

EG: Por que você foi atrás dela na floresta? Gostava dela? Olhe para a fotografia. Ela era bonita, não era?

OH: (Balança a cabeça.)

EG: Você tem que responder, para podermos ouvir na gravação. Olhe nos meus olhos quando falamos. Olof, olhe nos meus olhos.

OH: Ahá.

EG era Eilert Granlund, o antigo colega dela. Eira não sabia que ele estivera profundamente envolvido e que às vezes liderava os interrogatórios. Página após página, horas e horas, dia após dia, por mais de um mês. Ela olhava aqui e ali, lia mais uma parte. Um investigador que ela não conhecia, dessa vez uma mulher, e Eira tentava enxergar Olof Hagström à sua frente, com 14 anos, o que podia se esconder por trás de "não responde" e "balança a cabeça".

O ruído de uma porta se fechando fez com que ela se assustasse. O material da investigação a cercava, parecia quase um muro, e ela nem tinha percebido as pessoas entrando e saindo. A patrulha noturna saía de Sollefteå, e em Kramfors não havia nenhum policial trabalhando. Estava tudo muito silencioso. Por um momento pensou estar sozinha na delegacia, até ouvir um estrondo e palavrões. Era o substituto do zelador, ocupado em esvaziar a máquina de café. O aparelho ficara com a luz vermelha piscando o dia todo, alertando para a troca de filtro, ou o que fosse.

— Isso não é serviço meu — dizia ele. — Mas se não dou um jeito ninguém toma um café decente amanhã.

— Você sabe se há um aparelho de videocassete aqui no prédio? — perguntou Eira.

O garoto de 14 anos se debruçou sobre a mesa, escondendo o rosto entre as mãos.

Um braço se estendeu na tela quadrada, um corpo se aproximou da câmera e tirou as mãos do rosto do garoto.

"Quero poder ver o seu rosto quando conversamos, Olof."

Era a investigadora novamente. Eira tinha buscado o nome dela na internet e encontrado um antigo artigo, ela vinha do sul do país e costumava ser chamada para interrogar crianças, pois era especialista na área. Àquela altura, já tinha se passado uma semana desde que Olof Hagström se tornara o foco da investigação.

"Cinco pessoas disseram que você veio sujo e coberto de barro da floresta. Como se sujou se não foi você quem cometeu o crime?"

"Eu caí."

"Quando você quis tocar Lina?"

Silêncio.

"Olof, você é um menino a caminho de se tornar um homem. Não há nada de estranho nisso. Talvez aconteçam coisas com o seu corpo que você realmente não consegue compreender. Você vai olhar para a fotografia novamente. Como ela é bonita. Você achava Lina bonita?"

Olof virou o rosto para o outro lado. Passou a mão várias vezes sobre a nuca. Era difícil reconhecer os traços dele no homem adulto que ela havia conhecido. Talvez os olhos. Sentado ali sozinho em um sofá emborrachado em uma fria sala de interrogatórios, o menino era alto e magro, desajeitado ao se movimentar, como se seu corpo houvesse crescido rápido demais. Tinha os ombros largos, porém não se comparava ao homem obeso que tinha se tornado.

Depois de quase três horas em uma sala apertada e mal ventilada, onde o ar era muito seco, ela percebeu que seria impossível examinar todo o material.

Somente a primeira semana continha vinte horas de interrogatório. Calculando rapidamente, viu que as gravações somavam mais de cem horas. Eira deu uma olhada entre os vídeos. Alguns estavam marcados com a palavra "reconstituição".

Havia um motivo para que o líder da investigação não reabrisse casos antigos.

Os motivos deviam ser fortes, exigia-se novas provas. A polícia não começava a reexaminar uma investigação encerrada por iniciativa própria, era algo que jornalistas faziam, como no caso de Thomas Quick.

Ele havia confessado mais de trinta homicídios e fora condenado por oito deles, sem terem encontrado um corpo sequer. A única prova técnica era um fragmento de osso de uma menina, que mais tarde se mostrou ser feito de plástico. Todas as provas foram baseadas na terapia feita para trazer à tona as memórias reprimidas, de assassinatos que ele nem sabia que havia cometido.

"Olof, olhe para mim", insistia a mulher, que não aparecia nos vídeos. "O que Lina fez quando você a tocou? Ela gritou? Foi por isso que você quis calá-la?"

Eira desligou o aparelho. Percebeu que precisava comer alguma coisa. Telefonar para a mãe e tentar saber se estava tudo bem. Quando Kerstin disse por duas vezes que tinha comido uns sanduíches, tomado uma taça de vinho e que logo iria se deitar, Eira julgou que as informações eram bastante plausíveis.

Na despensa do refeitório ela encontrou pão sueco, queijo e manteiga que pertenciam a outra pessoa. Azar daqueles que não escreviam seu nome nas próprias coisas.

Em seguida, telefonou para August.

— Por que, exatamente, devemos examinar isso? — Seu colega tinha finalmente chegado, mas já estava impaciente depois de passada meia hora.

Porque ninguém me contou nada quando eu era pequena, pensou ela. Eira explicou a ele que precisava de ajuda no assunto, pois havia algo que a deixava em dúvida. Ela só tinha essa noite para examinar o material, depois as caixas e os vídeos retornariam para o porão e ela voltaria a patrulhar quilômetros e mais quilômetros pelas estradas.

Ela não contou a ele o quanto gostava de tê-lo por perto, em um espaço de poucos metros quadrados.

— Lá está ele novamente, sem os pais — disse Eira, enquanto passava o filme para a frente. — Já pensou? Ele é menor de idade e está lá completamente sozinho.

— Devia ser assim naquele tempo.

August tinha colocado uma das pernas sobre a mesa, o pé dele balançava em frente a imagem do garoto no sofá emborrachado. Hora após hora, a câmera no mesmo ângulo. Eira deu uma rápida olhada no protocolo até chegar à parte em que algo acontecia. Tinham pulado uma pilha inteira de fitas e se encontravam na terceira semana de interrogatório.

— Espere — disse Eira. — Já vai aparecer algo aqui, agora ele começa a falar de verdade.

Olof olhava para o chão, a cabeça quase toda escondida entre as mãos.

"Não foi assim que aconteceu", disse ele.

"O que você quer dizer com isso?"

"Não foi como eu falei para eles."

"Está falando de seus amigos agora, os que estavam junto à estrada?"

A investigadora parecia estar sentada perto dele. Olof olhou imediatamente na direção da voz dela.

"Ela me empurrou e eu caí."

"O que está dizendo?"

"O chão estava sujo. Terra e tudo mais."

"Lina, que pesava pouco mais de cinquenta quilos?"

"É."

O olhar dele se dirigiu ao chão novamente.

"Por que não nos contou isso antes?"

"Porque... porque... ela é uma garota. Eu não estava preparado, deve ter sido por isso que caí. Eu sou forte."

"Nós sabemos que você é forte, Olof."

"E ela pegou as urtigas assim", ele agora mostrava, esfregando a mão ao redor da boca e por todo o rosto, "e enfiou terra na minha boca e gritou que era culpa minha ela ter se sujado, que eu tinha estragado tudo".

"Foi aí que você ficou zangado?"

"Não, não."

"Olhe para mim agora, Olof."

Ele balançou a cabeça, porém sem olhar para ela.

— O que ele está dizendo? — perguntou August.

Eira voltou o vídeo, aumentando o volume para poderem escutar o murmúrio do garoto.

"Ela foi embora", disse ele. "Só eu fiquei jogado lá."

"Você está dizendo que fez assim com ela? No rosto?"

"Não, foi ela."

"Mas não foi isso que você contou para os seus amigos. Qual é a verdade, Olof?"

"O que eu podia dizer então?"

"Agora já não sei o que pensar. Primeiro você diz que fez algo com Lina e depois que foi ela que fez algo contra você. Como vou saber qual é a verdade?"

"É verdade."

"Qual delas? Estou confusa agora, Olof." A mulher se aproximou, parte dela aparecendo na imagem. "Só pode haver uma verdade. Você mentiu para os seus amigos quando saiu da floresta?"

"Podemos terminar agora?"

"Não, Olof, precisamos continuar mais um pouco. Precisamos continuar até que você fale a verdade. Você entende, não podemos parar até que diga o que fez com Lina."

Em seguida, vinha uma parte em que o garoto pedia intensamente para que parassem. Depois pediu que sua mãe estivesse presente.

"A sua mãe está sentada ali fora."

"Quero que ela venha para cá."

"Agora decidimos que sua mãe não ficará aqui. Mas ela também quer que você diga a verdade. Ela e seu pai."

A palma da mão de Eira estava quente quando August lhe tomou o controle remoto.

— O que realmente está acontecendo aqui? — disse ele, pausando a imagem. — Ele está mentindo novamente ou dizendo a verdade?

— Não sei.

Ficaram em silêncio por um momento. Eira deu uma olhada no resumo, tentando verificar o tempo e os acontecimentos.

— O interrogatório seguiu durante semanas depois disso, e ele acabou confessando tudo. Apontou o suposto lugar onde tinha jogado o corpo dela. Eu me lembro da imagem do galho de salgueiro. Mostraram na televisão, aquele com o qual ele a estrangulou. Eu lembro que minha mãe começou a chorar de alívio quando disseram no noticiário que o crime fora solucionado. Não entendi nada, pois achava que alguém só chorava quando estava triste.

Eira mergulhou novamente entre os vídeos para encontrar o último, marcado com uma data do final do mês de agosto.

"Reconstituição 3", estava escrito.

Uma câmera de mão tremulante, um grupo de pessoas se movimentando lentamente pela floresta.

O garoto de 14 anos andava no meio do grupo, com passos desajeitados. Um policial tinha a mão sobre as costas dele, para protegê-lo ou conduzi-lo, era difícil dizer; talvez fossem as duas coisas. Confie em nós, você está seguro, vamos levá-lo até o fundo. Quando o policial se virou, ela reconheceu seu antigo colega, porém em uma versão bem mais jovem.

Ventava um pouco, e o microfone estalava.

"O que você usou para matá-la? Você consegue lembrar, Olof, o que fez com que ela parasse de respirar? Pode nos mostrar?"

Mais uma pessoa surgiu na tela, com uma grande boneca no colo. Era do tamanho de uma pessoa, feita toda de pano e sem feições. Seus braços estavam caídos e soltos.

"Foi aqui que ela estava quando você fez sexo com ela. Assim?"

A boneca foi posicionada no chão. Olof balançou a cabeça.

"Você disse anteriormente que fez sexo com ela, que você estava deitado no chão. Pode nos mostrar como fizeram?"

Ele acabou mostrando. Lá tinha uma pedra, além de uma árvore caída no meio do caminho. Havia uma lentidão inacabável em tudo o que acontecia. Eira voltou o vídeo e o assistiu mais algumas vezes, para ter certeza de que não deixara nada de lado. Quando Olof disse que tinha usado um desses galhos de salgueiro para asfixiá-la, ele ao menos confirmou que foi assim que ela morreu?

"Não, Olof, não podemos sair daqui agora."

"Preciso mijar."

"Vamos embora daqui quando o que aconteceu ficar esclarecido. Você disse algo sobre terra e urtigas, você a sufocou com terra?"

"Não, não."

"Você está vendo mais alguma coisa que tenha usado? Foi um galho ou algo que você tinha trazido, como um cinto, por exemplo? Você precisa se lembrar agora, Olof. Sei que está aí dentro." A mão da chefe das investigações estava na testa dele. "Você precisa ter a coragem de se lembrar, meu amigo."

Eira pausou o filme.

— Eles colocam palavras na boca dele — disse ela.

— Querem acessar as memórias dele — respondeu August. — Aquilo que se reprime. Acontece, às vezes, quando se vivenciou algo muito traumático.

— Memórias reprimidas, você quer dizer? Já foi comprovado diversas vezes que isso não existe. Nos lembramos do pior que nos acontece; do cotidiano é que nos esquecemos, daquilo que não é sentido. Nenhuma pessoa se esquece de que esteve em Auschwitz, por exemplo.

— Isso foi há vinte anos — disse August. — Além disso, não se tem certeza. Um amigo meu fez um curso de psicologia forense na

Universidade de Estocolmo, o professor dele esteve presente em diversas investigações do gênero e, quando fez terapia, muita coisa apareceu, como abusos e tal; ele estava convencido de que era verdade.

— Somos policiais — disse Eira. — Não faz parte do nosso trabalho acreditar naquilo que não existe.

— Então é proibido ter um pouco de imaginação?

Aquele sorriso dele, implicante e irritante ao mesmo tempo.

— É — ela conseguiu dizer. — Quando estamos trabalhando.

Na vida real já eram quase duas horas da manhã, mas Eira nem se sentia mais cansada. Passou o filme mais para a frente. Naquele dia, no final de agosto de 1996, era depois do almoço. A reconstituição do crime com o suspeito já se estendia por quase duas horas.

Olof tinha apanhado algo do chão, atirado no lugar novamente e pegado outra coisa, um galho.

"Foi um desses?"

"Talvez."

"Pode me mostrar como o usou?"

Olof dobrou o galho, formando um gancho.

— O galho do salgueiro — disse Eira.

"Posso ir para casa agora?", perguntou Olof.

"Agora você foi muito esperto", disse a investigadora. "Agora quero que me mostre como você a carregou daqui. Pode me mostrar com a boneca? Você a carregou no colo assim? Ou assim?"

A gravação terminou quando Olof colocou a boneca nas costas e o filme tremeu. Eira trocou a fita.

— Eles pareciam ter certeza da culpa dele — disse ela. — Todos sabiam. Eu me lembro claramente. Soube disso a minha vida toda. — Ela sentiu vontade de pegar a mão de August, que estava bem ao seu lado, relaxada sobre o braço da cadeira.

A imagem começou a se mover novamente, o ambiente havia mudado. Lá estava o rio, uma praia. Areia, ou talvez lama.

A investigadora estava um pouco rouca.

"Você a colocou aqui? Foi ali que ela perdeu as chaves? Ou foi você quem largou os pertences dela aqui? O que houve com a mochila que ela usava? Você a jogou na água? Pode me mostrar onde você a jogou?"

Depois passavam por um barraco feito de latão. Ainda com a boneca pendurada e batendo sobre as costas dele, ao longo da plataforma.

Era um lugar onde as crianças não podiam, de jeito nenhum, brincar. Trinta metros de profundidade, dizia-se, navios aportavam ali na época das serrarias. Mesmo assim, a parte mais profunda do rio não ficava nesse lugar, existiam precipícios de tirar o fôlego que chegavam aos cem metros, escondidos sob águas traiçoeiramente cintilantes, onde qualquer coisa poderia desaparecer para sempre.

"Foi aqui que você a atirou? Ou foi mais adiante?"

"Não, não."

"Foi aqui, então? Pode nos mostrar como fez?"

Olof atirou a boneca no chão.

"Você a atirou assim? Lina caiu na água? Estava morta quando você a jogou na água?"

"Ela não estava", gemeu o garoto, debruçado sobre a plataforma com o olhar fixo no concreto, "ela não estava morta".

A investigadora estava agachada ao lado dele. Ajustou alguma coisa na orelha e olhou para cima. O desespero no rosto dela, a exaustão. Eira viu a mulher olhando para alguém atrás da câmera. Ela recebeu ajuda com as perguntas, pensou.

O áudio chiava por causa do vento no microfone.

"Ela ainda estava viva quando você a atirou daqui?"

Depois do almoço, GG chegou à delegacia de Kramfors. Ia a passos largos pelo corredor com o telefone ao ouvido.

Eira estava aguardando que ele encerrasse a ligação. Depois ela entrou na sala e colocou o resumo da investigação preliminar sobre a escrivaninha.

— Não tenho certeza de que ele tenha cometido o crime — disse ela.

— O quê? — perguntou GG olhando confuso para a pasta sobre a mesa.

— Olof Hagström.

Eira tinha sonhado com aquela sala de interrogatórios, com o sofá emborrachado e com a beira da plataforma em Marieberg nas poucas horas que tinha conseguido dormir. A boneca flácida e sem rosto também havia aparecido em seus sonhos.

— Ah, sim — disse GG. — Também acho.

Ele ergueu a ponta da pasta, só para ler o que estava escrito na capa. Aquele caso. Naquele ano.

— Ele não confessou nada além daquilo que a polícia já tinha dito a ele — continuou Eira. — Eles o interrogaram durante horas sem a presença dos pais. — Ela tinha formulado e reformulado a frase em sua mente. Várias vezes. Ela tinha aprendido desde criança que era errado discordar das pessoas mais velhas. Era questão de lealdade ou de deslealdade, uma luta interna e difusa. — Os investigadores colocaram as palavras na boca do garoto. Olof não poderia voltar para casa até que indicasse onde havia atirado o corpo dela na água e mostrasse como a tinha matado.

GG passou a mão pelo queixo barbudo.

— Você poderia dar uma olhada se o nome de Nydalen aparece nessa história?

— Aparece, sim — respondeu Eira. — Nas anotações feitas quando falaram com os vizinhos.

Ela contou a ele o que havia encontrado, que Nydalen recebera a visita dos parentes naquela noite e que Tryggve tinha estado fora pescando com as crianças por umas horas.

— Mas não foi feita nenhuma pergunta adicional, somente anotaram o que ele disse.

— Não foi ele — afirmou GG.

— Também não estou dizendo que foi ele, mas não havia motivos para fazer mais perguntas? Ainda não sabiam que ele era um abusador condenado e que apenas a família dele forneceu o álibi. Há muitos erros na investigação.

— Tryggve Nydalen é inocente. Ele não matou Sven Hagström.

— O quê?

— O macacão encontrado na floresta não era de Nydalen. Recebemos o resultado algumas horas atrás. Ele não estava usando luvas de borracha. Era o sangue de Sven Hagström, uma grande quantidade por sinal, mas sem uma molécula sequer que nos leve a Tryggve Nydalen. O macacão estava coberto de impressões digitais e do DNA de outra pessoa, assim como as luvas de borracha...

— De quem?

— Ninguém que conste nos nossos registros.

Eira se afundou na poltrona no canto da sala. O céu havia ficado nublado lá fora. A chuva talvez, finalmente, estivesse a caminho.

Ela se obrigou a se concentrar no caso atual, deixando de lado o antigo.

O homicídio de Sven Hagström. Parecia estar solucionado. O motivo era forte. O homem que escondia sua identidade, cuja vida seria arrasada se as pessoas soubessem quem ele era, o estupro coletivo no passado.

A faca idêntica à outra.

— A esposa dele consta nos registros? — ela perguntou.

— Não constava anteriormente — respondeu GG.

— Uma das facas é dela.

— Eu sei.

Eira ficou se lembrando do jeito poderoso e ao mesmo tempo desafiador de Mejan Nydalen, da sua vontade de controlar tudo e todos. Ficou refletindo sobre o casamento deles, tão firme como uma fortaleza erguida contra o restante do mundo; pensou na vergonha. A esposa de um estuprador, que sabia de tudo e que, mesmo assim, se calou.

— Mejan tinha muito a perder também. Havia guardado o segredo tão bem quanto o marido.

— Também andei pensando assim — disse GG. — Já mandamos uma viatura para lá.

Eira não tinha mais nada a dizer. Já estava de saída quando ele a chamou de volta.

— Não se esqueça disso aqui — disse ele, entregando a pasta a ela. Ele ficou segurando a pasta por uns segundos a mais, após ela a ter pegado.

— Você se sente culpada? — perguntou ele.

— Pelo quê?

— Olof Hagström — respondeu GG. — Poderíamos ter evitado o que aconteceu ou tê-lo prevenido? Sabíamos das campanhas de ódio na internet, aquilo que você havia me contado.

Eira olhou para a documentação que tinha em mãos.

— Estávamos no meio de uma investigação de homicídio — disse ela.

— Se falhamos em algo — concluiu GG —, a responsabilidade é toda minha.

— Ok.

Mejan tinha lavado todas as janelas, embora fizesse menos de um mês desde a última limpeza. Sempre havia alguma sujeira deixada pelos insetos ou poeira trazida pelo vento que grudava nos vidros.

Havia também tirado o pó e esfregado o chão. Especialmente na cozinha e na sala, além do quarto, que compartilhava com o marido há trinta anos.

Os roncos de Tryggve que, às vezes, a mantinham desperta. As noites claras e iluminadas da primavera e a escuridão relaxante do outono, a luz pálida do luar de inverno refletida na neve.

Todas essas noites.

As horas de que eram feitas.

Tinha lavado as roupas de cama, esticado sozinha os lençóis da melhor maneira possível, prendendo uma ponta a uma gaveta da cômoda. Tryggve não estava ali para segurar do outro lado como costumava fazer, esticando bem e dobrando ao meio, indo um de encontro ao outro e dobrando, para que o lençol ficasse feito um bonito pacote, como Mejan tinha aprendido a fazer com a avó, com quem morava quando havia muitas brigas em sua casa.

Começava com um pouco de sujeira no canto, ela sabia, para depois se transformar em caos.

Um montinho de poeira, uma mancha, uma cama desarrumada ou malfeita, quando simplesmente se jogava a coberta por cima, assim como Patrik fizera durante sua adolescência.

Era assim que Tryggve fazia quando tinham se conhecido. Mejan se lembrava do quarto dele na Noruega, onde tinham feito amor pela primeira vez, as roupas empilhadas pelo chão, a louça suja que ela precisou dar uma lavada.

Tryggve compreendia muito pouco sobre o que se passava na mente das pessoas. Não sabia nada sobre inveja e sobre o que acontece quando um velhote mesquinho e desgraçado percebe a fraqueza do outro.

Às vezes ficava pensando se ele conhecia seu próprio filho.

Contar para Patrik? Ele estava louco?

O filho deles, o lindo garoto, que carregava tanta raiva consigo.

"Eu odeio aquele miserável", ele tinha gritado lá fora no jardim, antes de ir embora dali.

"Você não pode falar assim de seu pai", Mejan havia berrado para ele.

"Você sabia. Como pôde ir para a cama, como conseguiu...?"

A voz dele tinha deixado cicatrizes profundas nela.

Você não sabe como ele era elegante, ela queria ter dito, passar a mão entre os cabelos do filho e explicar. Quem mais teria ficado comigo todos esses anos, cuidado de mim quando estava grávida e quando você veio ao mundo? Sabe o que é não ter ninguém?

Talvez tivesse poucas horas ainda, ou teria mais um dia? Mejan sabia mais ou menos quanto tempo leva esse tipo de análise. Ela lia muitos romances policiais e via séries na televisão, assim como todo mundo, e planejava suas tarefas de acordo com o que queria assistir.

Distribuiu bolinhos de canela em sacos plásticos. Acomodou potes com lasanha no freezer. Sopa de brócolis, salsicha com purê de batata, schnitzel com molho, ervilhas e batatas cozidas em porções de bom tamanho. A batata ficava farinhenta e seca ao ser congelada, mas Tryggve ia gostar de ter comida pronta quando voltasse para casa. Mejan escreveu o conteúdo de cada pote e de cada saco plástico.

Ele teria comida pronta para algumas semanas. Só precisaria passar no supermercado Ica Rosen em Nyland para comprar mantimentos frescos.

Depois a filha deles ia acabar chegando.

Jenny, que estava na Austrália havia tantos anos e quase nunca mandava notícias. Ela não podia mais ficar por lá, pois as florestas estavam pegando fogo e, agora que o pai ficaria sozinho, era uma boa hora de voltar para casa, não era?

"Você vai ouvir falar mal de mim e de seu pai", Mejan havia escrito. "Não o julgue. Ele não foi um mau pai. Você se lembra de quando ele construiu a sua casa de bonecas?"

Ela acabou escrevendo uma longa carta, na qual pedia que Jenny pensasse muito e entendesse que agora precisava cuidar dos outros e não somente de si mesma.

"A família é tudo o que temos, no final."

Várias vezes tinha começado a escrever uma carta para Tryggve também. Era mais difícil. Uma tentativa depois da outra acabou por se transformar em papéis amassados e poucas linhas escritas. Mejan as queimou no fogão, deixando o fogo consumi-las por inteiro, até não sobrar nada.

Acabou por escrever apenas um bilhete.

"Tem comida no freezer.

Beijo e abraço,

Mejan."

Quando a viatura da polícia entrou no terreno, ela estava sentada na varanda com café na garrafa térmica. Dois bolinhos de canela ela havia guardado para si mesma. Estava vestida como tinha decidido. Simples e decente, porém refinada, com calças pretas e uma blusa ocre com um laço embaixo do pescoço, que ficara pendurada no guarda--roupa desde que a comprara na liquidação em Kramfors.

O que parecia tão elegante na loja ficava exagerado para usar em casa.

Estava esperando havia uma ou duas horas, apesar do vento e da chuva forte que respingava na varanda aberta.

Tinham falado em envidraçá-la, talvez no outono.

Ela ficou refletindo se Tryggve levaria o projeto adiante ou deixaria a casa cair em decadência, assim como muitas das fazendas nos arredores, que decaíam a olhos vistos. Por alguma razão, ficou pensando na casa onde Lina Stavred havia morado, que ficava a alguns quilômetros de distância dali. Ninguém tinha ido morar lá depois da família dela. Algumas janelas estavam quebradas, a chaminé tinha começado a despencar, a fachada estava com uma aparência péssima. Mejan compreendia que a família sofrera muito, mas mesmo assim.

Ela limpou algumas migalhas das calças antes de se levantar. Tudo ficava visível no tecido preto.

— Marianne Nydalen?

Dois policiais uniformizados atravessaram o gramado.

— Sim, sou eu.

— Você deve nos acompanhar até Kramfors.

Mejan já estava descendo as escadas. Não queria que andassem na varanda com seus sapatos sujos. Um deles tentou segurá-la pelo braço.

— Muito obrigada, mas posso ir sozinha.

Mesmo à distância ela ouviu algo sobre uma decisão do promotor de justiça, sobre impressões digitais e DNA, que ela não estava sendo detida, mas levada para interrogatório. Além das vozes, ela escutava o vento passando através das árvores, sentindo a chuva molhar seu rosto, tão agradável que era.

E ira só queria organizar as pastas e guardar o material no lugar certo nas caixas. Mandar de volta aquela antiga investigação para o arquivo novamente, o lugar ao qual pertencia.

Além de qualquer dúvida razoável, eles teriam dito, se o caso houvesse sido levado a julgamento.

Sete policiais tinham participado intensivamente da investigação do homicídio de Lina Stavred. Alguns deles estavam entre os mais experientes e tinham, além de tudo, recebido apoio da polícia federal, de psicólogos e tudo mais.

Eira estava com apenas 32 anos, era assistente de polícia há quase seis e investigadora há duas semanas, então o que mais queria?

As fitas não couberam na caixa onde ficavam antes. Foi obrigada a arrumar tudo de novo para que pudesse guardá-las ali.

GG não fora exatamente claro sobre o que queria que ela fizesse, porém as indiretas dele bastavam. A falta de vontade de escutar. A suspeita de que ela estaria remexendo no passado de Olof Hagström por se sentir culpada.

Ele tinha razão. Olof Hagström era o fantasma da infância dela. Um fantasma que estivera com ela quando falou com ele no carro, buscando-o pela floresta, na sala de interrogatório, no odor do suor dele.

Não era somente um desconforto, era uma sensação ainda mais forte, era desgosto e desprezo, uma curiosidade que a fizera deixar o profissionalismo de lado ao mesmo tempo.

Interrogatório. Testemunho. Investigação da cena do crime.

Só queria organizar tudo antes de qualquer coisa.

O material havia ficado muito bagunçado quando ela o colocara à sua frente. Uma boa organização era o mínimo que podia fazer agora. Por esse motivo, ela examinou capa por capa, mesmo que demorasse, assim como aquelas pilhas em que nem havia mexido. Data e conteúdo, nome e informações pessoais.

Ela folheava rapidamente, mas entendia grande parte dos detalhes, como o fato de que boa parte dos endereços ficava em Marieberg. Cada pessoa que residia próximo ao local do crime devia ter sido interrogada. Muitas das testemunhas eram nascidas nos anos 1980. Eram da mesma idade de Lina, com 16 ou 17 anos, seus amigos e colegas de escola.

Uma data de nascimento a deteve. Sua estrutura conhecida, a ordem dos números. Em seguida, o nome.

Tudo ficou em silêncio ao seu redor, se é que havia qualquer ruído.

Não tinha nada de estranho, tentou convencer a si mesma. Uma garota tinha desparecido e a polícia falava com o máximo de pessoas possível. Tinham frequentado a mesma escola em Kramfors, é óbvio, que escolha eles tinham?

Não havia mais nenhum nome ali, ele não fazia parte do grupo de colegas ouvidos no caso por a conhecerem, ou por terem visto alguma coisa e assim por diante.

Era somente ele. Sozinho e por muitas páginas.

Interrogatório com Magnus Sjödin.

EG: Quando foi a última vez que falou com Lina Stavred?

MS: Não sei onde ela está. Já disse.

EG: Responda à pergunta.

MS: Deve fazer uma semana.

EG: É importante que você tente se lembrar exatamente de quando foi.

MS: Já disse que terminamos. Não nos encontramos mais.

EG: O que você sentiu quando ela terminou com você?

MS: Como você teria se sentido?

EG: Acho que teria ficado muito triste. Talvez zangado. Com dificuldade de aceitar.

MS: Terminou, simplesmente.

EG: Conversamos com os amigos de Lina. Eles dizem que você tem sentimentos muito fortes por ela, mas que ela não sente o mesmo.

MS: Eles não sabem o que eu sinto.

EG: Você queria voltar com ela?

MS: Já disse que não sei onde ela está.

Eira não se lembrava de como seu irmão soava aos 17 anos; era a versão adulta dele que ela tinha na cabeça, aquela com quem havia se encontrado no outro dia. A voz estridente de Eilert ela lembrava muito bem.

EG: Onde você estava na noite de 3 de julho?

MS: Estava em casa.

EG: Que horas eram quando chegou em casa?

MS: Talvez nove, ou por aí.

EG: Tinha alguém em casa que possa confirmar essa informação?

Kerstin estava ouvindo rádio quando Eira chegou em casa. Eira ficou com a sensação de estar entrando em um cenário. A casa onde havia crescido, a família, tudo aquilo em que acreditava, a segurança e a estabilidade.

Tomou um copo d'água e baixou o volume do rádio.

— Pode desligar — disse Kerstin. — É só tristeza mesmo. Quer uma xícara de café?

— Quero.

A garrafa térmica com o café feito de manhã estava vazia. Eira derramou pó enquanto enchia o filtro.

— Deixe que eu limpo — disse a mãe dela. — Sente-se, você trabalhou o dia todo.

— Obrigada.

— Podemos preparar um sanduíche também.

Eira se sentou e ficou tentando começar a conversa. Magnus, Lina, Lina, Magnus, a noite de 3 de julho de 1996. Kerstin tinha assumido a tarefa de fazer o café, sabia de cor, mesmo que às vezes errasse na medida do pó ou da água.

— Você se lembra daquele verão quando Lina Stavred desapareceu?

— Ui, sim. Quando foi mesmo? Deve ter sido em mil novecentos…

— E noventa e seis. Eles interrogaram Magnus várias vezes.

— É mesmo?

Eira percebeu algo na voz da mãe. Uma maneira de evitar, de se afastar, diferente do esquecimento habitual.

— Você deve estar lembrada, mãe, que vieram buscar Magnus para interrogá-lo. Por que nunca me contaram que ele namorou com Lina?

— Ah, é… Namorou mesmo?

A demência, tinham lhe dito no hospital, não significava que tudo desaparecia. A memória estava lá, mas era mais difícil trazê-la à tona. Como familiar, ela podia ajudar a manter a memória viva. Tocar músicas antigas, olhar fotografias. Era o que eles tinham dado a entender, mas não era o que ela estava fazendo agora.

— Lina tinha terminado o namoro com Magnus uma semana antes de desaparecer — continuou Eira. — Você também foi interrogada aqui em casa. Ficaram na cozinha? Onde eu estava? Você confirmou que Magnus estava em casa na noite em que ela desapareceu.

Kerstin tinha ficado parada com o queijo nas mãos, como se não soubesse o que fazer com ele.

— Magnus nunca estava em casa à noite — continuou Eira. — Vocês estavam sempre brigando por causa disso. Por que ele estaria em casa justamente na noite em que a namorada dele foi assassinada?

Talvez fosse a doença que fizesse com que o olhar dela ficasse perdido.

— Foi um garoto quem a matou, como era mesmo o nome dele?

— Olof Hagström.

— Ah, era isso mesmo...

— Vocês foram ao enterro de Lina também? — Eira se deu conta de que não sabia se houvera um funeral. O corpo nunca fora encontrado. De repente, lampejos surgiram em sua memória, imagens na televisão de uma cerimônia. — Como vocês puderam se manter calados sobre uma coisa dessas durante tantos anos?

A mãe estendeu a mão, muito enrugada e envelhecida, passando-a nos cabelos dela.

— Mas, minha querida... você era muito pequena.

Eira empurrou a mão de Kerstin, irritada com o carinho, como se ela fosse uma adolescente. O tom e o jeito dela, terno e tenso ao mesmo tempo, nem com cinco semestres na academia de polícia ela poderia manejar. Seja lá o que for que você se lembre ou que já se esqueceu, pensou ela, é disso que quer me proteger.

— Ela confessou. Era GG quem tinha telefonado. Ele estava no carro a caminho de Sundsvall, ela escutou Springsteen cantando ao fundo.

We went down to the river, and into the river we'd dive...

Mejan Nydalen já estava pronta para contar tudo desde o início do interrogatório. Precisaram interrompê-la à espera do advogado. Ninguém deveria confessar um homicídio premeditado sem a presença de um defensor.

— Estamos na linha de chegada — disse GG. — Agora, diabos, estamos dentro.

Eira estava na escada da delegacia quando ele ligou e subiu apressadamente. Sentou-se a um computador que estava livre e entrou com a senha que tinha recebido quando passou a fazer parte do grupo de investigação.

Interrogatório com Marianne Nydalen.

MN: Defendi a minha família. Foi isso o que fiz. Alguém precisava agir. Sou a mais forte entre nós, pode-se dizer.

Eira havia falado com a mulher algumas vezes, por isso reconhecia a voz dela, calorosa e dura ao mesmo tempo.

MN: O meu marido não tem nada a ver com isso. Fui eu, fui eu sozinha. Vocês podem deixá-lo em paz agora. Ele já sofreu o suficiente. O meu único arrependimento é ter deixado Tryggve ficar lá. Nunca imaginei que vocês manteriam um inocente preso, fiquei esperando que ele voltasse para casa o tempo todo. Podem dizer isso a ele, por favor?

Havia uma tranquilidade em toda a confissão dela. A mulher se dava tempo para falar, porém sem cair em silêncio ou tentar se esquivar. Um suspeito normalmente quer ir embora da sala de interrogatórios o mais rápido possível, mas Mejan parecia quase satisfeita em, finalmente, poder falar.

Tryggve voltou para casa um tanto abalado, um dia no final de abril. Foi o começo do pesadelo, quando ele, na loja de ferragens Nyland, ouviu uma mulher pronunciar o verdadeiro nome dele.

Ou melhor, não o verdadeiro, ela se expressara mal.

O antigo.

Adam Vide tinha saído da vida deles havia muito tempo. *A non-existing person.* O nome que ele tomara era quem ele era.

Mejan tinha dito que não havia perigo, mas no fundo sabia que o pior estava por vir.

Como quando nuvens pesadas surgem sobre as montanhas; como o câncer, quando se sente o primeiro caroço.

Rumores que começavam a se espalhar e acabavam sumindo não existiam. Ela tinha crescido com aquilo, sabia como era ser vista como alguém inferior.

Demorou cerca de um mês até que, em uma manhã bem cedo, seu marido voltasse desesperado para casa, enquanto Mejan preparava o café.

Tryggve tinha escutado coisas terríveis quando foi até a caixa de correspondência. De Sven Hagström, por incrível que pareça.

"A sua velha sabe o que você andou fazendo no passado? Você conta essas coisas para a sua esposa?"

Tryggve tentara ignorá-lo, mas era a maneira errada de enfrentar a situação, que foi ficando cada vez pior.

"Ninguém poderia imaginar que você fosse um velho tarado, Nydalen. Queria saber o que as pessoas achariam disso se ficassem sabendo. O que diz o seu filho metido a besta e a mulher fina dele? Porque você deve ter contado a ele, não é mesmo? Ele sabe que velho tarado o papai dele é?"

Tryggve tentou conversar com ele amigavelmente, de todas as maneiras possíveis, mas o outro não parava de provocá-lo. Hagström foi se tornando cada vez mais atrevido. Ficava parado olhando fixamente para a nossa casa. Perguntou para Mejan uma vez, quando ela tinha ido arrancar as urtigas junto aos arbustos de groselhas.

"Ele também fez com você? E com a filha, por isso que ela fugiu para a Austrália?"

As férias de verão estavam se aproximando. Os lilases tinham florescido depressa naquela primavera. Em breve, Patrik e as crianças estariam ali. Tryggve tinha tirado dinheiro do banco, uma grande quantia, e fora até o velhote para tentar convencê-lo a ficar calado.

"Não mesmo. Você não vai escapar assim tão facilmente. A justiça deve ser igual para todos. Vocês acham que podem comprar tudo. Tente comprar a sua família de volta, tente fazer isso depois que eles o abandonarem."

"Eu preciso contar para Patrik", Tryggve havia dito naquele dia, "é melhor que ele escute de seu próprio pai e não de outras pessoas".

Mas Mejan o tinha convencido a esperar até que Patrik chegasse ali para, ao menos, falar com ele cara a cara. Antes disso ela encontraria uma solução para o problema.

Ela foi adiando, dia após dia.

Com esperança, como o ser humano faz, aguardando por um milagre.

Um ataque do coração, qualquer coisa.

Mas Sven Hagström continuava vivo. E falando muito.

Nas noites anteriores à chegada de Patrik, ela se levantara e ficara olhando para a casa pelo lado de fora, pensando em como seria tudo. Como a vida deles acabaria em uma tragédia se ela não tivesse coragem. Tinha que arranjar forças para fazer o que precisava ser feito.

Na última noite antes de o filho chegar, ela apanhou a faca, foi até a casa do vizinho e tentou abrir a porta. Estava trancada. O cachorro tinha começado a latir, portanto ela se retirou de lá às pressas e não dormiu a noite inteira.

Ela sabia que Hagström costumava ir buscar o jornal de manhã cedo.

Ninguém trancava a porta depois disso, ainda mais no verão, quando passavam tantas horas ao ar livre.

Ela pegou um pedaço de carne que tinha separado para fazer um ensopado.

Nenhum cachorro resistiria a uma carne daquelas.

Ela tinha feito Tryggve sair da cama bem cedo, lembrando-o da quantidade de tarefas naquele dia. A história do pé da cama e da limpeza dos ralos ela havia inventado para mantê-lo ocupado dentro de casa enquanto ela estivesse fora.

Ela espiou pela janela ao chegar na casa de Hagström, mas não o avistou. Viu somente o vapor na janela do banheiro. Teve coragem de se aproximar e ouviu a água escorrendo. O cachorro veio diretamente até ela, farejando o pedaço de carne de alce que ela jogou na cozinha, se livrando do animal no mesmo instante.

A faca de caça ela sabia bem como manejar. Como se fosse a própria mão. Nunca se podia hesitar quando a arma entrava em um corpo, vivo ou morto.

Foi tudo muito rápido.

Ele tinha gritado?

Ela não sabia dizer. Provavelmente não. Havia escancarado a boca, como alguém que não espera que algo de ruim lhe aconteça. Achava que era o dono da verdade e que podia se comportar como quisesse com as outras pessoas.

— Sem sombra de dúvida, não é?

Eira voltou à realidade, à sala de trabalho, ao sol que estava alto no céu. GG estava atrás dela, segurando uma xícara de café, parado na porta e sorrindo.

— Muito bem — disse ele. — Foi muito bom contar com você, mas o seu chefe quer você de volta.

— Agora?

— Tentei argumentar com ele, mas não consegui convencê-lo. Disse a ele que devem se virar sem a sua ajuda até segunda-feira, então você pode tirar alguns dias de folga.

— Ok.

Eira fechou o documento, o caso que parecia ter sido solucionado. A confissão de Mejan não deixava nenhuma dúvida aparente. Era correta e minuciosa em cada detalhe, explicando inclusive como havia feito com as chaves. Quando saiu da casa, tirou a chave de Sven da fechadura, trancou a porta por fora e a deixou em um buraco debaixo da escada de entrada. Eira pensou que não encontrariam as chaves lá.

Talvez entre as cinzas.

Fazia tempo que ela não tinha uns dias de folga.

— Obrigada — disse ela. — Foi muito enriquecedor ter trabalhado com você.

— Muito bom saber — falou GG. — Mas você vai ter que esperar um pouco para o discurso de despedida.

Eles dariam uma última passada em Kungsgården.

Tryggve Nydalen estava sentado em uma cadeira ao lado do antigo celeiro. Um machado repousava sobre o bloco de corte, o ar tinha cheiro de lenha recém-cortada.

Ele havia sido interrogado rapidamente antes de deixar a prisão, porém não tinha falado quase nada. Talvez pudesse ser diferente em seu ambiente familiar, distante da confissão da esposa.

— Eu ia empilhar a lenha, mas fiquei pensando que não fazia sentido.

— Quer que nos sentemos aqui? — perguntou Eira.

Tryggve deu de ombros, balançando a cabeça em direção à varanda, mas não se levantou da cadeira. Ela entendeu que eles deveriam buscar uma cadeira para cada um.

GG esclareceu que a conversa deles seria gravada, acomodando seu celular sobre a grama.

Ele já tinha conhecimento dos planos da esposa? Tinham planejado juntos?

— Eu deveria ter sacado a espingarda — respondeu Tryggve Nydalen — e a usado contra mim mesmo.

A ideia havia existido, sim, ele ficara preocupado.

Com Mejan.

Mas não podia acreditar.

Somente quando lhe mostraram as fotografias da faca de caça e do macacão foi que ele se deu conta.

De verdade.

— A culpa é minha — confessou ele, com o olhar perdido no topo das árvores. — Se eu não tivesse feito o que fiz, o velhote ainda estaria vivo agora. Por que Hagström tinha que se intrometer? Era injustiça, ele disse, quando estive lá e lhe implorei, por que uma pessoa deve sofrer tanto, enquanto outra escapa? Mas eu não escapei. Fiquei preso por causa do crime que cometi.

Ele assoou o nariz entre os dedos, limpando a mão nas calças.

— Nunca deveria ter me metido nisso — disse ele.

— Do que você está falando?

Tryggve fez um gesto, mostrando a fazenda. A casa tão bem cuidada, a cama elástica agora abandonada. Os brinquedos dos netos arrumados na caixa de areia, a pequena piscina de plástico em formato de cisne, murcha.

— Da família e tudo mais. Não pedi por nada disso. Ia para uma plataforma de petróleo. Teria sido uma aventura. Lá longe no Mar do Norte ninguém se importa de onde você vem, mas ela chorou e insistiu quando eu estava de partida. Então, contei tudo a ela. Sobre Jävredal e sobre aquilo. Uma mulher sensata teria ido embora. Não teria se aliado a mim, como se pudesse me salvar de mim mesmo. E foi assim também com as crianças. Nem queria falar em fazer um aborto. Se eu a deixasse, ela não ia saber o que fazer da vida.

— Ela já demonstrou alguma tendência à violência antes?

— Vocês não vão conseguir que eu diga alguma coisa de ruim sobre Mejan. Prefiro voltar para a cadeia.

Eira sentiu uma ardência no ombro e bateu em um mosquito. Eles tinham aparecido de verdade agora, no auge do verão. Ela viu um inseto gordo pousar no antebraço de Tryggve e um outro em seu tornozelo. Ele não reagiu quando foi picado.

Naquele dia, ele disse que Mejan agiu como de costume. Antes do almoço ela foi até o banheiro onde ele limpava os ralos. Não estavam entupidos, mas ela havia insistido que ele fizesse a tarefa. Com o passar dos anos ele tinha aprendido que era melhor assim.

"Parece tudo tão quieto e vazio na casa de Hagström", comentou ela. "Queria saber se ele está viajando. Ou se está no hospital. Então você não precisaria tocar naquele assunto com Patrik."

Quando o corpo de Sven Hagström foi encontrado, Tryggve convenceu a si mesmo de que não passava de uma mera coincidência. Em Deus ele não acreditava. Era mais como uma loteria que, depois de tantas apostas, finalmente se acabava ganhando.

Ele achava, assim como todos os outros, que o culpado era o filho.

Quando passaram a suspeitar dele, percebeu que não tinha como escapar, pois sabia que chegaria a hora, assim que as pessoas soubessem quem ele era.

— Foi por isso que me calei daquela vez — falou ele —, senão vocês teriam me levado também.

— Como assim?

— Quando aquela garota desapareceu — respondeu ele. — Teriam remexido no meu passado e depois não teria mais jeito. Mejan concordou comigo e disse: "Eles vão checar quem você é, os registros, tudo virá à tona, vão colocar a culpa em você. Eles vão levá-lo embora, Tryggve, e o que será de mim e das crianças?"

Eira percebeu uma frieza enquanto ele falava, sentiu um arrepio na espinha, como se o verão houvesse terminado em um abrir e fechar de olhos.

— De qual garota você está falando?

Tryggve pareceu não ouvir e tampouco percebeu a aproximação dela.

— E depois foi um alívio — continuou ele — quando colocaram o filho de Hagström na mira. Ele sempre foi meio esquisito. Sempre suspeitamos que ele tinha soltado os coelhos das crianças. Mas não foi ele.

— Quem soltou os coelhos? — perguntou GG.

— Quem a matou. E agora ele está lá, mais morto do que vivo… — Tryggve Nydalen enxugou o suor da testa, deixando uma mancha de sujeira depois de ter passado a mão na pele. Ele provavelmente tinha trabalhado na terra ou tentado se ocupar com alguma tarefa, arrumado a casa ou o terreno, coisas que as pessoas faziam no verão.

— O que fez você ficar calado daquela vez? — perguntou Eira, cautelosamente.

— O fato de a ter avistado — respondeu Tryggve.

Ele deixou o olhar vagar sobre o terreno novamente, parando em cada casa, como se estivesse guardando a imagem pela última vez, em uma despedida. GG se manteve calado. Eira podia escutar a respiração dele, ele prestava atenção, porém compreendia que estavam na área dela.

— Estamos falando de Lina Stavred agora?

— Sim. Estivemos no rio.

— No dia 3 de julho de 1996?

Ele fez que sim com a cabeça.

— Você disse para a polícia que estava pescando… — Eira mantinha um tom de voz calmo, apesar de seu coração ter disparado — com Patrik, ele tinha seis anos…?

— E o primo dele, que é um ano mais novo. Era tarde da noite para eles estarem acordados, eu sei porque a irmã de Mejan reclamou quando voltamos para casa. Ela era dessas pessoas superprotetoras. Sempre questionando o que os outros fazem.

Tryggve olhou novamente para a casa, como se quisesse a permissão da esposa para falar.

— Mas foi muito emocionante para os garotos, ficavam pendurados na borda, esperando pelo puxão no flutuador. Nem perceberam quando passaram remando pelo barco.

— Um barco?

Um barco a remo, por isso passou despercebido. Tryggve só o notou quando estava muito próximo. Estava preocupado também, com dois moleques bagunceiros no rio, que ficavam com o nariz na água sem nem saberem nadar.

— Eles? — perguntou Eira.

— Sim, tinha o priminho também.

— Estou me referindo ao outro barco. Você disse que "passaram remando".

— Ah, sim. Eram duas moças — contou Tryggve. — Uma delas era ela, a loira, não sabia na época quem ela era, mas quando vi tudo nos jornais... Claro que era ela. Sentada e encostada à popa, tomando um ar, com as pernas para cima e a saia... uma dessas garotas para quem se olha. Mas ela era jovem. Quero dizer, faz tempo que...

Ele passou a mão sobre os cabelos, murmurando algo ininteligível, se desculpando e olhando para o chão.

— E a outra? — perguntou Eira.

— Ah, a outra. Era morena. Cabelos compridos jogados no rosto enquanto remava — Tryggve mostrou com as mãos como era. — Ela não remava bem, respingava água pela superfície com os remos. Ela não estava vestida como... é, tão pouco vestida. Eu tinha os olhos na outra e a morena nunca vi nos jornais depois, então não sei quem ela era.

— Pode nos dizer que horas eram, mais ou menos?

— Dez e quinze.

— E como pode ser tão exato, se já se passaram mais de vinte anos? — perguntou GG.

— Pensei, quando elas já haviam passado, que deveríamos voltar para casa e olhei as horas no relógio. Antes que as mulheres ficassem zangadas e acabasse em briga.

— Você se lembra do que ela vestia, a loira? — Eira não tinha coragem de pronunciar o nome da garota. Seria como considerar as palavras dele verdadeiras. E ainda assim... Ele as guardava dentro de si, queria e não queria dizê-las, indicando que podia ser a verdade para ele, embora fosse quase inacreditável.

— Somente uma regata e uma saia — disse ele. — Ou seria um vestido? De qualquer maneira, estava de ombros de fora, com umas alcinhas finas.

— Nenhum casaco? Devia estar fresco a essa hora da noite.

— Não.

— Não estava ou ela não usava casaco?

— Não usava casaco, eu já disse.

Tryggve parecia irritado com as perguntas. Eira percebeu GG olhando de soslaio para ela. Ele não sabe, pensou ela. Todos os jornais tinham escrito como Lina Stavred estava vestida quando despareceu. Durante as buscas o casaco amarelo tinha sido mencionado. Antes de o terem encontrado debaixo da cama de Olof Hagström.

— Você talvez se lembre se ela carregava uma mochila?

— Não podia ficar olhando para ela por tanto tempo... Sim, tinha uma mochila. Ela a levava assim... — Ele fez um gesto novamente, no meio das pernas. Então, foi para lá que ele olhou, pensou Eira, enquanto os garotinhos procuravam pelos peixes. — Ela mexeu na mochila e acendeu um cigarro, exatamente antes de o barco desparecer. Só vi as costas dela depois...

Ele fez um gesto sinuoso com a mão no ar e respirou fundo, era a fumaça pairando sobre o rio.

— Fiquei surpreso quando a vi nos jornais depois, como já disse...

— Em que parte do rio vocês se encontravam?

— Estávamos perto de Köja, andando devagar, levados pela correnteza...

Eira pegou o celular, encontrou um mapa e mostrou a ele. Tryggve passou dois dedos ali, aumentando a fotografia.

— Um pouco a oeste dessa ilha aqui — disse ele, virando o mapa para que ela pudesse ver também. — Ninguém quer se afastar muito da terra firme com dois moleques pendurados no barco. Sim, foi lá, antes de a baía se estreitar.

Eira marcou o mapa e fez um print, mas nunca se esqueceria do lugar para onde ele tinha apontado. Era como um apêndice saindo da estreita baía por trás da ilha. Strinnefjärden.

— Você não disse nada há 23 anos — disse GG, se recostando na cadeira —, apesar de todos estarem procurando por Lina Stavred durante dias e de terem prendido o suspeito do assassinato dela, o filho do seu vizinho mais próximo. Por que acha que vamos acreditar em você agora?

— Acreditem no que quiserem.

— Justamente hoje, quando soltamos você e prendemos a sua esposa. O que acha que pode ganhar com isso?

— Preciso ir — disse Tryggve. Ele se apoiou na cadeira e se levantou. Suas pernas pareciam duras e as costas estavam encurvadas, como se a velhice o houvesse alcançado de vez. — Vão me deixar sozinho agora ou vão ficar olhando enquanto dou uma cagada?

Caminhões. Um trailer, um trator rebocando uma máquina e carros de passeio parados aguardando para prosseguir.

— Ele quer nos sacanear — disse GG, enquanto estavam presos no cruzamento. — Uma garota em um barco no rio, o que isso realmente nos diz?

Eira desligou o motor. Ficava estressada tentando ultrapassar os outros veículos enquanto seus pensamentos estavam dispersos.

— Durante as buscas, disseram que Lina usava um vestido e um casaco amarelo — disse ela. — Por que ele não falou que ela estava vestida assim? Se ele se baseou no que estava escrito nos jornais?

— Pode ter se esquecido — respondeu GG. — Foi há muito tempo.

— Mas por que mencionar o caso de Lina, afinal?

— Ele quer ser o cara legal. Nydalen vai passar o resto da vida lidando com o fato de que todos sabem o que ele fez, além dos atos da esposa. Onde vai se esconder agora?

— Os horários eram muito vagos... — Eira seguia diversas linhas de pensamento ao mesmo tempo. Comparava com o que se recordava da investigação preliminar. — Foi tudo baseado nos testemunhos de um grupo de garotos que viu Olof seguir Lina pela floresta. Eles não faziam ideia da hora que era, não estavam a caminho de lugar algum; no dia 3 de julho não escurece nem por volta da meia-noite.

— Eu era policial na época — disse GG —, mas trabalhava em Gotemburgo. Acompanhei o caso à distância.

— Os pertences dela foram encontrados na praia, muito próximos à plataforma, lá onde ele teria jogado o corpo.

— E qual é a distância até lá, considerando o local de pesca?

— Dois quilômetros rio acima, quase três, talvez. Não me pergunte quanto tempo leva para ir remando.

Mais um trailer passou por eles.

— E daqui, indo de carro?

— Dez minutos no máximo.

Estacionaram o carro em um campo com grama crescida e atravessaram uma paisagem praticamente abandonada. A serraria em Marieberg operou por cem anos até ser desativada nos anos 1970. Diversas construções ainda estavam de pé. O depósito de madeira era o mais impressionante, um mastodonte de quase duzentos metros de comprimento feito de placas corrugadas. Anos atrás, alguns entusiastas tinham tentado transformar o depósito em ateliês de arte, porém o solo se mostrara contaminado por dioxina.

O veneno provinha de uma fábrica norte-americana de armas químicas. Era a mesma substância que os Estados Unidos haviam usado na Segunda Guerra Mundial e depois pulverizado as florestas do Vietnã com o nome de Agente Laranja. Na época entre as duas guerras mundiais, o produto mantinha os fungos e as pragas longe da madeira nas serrarias suecas.

Na plataforma tudo continuava igual ao filme, aquele estremecido feito com uma câmera de mão, na época da reconstituição do crime com Olof Hagström. O concreto havia começado a rachar e o capim crescia livremente.

GG deu uma espiada pela borda.

— Trinta metros, você disse?

— Pode chegar aos cem, lá adiante. Com correntezas e menos de vinte quilômetros até o mar...

As nuvens tinham se aproximado e a água escurecido, ventava sobre o rio, formando ondas de espuma branca.

Eira deu uma olhada ao redor. O lugar ficava escondido pela casa de latão, mas assim mesmo era difícil de se acreditar que não havia uma testemunha sequer do ocorrido.

Ainda mais em uma noite quente de verão.

— Foi ali que encontraram as coisas dela?

GG apontava para uma faixa de areia a uns vinte metros de distância deles. Desceram da plataforma.

— As chaves e um pincel de maquiagem — respondeu Eira. — Só isso.

Havia alguns metros de areia entre a vegetação. Postes de madeira se destacavam da superfície, testemunhando a existência de um antigo ancoradouro de barcos a vapor. Há vinte anos a mata era fechada na pequena península ali por trás, agora a vegetação tinha sido retirada, permitindo que se avistasse tudo com clareza. Três barcos de pequeno porte estavam ancorados junto às rochas, balançando levemente aos movimentos do rio.

— Como estava o tempo naquele dia? — perguntou GG.

— Bonito — respondeu Eira. — Quente. Ela saiu tarde da noite com um casaco bem leve.

— Nós tínhamos uma cabana perto do mar — contou GG. — As pessoas ficavam de olho nos barcos que iam e vinham. Duas garotas em um barco a remo no rio pelas dez horas em uma noite de verão. Alguém mais deve tê-las visto.

Eira ficou pensando nos vilarejos localizados ao longo da margem do rio: Marieberg, Nyhamn, Köja. Quase todas as casas tinham uma varanda virada para a água e para o sol do período da tarde, uma maior que a outra — era o lado ensolarado do rio.

— Talvez alguém as tenha visto — disse Eira, tentando se lembrar do que ela havia examinado, as dicas pelo telefone, as visitas de porta em porta, as atividades feitas enquanto um caso de desaparecimento era investigado. — Tenho uma vaga lembrança de que alguém a viu em um barco, mas as pessoas a avistaram em todos os lugares possíveis; na comunidade da floresta, nos campings, em metade do país…

— Buscas de desaparecidos — disse GG, suspirando.

— Depois acabaram prendendo Olof Hagström.

— Então, não seguiram as pistas?

— É possível — respondeu Eira. — Ainda não examinei tudo.

GG olhou para o rio. A faixa de floresta do outro lado e ao longe parecia ter sido pintada em aquarela sobre a montanha.

— Pode ter sido em um outro dia — disse ele —, ou até outra garota. Nydalen falou em ombros nus e sobre o objeto que ela levava no meio das pernas, mas será que viu o rosto dela? Mesmo se considerarmos que ele esteja falando a verdade agora, ele pode ter reconstruído suas lembranças mais tarde.

Um cachorro solto passou depressa entre eles. Seu dono veio correndo e os cumprimentou à distância. Eira acenou de volta. Não era ninguém que ela conhecesse. O homem atirou um galho na água e deixou o cachorro nadar. Depois da praia, o terreno terminava na floresta. Era mais íngreme do que ela imaginara, uma longa distância.

— Os cães seguiram os rastros desde lá — disse ela, apontando na direção certa, assim como se lembrava de um mapa da investigação preliminar marcado com uma cruz e um risco.

— Nada melhor que uma caminhada na mata — disse GG.

Eira tomou a dianteira através do capim e dos restos da era industrial da madeira. Tiveram que pular sobre escadas quebradas que não levavam a lugar algum e fundações remanescentes de casas; passaram por construções de tijolos à vista que tinham pertencido às oficinas. Ela já havia visto tudo isso uma vez há muito tempo, com o pai ou com o avô. Lá estava a serralheria e os banheiros dos trabalhadores, tão pequenos que mal tinham espaço para algumas banheiras; a casa de máquinas parecia estar sendo usada por alguém, havia poltronas do lado de fora, assim como uma grelha nova. Acima reinava Borgen, branca e imponente como um palácio, mesmo que estivesse em decadência. De lá, os patrões e administradores tinham regido, vendo os navios irem e voltarem.

A vista lá de cima era magnífica.

Durante os anos que se passaram, a mansão havia sido comprada e vendida algumas vezes. As pessoas eram atraídas até lá por causa da vista fantástica e traziam consigo ideias de negócios e sonhos de uma nova vida. Reformavam um ou dois quartos da casa, mas ainda faltavam outros 14 deles. A imensa casa de madeira em Ådalen não era predestinada a uma vida em harmonia. Casamentos eram desfeitos e depois o orçamento não se sustentava, ou talvez na ordem contrária.

— Morava alguém aqui naquele tempo? — perguntou GG.

— Não sei — respondeu Eira. — Ninguém parece ter visto nada desde que Lina entrou na mata até Olof sair sozinho de lá.

A floresta de abetos se espalhava.

A natureza cobria cada rastro; o musgo era espesso e verdejante. Por um momento, Eira ficou contando passos e distâncias, imaginando o peso de um corpo, porém acabou desistindo. Não fazia sentido ficar tentando adivinhar em qual árvore ou em que clareira Olof havia alcançado Lina Stavred.

— Então foi aqui onde ele a viu pela última vez?

Tinham chegado à trilha. O chão coberto de cascalho, em frente ao antigo supermercado, tinha sido tomado pela relva.

Raramente havia alguma indicação do que as casas tinham sido antes. Mesmo assim, todos sabiam. Eram chamadas pelos nomes das pessoas já falecidas ou pelas atividades que eram praticadas ali. Havia uma vontade intensa de preservar o passado, uma afinidade entre aqueles que conheciam as origens.

Alguém parecia estar vivendo ali, pelo menos no verão, pois havia cortinas nas janelas, cadeiras de plástico encostadas à parede, um triciclo caído no chão.

— Era um grupo de cinco garotos que andava com Olof — disse Eira. — Eles relataram quase a mesma versão.

— Eles a conheciam?

— Sabiam quem ela era.

Eira podia vê-los à sua frente, sentados nas motocicletas, entre cigarros e latas de cerveja, pois constantemente vira garotos como eles em cada esquina, em cada posto de gasolina, durante toda sua infância e sua adolescência.

Sem nada para fazer, esperando que algo acontecesse, alguma coisa emocionante. Quase conseguia ouvir os assobios deles quando Lina apareceu — teria sido por esse motivo que ela entrou na mata?

Ricken devia saber mais sobre ela do que aquilo que dissera no interrogatório da polícia, afinal ele e Magnus não eram melhores amigos na ocasião?

Sempre tinham sido cúmplices, amigos íntimos, desde que ela se conhecia por gente.

— Havia outros suspeitos? — perguntou GG enquanto andavam ao longo do caminho de volta, fazendo a curva e chegando no lugar onde tinham estacionado o carro.

Eira observou o asfalto. Ouvia os passos dele e os próprios, em ritmos diferentes. A estrada estava esburacada e rachada depois do degelo do inverno.

— Não sei — respondeu ela —, eu ainda não examinei tudo, como já falei.

A investigação preliminar antiga podia esperar. Não ia ficar mais empoeirada se passasse outra noite.

— Vamos virar tudo de ponta-cabeça. — GG tinha dito quando estavam voltando. — Mas quero saber se há algo de concreto sobre aquele barco.

Ele cruzou o estacionamento até seu carro privado e voltou para casa em Sundsvall. Eira tinha as chaves de seu próprio carro na mão e ficou olhando o colega ir embora. Algo no tom de voz dele lhe dizia que ele estava levando o assunto a sério e racionalmente, talvez um pouco resignado, pois acreditava que o caso em Kramfors já estivesse encerrado e ele poderia se dedicar o resto do verão a fazer filhos.

Ela atravessou a ponte de Hammar, saindo no lado ensolarado do rio novamente. Ricken estava cavando na horta quando Eira entrou no terreno entre as sucatas de automóveis.

— Magnus não está aqui — avisou ele.

— Onde ele está, então?

— Já tentou telefonar?

— Ele nunca atende — respondeu Eira.

Era uma meia verdade. Ela nem tinha tentado, pois não queria falar no telefone. Precisava ver a reação do irmão ao vivo quando o nome de Lina fosse mencionado.

— Ele tem uma namorada na costa — disse Ricken, limpando a terra das mãos, ele cavava sem luvas. Eira nunca o havia imaginado como agricultor, porém reparou nas belas flores crescendo e nas batatas brotando.

— Na costa, onde?

— Sei lá. Nordingrå, talvez. Só tem garota metida a besta lá, se quer saber. Está cheio de gente de Estocolmo, desde que virou patrimônio mundial.

— Por que você não disse que foi o último a ver Lina Stavred?

Ricken olhou para o céu. Por entre as copas das árvores. Acompanhou com o olhar um avião que ia para o sul.

— Você era uma criança naquele tempo, minha querida.

— Mas, depois, quando eu e você... — Ela tinha vontade de pegá-lo e sacudi-lo. Fazer com que ele parasse de se esquivar, embora já tivesse tentado isso antes. — Foram vocês quem conduziram a polícia para o caminho certo; foram considerados heróis, não entendo por que você nunca se vangloriou disso.

Ele colocou as mãos nos bolsos do short, feito de uma calça jeans cortada.

— Se você vai começar a me xingar — disse ele —, então vou precisar de um café primeiro.

Eira se sentou em um banco de carro emborrachado e se encostou na parede. Os móveis exóticos se espalhavam por todo o jardim. Ela entendeu que aquela era a versão de liberdade de Ricken, sempre ter a oportunidade de escolher outra posição. Enquanto ela o ouvia se movimentar por trás da tela contra mosquitos na janela aberta da cozinha, percebeu que ele podia muito bem ter falado de Lina. Não era o calor do verão que esquentava o rosto dela, era a vergonha. Ricken simplesmente não tinha lhe contado. Ela, que havia aumentado o breve romance deles, transformando-o em algo muito importante. Tinham sido alguns meses em segredo, quase um ano, se ela contasse os reencontros depois que tinham terminado, que ela havia definido como amor. A fragilidade, a sensualidade e o gosto do proibido.

Ela se abriu como nunca havia se aberto para outra pessoa.

— Eu não tinha a menor vontade de pensar no assunto — disse Ricken, ao voltar. Entregou a ela uma xícara lascada com café. — Era sinistro. Parecia um filme de terror se aproximando e, de repente, eu estava dentro dele. — Ele se sentou na grama, como da última vez que ela estivera lá. — É claro que eu não queria falar com você sobre isso.

— Então, não tinha nada a ver com Magnus?

— Como assim?

Ricken ficou observando pequenas borboletas brancas que dançavam sobre a relva.

— Acabei de ficar sabendo que meu próprio irmão estava namorando com Lina Stavred — contou Eira. — Vinte e três anos mais tarde. Em uma investigação preliminar da época, porque por acaso sou policial.

— Ah, ok. Mas eles já tinham terminado quando tudo aconteceu...

O café tinha um gosto adocicado. Ele ainda achava que ela tomava café assim, como antigamente, quando enchia a xícara de açúcar para disfarçar o gosto do café e parecer adulta.

— Não sei de cor a estatística — disse Eira —, mas o maior perigo para uma mulher é terminar uma relação com um homem que ainda a queira, que se sinta humilhado por perder o poder.

— O que você está insinuando?

— Nada — respondeu ela. — Mas era isso que a polícia estava pensando nos primeiros dias, até você e seus amigos acusarem Olof Hagström. Você fez isso para proteger Magnus?

— Fomos cinco pessoas a vê-los — disse ele —, não fui só eu.

— Eu li quem estava lá, Ricken. Os outros eram, no mínimo, um ano mais novos que você...

— O que é isso, uma merda de interrogatório policial? Não vai me dizer quais são os meus direitos?

Ricken se levantou, ou melhor, deu um salto e ficou em pé de uma só vez, então foi andando descalço em direção ao rio. Com os ombros tensos e nervosos, os músculos firmes sob a pele bronzeada.

Eira largou a xícara.

Ela tinha perdido a virgindade em uma cisterna de óleo abandonada. Naquela época ela via o acontecimento como algo muito importante, único, embaraçoso e muito excitante, especialmente porque não podia contar nada para ninguém.

Ele a tinha proibido.

Foi em uma tarde, há muito tempo, no início da primavera — ela tinha acabado de completar 16 anos. Ricken entrou de carro no terreno deles, cantando os freios sobre o cascalho. Ele tinha 24. Ela já estava apaixonada por ele, em segredo, havia dois ou três anos, bem antes de compreender essas coisas.

Magnus não estava em casa, devia estar com alguma garota ou em um trabalho temporário. Eira não se importava, porque Ricken tinha ido até a casa deles e ela pôde usar as frases que tinha treinado sozinha, debaixo das cobertas, para dizer a ele.

"Mas eu posso ir com você."

"Para onde?"

"Para algum lugar aonde nunca fui."

O braço dele repousava sobre a janela aberta do carro, com um cigarro entre os dedos. Ela fazia o mesmo, fumava na janela.

As duas cisternas de óleo ficavam em uma das ilhas, à sombra da ponte de Sandö, uma floresta decídua que crescia livremente. Latas enferrujadas. Eram a única parte conservada desde que a fábrica de sulfito em Svanö fora derrubada nos anos 1970. Ricken sabia por quais portas era possível entrar.

Uma cisterna vazia, cinquenta ou cem metros de área fechada sobre a cabeça deles. Lá havia um tanto de sucata, garrafas, um saco de dormir e um colchonete. Eles deram uma corrida, rodeados pelo eco das próprias vozes, gritando e cantando, até ela se jogar no chão, puxando-o para si.

"Magnus vai me matar", murmurou ele já no primeiro beijo. Porém continuaram, apesar do chão duro e imundo.

O eco dos ruídos dele se mantinha dentro dela. Ela estava calada, para não fazer besteira, não tinha coragem de confessar que era a sua primeira vez.

Mas ele sabia muito bem.

"Você não vai contar nada para ninguém?", perguntou ele, enquanto a deixava junto à estrada mais tarde, caso Magnus já tivesse chegado em casa. "Deixe que ele fique sabendo por mim. Senão ele vai acabar comigo. Você promete?"

Era estranho colocar a mão no ombro dele. A pele aquecida pelo sol. Fazia muito tempo. Ricken estremeceu ao contato.

— Só quero saber — disse Eira.

O gramado tinha uma curva acentuada em direção à beira do rio. Ele tinha um pequeno ancoradouro lá, com um barco de madeira.

— Quando o caso foi encerrado — contou ele —, deixamos de falar de Lina. Magnus não aguentava mais. Era zona proibida, campo minado, se é que você me entende. Então, eu não podia falar sobre o assunto com você, seria uma traição...

— Entendi.

A amizade deles estava acima de tudo, ela sabia disso há muito tempo.

— Ele ficou tremendo de medo na minha casa, depois de encontrar a polícia, porque achava que seria acusado.

— Ele estava apaixonado por ela de verdade?

Ricken concordou com a cabeça.

— Lina não era tão inocente como parecia nas fotos, ela brincava com os sentimentos dele. Terminou o namoro e fazia ele correr atrás dela; aquele joguinho, você sabe. Magnus ficou arrasado quando soube da morte dela. Foi embora sem dizer para onde, não consegui entrar em contato com ele, muito menos com a sua mãe, nem sei onde ele dormiu.

Eira tentou se recordar, porém só lhe vinham à mente a preocupação com Magnus, os gritos e as brigas em casa, que podiam ter ocorrido em qualquer época.

A descoberta do uso de drogas, as faltas no colégio, o dinheiro que desaparecia.

— Surgiu uma nova testemunha — revelou ela, cautelosamente. — Alguém que diz ter visto Lina mais tarde naquela noite, em um barco no rio.

Ricken se virou e ela sentiu um incômodo ao encarar os olhos dele, verdes com um tom castanho, aquela cor que ela jamais se esquecera.

— Mas é impossível — disse ele.

— É mesmo?

— Olof confessou.

— Depois de um mês — respondeu Eira. — Quando os investigadores já tinham contado a ele cada detalhe de suas próprias teorias.

— Aonde você está querendo chegar?

— Quando iniciaram as buscas, vocês não entraram em contato com a polícia diretamente para dizer que a tinham visto. Por que esperaram até a polícia receber uma indicação?

Ricken se acomodou na grama.

— Porque eu decidi assim — respondeu ele. — Eu disse aos outros para ficarem calados, senão nos daríamos mal. Estava morrendo de medo do que eles podiam dizer para a polícia. Tínhamos ficado lá, fumando maconha. Eu que tinha arranjado o cigarro e vendia por tragada para aqueles que não podiam pagar por mais. Eu era um idiota naquele tempo.

— Você sempre foi um idiota.

Ele deu um sorriso de lado.

— Eu sei. Também deixava que olhassem as minhas revistas pornôs.

— Posso imaginar.

— Mas depois, quando percebi que ela tinha desaparecido e Magnus fora levado para ser interrogado, comecei a falar no assunto. Não que tenha ligado para a polícia, porque certas pessoas não teriam gostado disso...

— Aqueles de quem você comprava maconha?

— É. Mesmo assim falei com uns amigos e tal, então acabou chegando na polícia de alguma maneira.

— Porque você queria desviar a atenção para outro lugar?

— Não era só isso.

Eira se sentou ao lado dele e queria conversar sobre outro assunto qualquer, sobre o tempo ou como estavam os pais dele, queria manter o silêncio e esquecer as perguntas, como se nunca as houvesse feito.

Ficou pensando em Ingela, a irmã de Olof, que tinha ouvido os boatos e os levado para casa — como tudo havia começado.

— É óbvio que não foi Magnus — disse Ricken. — Nunca achei que fosse, você me entende? Mas ele estava completamente arrasado. Primeiro Lina havia desparecido e depois a polícia passou a persegui-lo. Achei que podiam interrogar outra pessoa em vez dele.

— Um garoto de 14 anos?

Eira olhou de soslaio para o seu antigo namorado, aquele perfil tão familiar que tinha ficado mais acentuado com o tempo. As mandíbulas dele estavam tensas, as mãos agarravam a grama. Passados tantos anos, ela ainda achava que podia sentir o que ele sentia, como se não houvesse limites entre duas pessoas, nem pele, nem segredos. Como se fosse obrigação dela carregar a maldade ou o amor dele, ou a incapacidade para tal, ou o que quer que fosse.

— Nós fizemos Olof levar a culpa — disse Ricken com a voz embargada. — Foi por essa razão também que eu não queria que ninguém falasse com a polícia. Era sempre eu quem inventava as maluquices, e os outros faziam como eu.

— O que você quer dizer?

— Eu o provocava e os outros iam na onda: "Mas você não vai atrás dela? Já transou alguma vez? Sabe como fazer com as garotas?", essas coisas sem sentido que se diz. E eu estava muito irritado com Lina também, falei maldades sobre ela, mas ele acabou fazendo como eu tinha dito, foi atrás dela na floresta. Nunca pensei que Olof iria sequer tentar, ele não era desse tipo... Não acreditei quando ele voltou, apesar de ele estar todo sujo de terra e com o rosto muito vermelho. Eu sabia como Lina era, tão egocêntrica, ela nunca iria...

— Que tipo era Olof?

— Inseguro e presunçoso, grande para a idade, porém imaturo. Não que eu o conhecesse muito bem, mas...

— Li partes do interrogatório com você. Você não parecia ter dúvidas.

— Era tudo aquilo, então... com Magnus... A polícia estava de olho nele...

— Então, você se mostrou mais seguro do que realmente estava?

— Só disse o que vimos. Independentemente do que Olof tinha feito, eu sabia que Magnus era inocente.

— Como?

— Ele estava em casa.

— Estava?

— Vamos lá, ele é seu irmão. Eu o conheço a vida toda.

Eira observou a água, com seu fluxo tranquilo. Sempre é o irmão de alguém, pensou ela, porém não podia dizer o que achava. Seria obrigada a expor suas ideias e acabaria em briga. Ricken defenderia Magnus até o fim, disso ela sabia. Ele havia terminado com ela para não estragar a amizade deles; foi o que ele lhe dissera, pelo menos. Talvez ele nem a amasse, e de qualquer forma o pacto de amizade dos dois ficava acima de tudo.

— Se essa testemunha estiver falando a verdade — disse ela, cautelosamente —, se viu o que acha que viu, então Lina ainda estava viva quando Olof saiu da floresta.

— Mas para onde ela teria ido?

— Estava em um barco — respondeu Eira. — Duas garotas passaram remando por essa testemunha no estreito de Köja, perto da ilha de Lita, foi por lá que elas foram.

— Por aqui? — perguntou Ricken. — Junto à baía?

Era a mesma baía para a qual ela estava olhando. Strinnefjärden, como era chamada, se a pessoa morasse daquele lado da água. Ela tinha ouvido falar que também era conhecida como Lockneviken por aqueles que a viam pelo outro lado. Era simplesmente uma questão de perspectiva.

— Para onde iam, o que havia aqui há 23 anos? — perguntou Eira.

— Nada. Casas. Era só isso — Ricken olhou à sua volta, como se pudesse ver outras coisas. — As pessoas vêm para cá para visitar outras, sei lá o que mais se pode fazer aqui.

Eira se aproximou da margem e o escutou vindo atrás dela. Passos suaves sobre a relva.

— O que há do outro lado? — perguntou ela.

— Agricultores — respondeu Ricken, logo atrás dela. — Algumas casas bonitas da época das serrarias, o palácio em Lockne. Cercados para cavalos. Não sei se ainda há cavalos lá, mas talvez houvesse naquele tempo.

— E lá?

Eira apontou para algumas estacas que saíam de dentro d'água. A vegetação estava crescida na praia, as árvores chegavam até o rio. Lá havia a morada de um castor, um telhado que podia ser avistado através da mata. Mais adiante a paisagem se transformava, com penhascos e rochas saindo das águas.

— Lorelei — disse Ricken.

— O quê?

— É conhecida como a rocha de Lorelei. — O olhar dele estava direcionado para um lugar mais adiante, para o penhasco cinzento. — Você sabe, por causa da mulher que ficou sentada no topo de uma montanha junto ao rio Reno, cantando e escovando os cabelos dourados, para que os marinheiros se distraíssem e colidissem com as pedras.

— Estou me referindo àquilo — disse Eira —, junto à antiga plataforma.

— Ah, a serraria — falou Ricken. — Ainda há uma parte, porém está abandonada e em ruínas há anos, fechada desde a década de 1940.

Eira pensou nos lugares para onde ele a havia levado. Não tinham ido somente para as cisternas de óleo em Svanö, tinham ido para casas desertas, fábricas abandonadas, todos aqueles lugares que abundavam em Ådalen, onde ninguém poderia vê-los. Muitos deles ela nunca conseguiria encontrar, pois estivera ocupada com outras tarefas além da geografia.

— Nós estivemos lá alguma vez? — perguntou ela.

— Não. Uma pena, perdemos a oportunidade — ele riu, ela tinha certeza, pelo menos sorriu. — Mas nunca é tarde demais.

Ela fez um carinho no braço dele antes de ir embora.

— Obrigada por ter me contado.

Tinham recebido sete pistas sobre um barco no rio. Várias delas podiam ser descartadas de imediato, porém três confirmavam a hora e o lugar.

Nos arredores de Nyhamn, um casal de idade estava na varanda de sua casa naquele dia, mas devia já ter falecido agora. Nyhamn ficava entre Marieberg e Strinnefjärden. Eles achavam que devia ser por volta das dez da noite, logo depois do relatório marítimo no rádio.

Junto a Köja, alguns jovens estavam bebendo cerveja em um ancoradouro. Não faziam ideia da hora. Somente um deles se lembrava do barco, tinha achado que era algum conhecido seu e acenara, mas tinha se enganado.

A terceira pista veio de um pescador, que tinha estado ao longo da ilha de Lita e achava que havia visto alguém remando em Strinnefjärden. O fato de a pessoa remar tão mal tinha lhe chamado a atenção. Ele reparou mais no ruído dos remos do que em qualquer outra coisa. Estava sem os óculos, pois conseguia pescar sem eles. Se era a garota, ele não podia confirmar, porém, pelas risadas que se espalharam, diria que vinham de uma jovem.

As testemunhas tinham sido procuradas e suas observações foram registradas, mas Eira não encontrou nada sobre qualquer providência posterior.

Somente mera rotina.

— Há mais uma coisa — ela disse.

— O quê?

GG parecia irritado, dando respostas curtas a tudo o que ela perguntava. Não formavam mais uma equipe, se é que tinham chegado a ser uma. Bosse Ring não era visto há dias, devia ter outra tarefa ou tinha saído de férias, assim como Silje Andersson. Mejan Nydalen estava presa e havia confessado. As evidências da perícia eram muito fortes, então por que GG teria viajado cem quilômetros até Kramfors?

Para tomar um café?

Ele sabe, pensou Eira. Está sentindo ou adivinhando, portanto deve ter certeza de que há alguma coisa por aqui. Pela primeira vez ela viu algo de si mesma nele. Uma teimosia que corroía por dentro.

— Foi mais uma queixa do que uma pista, na realidade — continuou ela. — Ninguém parece ter verificado ou sequer telefonado para a testemunha. Não havia nada que a associasse a Lina.

— Mas?

— Uma viúva no vilarejo de Lockne. Ela fez três ligações.

Eira leu em voz alta a transcrição da ligação telefônica. Tinham sido bem minuciosos há 23 anos para que nenhuma informação dada à polícia se perdesse. Tudo tinha sido anotado e guardado. Ela se deixou conduzir pelo sotaque da mulher, uma coletânea de vocabulário e expressões já em desuso, que fazia com que se lembrasse das avós e de um mundo que não existia mais.

"Agora parece haver alguém lá dentro novamente. Só Deus sabe o que estão fazendo, a polícia ainda não apareceu por aqui."

"Desculpe, mas de que lugar a senhora está falando?"

"Daqui de Lockne, ué. Está tudo escancarado, então qualquer criatura de Deus pode entrar. Não achamos isso bom aqui na comunidade, porque não se sabe que tipo de pessoa anda por aqui. E tem a história com a menina. Ou pior."

"A senhora a viu?"

"Não se tem coragem de ir até lá com aqueles tipos esquisitos."

Em seguida havia um comentário de quem recebera a ligação, "se não se trata do desaparecimento de Lina Stavred, recomendo ligar para outro número...", e a mulher passou a falar mal das autoridades em geral, que fechavam os olhos para a situação dos moradores que se afastavam um pouco da costa.

GG se sentou, batendo com a caneta na ponta da escrivaninha.

— Não sei se consegui acompanhar — disse ele. — De que maneira isso pode nos interessar?

Eira colocou seu iPad com o mapa da área na frente dele.

— É só uma ideia — falou ela —, mas se você der uma olhada nessa área aqui... — A estreita baía se estendia por cinco quilômetros, como um afluente sem rumo. Ela mostrou onde a antiga serraria em Lockne ficava, a meio caminho do lugar. — Por que remaram até lá? — perguntou ela. — Se estavam indo visitar alguém, essa pessoa devia ter se apresentado... — Nenhum dos dois disse em voz alta o que estava pensando, porém ela podia ver pelo olhar dele: a não ser que essa pessoa fosse o assassino.

— Quem poderia ser a outra pessoa no barco? Não podem ter deixado escapar que havia mais uma garota desaparecida, não é? — perguntou GG.

Eira aumentou a imagem de satélite. Verde desfocado e manchas que podiam ser telhados de casas, era tudo o que se via do lugar entre as estacas nas águas de Lockne.

— Era para esse tipo de lugar, um pouco afastado, que se ia quando eu era jovem, onde nos sentíamos livres.

— O que disseram os pais dela? Onde achavam que ela estava?

— Lina tinha dito que ia dormir na casa de uma amiga, mas nunca apareceu por lá. Deve ter tido um motivo para ir, assim mesmo, até Marieberg, pois fica a alguns quilômetros de distância.

— Foi se encontrar com garotos?

— Mas por que não parou no caminho, onde toda a gangue de garotos ficava?

— O que a polícia concluiu?

— Quando passaram a suspeitar de Olof Hagström, a questão de para onde ela estaria indo já não tinha mais a mesma importância.

GG girou a cadeira, direcionando o olhar para os telhados achatados do centro de Kramfors. Ficou em silêncio por um momento.

— Conversei com um médico em Umeå ontem — contou ele. — Infecção pulmonar e febre, mas está baixando. As pupilas reagem e ele responde ao toque.

— Eles acham que Olof vai acordar?

— Eles são como nós, tentam se abster de comentários.

Eira aguardou por mais um instante de silêncio.

— Há um momento — disse ela, afinal — no interrogatório de Olof Hagström.

— Sim?

— Você tem tempo? São só alguns minutos.

— De que se trata?

— Quero que você veja.

GG se levantou com certo desinteresse e encheu a xícara de café no caminho. Apanhou um punhado de biscoitos de um pote de plástico, desses que as pessoas compram dos filhos quando eles estão juntando dinheiro para uma viagem com a turma da escola — havia uma pilha deles no armário. Eles entraram no quartinho apertado. Eira havia assistido ao filme novamente e a fita estava ponto certo.

A imagem mostrava Olof sentado no sofá emborrachado, com o olhar fixo no chão.

"Não foi como eu disse para eles… Ela me empurrou e eu caí… O chão estava sujo. Terra e tudo mais."

"Por que não nos contou isso antes?"

"Porque… porque… Ela é uma garota. Eu não estava preparado. Deve ter sido por isso que caí…"

GG mastigava biscoito após biscoito, enquanto aquela história fragmentada ia terminando. Depois aparecia o investigador incitando Olof a parar de mentir e a parte na qual ele pedia pela presença da mãe.

Eira parou o filme.

— Imagine se ele estava falando a verdade — disse ela, ignorando as ordens de seu inconsciente para não se exaltar. — Se Lina fugiu, o testemunho de Nydalen pode estar correto. Talvez alguém estivesse esperando por ela junto ao rio, senão por que ela teria tomado esse caminho?

— Ponha o filme mais uma vez.

Eira voltou o vídeo, sabia a hora certa de cor.

"… E ela pegou as urtigas assim… enfiou terra na minha boca e gritou que era culpa minha ela ter se sujado, que eu tinha estragado tudo."

GG tirou o controle remoto da mão dela, pausando o filme.

— É uma reação normal de alguém que está sendo violentado?

— O quê?

— A preocupação por se sujar, falando concretamente.

Antes que o vídeo mostrasse toda a sequência de novo, ele se levantou. Foi até o corredor, ficou andando de um lado para o outro. Eira deixou o filme rolando e ficou pensando que nenhum garoto, durante a adolescência dela, contaria aos amigos que havia sido empurrado e humilhado por uma garota. Quem não teria dito, como Olof, segundo os testemunhos, "sim, ela era bonita, Lina era gostosa…"?

Do corredor ela escutou fragmentos de um telefonema, a cada vez que GG se aproximava ou levantava a voz.

— Não estou dizendo para reabrirmos a investigação preliminar, mas se erros foram cometidos… Não, não posso, ele está, como se sabe, em coma… Sim, eu sei que foi há mais de vinte anos, mas antes que algum Dan ou Jan da televisão sueca descubra isso… Não, não somos comandados pelas mídias, não é isso que estou dizendo, mas, se há um novo testemunho, poderíamos tomar a iniciativa, mandando três homens ou algo do tipo para lá, só para dar uma olhada mais de perto no local…

O homem encarregado de mostrar o caminho ia afastando os galhos à sua frente. Lá onde as árvores tinham crescido livremente em uma antiga plantação, uma luz especial se formava, uma magia. Eles atravessavam campos repletos de samambaias.

— Você precisa saber para onde está indo se estiver indo para lá — disse ele.

A ruína da antiga serraria em Lockne só apareceu entre o verde massivo quando estavam bem próximos; reboco caído em grandes blocos, tijolos e argamassa deteriorada. Os técnicos já vinham trabalhando ali há doze horas, porém sem relatar nenhum achado.

Eira passou por cima de uma pilha de tijolos quebrados. A porta estava pendurada. Onde houvera janelas, restavam somente buracos. Um técnico forense se movia metodicamente lá dentro, erguendo sucatas com cuidado, retirando argamassa. Um tipo de forno enferrujado, estacas caídas. Era possível se ver através da construção até os fundos, pois metade da parede havia desabado.

A floresta estava prestes a tomar conta de tudo.

— Aqui ficavam a casa da caldeira e a forja — disse o homem mais velho. Ele estava na estrada quando Eira desceu do carro, e se ofereceu para ajudar, pois tinha visto a movimentação por lá. — Era cheio de refugiados noruegueses trabalhando aqui durante a guerra. Já ouviu falar de Georg Scherman, o patrão da serraria que atirou no tribunal de Solleftëa? As pessoas tinham roubado dinheiro dele e ele estava a caminho da falência. Foi antes da grande expansão das serrarias no começo do século XX, aqui era uma selvageria...

Eira acompanhava os movimentos das mãos enluvadas, observando os objetos que os técnicos apanhavam, tais como ferramentas, espetos de ferro e uma corrente enferrujada. Tudo parecia ter sido abandonado por ali.

Vinte mil homens tinham trabalhado na indústria de madeira e sessenta serrarias haviam existido no vale do rio. A única ainda em funcionamento ficava em Bollstabruk, produzia mais do que as sessenta juntas e contava com menos de trezentos funcionários.

As pessoas desinformadas chamavam aquela área de desabitada ou de rural, mas Ådalen era a alma de uma terra industrializada. Mesmo com o fechamento das indústrias, elas continuavam a existir, como a dor em um membro amputado.

As histórias se espalhavam, contadas por alguém que tinha as ouvido de outrem. Uma lenta recuperação, na qual a natureza retomava o seu domínio.

O homem ainda estava ali, olhando por cima do ombro dela, porém havia se calado, já que seus conhecimentos sobre os antigos patrões da serraria não ganharam atenção suficiente.

— Os jovens costumam andar por aqui? — perguntou Eira.

— Não como antes — respondeu ele. — Eles devem ter mais o que fazer, Netflix e essas coisas, creio eu, os poucos que ainda vivem por aqui.

— Você morava aqui durante a década de 1990?

— Ah, sim — respondeu ele. — Cheguei aqui nos anos 1970, vim de Arboga. Não havia entrado em decadência ainda, acho que a fachada estava inteira, mas não tenho certeza. Nem reparamos mais depois de um tempo, se torna mais uma coisa que deixamos de notar. Mas o local nunca atraiu muita gente. É bastante inacessível, não pode ser visto da estrada e tampouco do rio.

O técnico forense os avistou e foi até eles com a mão estendida; se apresentaram pelo buraco da janela.

— Que lugar! — disse ele. — É muito estranho as pessoas não terem roubado tudo por aqui. É como uma escavação arqueológica, mas completamente aberta.

Ela podia entrar, pois não havia um rastro sequer que algum animal ou o tempo já não houvesse remexido. Eira agradeceu ao guia e estava a ponto de subir a escada junto à porta quando seu telefone começou a tocar.

Aquele número de cartão pré-pago que ela conhecia de cor.

Ela passou por cima de um canteiro de urtigas e se sentou sobre a fundação de algo já desaparecido.

— O que vocês estão fazendo? — perguntou Magnus.

— Por que você não atende o telefone? — disse Eira.

Ela tinha tentado ligar para ele diversas vezes, lhe dava nos nervos quando ele ficava inacessível.

— Desculpe não passar o tempo todo olhando para o celular — disse ele. — O que você quer?

— Conversar.

— Sobre algo que aconteceu há 23 anos?

Ele sabe, pensou Eira. Ele atende se o amigo dele telefona, é só comigo que ele não quer falar.

— Por que você nunca me contou que tinha namorado Lina Stavred?

— Ouvi falar que você está remexendo nisso — disse Magnus. — Qual é o objetivo?

O vento assobiava entre as árvores, um cuco gritava mais adiante. Se fosse possível isolar os sons da floresta das próprias batidas cardíacas, seria idílico.

— Prefiro não falar sobre esse assunto no telefone — disse Eira.

A menos de cinquenta metros de distância da serraria, havia uma casa amarela de madeira, construída durante os anos de glória. Parecia ser a mansão de algum funcionário de alto escalão.

Era lá que aquela viúva idosa tinha morado, a que tinha telefonado para fazer uma reclamação. Uma de suas filhas havia herdado a casa e os convidou para tomar um refresco de ruibarbo no jardim.

— Eu me lembro muito bem da história — falou ela. — Minha mãe queria que eu viesse aqui o tempo todo, e naquela época eu morava em Härnösand. Ela estava muito abalada com o ocorrido.

Ingamaj, que era o nome da viúva, havia falecido há muito tempo, pois já tinha oitenta anos na época do desaparecimento de Lina Stavred.

— Por que vocês só estão vindo aqui agora? Minha mãe disse que a polícia nem telefonou para ela, que ninguém queria ouvir uma pessoa idosa.

Eira ficou pesando as palavras. Todas as pessoas em Lockne já sabiam que a polícia andava investigando a serraria, mas não tinham ainda nenhum motivo para fazer a ligação com o caso de Lina.

— Recebemos uma nova pista — disse ela. — Por isso estamos examinando parte das antigas pistas também. Não é necessário que tenha alguma relação com o que ocorreu recentemente. Fico feliz se você não comentar com mais ninguém, pois isso torna o nosso trabalho mais difícil.

— Não, claro que não — respondeu a mulher, servindo mais do refresco que ela tinha feito de acordo com a receita da mãe e da avó.

Ela se lembrava de partes do que Ingamaj tinha falado na década de 1990.

Havia alguns jovens se divertindo na antiga oficina. Tudo começou quando ela sentiu o cheiro de alguém fazendo fogo. Havia perigo de incêndio em razão do solo muito seco.

Ingamaj tinha ido até a fronteira do terreno e gritado com eles, mas eles riram dela. Mais tarde ela viu um deles se lavando no rio quando foi enxaguar seus tapetes de retalhos, o que teimava em fazer apesar de terem máquina de lavar roupas por décadas.

Ele tinha a aparência de um maltrapilho.

— Essas são as palavras de minha mãe, claro.

Uma motocicleta havia aparecido também, se não estava enganada.

— O que você acabou de dizer é muito mais do que sua mãe contou no telefone — disse Eira.

— Ela ficava nervosa ao falar com a polícia. Achava que viriam aqui para ouvir tudo o que ela tinha a dizer.

— E você tem certeza de que tudo isso se passou durante aqueles dias, quando Lina Stavred desapareceu?

A mulher parou para pensar.

— Talvez não tudo — respondeu ela. — Sei que ela falava nisso, tive que deixar as crianças em casa, vir correndo para cá e dormir com ela. Então, havia algo. Eu me ofereci para dar uma olhada durante o dia. Ela não quis, mas fui até lá assim mesmo. Não vi nada. Talvez ela tenha juntado alguns acontecimentos em um só, você sabe como é. Alguma coisa aconteceu naquela época, e outras coisas dez anos antes.

Eira pediu mais uma vez para que ela não espalhasse a informação e elogiou o refresco de ruibarbo antes de ir embora.

A paisagem se tornava mais espetacular à medida que ela se aproximava da Costa Alta. A estrada serpenteava entre montanhas arredondadas e penhascos cada vez mais escarpados, lagos e baías, águas paradas que refletiam a floresta e a luz celeste.

Parecia ter sido tirada de uma saga, era encantada. O lugar evocava essas palavras.

Eira encontrou o endereço, uma propriedade agrícola de madeira, logo ao sul de Nordingrå.

"Brechó – Galeria – Café" estava pintado à mão em uma placa. Vários carros estavam estacionados na entrada. Não aqueles como na casa de Ricken, muito pelo contrário. Aqueles ali luziam. Eram um Audi e uma BMW; um tinha placa da Alemanha, outro da Noruega, turistas de passagem pelo patrimônio mundial.

A mulher com quem Magnus se relacionava atualmente se apresentou, estendendo sua mão suave. Marina Arnesdotter. Ela era mais velha que ele, talvez tivesse uns cinquenta anos e falava o sueco padrão. Vendia cerâmica feita por ela no celeiro e estava alegremente ocupada com os clientes.

— Mas leve uma fatia de torta de limão para cada um — disse ela, cortando dois pedaços de uma torta da mesa de doces no lado de fora da galeria. — É tão divertido que você tenha vindo aqui fazer uma visita.

A palavra "divertido" acompanhou Eira como uma cruel ironia quando ela bateu na porta da casa e Magnus abriu. Ele nem disse bem-vinda ou qualquer coisa do gênero, só foi andando à frente dela até a cozinha.

Os cabelos dele caíam em ondas mais curtas pela nuca desde a última vez que ela o vira. Mesmo em suas piores fases ele sempre tinha os cabelos bonitos. Nunca precisava pagar por um corte no cabeleireiro.

— Faz tempo que vocês estão juntos? — perguntou Eira quando se sentou, para puxar conversa sem tocar em um assunto sensível.

Ele deu de ombros, de costas para ela.

— Não é nada sério.

— Ela parece simpática. Um pouco mais velha que você.

— Marina é legal. Ela me deixa em paz, não fica se metendo na minha vida.

— Tenho hora com um assistente social na semana que vem.

— Ok. — Magnus sacudiu uma lata de café com irritação, procurando por mais nos armários. Bateu com força as portas ao fechá-las, o que fez com que ela estremecesse por dentro. Esse tipo de ruído ficava gravado na memória. Brigas a ponto de estourar. O irmão começaria a gritar, a bater, não em uma pessoa, mas nas portas, na parede, e a mãe ficaria chorando quando a porta da casa se fechasse. Em seguida, o barulho de motor, a motocicleta dele andando pelo cascalho na frente da garagem, o silêncio quando ele desaparecia.

— Como foi com ela? — perguntou Eira.

— Da última vez que passei lá, ela estava deitada dormindo — respondeu Magnus. — Parecia tudo bem.

— Pare com isso, você sabe por quem estou perguntando. Lina Stavred. Como você acha que me senti ao ler sobre o seu relacionamento com ela em uma investigação preliminar?

— Você brincava de boneca naquele tempo.

— Eu brincava que elas morriam — disse Eira. — Joguei a minha Barbie no rio e vi quando foi levada pela correnteza.

— O que você quer saber?

— Por que nunca me disse nada?

Magnus se encostou na bancada da pia. Passou a mão pelos cabelos, como sempre fazia.

— O que eu poderia contar? Eu era tão jovem, achava que ela era o amor da minha vida, que iríamos…

Ele estava prestes a ter um ataque de nervos, ela já tinha pressentido desde que entrara na casa. Uma ameaça de crise, como quando os pássaros se calam à espera da tempestade, como o sol forte que precede a chuva. Outra pessoa nada teria percebido. Eram sinais discretos, as mãos tensas, as mandíbulas cerradas, o olhar desesperado e fixo na janela, porém sem enxergar nada do lado de fora.

— Ricken me telefonou e contou que você esteve lá — disse ele. — Então, você vai até ele para falar de mim, nas minhas costas...

— Eu fui lá procurar você.

— Fale o que quer que eu diga, então.

— É sobre o caso de Lina — começou ela. — Há também uma questão na investigação preliminar que... — Eira pegou uma colherada da torta de limão, pesando uma coisa contra a outra, a raiva dele contra a honestidade, a verdade contra a vontade de deixar de brigar. Arnesdotter sabia fazer tortas gostosas ao menos, tinha que dar crédito a ela. — O culpado pode ter sido outra pessoa.

— Que merda — disse Magnus sem se mover, o que era ainda pior do que quando ele esmurrava algum objeto. Ele já sabe, pensou ela, ele não está surpreso. Mas por que finge que não sabe de nada? — Então, a polícia virá atrás de mim novamente, é? Você está gravando a nossa conversa?

— Não, não estou.

— E como vou saber?

Eira apanhou seu celular e o colocou sobre a mesa.

— O caso não foi reaberto oficialmente — disse ela. — Mas não é improvável que o façam.

— Por que você não diz "nós"? Você é um deles, não é?

— É o promotor de justiça quem decide essas coisas, você sabe muito bem.

— Também vai interrogar Marina, já que está aqui? Devo chamá-la? Você talvez queira perguntar a ela se sou violento, se a machuquei alguma vez? Você entende como eles ficaram durante dias, indo e voltando da delegacia de Kramfors? Você não sabe como foi...

— Você realmente estava em casa naquela noite?

— Pergunte para a nossa mãe.

— Você sabe muito bem que isso não é possível.

— Ela não está tão caduca como você pensa. Ela se lembra do aniversário dos meninos, manda presentes e se importa com eles.

— O olhar de Magnus se dirigiu até a geladeira, onde havia uma fotografia dos filhos, com ímãs de corações feitos em cerâmica, a mesma foto que havia na casa dela e da mãe. — Você talvez deixe mamãe pior, porque fica fazendo tudo por ela, coisas que ela poderia fazer sozinha.

— O que isso tem a ver?

— Tem a ver com você, como você é, como sempre tem que se importar e se meter na vida dos outros.

— Eu não faço para me divertir. Um caso de homicídio veio parar na minha mesa e acabei descobrindo que vocês mentiram para mim durante todos esses anos, ou pelo menos ocultaram circunstâncias relevantes.

— Agora você está parecendo uma policial de verdade.

Eira queria se levantar, porém continuou sentada. Sentia-se acuada em um canto, apesar do ar e do espaço na ampla cozinha campesina, onde tudo era pintado de branco, desde as tábuas do chão até as vigas do teto. As ranhuras da madeira transpareciam através da pintura de uma maneira rústica e inovadora.

— Você não sabe como foi — disse Magnus. — Nem o que você desperta quando anda por aí falando sobre Lina.

— Seria melhor que eu não lhe dissesse nada?

— Falei com a polícia. Sabia que foi a primeira vez? Eu mal havia roubado um pedaço de chocolate antes daquilo.

— Então foi culpa da polícia você ter enveredado pelo mau caminho? Você está dizendo que eles deviam ter deixado de investigar o homicídio de uma adolescente e não ter feito perguntas ao namorado dela...

— Você acha que eu tinha algo a ver?

— Não, não acho, mas...

— Se fosse sério eles mandariam um policial de verdade até aqui, mas você não consegue ficar de fora, não é?

Eira ouviu a porta da casa se abrir, mas Magnus não pareceu perceber que sua namorada estava entrando.

— Foi a mesma coisa com o papai — continuou ele. — Você teve que revirar e limpar as coisas dele depois que ele morreu, apesar de ele ter outra esposa e de ter nos deixado.

— Ela não aguentaria — disse Eira. — Estava um caos, ela estava de luto. Alguém tinha que...

— Você não estava? — perguntou Magnus. — Você não estava de luto?

— Isso não tem nada a ver com o assassinato de Lina Stavred, não é?

— Não, mas revela um tanto sobre como você é.

Eira acabou se perdendo. Ele fazia isso com ela, distorcia a perspectiva, fazendo-a se sentir uma idiota. Ela percebeu que não havia visto nenhum interrogatório com o pai deles. Provavelmente ele andava pelas estradas naqueles dias, como de costume, dirigindo o caminhão em algum lugar ao norte de Norrland ou pelo continente.

— Perdão, acabei interrompendo alguma coisa.

Marina Arnesdotter apareceu na soleira da porta. Um cheiro de linho recém-lavado e tomilho fresco surgiu. Ela segurava um punhado de ervas. Eira compreendeu que a outra havia escutado a conversa e sentia vergonha por ter ouvido. No instante seguinte, observou o semblante do irmão se transformar, de muito tenso e zangado, a ponto de explodir, para um sorriso que podia fazer com que qualquer mulher quisesse viver com ele.

— Está tudo bem — disse ele, puxando a namorada para perto de si. — A minha irmã está de saída. Tem muito o que fazer no trabalho.

— Mas que pena, quando eu finalmente conheço a família de Magnus... Na próxima vez você pode dormir aqui, para tomarmos uma taça de vinho juntos.

Ela deu risada, com o rosto nos cabelos dele.

Eira se levantou, levando o prato até a pia.

— Obrigada pela torta de limão — disse ela. — Estava deliciosa.

Eira mal teve tempo de anunciar que havia chegado em casa quando seu telefone tocou.

— Olá, você aí — exclamou Bosse Ring. — Queremos que você vá até, como se chama mesmo… Lockne?

— Encontraram alguma coisa?

— O chefe disse que você é a melhor pessoa para verificar isso.

— GG está lá?

— Não, está de folga. Tem hora marcada no médico.

— Chego lá em meia hora — avisou Eira.

Ela estava com a consciência pesada por ter negligenciado a mãe, mas Kerstin estava de bom humor. Provavelmente fazia parte daquilo que ela costumava se esquecer. Eira aqueceu um picadinho pronto, quebrou um ovo para cada uma e serviu a gema na casca aberta, para enfeitar o prato.

— Que dia é hoje mesmo? — perguntou Kerstin, abrindo o jornal. — Quarta-feira, então não tem nada para assistir na televisão.

— Esse jornal é de uns dias atrás — disse Eira, vendo a capa sem querer. "Presa pelo assassinato em Kungsgården." A fotografia de uma mulher com o casaco cobrindo a cabeça. Mejan havia conseguido esconder o rosto completamente.

— Hoje é sexta — declarou Eira.

— Mas é muito melhor, então.

Kerstin ficou observando a gema do ovo por um instante antes de misturá-la ao picadinho. Eira comeu rapidamente, com a cabeça cheia de perguntas sobre aquela noite, sobre Lina, sobre onde o pai se encontrava, por que Magnus tinha tido um ataque de nervos. Mas conseguiu manter todos os questionamentos para si mesma. Não suportava mais não obter respostas, mas não havia necessidade de estragar o jantar.

Kerstin balançou a mão quando ela se desculpou dizendo que precisava ir.

— Vai se encontrar com alguém bacana?

— Infelizmente, não. É só trabalho.

— Você sabe que não deve esperar demais, vai ficar toda enrugada.

— Obrigada pelo comentário, foi muito encorajador.

O mundo se mostrava em tons suaves de azul quando ela atravessou a ponte de Sandö, com o leve crepúsculo sobre as montanhas unindo o rio com as nuances do céu.

Os holofotes iluminavam a área ao redor das ruínas da fábrica. Eira ouviu vozes vindas da grande sala de entrada da fundição. Bosse Ring a viu chegar e a chamou para o seu lado.

A sala estava fria e esvaziada de todas as máquinas que pudessem ter estado por ali. Uma escada não levava a lugar algum. Eira cumprimentou o técnico forense também, o mesmo homem que ela tinha encontrado pela manhã. Ele pediu licença e se afastou. Fios do gerador serpenteavam até o rio; ela tinha percebido a luz por trás das árvores.

— Você conhece esse caso melhor que a maioria — disse Bosse Ring. — Está vendo algo aqui que lhe diga alguma coisa?

Eles tinham juntado tijolos e argamassa em uma fileira sobre a lona no chão. Eira foi andando lentamente ao longo da fileira de achados: roupas não identificadas, uma luva, um saco de dormir, um sapato rasgado, três preservativos e latas de cerveja.

Ela se deteve junto a um pedaço de tecido. Estava amassado, sujo e, provavelmente, desbotado pelo tempo, mas ainda se podia vislumbrar a cor azul-clara.

— Lina estava usando um vestido ao desaparecer — disse Eira. — Segundo Nydalen, o vestido tinha alças finas nos ombros. As outras testemunhas a viram com o casaco por cima.

Bosse Ring apanhou um graveto e remexeu na peça de roupa.

Alças nos ombros.

O ruído do gerador era tudo o que se ouvia.

— Então, o que fazemos agora? — perguntou Eira. — Mostramos o vestido para algumas testemunhas ou aguardamos pelo DNA?

— Os pais dela ainda vivem aqui na região?

— Eles se mudaram para a Finlândia.

— Dá para entender.

— Nenhum deles sabia muito bem como a filha estava vestida, ela tinha saído de casa às escondidas.

— E os outros que a viram?

— Cinco garotos adolescentes — respondeu Eira, tentando se lembrar dos diferentes testemunhos. — Havia discordância quanto à cor do vestido, mas alguns deles achavam que era azul.

A luz forte destacava os detalhes, o ar estava quente.

— Onde encontraram o vestido? — perguntou ela.

— Não sei, estou aqui há pouco tempo.

Eira deu uma volta ao redor do restante dos achados. O sapato parecia ser um pouco maior que o tamanho quarenta. Sobre o tempo de decomposição dos preservativos ela sabia muito pouco.

— Parece uma lata de cerveja dos velhos tempos — comentou Bosse Ring, examinando as latas. Ele se agachou e mexeu nelas com um graveto, tentando verificar a data de vencimento.

Eira estremeceu ao ouvir uma voz atrás dela.

— Venham, achamos uma coisa.

Ela ficou ofuscada pela lâmpada. Um movimento no buraco da antiga porta, um vulto na escuridão.

— Lá na beira da praia — disse o técnico.

Ele foi andando até o local, antes que eles tivessem tempo de sair da casa. Ali a escada também estava quebrada, uma pilha de tábuas mofadas.

O caminho até o rio estava bem marcado pelas pegadas. Bétulas se encurvavam sobre a água. A luz dos holofotes deixava os troncos em um tom artificial de branco.

Pararam na beira da água, inclinados para a frente ou de cócoras, alguns já dentro do rio; eram três pessoas com equipamento completo. Até em Lockne tinham medido taxas altas de dioxina. Enquanto o veneno estivesse entranhado ao solo, o perigo era menor, ficaria pior se começassem a escavar.

Eira seguiu o colega quando ele se aproximou do local.

Um amontoado de madeira podia ser visto debaixo da superfície. Algumas varas e tábuas saíam da água. Eram, talvez, restos do ancoradouro que houvera ali antigamente. Mais para o fundo do rio, estavam as estacas que o tinham sustentado, parecendo agora uma cerca cheia de falhas, uma paliçada.

— Foi bem aqui onde encontramos — disse uma das técnicas, Shirin ben Hassen, que liderava a operação. Ela mostrou uma área onde a terra se encontrava com a água, terminando ali abruptamente. Terra e mais madeira velha, lama azul, que havia por todos os lugares ao longo do leito do rio. Quando criança, Eira costumava brincar na lama, passando-a no rosto para assustar as pessoas que passavam.

— Não a teríamos visto se o nível da água não estivesse baixo como agora — explicou Shirin.

Um inverno com neve escassa fazia com que os rios das montanhas ficassem menores, mostrando o que estava escondido. Foram obrigados a dar um passo para dentro da água para poderem ver. Um dos técnicos já estava ajoelhado ali. Os holofotes refletiam as sombras das bétulas mais próximas.

Era uma mão.

Entalada no banco de areia, parte dela acima da superfície da água.

Partes do esqueleto de uma mão.

— Há mais lá — avisou Shirin, apontando para a água.

Um tanto turvo e difícil de se ver, tons amarelados de sedimento e outros objetos boiando no rio que, normalmente, tinha as águas cristalinas.

— Um fêmur — ela ouviu a voz ao seu lado dizendo —, muito provavelmente um fêmur.

Ele flutuava, como se estivesse na água, subindo. De onde, ele não sabia, nem para onde, nem como conseguia respirar na água.

Havia vozes. Ele não as alcançava. Flutuavam ao longe, acima, parecia um bando de pássaros, para todos os lados, como o cuco do outro lado da água, chamando.

Lá havia um nome.
Olof.
Muito longe, onde não existia nada.
Olof.

O clube de jazz ficava no coração da Cidade de Pedra, junto a um boulevard contornado de árvores que testemunhava que Sundsvall, em sua riqueza, sonhara uma vez em ser Paris.

As paredes estavam cobertas de fotografias das lendas do jazz, a televisão mostrava a imagem de uma lareira. Eira reconheceu imediatamente a mulher sentada junto ao bar, com um copo de cerveja pela metade à sua frente.

Unni, vinte anos mais tarde, com os mesmos cabelos curtos e descolados, ainda tingidos de vermelho, calça jeans justa e colares sobrepostos. Antes de ela conhecer um músico de jazz e ir embora para Sundsvall, estava sempre na casa deles, uma das amigas de Kerstin que havia se perdido pela vida. Eira se lembrava das vozes que chegavam ao seu quarto de menina, das risadas.

Ela já devia ter passado dos setenta anos agora.

— Mas, minha nossa, você ficou adulta! Deixe-me ver que moça bonita você se tornou!

Unni reclamou quando Eira pediu uma cerveja sem álcool, dizendo que podia passar a noite na casa dela, pois sempre haveria um cantinho para a filha de Kerstin.

— E você ter me procurado justo hoje — disse ela — foi realmente cômico. Você viu as notícias? Parece que encontraram aquela garota desaparecida em Marieberg. Eu estava hospedada na sua casa naqueles dias nos anos 1990, você está lembrada?

A notícia sobre os restos mortais encontrados em Lockne já tinha saído no programa matutino no rádio e, depois do almoço, as especulações sobre o caso já eram muitas. Foi tudo muito rápido. A poeira vinha sendo remexida desde o assassinato de Sven Hagström, e os jornalistas já tinham tirado suas conclusões.

A pergunta que todos se fazem agora é: será esse o corpo da desaparecida Lina? Lina Stavred desapareceu em um dia do mês de julho há 23 anos...

— Sim, eu me lembro — disse Eira. Ela experimentou a cerveja escura e amarga. — É por esse motivo que eu queria encontrá-la.

— E eu que pensei que fosse alguma coisa com Kerstin. — Unni colocou a mão sobre o coração, aliviada. — Não tive coragem de perguntar pelo telefone, pois tinha certeza de que você diria palavras como câncer ou morte.

Eira contou para ela rapidamente sobre a demência da mãe.

— Que coisa — disse Unni. — Deve ser terrível a pessoa desaparecer apesar de ainda estar viva.

— Não sei por que vocês perderam o contato.

— Às vezes acontece. — O olhar de Unni acompanhou um par de músicos a caminho do palco, para afinar os instrumentos. Ligaram o amplificador e experimentaram as cordas de um contrabaixo.

— Não sabemos se o corpo encontrado pertence à Lina Stavred — afirmou Eira. — A imprensa está especulando. Demora para se ter certeza, ainda mais porque o corpo passou muito tempo submerso. Por enquanto não se sabe se o corpo é um achado arqueológico ou recente, tampouco encontraram todas as partes...

Unni ficou olhando para ela por alguns segundos e depois deu risada.

— Minha nossa, eu sempre esqueço que você é policial. Para mim, vai ser sempre aquela menininha de rabo de cavalo e macacão.

Eu me lembro de como você tentava se esconder atrás do sofá, quando ficávamos lá bebendo vinho, para escutar as nossas conversas.

— Não estou aqui como policial — disse Eira.

— Ah, que bom. Então, posso tomar mais um copo.

Unni acenou para o bartender e, sem perguntar para Eira, gesticulou que desejavam duas cervejas IPA. Eira ficou com vontade de tomá-la de uma só vez, sair dirigindo pela E4 e ser pega em uma blitz policial. Ficar livre de tudo.

— Você já sabia que Magnus namorava com Lina Stavred? — perguntou ela.

— Sim, que horror quando acontece com alguém próximo. Kerstin estava com tanto medo. Seu irmão acabou largando tudo e começou a beber, não aguentou. Você sabe, garotos. — Unni bebia rápido demais, o olhar dela se movia sem um ponto fixo. Acompanhava os músicos que arrumavam o palco, reagindo a cada pessoa que chegava ao local.

— Sinto tanto a falta dela, às vezes — continuou ela. — Perdemos o contato quando conheci Benke e me apaixonei perdidamente. Você talvez se lembre dele, tocava baixo como um deus. Bem, ele ainda toca. Kerstin me disse o que achava, que ele não era bom para mim. Fiquei irritada por ela não ter ficado feliz por mim. E ela tinha razão. Durou sete anos. Ele não era, de jeito nenhum, bom para mim. Mas eu faria tudo de novo.

— Queria saber o que você se lembra daqueles dias — pediu Eira —, quando começaram a procurar por Lina e você veio ficar conosco...

— Tudo, acho. Quanto mais medos se sente, menos se esquece, você já pensou? Eu me lembro dos pesadelos que tinha quando era pequena — Unni apanhou o batom e olhou seu reflexo no vidro de um quadro na parede, o rosto dela se misturando ao de Louis Armstrong. — Eu morava sozinha em Höga Nöjet, você sabe, uma daquelas casas de trabalhadores em Marieberg, e fiquei sabendo do desaparecimento de Lina. A menos de um quilômetro de distância de onde eu morava.

— Você se lembra do que fez naquela noite?

— Fui à sauna. Nadei nua no rio. Foi mais cedo, durante a tarde, mas não conseguia parar de pensar que poderia ter sido eu. Antes de se ter certeza de quem era o culpado, é claro. Um garoto de 14 anos não ia querer nada comigo.

Unni apertou os lábios pintados de vermelho, fez beicinho e sorriu.

— E a minha mãe, ela estava em casa, não é? — perguntou Eira.

— Sim... acho que sim... Ela estava em casa, não estava?

O olhar dela estava perdido de novo. Os músicos tinham começado a tocar, lentamente, um jazz tradicional. O barulho no bar cessou, todas as atenções foram dirigidas ao palco.

— E Magnus?

Unni colocou o dedo indicador sobre os lábios, olhando para os músicos. Eira baixou a voz.

— Mamãe sempre tomou o partido dele, independente do que ele faça. É assim até hoje. Mesmo quando acontece o pior, nunca é culpa de Magnus. Se ele tivesse dito que estava doente ou deprimido, qualquer coisa, eu talvez tivesse acreditado, mas meu irmão nunca estava em casa. E não venha me dizer que eu era pequena demais, eu sei. Sei que sempre senti falta dele.

Um solo de trompete veio e se foi.

— Vamos nos sentar mais para lá, para não incomodar — Unni foi com o copo de cerveja para o outro lado do local, longe da vista do palco. Eira andou até o bar para buscar um copo d'água.

Elas se acomodaram em umas poltronas de couro baixas.

— Prometi a ela, jurei — disse Unni —, que nunca contaria nada para vocês.

— Era a investigação de um homicídio — retrucou Eira.

— Mas pegaram o garoto culpado. Você não faz ideia do alívio que Kerstin sentiu quando tudo ficou esclarecido. Eu lembro que ela passou dias chorando.

— Achei que ela estivesse triste.

— Você não pode imaginar a pressão que foi.

— Eu me encontro com muitas pessoas que mentem para a polícia — disse Eira. — Elas sempre acham que têm um motivo.

— Não gostaria de dizer que Kerstin mentiu — respondeu Unni. — Ela simplesmente não sabia o que responder quando lhe fizeram perguntas.

— Magnus estava ou não estava em casa?

— Shh.

Eira não havia percebido que aumentara o tom de voz. Algumas pessoas da plateia mandaram que ela se calasse e outras lhe olharam irritadas.

Unni se aproximou dela.

— Kerstin não sabia. Ela só repetiu o que Magnus dissera para se livrar de outras perguntas.

— Não estou entendendo.

— Ela não estava em casa naquela noite quando Lina Stavred desapareceu. Quando você adormeceu, devia ser lá pelas nove da noite, acho, ela saiu escondida e passou horas fora de casa. Ela não podia contar isso para ninguém, claro. Contou só para mim, mais tarde.

— Fora de casa? Para onde ela foi?

Unni fechou os olhos e parecia estar apreciando a música, mas seus dedos mexiam com nervosismo nas pulseiras, ela tinha várias em cada braço.

— Você não deve ser tão dura com a sua mãe — ela disse, afinal.

— Eu preciso saber, de verdade.

— Está bem.

Os músicos foram aplaudidos e anunciaram um intervalo. Nos alto-falantes, começou a soar uma voz feminina, profunda e bem conhecida, inclusive daqueles que não eram amantes de jazz.

Blue moon
You saw me standing alone
Without a dream in my heart...

Unni estendeu a mão para apanhar o outro copo, aquele em que Eira não havia tocado.

— Seu pai quase nunca estava em casa — disse ela. — Veine vivia na estrada, o tempo todo. As coisas não iam muito bem entre eles há muitos anos.

— O que você está tentando dizer?

— Deixe-me falar, por favor.

Já vinha acontecendo fazia algum tempo, meses, se Unni estava bem lembrada. Em segredo, é claro, pois ambos eram casados. Talvez Unni fosse a única pessoa para quem Kerstin havia se confessado.

Era uma comunidade tão pequena que até uma piscadinha podia ser motivo de fofocas e, para piorar, os encontros eram à noite, uma caminhada ao longo do rio, uma volta de carro com a desculpa de ir comprar leite, um quebra-vento na floresta...

And when I looked to the moon it turned to gold
Blue moon
Now I'm no longer alone...

Agora era Eira quem fechava os olhos, se desligando do mundo por ao menos alguns segundos. Seu irmão poderia ter estado em qualquer lugar naquela noite. Sua mãe havia mentido para a polícia. A mãe tinha saído escondido enquanto ela dormia.

— Quem era ele?

— O nome Lars-Åke lhe diz alguma coisa?

Eira balançou a cabeça em negativa.

— Ele morava perto de vocês — disse Unni. — Eu nunca cheguei a conhecê-lo, mas ela me mostrou a casa dele uma vez, junto ao rio, perto da antiga praia da alfândega, você sabe, aquela onde muita coisa aconteceu em 1931...

— Você lembra se era azul?

— O quê?

— Era uma casa azul de janelas brancas?

Unni fez que sim com a cabeça, e Eira viu a imagem passar à sua frente como se fosse um flash: aquela casa vazia onde alguns vizinhos tinham encontrado a mãe dela certa noite, dias atrás.

Uma mulher de idade vagando perdida por causa da demência? Na verdade, não. Ela somente havia se esquecido de que seu amante já não morava mais lá.

— Quando fui ficar com vocês naqueles dias — continuou Unni —, Kerstin estava desesperada de preocupação. Foi só quando prenderam o culpado que ela relaxou e me disse que não havia contado a verdade para a polícia. Tinha muita vergonha, claro, também por tê-la deixado sozinha em casa; mas você estava dormindo, não era mais um bebê. Se ela mudasse sua história, teria ficado pior para Magnus. Se ele tinha dito que estava em casa, ela acreditava nele, tinha que acreditar. No fim das contas, isso não tinha a menor importância. Eles já haviam encontrado o culpado.

Unni parou de repente, endireitando-se.

— Por que, afinal, está me perguntando sobre isso?

Eira resolveu não ir direto para casa naquela noite, então continuou a caminho de Kramfors. Estacionou em frente à delegacia, na vaga de sempre.

Era uma pequena caminhada a partir dali, ao longo do riacho de Kramfors. A rua Hällgumsgatan não era exatamente um idílio, por isso era fácil conseguir um apartamento de aluguel de um dia para o outro. Fazia parte do programa de um milhão de moradias da cidade, planejado na década de 1960 quando ainda se achava que a indústria continuaria a exigir uma grande quantidade de mão de obra. Até recentemente, os prédios de três andares tinham sido habitados por requerentes de asilo, antes de fecharem as fronteiras. No restaurante Encontro, ainda serviam o prato ćevapčići desde a última onda de refugiados.

Agora a metade dos apartamentos se encontrava desabitada, sem flores nas varandas.

Quando Eira estava em frente à porta do prédio, sentiu que já era tarde demais para se arrepender, então escreveu uma mensagem perguntando se ele ainda estava acordado.

August desceu descalço para abrir a porta.

— Desculpe incomodar a essa hora — disse Eira.

— Você não está me incomodando — respondeu ele. — Eu estava pensando em ligar para você...

— É mesmo?

Eira não deixou que ele respondesse. Ele estava só de cueca e com uma camisa aberta. Ela arrancou a camisa assim que entraram no apartamento. Não chegaram a passar do hall de entrada, porque havia uma cômoda convenientemente à disposição. Os braços de ambos se entrelaçaram quando tentaram, ao mesmo tempo, tirar as roupas dela. Talvez o policial recém-formado estivesse tentando dizer alguma coisa, mas ela o beijou, absorvendo tudo e o silenciando.

Remova meus pensamentos, me remova.

Apenas mais tarde ele teve fôlego para falar, quando estavam deitados no quarto quente e parcamente mobiliado, ainda pegajosos, pois fizeram mais uma vez na cama. A mobília consistia em um sofá da Ikea e uma televisão — era um apartamento para pessoas em fuga ou de passagem, anônimas e sem memória.

Ela preferia ficar deitada na cama em silêncio, olhando para o teto, exausta, sem pensar em nada.

— Eu que achei que você não quisesse mais — disse August rindo.

— Você sempre sabe o que quer?

— Definitivamente.

Ele riu de novo. Eira jogou a coberta para o lado. Estava quente demais. Os prédios eram distantes uns dos outros, cumprindo as exigências de ventilação e de iluminação dos anos 1960. Ela podia ficar nua junto à porta da varanda no terceiro andar que ninguém a enxergaria.

Com exceção dele, o rapaz de Estocolmo, que não compreendia as regras básicas sobre o silêncio.

— Pensei, como já disse, em lhe telefonar hoje à noite, mas ficou tarde demais e achei que você talvez quisesse...

— Não precisamos falar sobre isso — disse Eira.

— Ok, é claro.

Pelo reflexo do vidro da janela ela o viu se sentar na ponta da cama e se enrolar no lençol. O ar estava um pouco frio. Ela gostava assim. A sensação de umidade no seu corpo.

— Achei que talvez quisesse saber... — ele continuou.

— Por que sempre se tem que saber de tudo? Não se pode ficar um pouco inseguro às vezes?

— Desculpe — ele disse —, você tem razão. Preciso aprender a não levar o trabalho para casa e, muito menos, para a cama. É quase uma doença. É melhor pensar como você. Desligar de tudo. É saudável.

Eira se virou para ele.

— Do que está falando?

— Do corpo, é claro — respondeu August. — Aquele que vocês encontraram em Lockne. Ouvi antes de voltar para casa e depois fiquei pensando em você. Sei o quanto está envolvida no caso. Disseram que você deve estar de volta conosco na semana que vem. É agradável, para mim, obviamente.

— Era isso o que você estava tentando me dizer? — Eira se sentia como a mais completa idiota. Achava que ele queria telefonar para ela porque... — O que você ouviu?

— Que não foi ela quem encontraram.

— O quê?

— Não é Lina Stavred.

Eira ficou olhando para ele, tentando entender.

— Mas não podem já ter recebido a resposta da análise de DNA, pois só se passou um dia...

— Encontraram a cabeça.

A cabeça. A única maneira de se definir o sexo de um corpo em estado de esqueletização. As órbitas dos olhos, as mandíbulas, o formato da parte de trás do crânio... De repente ela se sentiu desprotegida. Como naqueles sonhos em que ia nua para a escola. Agarrou a coberta que tinha caído no chão e se enrolou nela.

— É um homem? — ela perguntou.

August concordou com a cabeça.

— E o período?

— Período?

— Sim, o corpo é recente ou...

— Não sei nada sobre o período.

Eira percebeu que perdera duas ligações. Número desconhecido. Tinha se esquecido de aumentar o volume do toque depois do clube de jazz, e só descobriu quando estava lá embaixo na porta do prédio, com o coração disparado mandando a mensagem para ele. Tinha guardado o celular no bolso da calça ou da jaqueta? Ela ficou procurando entre as roupas espalhadas pelo chão.

A voz de August soou atrás dela.

— Mas falaram em reabrir o inquérito, o que significa claramente que o corpo não é da Idade Média.

Ainda faltavam muitos dos cerca de duzentos e vinte ossos que compõem o corpo de uma pessoa, mas o homem já havia ganhado uma forma.

Quem quer que ele fosse.

Uma unidade de refrigeração deixava o ar quase gelado na antiga sala da indústria. Os objetos tinham sido removidos do chão, o vestido, as latas de cerveja e tudo mais havia sido enviado para análise. Agora as partes do esqueleto se encontravam acomodadas ali, a refrigeração servia para conservá-las enquanto aguardavam pelo transporte. A lama azul tinha sido retirada e parte dos ossos se encontrava coberta por uma massa branca.

— Cera cadavérica — declarou Shirin Ben Hassen, encaixando um fragmento no quebra-cabeça de ossos que formavam a perna esquerda. — O processo de decomposição pode ter sido afetado pela lama azul. Foi assim também quando desenterramos a tripulação do DC3. Você sabe, aquele avião atingido na costa de Gotland durante a Guerra Fria e encontrado 15 anos atrás. Também tinham ficado soterrados sob lama azul.

Fora ela quem tentara telefonar para Eira na noite anterior para falar com alguém que estivesse bem informado sobre o caso. Shirin recebera o número de GG, que se encontrava ocupado em outro canto. Agora ele acabara de avisar que estava vindo de Sundsvall.

Shirin estava trabalhando junto à lama azul desde às sete da manhã e não tinha muita paciência com aqueles que preferiam ficar sentados no sofá durante o fim de semana vendo algum programa na televisão ou dormindo até tarde quando um homem tinha acabado de ter seu crânio encontrado.

— Você está dizendo que já podemos determinar o sexo do corpo?

Quando se tratava de corpos em estado de esqueletização as análises da causa da morte costumavam demorar muito tempo, isso quando conseguiam identificar alguma coisa. Shirin apanhou um iPad e mostrou a foto do crânio.

— Está vendo aqui?

Ela foi mostrando as fotografias lentamente e sob diferentes ângulos. O crânio tinha características aparentemente masculinas. Órbitas dos olhos quadradas, mandíbulas acentuadas. A testa mais inclinada do que a de uma mulher.

— Alguém o espancou de verdade — disse ela, ampliando a foto. Pequenos afundamentos no crânio, um corte.

— Pode ter ficado assim depois, por causa da água?

— Sorte desse rapaz que me mandaram para cá — Shirin passou os dedos sobre a tela, quase como um carinho. — Nem sempre há alguém especializado em osteologia quando encontram um esqueleto, mesmo que seja uma exigência. Pode levar semanas até se descobrir algo do gênero.

Sim, os ferimentos tinham sido causados antes da morte. Tratava-se de muita violência, algo fatal.

Shirin apontou para a fundição.

— Se aconteceu lá dentro — disse ela —, o local devia ser cheio de espetos e de marretas, de objetos enferrujados, uma festa para quem quisesse acertar a cabeça de alguém. Com um pouco de sorte, encontraremos o DNA, mas eu mesma teria jogado fora a arma do crime no rio, o mais longe possível. O mais difícil é se livrar de um corpo. Café?

— Por favor.

Havia uma garrafa térmica e xícaras em uma mesa de acampamento lá fora. Eira pegou uns bolinhos de canela também. A vegetação parecia ter explodido depois da chuva; insetos por todos os lados, rastejando e esvoaçando, cheios de vida.

Shirin pediu licença e foi conversar com um colega. Eira permaneceu no mesmo lugar, digerindo o fato de que, apesar de tudo, haviam descoberto um homicídio. Não era Lina, mas alguém finalmente ficaria sabendo o que tinha acontecido com o seu parente. Isso se a família do homem ainda estivesse viva. Ela se lembrava de um caso em que o motorista de uma escavadeira tinha encontrado restos de ossos em um parque no bairro de Södermalm em Estocolmo. A investigação de homicídio foi encerrada quando descobriram que se tratava de um cemitério do tempo da cólera no século XVIII.

— Sei que é cedo demais para perguntar — disse ela quando a técnica forense estava de volta —, mas você pode me informar alguma coisa sobre a época da morte?

Shirin tirou as luvas e se serviu de café da garrafa térmica.

— Não é anterior a abril de 1960 — disse ela —, e, com grande probabilidade, é posterior ao ano de 1974.

Eira deu risada.

— Está falando sério?

— Venha.

O solo estava lamacento depois da chuva do dia anterior. À beira do rio, havia uma tenda montada, e a área fora delimitada com estacas. Na parte de dentro da água, as cordas tinham sido colocadas em quadrados, e cada descoberta ganhava coordenadas. Lá havia uma câmera sobre um tripé, tudo minuciosamente documentado.

Eira cumprimentou dois técnicos que trabalhavam sob a tenda.

— Encontramos isso aqui hoje de manhã — falou Shirin.

Ela parou junto a um recipiente de plástico, bem na beira do rio. Quando Eira se aproximou, viu um sapato flutuando.

— Enchemos com mais água do rio para manter a mesma temperatura até podermos mandá-lo para análise, para que não entre em decomposição. Queremos saber tudo o que esse bonitinho tem para nos contar.

Era uma bota de couro preta. Com cadarços e sola grossa. Não parecia nova, mas também não muito velha.

— É uma Dr. Martens?

— É. Do modelo clássico 1460, começou a ser vendida em abril de 1960, por isso o nome.

— Vocês têm certeza de que era dele?

— Ninguém a perdeu aqui por acaso, sem dúvida. — Ela sacudiu o recipiente e a bota se mexeu um pouco. Eira vislumbrou algo branco dentro dela.

— É o pé o que você está vendo. Cera cadavérica. — Shirin deu uma mordida no bolinho de canela. — Uma vez que a encontramos no final da perna direita do corpo, deve pertencer ao mesmo cara.

— Por que após 1974?

— Porque foi quando a loja Sko-Uno na rua Gamla Brogatan abriu em Estocolmo. É claro que o nosso rapaz pode ter comprado as botas em Londres antes, mas não creio que tenha sido assim, a menos que ele fosse um operário britânico. Foi só no final da década de 1960 que as botinas começaram a ser usadas pelos jovens e entraram na moda. Os skinheads foram os primeiros, depois vieram os neonazistas, porque eles gostavam do bico de aço e tal…

— Um neonazista?

— É duvidoso — disse Shirin. — Mas agora estou só dando palpites, então não escreva nada no seu relatório.

Ela usou um graveto para tocar na bota.

— Os nazis amarravam as botas até em cima. Acho que nunca foram desleixados com isso.

Eira se aproximou. A clássica botina tinha oito buracos de cada lado, mas estava atada até a metade, com os buracos de cima vazios. Até mesmo o laço tinha sido mantido pela lama azul e o que mais houvesse no fundo do rio.

— Eu apostaria em um garoto grunge — declarou Shirin.

Eira riu novamente.

— Você se especializou em culturas musicais também?

— Não exatamente — respondeu ela. — Mas eu era adolescente durante a década de 1990, quando a marca Dr. Martens ficou muito popular e Kurt Cobain era considerado um deus. Juntei minha mesada durante meses para ir até a Sko-Uno e comprar um par. E eu preferia morrer a amarrar as botas até em cima.

Uma brisa suave passou sobre o rio, deixando-o ondulado.

— Então você está dizendo que o corpo pode ter ido parar na água no início dos anos 1990, quando o grunge era popular e...

— Apenas um palpite, como já falei.

Elas foram interrompidas por um celular tocando. Era GG que estava na beira da estrada e perguntava onde exatamente elas se encontravam. Shirin relatou tudo mais uma vez. Eira ficou escutando, enquanto observava uma família de sapos atravessar o caminho.

— Então ele não se afogou? — perguntou GG.

— E se enterrou sozinho sob os restos de um ancoradouro para barcos a vapor? — replicou Shirin.

— Ele já estava lá antes do desabamento ou alguém o enterrou depois?

— Mesmo sem a botina eu diria que foi depois. Já pedimos fotografias do local nas últimas décadas.

— Não é nada arqueológico, pode-se afirmar — disse GG.

— Só se o grunge for arqueológico.

Aproximadamente meia hora mais tarde, ele e Eira saíram juntos do lugar. GG andava pelo canto do caminho pisoteado, onde a lama não estava tão macia e profunda.

— É, o que se pode dizer disso tudo? — perguntou ele quando estavam perto dos carros e acendia um cigarro. — É por acaso que se procura por um corpo, mas se encontra outro?

Eira não sabia o que responder, e ele tampouco esperava uma resposta.

— Conversei com o promotor — continuou ele. — Agora temos um outro inquérito de homicídio.

Ele soltou a fumaça, dando um longo suspiro.

— É melhor eu tirar férias no outono. Ou no inverno. Sair daqui na época mais escura.

Um pensamento veio e despareceu com a mesma rapidez: como estaria a conversa com a namorada dele sobre ter filhos e tudo mais.

— Espero que possamos pegar você emprestada novamente — disse GG. — Seu conhecimento local tem sido valioso, você vê coisas que mais ninguém percebe. Se não estiver saindo de férias, é lógico.

— Não... só saio de férias em agosto.

Eira viu uma nuvem de mosquitos sobre a cabeça dele. Mais adiante, ainda se via a placa pendurada com o nome da antiga escola, uma lembrança de como a comunidade havia sido no passado. Ela avistou uma parte do telhado da fundição, onde as telhas soltas tinham deixado um buraco à mostra.

Conhecimento local. Eram palavras superficiais. Tão rasas como o gelo no mês de novembro. Nada diziam sobre a profundidade ou sobre o emaranhado que se escondia sob a superfície, onde cada pessoa tinha uma correlação com outra, onde a memória enganava e iludia — e nada dizia sobre o amor.

— Mas não posso — disse ela.

— Ah, está bem... — GG parecia surpreso. — Tive a impressão de que você gostava de trabalhar conosco.

— Eu gosto — falou ela. — Eu só...

As palavras, aquelas malditas palavras. A sensação de que ela deveria dizer o que estava acontecendo; mas por que mencionar o nome do irmão e uma investigação preliminar antiga que já se encontrava arquivada há tanto tempo? Deveria mencioná-la? Essa investigação agora se tratava de algo completamente diverso. Era sobre o assassinato de um homem, não era Lina. Talvez nem houvesse ocorrido nos anos 1990. O que tinham encontrado como prova? Um cadarço de sapato!

Ao mesmo tempo, ela enxergava os achados à sua frente. O vestido que podia ter pertencido à Lina. A sensação de que era coincidência demais.

— Parece-me um pouco desleal — disse ela, enfim — em relação aos colegas de Kramfors. Temos só policiais recém-formados e saídos diretamente da academia.

— Compreendo.

GG apagou o cigarro com os dedos, esmigalhando os últimos flocos de tabaco contra o chão. Deu uma olhada para o local onde a serraria ficava; o céu estava sem nuvens.

— Grunge — disse ele. — O que mais isso nos diz sobre esse homem, enquanto aguardamos para saber quem ele era?

— Que ele era jovem? — disse Eira.

— Eu tenho um par — declarou GG.

— De Dr. Martens?

— É. Comprei no outono, quando achei que precisava me renovar, mas mal as usei. Duras e infernalmente desconfortáveis.

— Não tinha muitos homens mais velhos usando Dr. Martens naquele tempo…

— Como assim?

— Homens adultos e na melhor idade, eu quis dizer.

— Obrigado — disse GG com um sorriso.

Eira sentiu uma pontada de tristeza, uma melancolia por eles não continuarem a trabalhar juntos.

— Como Shirin disse, era mais uma coisa da cultura jovem, uma certa revolta.

Foi então que lhe veio um pensamento em mente, não porque soubesse bem, pois para ela era a época em que as Spice Girls começaram a fazer sucesso, mas porque conhecia a sensação de desejar aquilo que só existia nas fotos de revista ou na televisão, em outros lugares.

— Não devia haver muitos jovens que tivessem essas botas — disse ela. — Não aqui, na década de 1990. Talvez lá em Härnösand, onde moravam os garotos que usavam jaquetas compradas em brechós e tinham uma banda, mas em Kramfors e nos vilarejos? As pessoas não tinham esse dinheiro. Acho que um par de Dr. Martens chamaria a atenção.

— Bem que eu disse. Conhecimento local — respondeu GG, suspirando.

Não acontecia muita coisa no distrito policial do sul de Ångermanland naquele dia em que ela voltava a patrulhar como de costume.

Um caso de agressão em Bollsta em um endereço já conhecido, um roubo ao quiosque na praia de Lo. Os suspeitos tinham levado balas e limpado o freezer de sorvete. Uma tragédia local, mas a polícia não tinha muito a fazer além de mostrar, à associação e a algumas crianças incomodadas, que levavam o caso a sério.

— Tenho uma entrevista na semana que vem — contou August, enquanto saíam do lugar com as janelas do carro abertas. — Para um cargo na zona oeste de Estocolmo.

— Parabéns — respondeu Eira. — Boa sorte. Espero que seja contratado, de verdade.

— Se é que quero trabalhar lá.

— Porque não é na zona central? — Ela se sentia irritada. Recém-formado e, mesmo assim, o trabalho não estava a altura dele.

— Eu poderia muito bem ficar por aqui — disse August. — Se surgir uma vaga.

— Você está brincando.

August ficou em silêncio. Não deu risada. Buscou a mão livre dela, tocando-a na coxa; já haviam chegado nesse ponto.

— Ninguém quer ficar aqui — disse Eira. — As pessoas só fazem isso se têm família, raízes, lembranças, porque não conseguem ficar sem a caça, a pesca, o rio, a floresta. Ficam para formar família e querem que os filhos possam brincar ao ar livre em segurança, mas nunca pelo trabalho. Você pode trabalhar aqui por trinta anos e continuar sendo assistente de polícia; um cargo de chefia só aparece a cada cinquenta anos, se você pensa em fazer carreira.

— Talvez eu goste daqui.

— Você enlouqueceria.

— A tranquilidade daqui nunca experimentei antes, essa proximidade da natureza, a sensação de que é ar de verdade que entra nos pulmões. E essa luz…

— Você nunca esteve aqui em novembro, não imagina a escuridão. Nunca ficou sentado congelando dentro de um carro que não dá partida, em janeiro.

— É só se aconchegar com alguém — disse ele rindo e abraçando-a.

— E o que a sua namorada ia achar disso?

— Já disse que não somos donos um do outro.

— Verdade.

Eira ligou o rádio para não entrar nessa discussão. Estava tocando uma música em ritmo de reggae, já com alguns anos nas costas. August começou a cantar, tamborilando na lataria do carro pela janela aberta.

Não havia nada de errado com a voz dele. Era aquela despreocupação que a deixava desconfortável, ele parecia viver só para o presente. Falava sem pensar.

Ela diminuiu a velocidade e pegou uma estrada secundária muito estreita, que passava por uma colina.

— Não íamos voltar para Kramfors? — perguntou August.

— Sim — respondeu Eira —, mas vai ser rápido, não é um desvio grande.

Do outro lado da colina, se estendia um vale verdejante. Ela sempre gostara dali, pois lembrava uma paisagem dos alpes, com pradarias onduladas e gado pastando, fazendas distantes umas das outras.

Uma estradinha de cascalho levava até uma casa no meio da mata. O gramado estava bem aparado, porém todo o restante dava sinal de que a casa estava abandonada. A cerca caída, a tinta descascada pelo sol e pelo vento. Ela pensou ter visto um ninho de passarinho na chaminé.

— Você vai comprar uma casa? — perguntou August. — Ou só quer transar?

Eira desligou o motor e saiu do carro.

— Sinceramente — disse ele quando estava atrás dela, examinando a casa em ruínas —, não é muito para reformar?

— Era aqui onde ela morava — contou Eira.

August ficou calado por um instante, o que ela apreciava. Era um lugar que exigia reverência, curvar-se diante da tristeza que carregava.

Ou ele pensava devagar mesmo.

— Lina, você quer dizer?

— É.

— Ninguém mais morou aqui desde então?

— Eles se mudaram para a Finlândia logo em seguida, deixaram tudo para trás. O pai dela trabalhava com máquinas agrícolas, acho que a mãe era professora.

Ela avistou cortinas ainda penduradas nas janelas. Não era incomum. As pessoas nem sempre sabiam se iriam voltar um dia.

— Quando um ano se passou, eles requisitaram que ela fosse declarada como morta, assim que fosse possível, considerando que não havia um corpo.

August andou ao longo da cerca, abrindo o portão, que rangeu um pouco.

— Como podem deixar uma casa ficar assim? — comentou ele. — Desvaloriza.

— Creio que não tinham exatamente isso em mente na época.

— Não estou me referindo só a essa casinha, mas em todos os lugares. Por que não compram casas como essa, não exatamente esta, mas todas as outras e reformam para vender para o povo de Estocolmo ou para alemães? Poderiam fazer um bom negócio.

— Se você reforma uma casa aqui — disse Eira, sentindo uma irritação repentina por ele ter chamado a construção de casinha, pois era na verdade uma elegante residência de dois andares —, é porque é necessário ou talvez porque deseje ter uma casa bonita. Você nunca receberia de volta o que investiu. O custo da reforma é maior do que você ganharia ao vender.

— Só porque as pessoas ainda não descobriram o lugar. Quando perceberem o quanto é bonito...

Ela sentiu o hálito dele na nuca, os braços em volta de seu corpo.

— Mas o que está acontecendo aqui?

Eira se soltou imediatamente do abraço de August e se virou. Uma senhora de idade estava parada um pouco mais adiante, de short e chapéu, segurando a coleira de um cachorro, que devia estar correndo solto por ali.

— Tinham que remexer nisso de novo — disse ela.

Eles se aproximaram para se apresentar. Havia algo de conhecido no sobrenome da mulher, apesar de Nyberg ser bastante comum.

— Vieram jornalistas aqui também, filmando, desde que vocês encontraram aquele corpo em Lockne. Mas não se tratava de Lina, não é? Disseram nas notícias que era um homem, vocês sabem quem...?

— Ainda não — respondeu Eira.

A mulher fechou os olhos por causa do sol.

— Então, o que querem aqui na casa dos Stavred? Não há mais nada para se ver. A polícia andou por aí perguntando e investigando naquele tempo. Eram pessoas corretas que só queriam fazer o bem.

Ela se virou para a casa, talvez mais do que para Eira, como se os pais da família Stavred ainda estivessem presentes e ouvindo.

— Você os conhecia?

— Sim, claro. Eu moro mais para lá. — Ela apontou para uma casa geminada vermelha, a duzentos metros de distância. — Elas sempre brincaram juntas, as meninas, quando eram pequenas. E, sim, mais tarde também, quando as brincadeiras mudaram, como se diz.

Nyberg, Nyberg... Nomes e depoimentos se misturavam na cabeça de Eira — vizinhos, amigos.

— Como se chama a sua filha?

— Elvira, mas ela é conhecida por Elvis. Por que você quer saber?

— Acho que me lembro do nome.

— Sim, ela tem um salão de manicure em Kramfors, talvez você a tenha encontrado lá? Mas agora o sobrenome de casada dela é Sjögren...

A mulher deu uma olhada nas unhas de Eira. Não pareciam ser cuidadas regularmente em um salão. Sem esmalte, muito curtas.

— Vocês não vão incomodá-la com esse assunto novamente, não é? Não sabem quanto tempo levou até Elvis ter forças para pensar no futuro. Foram muitos anos. Ela e Lina se conheciam a vida toda. Eu mesma carreguei a menina no meu colo. Foi ele, o filho de Hagström; ficou comprovado, não foi? Os jornais estão só especulando?

A preocupação da mulher era aparente, talvez nem ela mesma acreditasse no que dizia.

— Quem corta a grama? — perguntou August.

— Se deixar, a floresta toma conta até ser tarde demais. Às vezes vem gente aqui. Não tem nada de criminoso nisso, não é?

Tinham andado só uns dois quilômetros quando o telefone de Eira avisou que ela tinha recebido uma mensagem.

"Onde vocês estão?"

Ela parou no acostamento. A mensagem era de GG. Ela escreveu depressa que estavam na altura de Bjärtrå.

"Teriam tempo para dar uma passada em Kungsgården?"

O pulso de Eira ficou acelerado. Não tinha recebido nenhum alarme pelo rádio da central em Umeå, portanto um café da tarde na delegacia era tudo que podia estar acontecendo.

"Ok, por quê?", ela escreveu e aguardou que um transporte de cavalos passasse para voltar à estrada. Foi dirigindo em baixa velocidade com o celular sobre o volante, vendo uma nova mensagem aparecer na tela.

"Pergunte a Nydalen se pode ter sido essa pessoa que ele viu."

Plim, plim.

Um rosto se materializou na tela.

Cabelos escuros e compridos. Feições delicadas. Um olhar fixo, como a maioria das pessoas nas fotografias do passaporte. O rapaz parecia estar na casa dos vinte anos.

— O que está acontecendo? — perguntou August, pela segunda ou terceira vez.

— Parece que já identificaram o corpo em Lockne.

— Nossa!

Mais duas fotografias chegaram. Era o mesmo rapaz, um pouco mais jovem em uma delas. Os mesmos cabelos compridos, mas com uma camisa de time de futebol nas cores verde e branca. Hammarby. Eira ficou pensando enquanto entrava no terreno de Nydalen que ela tinha razão ao achar que o garoto vinha de outro lugar.

Havia dois carros no lado de fora da garagem, um deles brilhava de tão novo e era alugado. Uma jovem apareceu na entrada, de jeans arregaçados. Ela largou um saco de lixo preto no chão.

— É a nossa filha, Jenny, que acabou de chegar — disse Tryggve quando foi ao encontro deles, hesitante e desconfiado. — Da Austrália. Vocês precisam brigar com ela também?

— Só queria lhe pedir para olhar algumas fotografias — disse Eira.

— Isso nunca vai terminar?

Eira clicou na primeira foto e mostrou o celular.

— Pode ter sido essa pessoa que você viu no rio na noite em que Lina Stavred desapareceu?

Tryggve apalpou os bolsos, se desculpando porque precisava de seus óculos. Ele desapareceu dentro da casa. A jovem fechou a tampa do lixo com uma batida, foi até eles, mas parou a certa distância. Ela parecia ser mais nova do que os seus 27 anos.

— O que querem? — perguntou ela, enfiando as mãos nos bolsos das calças, erguendo os ombros em um gesto desafiador.

— Se trata de um outro caso agora.

— Ah, é?

Jenny continuou parada ali, como se aguardasse que lhe fizessem mais perguntas.

— Deve ter sido um choque para você — comentou Eira, ouvindo como soava indiferente. O que se dizia para alguém cuja mãe estava presa, acusada de homicídio? Que tinha acabado de ficar sabendo que seu pai não era aquela pessoa que ela achava que fosse?

— Vim aqui buscar as minhas coisas — avisou Jenny. — Só levei uma mochila quando fui embora. Talvez haja algo da minha infância que eu queira guardar, pensei, antes que meu pai venda tudo. Mas o que seria? Lembranças do quê?

— Ele vai vender a casa?

— De minha parte, ele pode fazer o que quiser. — Ela olhou para a casa enquanto o pai vinha trazendo os óculos. — Bonita por fora, não é? — falou ela. — Nossa, como eles trabalharam nesse jardim e na casa para tudo ficar perfeito.

Eira gostaria de continuar fazendo perguntas, mas não era por esse motivo que tinha ido até ali. Não estava mais investigando o assassinato de Sven Hagström. Nem tudo tinha explicação. Eles tinham a confissão, a arma do crime e a motivação; as provas contra Mejan eram convincentes e não havia nenhum motivo para a polícia examinar a psique ou o passado dela. Era trabalho da defesa agora, caso optassem por invocá-la quando a sentença do tribunal fosse declarada.

Jenny se virou e saiu quando o pai se aproximou, chutando uma bola de futebol que foi parar no canteiro belamente planejado. Ela olhou para o lado quando passaram um pelo outro.

Tryggve acompanhou a filha com o olhar, antes de colocar os óculos e pegar o celular.

— Quem é essa pessoa? — perguntou ele, examinando a fotografia.

— Você disse que a pessoa morena e que remava tinha os cabelos sobre o rosto…?

— Sim… Eu me lembro dos cabelos, até os ombros assim e que ela era péssima remadora. Mulheres em um barco, vocês sabem…

— Tentou dar uma risada olhando para August, que não reagiu, então ele desviou o olhar novamente.

— Estão me dizendo que era ele?

— O que você acha?

— Não sei — o olhar dele ficou parado na foto com a camisa do time de futebol. — Ele se parece com uma menina, magrinho, nada macho...

— Entendo que seja difícil lembrar tantos anos depois — disse Eira. Tryggve devolveu o celular para ela.

— É — concordou ele, respirando fundo e revelando sua origem do norte. Ela teve tempo de pensar se ele retornaria para lá agora, se era um daqueles vilarejos que tinha a capacidade de esquecer. — Pode ter sido outra pessoa, mas também pode ter sido ele.

Foi através da arcada dentária que puderam identificá-lo tão rapidamente. Kenneth Emanuel Isaksson.

— Nós o encontramos no registro de desaparecidos — disse Silje, que no momento se encontrava em Kramfors. Ela virou o laptop para que Eira pudesse ver.

Nascido em 1976, na paróquia de Hägersten, Estocolmo. Kenneth acabara de completar vinte anos quando foi registrado como desaparecido, no início do mês de junho de 1996.

Eira ficou calculando. Nem um mês antes do desparecimento de Lina, nem mesmo quatro semanas, 26 dias exatamente.

— Ele fugiu da república de Hassela em Hälsingland — declarou Silje.

— Ainda existe? — Eira se lembrava de uma clínica de reabilitação para jovens, a uns cento e cinquenta quilômetros ao sul, do outro lado da fronteira entre os estados.

— Há outra atividade no local agora, mas quando o garoto esteve lá praticavam o apoio ao camarada em pleno espírito marxista.

— Eu lembro que era muito criticado.

— Educação coletiva — disse Silje. — Alcançaram bons resultados, mas também foram muito criticados, inclusive por estimular os jovens a denunciarem uns aos outros.

Silje rolou a tela para baixo, mostrando o material — um resumo da investigação policial sobre o desaparecimento de Kenneth Isaksson, em 1996.

— Achavam que ele havia fugido para Estocolmo. Já tinha acontecido algumas vezes, mas a polícia acabava o encontrando na área central da cidade ou em outros lugares.

— Tiveram tempo de falar com a família dele?

— O pai faleceu e a mãe cortou relações com ele um ano antes do desparecimento. Kenneth tinha roubado tudo de valor da casa dela para vender.

— Então, o que ele estaria fazendo em Ådalen?

— Se escondendo? Talvez não quisesse ser encontrado de novo. Ou denunciado.

— Talvez estivesse a caminho de outro lugar — sugeriu Eira. — Para a Noruega ou a Finlândia... Podia conseguir drogas em qualquer lugar...

— Em Hassela disseram que ele estava limpo havia um tempo.

— Ninguém sabia para onde ele ia?

— Pelo jeito, não — respondeu Silje. — Ele não tinha contado nada aos camaradas dessa vez.

Eira leu o texto relativamente curto mais uma vez.

— Se era ele quem estava no rio com Lina Stavred — disse ela —, então não pode ter sido a primeira vez que se encontraram naquela noite. Ela não deve ter ido até o rio por acaso, devem ter marcado um encontro.

— Hum — disse Silje. — Cedo demais para se chegar a esse tipo de conclusão, muitos diriam.

Eira se virou para a foto de Kenneth Isaksson novamente.

Os cabelos rebeldes, o olhar indefinido.

— Se você tivesse 16 ou 17 anos — quis saber ela —, o que acharia desse garoto?

Silje observou o olhar fixo na foto do passaporte.

— Eu acharia atraente o fato de ele estar fugindo, ou teria ficado com medo, sei lá o que eu acharia. Eu teria achado que ele se parecia com um astro do rock.

— Lina foi andando até Marieberg — disse Eira. — É mais de um quilômetro desde a casa dela, quase dois até. Tinha se arrumado e não queria se sujar...

Eira estava de volta à floresta, entre as urtigas. No caminho que seguia até o rio, ela visualizou a imagem do garoto no barco. Como ele o conseguira? Roubado, é óbvio. Barcos a remo desapareciam às dezenas durante uma temporada. A praia, onde os últimos rastros tinham sido encontrados.

— O pincel de maquiagem — disse ela.

— O quê?

— Foi encontrado na areia. Lina se maquiou antes de ele chegar.

avia um forte odor de acetona e de perfume. Talvez fosse pretensioso chamar o local de salão, pois ficava no porão de um prédio residencial, mas Elvira Sjögren tinha feito o possível para que se parecesse com um.

Quadros com paisagens francesas nas paredes, espelhos em molduras douradas, velas perfumadas em todas as superfícies vazias. Sândalo e alecrim.

— Mas, minha querida — disse ela, examinando as mãos de Eira. — Quando foi a última vez que você fez a unhas?

— Só quero algo simples — respondeu Eira.

— Você não vai se dar ao luxo? Acho que merece!

A mulher conhecida por Elvis apanhou cartelas com unhas postiças em milhares de nuances, compridas, pontiagudas, arredondadas e bem delineadas, enquanto Eira pensava o quanto poderia ser honesta com a outra. Como policial, o que estava fazendo estava no limite do aceitável, porém ninguém poderia condená-la por querer ficar bonita.

Ela apontou para um esmalte quase branco, levemente perolado.

— E podemos aumentar um pouco o comprimento da unha também — sugeriu Elvis, esfregando os dedos dela, com cuidado, entre os seus.

— Não muito — respondeu Eira. — Não dá para ter unhas compridas no meu trabalho. — Não era bem verdade, pois algumas policiais apostavam em unhas postiças cor-de-rosa para contrabalançar o uniforme masculino.

— Jesus, que chato! Você trabalha com o quê?

— Sou policial.

— Nossa, parece ser emocionante, você deve ver cada coisa!

— Faça o mais simples possível, como eu já disse — respondeu Eira, recebendo um sorriso triste como resposta, como se a mulher se desculpasse por Eira achar que não merecia algo melhor.

Ela foi acomodada em uma cadeira, as unhas começaram a ser lixadas e hidratadas, e a mulher falava em diferentes produtos para fortalecer as unhas ou alongá-las com um tipo de gel.

— Acho que estou reconhecendo você — disse Eira depois de um momento de conversa sobre o tempo e as férias. — Você não era amiga da Lina, aquela que desapareceu?

— Era, sim. Ela era minha melhor amiga.

Quarenta minutos, pensou Eira. Era o tempo que demoraria para arrumar dez unhas. Ainda faltavam 35.

— Deve ter sido terrível. Para você também, quis dizer.

Elvis ajustou a luz forte sobre a mesa.

— Queremos esquecer, de preferência, mas não tem como. O caso reapareceu nos jornais agora, começaram a dizer que talvez tenham encontrado o corpo dela… Acham que vai ter um funeral. Houve só uma cerimônia na época, bonita mesmo assim, tocaram a música favorita dela e fizeram um discurso sobre a pessoa maravilhosa que ela foi e que poderia ter sido…

A tarefa de fazer as unhas obrigava a mulher a olhar para baixo, mas talvez ela evitasse olhar para Eira, de qualquer forma. Havia certa hesitação, palavras soltas.

— Eu não a conheci pessoalmente — revelou Eira. — Eu era muito pequena na época, mas o meu irmão a conhecia. Namoravam.

Elvis deixou a ferramenta afiada escapar, que acabou por atingir a cutícula de Eira. Ela levantou a cabeça.

— Sjödin! Nossa, não tinha nem imaginado. Você é irmã do Magnus? Mas claro que sim, eu já sabia que a irmã dele era policial.

O ar ficou mais leve de respirar, apesar das velas cheirosas, quando Elvis deixou de lado a conversa de salão de beleza sobre o valor de uma mulher e que ela devia se dar ao luxo.

Eira respondeu a algumas perguntas sobre Magnus, como ele estava, o que fazia, com quem estava.

— Como era Lina na verdade?

— O que Magnus disse?

— Nada — respondeu Eira. — Você sabe como são irmãos.

— Ele também devia querer esquecer. — Elvis guardou a lixa. Escolheu um frasco e passou com cuidado uma camada de base nas unhas de Eira. — Todo mundo comentava como ela era boazinha. Não se podia discordar, ninguém queria parecer uma pessoa terrível.

— Você se lembra de Ricken?

— Claro que me lembro.

— Ele disse que Lina só brincava com Magnus.

— Ela era terrível — disse Elvis. — Perdão, nunca diria isso para outra pessoa, mas você é irmã dele, pode muito bem saber. Lina terminava com ele e voltava, ficava com outros e dizia que ainda gostava dele, você sabe... Então quem está apaixonado acaba quase enlouquecendo, achando que não consegue mais viver sem a outra pessoa.

Ela colocou a mão de Eira sob a lâmpada, para secar um pouco.

— Eu também gostava de Magnus — disse ela, ficando um pouco corada, talvez por causa do calor da lâmpada. — Eu não falei nada sobre isso para a polícia na época, iam achar que eu a tinha matado em um drama por ciúmes. De qualquer maneira, eu nunca poderia competir com Lina, em nada. Eu fiquei com ele depois, como um consolo, acho. Não sei... Não tinha como ser ela. Magnus também mudou, foi o que achei. Ele era alegre antes, você sabe, um daqueles garotos que andam pela vida, para lá e para cá, e são amados por todos, porque são bonitos e educados. Achei que ele fosse assim, mas depois... Desculpe por contar isso para você, mas ele não foi tão legal comigo. Até gritou para que eu parasse de andar atrás dele, quando eu só queria que nos encontrássemos... Você sabe. Quando a gente fica muito ansiosa. Achei que ele estivesse triste e que eu era a única, e que ele precisava ser consolado. O amor, ora essa. Ai, perdão, acabei me esquecendo...

Elvis empurrou a lâmpada para passar a próxima camada de esmalte. Borrou um pouco, limpou imediatamente, e borrou mais uma vez.

— Ele está bem agora? — perguntou ela, com cautela.

— Magnus? Sim, ele tem uma namorada na costa.

— Espero que ela seja legal com ele.

— Acho que é.

— Ele também podia ser ciumento — continuou Elvis. — Não comigo, claro, mas com Lina. Muito, você sabe. Ele ficava na frente da casa dela a noite toda para ver se ela vinha com alguém. Eu morava bem perto. Escutava quando ele chegava de moto.

— Ele tinha razão? Você sabe se Lina saía com mais alguém?

— Ela teria me matado se eu contasse.

Eira sorriu.

— Ela não tem como fazer isso agora.

— Não, mas... fica gravado na gente. Ela virou uma santa depois. Não se fala mal de uma pessoa morta, devemos ter controle sobre isso. Ficar lá chorando e dizendo que ela era a melhor pessoa do mundo.

— Mas...

— Ela podia ser muito má. Um dia me chamava para ir à casa dela, porque eu era sua melhor amiga no mundo inteiro, e no outro me chamava de mongoloide e retardada, porque eu não era tão esperta como ela. Só porque ela lia livros bacanas, de autores franceses e tal, você sabe, que ninguém mais entendia. Acho que ela só dizia que os lia. Como se alguém se importasse com isso. — Elvis olhou para cima novamente. — Eu nunca usaria essas palavras, "mongoloide" e "retardada", mas naquele tempo se falava assim. Não se diz mais. Nenhuma pessoa sensata diz isso. É uma pessoa excepcional, mas tampouco se diz isso, eu sei, trabalho como auxiliar de enfermagem também. Se diz pessoa com deficiência hoje, mas era assim que Lina chamava alguém quando achava que era um idiota completo. Mesmo assim, eu continuava a ser amiga dela.

Elvis se afastou da mesa de trabalho, arrancou um pouco de papel de um recipiente e assoou o nariz. Limpou as mãos com uma toalha úmida.

— Você devia ousar e usar mais cores, eu acho.

— Na próxima vez, quem sabe.

Eira ficou a observando enquanto ela colocava tudo em ordem.

— Quem era a pessoa com quem Lina estava saindo e que você não podia contar?

— Eu sei, devia ter contado para a polícia, mas eu só tinha 15 anos... Se a polícia os pegasse, Lina me odiaria para sempre. Ela tinha mentido em casa e dito que estava comigo, foi por isso que eles nem perguntaram. Os pais de Lina eram muito rígidos, nunca bebiam, ficavam histéricos quando ela saía e voltava bêbada. Mais uma vez e eles a mandariam ficar com os parentes na Finlândia ou para um internato, com regras severas e toque de recolher...

— E o que Lina ia realmente fazer naquela noite?

— Ela ia fugir — contou Elvis — com aquele garoto. Achei que fosse isso que ela tivesse feito e, por essa razão, não disse nada. Depois surgiu tudo aquilo com Olof e o que tinha acontecido...

— Quem era ele?

— Ela não me disse como ele se chamava.

— Magnus estava sabendo?

— Pelo que conheço de Lina, ela jogou tudo na cara dele. Para mim, contou que o sexo era maravilhoso com ele, que os garotos daqui não faziam a menor ideia... E coitada de mim, a "mongoloide retardada", que nem sabia o que era sexo... eu pensava mais era em Magnus, em como ele ficaria magoado. Além disso, ela estava errada. Ele era bom de cama, sim. Ai, desculpe, você talvez nem queira saber, não é?

— Então, ele não era daqui? — perguntou Eira.

Elvis balançou a cabeça.

— Como eles se conheceram?

— Ela pegou uma carona.

— Ele tinha carro?

— Sim, deve ter tido, porque transavam no carro, se é que era verdade. Lina me contava essas coisas para implicar comigo, porque eu não tinha namorado, e depois eu era obrigada a jurar que não contaria para ninguém. Eu tinha que ficar guardando os segredos dela e a invejando. Ela me disse que ele era procurado pela polícia, só para se fazer de mais importante, como se ele fosse um bandido de filme americano. Era típico dela inventar essas coisas para que eu me sentisse idiota e inexperiente.

Eira ficou pensando se a outra entenderia quando a história do corpo de Kenneth Isaksson se tornasse pública. Amanhã ou depois de amanhã, não demoraria muito.

Ela apanhou seu celular e digitou o número do pix que estava na parede.

— Esqueci de lhe perguntar quanto custa — disse ela.

Estavam sentadas conversando sobre o tempo. Comeram salmão assado no forno, daqueles que vinham congelados em porções individuais. Eira achou a mãe um tanto desconfiada, remexendo na comida. O salmão deveria vir fresco ou ser comprado de algum conhecido e não empacotado em plástico de uma criação na Noruega, transportado para o supermercado e para a mesa de alguém.

— Como era o nome que você disse? — Kerstin tinha terminado de mastigar.

— Lars-Åke, ele morava na casa junto à alfândega. Você não se lembra dele, mãe? Pelo que entendi vocês eram muito próximos.

O olhar estava perdido em outro lugar, por tempo demais.

— Eu deveria tratar de limpar as janelas esse ano.

Eira não conseguia distinguir as coisas que a mãe se esquecia daquilo do que fugia, ou se dava tudo no mesmo.

Depois da refeição, ela foi até o rio, passando pela casa azul onde o homem chamado Lars-Åke tinha morado. Estava vazia, mas não parecia abandonada, talvez ele tivesse filhos que não chegavam a um acordo quanto à herança. Havia mil motivos para existirem casas abandonadas — famílias que tinham se desfeito, pessoas mortas, lembranças que ninguém desejava guardar.

Eira seguiu pela margem, pensando no verão em que tinham jogado as bonecas na água para ver se elas flutuavam ou afundavam, quando o rio ganhava outra tonalidade e o mar ao leste era infinito, apesar de ser um mar fechado. Ela não tinha se acostumado com o quão silenciosa a região havia se tornado. Às vezes podia ouvir o trânsito que ecoava através de toda a comunidade quando ela ainda era pequena, antes que construíssem a nova ponte junto à costa e desviassem a E4. A viagem entre o norte e o sul havia sido reduzida em oito minutos, enquanto Lunde tinha ficado em uma estrada secundária e virado um lugar fantasma.

Aqui e ali ao longo da beira, pequenas piscinas se formavam quando o nível do rio ficava baixo. A água estava parada e rasa, libélulas dançavam acima da superfície. Eira havia apanhado algumas certa vez, quando ainda eram ninfas. Colocou três delas em potes de vidro no parapeito da janela, com buraquinhos na tampa para entrar ar. Queria ver a transformação delas, quando as asas ganhavam aquela cor verde-esmeralda, azul-celeste.

Na manhã seguinte os vidros tinham desparecido. Ela os encontrou na grama lá fora. Magnus havia soltado as ninfas dela.

"Nunca prenda um ser vivo. Se eu pegar você fazendo isso de novo, vai apanhar."

Eira ligou para ele novamente. Nenhuma resposta ainda.

Ela viu uma libélula capturar um inseto no ar. Naquele tempo ela achava que eram somente belas. Encantadas. Não sabia que eram predadoras.

"Você não entende que podem morrer?"

Um minuto depois, o telefone dela tocou.

Era o número de Magnus, mas ouviu a voz de uma mulher do outro lado.

— Ele não está aqui. Não sei onde ele está.

Marina Arnesdotter, a mulher com quem ele vivia. Não estava sendo fácil entender o que ela dizia, pois parecia estar chorando.

— Vi que você ligou — disse ela. — Tentei telefonar para Magnus o dia todo, mas acabei de ver que o celular dele estava aqui. Por que ele saiu sem levar o telefone?

— O que aconteceu?

Eira se acomodou sobre uma pedra junto ao banhado. Os mosquitos estavam insuportáveis. O enxame a seguiu quando ela se levantou novamente.

Magnus tinha começado a beber alguns dias atrás e estava incontrolavelmente embriagado. Eles tinham brigado. Primeiro, por causa do álcool, pois Marina sabia que ele tinha problemas, ele nunca havia escondido dela, porém tinha lhe prometido que ia parar. Depois, veio todo o resto, Magnus achava que ela não o queria mais, que ele não prestava e, logo em seguida, ele começara a acusá-la das coisas mais doentias possíveis.

— Como o quê?

— Que eu tenho outros, por exemplo. Eu não tenho. Quem poderia ser? Passo todo o tempo na oficina ou na galeria.

— Alguns dias atrás, você disse? Poderia ser mais precisa?

— Não foi nem à noite. Quem começa a beber durante o dia? E, hoje de manhã quando acordei, ele tinha ido embora. Sempre me levanto antes dele.

Eira se esqueceu dos mosquitos, mal sentia as picadas agora. Ela conseguiu arrancar da mulher o dia em que tudo havia começado.

— Mas ele estava ainda mais nervoso antes disso, desde o dia em que você esteve aqui...

Podia ser uma coincidência. A mulher achava que eles podiam tomar uma taça de vinho e ter um momento agradável, porém Eira sabia que nada tinha de agradável naquilo. Marina Arnesdotter era uma dessas pessoas que tomava uma taça e depois toda a garrafa, mas, se Magnus começasse a beber, continuaria bebendo durante semanas.

Eira tentava colocar a culpa na mulher, com seus corações de cerâmica e seu vinho ecológico, que era o que ela provavelmente bebia, mas não podia evitar os fatos.

Fora no mesmo dia em que saiu na mídia a notícia sobre o corpo encontrado em Lockne.

— Não sei o que fiz de errado, imagine se ele se machucou...

Na hora do almoço, naquele mesmo dia. Eira não sentia mais a mão segurando o telefone, estava congelada.

— Entre em contato comigo se souber de alguma coisa.

— Você também.

Estavam de volta de uma perseguição a um carro que os tinha levado até o norte de Sollefteå, quase à altura de Junsele, onde os fugitivos saíram da estrada e foram apanhados.

Eram criminosos conhecidos, que traficavam drogas desde o sul da Suécia, através de Sundsvall, ao longo das estradas de Norrland. Agora tinham sido capturados e presos. Eira estava junto à máquina automática de café.

— Você tem um minuto?

Era a voz de GG atrás dela. Eira apertou o botão errado. Um cappuccino bege, pálido como lama, começou a escorrer na xícara, em vez do café preto e forte, como de costume.

— Claro — disse ela, se virando e sorrindo.

GG fez um sinal com a cabeça para que ela o acompanhasse. Entraram na sala e ele fechou a porta.

— Encontramos o DNA dela — disse ele.

— De Lina?

— Você tinha razão. Era o vestido dela. Não constava nos registros, obviamente, pois aconteceu antes do tempo das análises de DNA, mas encontraram o mesmo no casaco.

Eira se afundou na poltrona.

— Agora vamos intensificar as buscas — continuou GG, virado para a janela, sem olhar para Eira —, vamos receber reforços. Se ela estiver lá, vamos encontrá-la.

O café tinha ficado junto da máquina automática e o corpo dela implorava por cafeína depois da chamada de emergência. A dor de cabeça iniciava na nuca e ia subindo. Uma fadiga no corpo depois do pico de adrenalina na perseguição ao carro.

— Vai inocentar Olof, pelo menos — disse ela.

— Calma — falou GG. — Não há nenhum corpo ainda. Teoricamente, ela pode ter perdido o vestido lá em outra ocasião.

— E ido embora nua?

— Encontramos DNA do morto também, Kenneth Isaksson, em algo que poderia ter sido o saco de dormir dele, embora tenha virado praticamente o jantar de algum animal. Texugo, acreditam os técnicos.

— Há algo que o conecte à Lina?

— Sim. Há o DNA de ambos nos restos da mochila.

— Então, estavam juntos. — Na mente de Eira veio aquela imagem novamente, Lina desaparecendo na floresta, usando o vestido, o casaco amarelo e uma pequena mochila. Uma daquelas que se usava na escola, mas ela não estava a caminho da escola. Era como um filme que ficava se repetindo.

— Está cheio de DNA naquela antiga fundição — continuou GG. — Se é que não encontraram o DNA daqueles que forjavam ferramentas ou o que fosse.

Ele se sentou na poltrona em frente a ela.

— Mas acharam o DNA de mais uma pessoa — disse ele — em um preservativo, dentre todos os lugares. Havia alguns por lá.

— Sim, eu vi — respondeu Eira, se lembrando dos objetos no chão, enquanto ficava alerta com a mudança no tom de voz dele.

— Um tal de Magnus Erik Veine Sjödin.

Erik era o avô paterno deles, Veine vinha do pai. Eram nomes que passavam de geração em geração, para você ficar sabendo de onde vinha e a que lugar pertencia.

— Ele é meu irmão — revelou ela. — Meu irmão mais velho.

O ar lá dentro estava abafado como de costume — não, estava pior, sufocante.

— Eu sei — respondeu GG. — Nós o encontramos diretamente, porque ele já constava nos registros. Nenhum crime grave, mas alguns roubos, uma agressão...

— Entendi.

— Havia rastros de Lina Stavred também. No mesmo objeto.

Eira se afundou na poltrona, querendo cavar um buraco e descer até o andar térreo do prédio. Só pensava em sair correndo dali.

Eles tinham estado na fundição em Lockne, pensou ela. Fizeram sexo. Isso não provava nada. Só provava que tinham feito sexo.

Seu idiota, pensou ela, que merda você fez?

— Eles namoravam — disse ela. — Iam e voltavam, foi assim durante muito tempo, mas tinham terminado quando Lina despareceu. — Ela se calou, para recuperar o fôlego e poder falar normalmente e com segurança. — Eu não sabia de nada até ver o nome dele no antigo inquérito. Eu tinha nove anos na época, ninguém me contou nada.

— E você não pensou em me contar?

— Pensei, mas não íamos abrir o caso de Lina e não suspeitavam dele, o caso já estava solucionado.

Desculpas, rodeios. A verdade era que ela pensava naquilo o tempo todo. GG a observava. Como policial, pensou ela. Ele não está me olhando como colega agora.

— Você sabe que tem o direito de não falar — disse ele. — Já posso designar outra pessoa para examinar o material, se você preferir.

Eira umedeceu os lábios com saliva.

— Magnus foi ouvido somente por causa do relacionamento deles — disse ela —, quando ainda era visto somente como um desaparecimento, quando ninguém sabia que um crime fora cometido.

— E depois pegaram Olof Hagström?

— Sim. — Ela não suportava mais a maneira séria como ele olhava para ela. — No interrogatório com Magnus, ele disse que estava em casa naquela noite. O responsável pelo inquérito não levou o caso adiante.

— Você entende que precisamos interrogar o seu irmão por causa do homicídio em Lockne?

— Eu compreendo.

O que você acha?, ela queria gritar. Que eu sou uma completa idiota?

— Não encontramos nenhum celular registrado no nome dele — continuou GG. — Procuramos por ele no endereço registrado aqui em Kramfors, mas a mulher que estava no apartamento disse que ele não mora mais lá.

— Ele tem outra mulher agora — contou Eira, dando o nome para ele. — Ela me ligou ontem à noite, mas ele tampouco se encontra lá.

Ela mencionou também o nome de Ricken, mas eles já o tinham contatado.

— Há algo mais que você se lembre, algum lugar onde ele possa estar? — perguntou GG.

Eira tentou dar um sorriso, que mais era um esforço para não chorar.

— É agora que eu deveria dizer que há um lago secreto? Um lugar onde meu irmão costumava me levar para pescar?

— É para o bem dele — afirmou GG.

— Magnus nunca estava em casa. Ele ficava desaparecido durante dias e voltava só para dormir, às vezes, ou para roubar algum dinheiro. Não sei. Não faço a mínima ideia de onde ele possa estar.

Algo tocou em seu braço. Havia luz, havia sombras e nada estava parado.

Pontos dançavam diante de seus olhos.

Olof queria coçar o braço, mas não conseguia se mover. Queria dizer àquele que segurava sua mão para ir embora. Antigamente, teria gritado. Agora não saía som nenhum.

Onde estou? Alguém pode me responder?

E se aproximavam dele. Queria dizer para irem embora e o deixarem em paz, mas tocavam nele, conversavam e diziam:

Olof? Está me ouvindo?

Olof?

Maldição, como coçava.

E ira comprou um pacote de bolinhos na cafeteria junto à Casa da Comunidade, antes de atravessar a ponte e tomar o caminho para Klockestrand.

A casa de veraneio ficava mais ou menos no lugar onde ela se lembrava, porém um pouco mais afastada da estrada e não tão próxima ao rio. Ela viu seu ex-colega passando pelo lado de fora da casa.

— Mas que visita danada de surpresa!

Eilert Granlund cumprimentava como se fazia antigamente, nada de abraços desnecessários, somente uma das mãos no ar. Oi!

Assim como a maioria das pessoas nesse lado do rio, ele também era apaixonado por sua varanda, que estava a ponto de ficar maior que a casa.

— Todos os anos resolvo que pode ficar um pouco maior — disse Eilert Granlund. — A pessoa precisa ter algum projeto se não quiser morrer antes da hora.

Já havia café em uma garrafa térmica, e Eira tirou os bolinhos da embalagem. A esposa dele veio e deu um oi, retornando para o trabalho no canteiro de flores.

— E você, como vai o seu projeto?

— Estou de volta à patrulha de emergência — respondeu Eira.
— Foi tudo por água abaixo?
— De jeito nenhum.
— Mas?
— Não era sobre isso que eu queria conversar.
— *Shoot, baby* — disse Eilert, apanhando um bolinho de canela. — Mas primeiro vai vazar tudo sobre o garoto que encontraram em Lockne.
— Achei que você odiasse policiais que vazam informação — disse Eira.
— Para os jornalistas, sim. Mas é outra coisa vazar para um velhote que anda por aí, conversando com as lesmas.

A risada de Eilert era tão barulhenta quanto ela se lembrava, os corredores tinham ficado mais silenciosos desde que ele se aposentara.

Eira contou a ele sobre a bota da marca Dr. Martens. Era dessas histórias que ele gostava, dos detalhes que demonstravam as habilidades da corporação. Ele queria até escutar uma música do Nirvana para se inteirar do que era a cultura grunge.

— Se o garoto ouvia isso no último volume — disse ele —, entendo que alguém em Lockne tenha tomado uma providência.

A risada dele novamente, como uma saraivada de balas.

— Eu andei lendo o inquérito sobre o caso Lina — disse Eira.
— É mesmo? Por quê? — Eilert Granlund parou de rir. — Sim, sim — continuou ele, antes que ela respondesse —, é sobre o homicídio do pai de Hagström, você telefonou por causa disso, perguntou se aquele homem consta na investigação. Fiquei pensando nisso. Será que deixamos escapar algo? Foi um trabalho bastante difícil, talvez o mais pesado do qual participei durante a minha carreira na polícia. — Ele coçou o queixo, balançou a cabeça, se sacudiu. — Mas o solucionamos, afinal. Conseguimos, apesar de ter sido muito difícil. Um criminoso tão jovem... e a garota, contar para os pais dela... Devemos ter consciência que fizemos o nosso trabalho, que nos deixou noites sem dormir. Acho que nunca a minha esposa esteve tão perto de me deixar como naquela época.

Tudo o que Eira não podia dizer rodava em sua cabeça. Sobre o interminável interrogatório e as palavras colocadas na boca de Olof; sobre Lina, que talvez nem tenha sido jogada no rio, afinal.

Ela não estava ali para questioná-lo, precisava se lembrar disso. Tomou o café, partindo pedaços do bolinho de canela com a mão enquanto conversavam. Os pais de Lina tinham impressionado Eilert, talvez por ele ter se identificado com o pai dela. Vinham, assim como muitos outros, de famílias destroçadas pela bebida, mas Stavred tinha escolhido o caminho da sobriedade — tanto ele quanto a mulher eram ativos na comunidade e se preocupavam quando a filha saía, e ela sempre escapava daquela redoma que eles tinham criado. Os filhos mais velhos já tinham saído de casa, e somente Lina havia ficado, com todas as aflições que ela provocava...

— Você interrogou uma outra pessoa... — disse Eira.

— Sim, foram várias. A minha memória não costuma falhar. Palavras cruzadas, diz a minha esposa, nunca pare de fazer palavras cruzadas. Odeio palavras cruzadas. Não levam a lugar nenhum.

— Magnus Sjödin.

— Devo ter interrogado milhares de pessoas durante os anos...

— Ele era o namorado de Lina. Vocês o levaram para interrogatório diversas vezes.

— Ah, sim. Lembro... Sjödin, então é seu parente?

— É meu irmão — disse Eira. Não era um sobrenome incomum na área, por esse motivo não era de se estranhar que ele não houvesse pensado nisso.

— Eu não fazia a menor ideia. — Eilert franziu os olhos por causa do sol que brilhava além de Sandö e Svanö. A varanda era construída em um ângulo especial para não se perder nada do espetacular pôr do sol. Gaivotas gritavam e cruzavam o céu.

— Eu me lembro dele, agora que você falou. É mais fácil lembrar o contexto, as perguntas e respostas, os rostos. A sensação da pessoa na sala com relação ao crime, que pensamentos você teve. São somente os nomes que escapam quando o cérebro começa a se dissolver.

— Você lembra que pensamentos teve quando o interrogou?

— Por que está fazendo essas perguntas? — Eilert olhou fixamente para ela, com o olhar mais penetrante do que nunca.

— São oito anos de diferença entre nós dois — contou Eira. — Eu era muito pequena na época, e depois nos afastamos. Preciso saber quem o meu irmão realmente é.

Ela tinha muita esperança de que Magnus não virasse motivo de notícia no dia seguinte nem nos dias depois desse. Se fosse assim, ela teria problemas maiores do que a desconfiança despertada em Eilert Granlund.

— Você chegou a pensar que poderia ter sido ele? — perguntou ela.

— Não, ficamos convencidos desde o início da culpa de Olof Hagström. Havia provas, testemunhas... era óbvio!

— Eu quis dizer antes, nos primeiros dias. Você se lembra do que pensou?

— Hum, acho que vou tomar um uísque, costuma ajudar.

Quando ele entrou em casa, ela percebeu que tinha sentido o cheiro desde que chegara ali. Que Eilert parecia um pouco oscilante. Ela pegou o telefone, três chamadas perdidas de August. Nenhuma mensagem.

— Ah, você está dirigindo, coitada... — disse Eilert ao voltar com um copo e uma garrafa de uísque puro malte da High Coast, que abriu somente para si mesmo. Ele se apoiou na mesa ao se sentar.

Um leve gemido. Uma dor em algum lugar que ele nem tentou disfarçar.

— É claro que tínhamos o namorado na mira, foi para ele que olhamos primeiro, além de todos os outros infratores conhecidos da polícia e tal... Os amigos dela comentavam um pouco que ele era ciumento. Lina tinha tentado terminar diversas vezes, mas ele não desistia. É um padrão já observado antes. Ele tinha álibi, nem lembro o quê, mas era pouco convincente. Por alguns dias, o namorado foi o nosso principal suspeito, mas se você me perguntar...

— Estou lhe perguntando.

— Ele não tinha o perfil. Era a minha sensação. Ele era, como posso dizer... moldável. Havia aqueles que acreditavam que ele estivesse mentindo, porque era culpado, mas eu não tinha tanta certeza... A sensação que eu tinha era de que ele não queria fazer nada de errado. Andava na ponta dos pés, pensava um segundo a mais antes de responder e tal. Talvez estivesse mentindo para proteger alguém. Foi o que achamos por um momento, que podia haver vários culpados.

— Quem seriam?

— Ninguém, eu estava errado. Magnus Sjödin nem conhecia Olof Hagström, não iria se arriscar por causa dele. — Eilert Granlund engoliu sua segunda dose de uísque, ou sabe-se lá quantas já havia tomado, e se serviu de mais uma.

— Devemos aceitar que estamos errados às vezes. É um tipo de experiência também. Saúde!

E lá se foi mais uma dose.

U m vírgula sete por litro de álcool no sangue. Magnus Sjödin tinha sido detido em uma fiscalização no trânsito, logo ao sul de Härnösand.

— Foi por isso que você tentou me ligar ontem? — perguntou Eira.

— Achei que você quisesse saber — respondeu August.

Três ligações perdidas dele na noite passada. Ela tinha pensado que August queria encontrá-la e não estava com vontade de se arrumar, de ficar sexy. Achou que seria bom para ele se ela se mostrasse um pouco difícil.

Por isso só havia ficado sabendo agora, no trabalho, quando ele a segurou pelo pulso e a levou para uma sala de conferências vazia.

— Por que você estava lá, ao sul de Härnösand? — perguntou ela.

— Fiz umas horas extras ontem, precisavam de gente. Estávamos por perto quando pediram ajuda para transportar um homem em detenção.

— Como você sabia que era o meu irmão?

— Ele disse.

— Ele disse?

— Sim… ou melhor, ele berrou que tinha uma irmã na polícia.

Eira se afundou na poltrona. A mesa da sala de conferências se espalhava como um oceano. Alguém tinha deixado garrafas meio cheias de água mineral ali.

— Sinto muito — disse August. — Nem sabia que você tinha um irmão.

Porque eu não lhe contei, pensou Eira, porque ninguém precisava saber.

Ela tinha acordado várias vezes durante a noite, pensando que ele estivesse morto, que havia colidido com uma montanha em algum lugar, em qualquer lugar, pois o vale de Ådalen inteiro era cheio de montanhas para se acidentar, ou que houvesse saltado da ponte da Costa Alta, ou se jogado no rio dentro de um carro cheio d'água a trinta metros de profundidade, com peixes nadando em volta de si.

Essas imagens.

Ela também tinha pensado que Magnus não iria se matar, ele amava os filhos, seus lindos meninos, apesar de ser um péssimo pai. Como se pessoas que amassem os filhos não se matassem. Elas não gostavam era de si mesmas.

Mas ele estava vivo.

O irmão dela tinha passado a noite na cadeia sem que ela ficasse sabendo. Magnus, que não suportava ficar fechado, que fugia assim que uma mulher tentasse prendê-lo.

Eira começou a pensar na namorada dele em Nordingrå e escreveu uma mensagem para ela, dizendo que sabia onde ele estava, mas que não podia falar agora.

Ela percebeu que era somente uma distância de alguns quilômetros entre a casa da mulher e o local onde ele fora detido, mas ele estivera desaparecido durante dois dias.

— Magnus disse onde esteve?

— Não sei — respondeu August. — Ele veio do sul, disse que ia para casa, não queria ir para a maldita Härnösand.

— Casa? Que casa?

— Não sei.

— Ele disse mais alguma coisa?

— Magnus nos chamou de porcos fascistas e coisas do gênero. E tinha que falar com a irmã, porque ela era uma policial de verdade e não um bando de idiotas como nós.

Eira teve que rir.

— Esse é o meu irmão.

Depois teve que chorar. A mão dele, desajeitada, sobre a nuca dela. August a puxou para si. Ele cheirava a álcool em gel e sabonete, tinha mãos macias, nenhum calo.

— Você... — ele disse.

— Não tem problema. Está tudo bem.

Eira se livrou dos braços dele e se levantou, secou o rosto com a manga da camisa.

— Não acontece nada por aqui? Os criminosos estão de férias?

Ninguém confessava publicamente, mas policiais queriam que acontecessem coisas. Não tinham escolhido essa carreira só para atender a alarmes falsos e arrombamentos praticados meses atrás.

Eles queriam aventura, poder usar a plena capacidade, queriam acelerar o pulso, sentir a adrenalina — o que não significava que defendiam a criminalidade.

Era o mesmo que acontecia quando cirurgiões apreciavam realizar operações complicadas, ou quando atores interpretavam Hamlet e Rei Lear.

Eira deu uma última olhada nos discos de vinil espalhados pelo chão.

— Esses malditos — disse o homem, que tinha acabado de chegar em sua cabana para passar as tão esperadas férias — roubaram toda a minha coleção do Bowie.

— Talvez fosse bom pensar em instalar um alarme de segurança — disse Eira.

— Seria necessário? No campo?

— Tem Bowie no Spotify — disse August, o que fez com que o veranista fizesse uma cara de quem queria matá-lo.

Ao sair dali, passaram pela entrada de Lockne pela terceira vez naquele dia. Eira sentiu muita vontade de ir para lá.

Ela não havia ouvido falar se os técnicos tinham encontrado mais alguma coisa.

Se encontrassem, ela ficaria sabendo, não é?

Pelo rádio ou por outra fonte. Ela tinha impedido August de mudar para uma estação melhor e o havia obrigado a ouvir a rádio Västernorrland toda a manhã. A polícia tinha divulgado o nome e a fotografia de Kenneth Isaksson, essa era a última notícia. Eira desconfiava que os investigadores estariam atolados em pistas, porém a maioria se mostraria sem utilidade.

Eles se concentrariam em Magnus. Ela mesma teria pensado dessa maneira no lugar deles. Uma pessoa que, comprovadamente, estivera no lugar do crime, tivera um relacionamento íntimo com a vítima; ela temia que ele se tornasse o objeto de concentração deles.

A placa para Lockne ficou para trás no caminho.

— Você tem irmãos? — perguntou ela.

— Eu tive uma irmã — respondeu August. — Ela se suicidou quando tinha 19 anos.

Eira tentou dizer alguma coisa. Ela, que tinha achado que ele era uma pessoa leve, alegre e irritantemente sem problemas.

— Está tudo bem, você não precisa dizer nada. — August olhou para ela, era ele quem estava dirigindo agora, a pedido dela. — Fiquei farto de psicólogos antes de completar vinte anos.

— Então, ela era mais velha?

— Éramos gêmeos.

Eira colocou sua mão sobre a dele, fazendo um carinho desajeitado, com mais sensibilidade que antes.

— Tenho um irmão também — disse ele —, três anos mais novo. Coube a nós viver.

Somente pela tarde Eira teve coragem de telefonar para Härnösand. Não pôde falar com Magnus, obviamente, mas deixou mensagens para no mínimo três pessoas, para o guarda em serviço, para o guarda da prisão e para sabe-se lá quem mais, pedindo que Magnus Sjödin, quando pudesse telefonar, ligasse para aquele número.

Ele ficaria sabendo que não estava sozinho.

Depois ela deu uma passada pela sala da investigadora local, Anja Larionova, para relatar que mais uma casa de veraneio havia sido arrombada.

Tinham recebido uma lista completa dos objetos desaparecidos por e-mail.

Trinta e sete discos de Bowie, todos os títulos mencionados.

Queen, Prince, Bruce Springsteen.

Porcelana da marca Rörstrand, modelo Gröna Anna, aproximadamente cinquenta peças.

E assim por diante.

Anja deu uma rápida olhada.

— Bowie gravou mesmo tantos discos assim?

— Alguns são *bootlegs* — disse Eira —, e aparentemente têm valor inestimável. Devem estar sendo vendidos por vinte coroas suecas em alguma feira de usados agora.

— Justo agora que estou tão ocupada com aqueles barcos antigos — comentou Anja. — Mas vou dar uma olhada mais tarde. — Ela tinha os pés sobre a escrivaninha e uma pilha de documentos sobre o colo. Eira reconheceu o cheiro de poeira.

— Quais barcos?

— Aqueles registrados como roubados em junho e nos primeiros dias de julho de 1996. — Ela parecia entusiasmada. Anja Larionova era conhecida por amar os crimes menores, não havia nenhum roubo que fosse pequeno demais. De uma perspectiva humanista, dizia ela, a perda de uma boneca Barbie poderia ser pior que o roubo de uma BMW. — Foi o bonitão dos Crimes Violentos que me pediu para dar uma olhada.

— Você encontrou alguma coisa? — perguntou Eira.

— Seis barcos. Três deles desapareceram durante o fim de semana do solstício de verão, mas foram encontrados em poucos dias. As pessoas só precisavam voltar das festas de alguma maneira.

— E os outros?

— Dois foram roubados bem ao norte de Sollefteå, o que é bastante longe. Há aparentemente testemunhos de que Kenneth Isaksson mal sabia remar. Ele era mais conhecido por roubo de carros.

— Se foi ele que Lina Stavred encontrou — disse Eira —, ele pode tê-la buscado de carro.

— Carros são mais complicados, envolvem uma área maior, outros volumes. Ele pode ter roubado o carro em qualquer lugar ao longo da estrada, mas é impossível ter remado desde Hälsingland.

Anja Larionova coçou a cabeça com a caneta.

— Mas um barco a remo desapareceu de Nyland durante a noite de 2 de julho.

— Foi encontrado?

— Cerca de duas semanas depois, em Sprängsviken. Tinha ido parar em terra firme e não estava preso.

Eira fechou os olhos para enxergar melhor a geografia. Desde Nyland até Marieberg, atravessando o rio com ajuda da correnteza, levaria uma hora remando, no máximo. Sprängsviken ficava mais abaixo, nas redondezas, aproximadamente a dez quilômetros de distância.

Um barco à deriva pelo rio.

O que poderia significar?

— Talvez o proprietário tenha dado um nó malfeito — disse Anja Larionova —, e o barco saiu flutuando sozinho.

Eira voltou para o seu computador, leu os e-mails antes de ir para casa. O dono da casa de veraneio queria completar a lista com mais dois discos. Uma mensagem vinda de GG a deixou com falta de ar, mas era somente a acusação contra os garotos que tinham incendiado a casa de Olof Hagström. GG queria saber se alguém havia tirado prints das ameaças feita a Olof nas mídias sociais. Muita coisa tinha desaparecido, sido deletada. Provavelmente os investigadores de TI poderiam recuperar grande parte, mas eles estavam sobrecarregados. Eira procurou algumas páginas no computador e se chocou, de novo, com o tom tão grosseiro, e achou que aquilo podia esperar até o dia seguinte.

Fechou o relatório, trocou de roupa. Do lado de fora do vestiário, se encontrou com August.

— Você vai fazer hora extra hoje à noite também? — perguntou ela.

— Não, hoje não.

Eira olhou em volta, nenhum colega por perto.

— Estou de folga amanhã — disse ela em voz baixa. — Preciso dar uma olhada na minha mãe, mas, se você quiser, posso ir à sua casa depois.

— Seria muito bacana — respondeu August —, mas hoje à noite não vai dar. — Ele fechou a jaqueta, dando um sorriso. — Vou buscar a minha namorada na estação.

J á estava mais do que na hora de arrumar o jardim. Os canteiros de flores e a plantação de hortaliças eram o orgulho de Kerstin, lado a lado com a coleção de livros, mas, por alguma razão desconhecida, o jardim havia sido deixado de lado nesse verão.

Eira sabia muito bem que era culpa sua. Bastava dizer "vamos trabalhar no jardim hoje", que Kerstin já estava a caminho de buscar suas luvas de jardinagem no lugar certo.

Tomar iniciativa era um processo mais complicado para o cérebro, uma das primeiras habilidades que tinha desaparecido com a enfermidade.

Agora já estavam ajoelhadas, arrancando a anserina da plantação de batatas e removendo o lúpulo que se enrolava nos arbustos de groselhas.

— Não entendo como pôde ter se espalhado assim, eu tinha acabado de arrancar.

Eira remexeu na terra para que as minhocas e os tatuzinhos aparecessem na luz do dia. Tentou se lembrar de como os canteiros eram antigamente para separar a erva daninha daquilo que já florescera.

— Cuidado! — gritou Kerstin, quando Eira arrancou com força um caule coberto de folhas. — Isso é um lírio oriental, não está vendo?

— E isso aqui?

— Não, não, não, é um lírio-amarelo. Essa muda ganhei da sua avó. Tenha cuidado com a rosa finlandesa, ela floresce somente durante uma semana. Mas, ah, como é perfumada!

E assim por diante.

Quando seus pensamentos ficaram insistentes demais, Eira ligou o cortador de grama, deixando o mundo do lado de fora de seus protetores auriculares. Por esse motivo não percebeu que alguém havia chegado ali até Kerstin se levantar, tirar as luvas, bater uma contra a outra para limpar a terra e erguer a mão para proteger os olhos do sol.

Eira ficou com a imediata sensação de ameaça, um mau pressentimento, assim que viu quem estava ali.

Silje Andersson, que vinha desfilando em uma camisa branca. Mexia a boca, dizendo alguma coisa. Eira desligou o cortador de grama e tirou os protetores dos ouvidos, enquanto a colega cumprimentava sua mãe.

— Desculpe, estou vendo como estão ocupadas, mas posso pegar Eira emprestada por um instante?

O tom despreocupado da outra fortalecia a sensação de intromissão.

— Pode ser, mãe?

— Sim, vá com ela, eu continuo aqui. Preciso arrancar as flores de cardo pela raiz, senão elas se espalham e triplicam até o próximo verão.

Ela parecia tão feliz, tranquila e satisfeita. Eira se virou, a caminho do outro lado da casa, para poder vê-la assim por mais um momento.

Silje parou quando deram a volta na casa.

— Eu poderia ter lhe telefonado — disse ela —, mas achei melhor falar pessoalmente. Ouvi dizer que você estava de folga.

— É sobre Magnus? — perguntou Eira. — Vocês o interrogaram?

— O promotor decidiu que ele ficará em prisão preventiva.

— Apenas por dirigir embriagado? Mas pela concentração de álcool no sangue ele devia apenas levar uma multa... — Ela sabia que havia "apenas" demais naquela frase, e não deveria diminuir uma infração daquela maneira. Dirigir embriagado era dirigir embriagado, mesmo que não fosse um crime grave.

— Por homicídio — disse Silje. — Talvez o homicídio premeditado de Kenneth Isaksson.

Instintivamente, Eira deu uma olhada para a rua. Lá havia um homem lavando o carro; no terreno ao lado, os vizinhos cuidavam dos móveis de jardim.

Ela entrou na casa depressa e fez um sinal com a cabeça para Silje acompanhá-la.

Fechou a porta.

— Não é verdade — disse ela.

— Sinto muito.

— Sabia que ele seria ouvido por causa do resultado do DNA, mas...

Eira se apoiou na cômoda do hall. A casa girava, mas aquela cômoda pintada de verde pálido, com puxadores de ferro, continuava firme. Tinham herdado o móvel de alguém que morrera antes de ela nascer.

— O que ele diz? — perguntou ela.

— Ele nega — respondeu Silje.

— É você quem o está interrogando?

— GG começou hoje de manhã, mas depois me pediu para continuar.

— Entendi.

Silje Andersson, que podia fazer um homem babar ao entrar em qualquer lugar.

— E Lina?

— Por enquanto a suspeita se trata apenas de Kenneth Isaksson — respondeu Silje.

— Por enquanto?

— Você sabe que eu não deveria falar sobre o assunto.

— Vocês a encontraram?

— Ampliamos a área de busca.

A investigadora estava parada a menos de dois metros de distância dela, tentando ser compassiva e vigilante a cada reação. O hall ficou pequeno demais para as duas.

— Precisamos conversar com você também, mas vamos deixar para amanhã na delegacia. Queria somente lhe informar.

Silje pegou sua agenda e começou a falar em definir o horário, pela manhã ou à tarde, a que horas.

— Quem é o advogado dele? — perguntou Eira.

Ela escreveu o nome em um envelope que estava sobre a cômoda no hall, um nome que reconhecia vagamente.

— Então, nos vemos amanhã — disse Silje.

Antigamente costumavam queimar a erva daninha no jardim no início da primavera. Agora havia proibição de queimadas em todo o país.

Eira enfiou tudo dentro de sacos de lixo. Lembrou-se da mãe que, às vezes, fritava a anserina, cozinhava-a no creme de leite, para depois servi-la como acompanhamento ao salmão.

Kerstin tinha adormecido no sofá.

Eira desligou a televisão, observando o rosto adormecido da mãe. Tinha sido um ótimo dia no jardim.

Ela roncava de leve.

Quando contaria para ela sobre a prisão de Magnus?

Antes que saísse nos jornais, antes que os olhares dos vizinhos mudassem, antes que os jornalistas estacionassem em frente à casa delas.

Mas não essa noite.

Depois de três horas de tentativas, ela finalmente conseguiu entrar em contato com a advogada de defesa. Eira foi para o andar superior, para ter certeza de que a mãe não escutaria a conversa.

— Que bom que você ligou — disse a advogada, chamada Petra Falk. — Magnus me pediu para lhe telefonar, mas ainda não tinha tido tempo.

Uma voz delicada que não transmitia nenhuma firmeza. Eira visualizou uma loira platinada, de óculos de aros redondos e dourados; talvez já houvessem se encontrado no tribunal ou em um interrogatório de algum suspeito.

— Como ele está?

— Foi um dia cansativo — respondeu Petra Falk. — Tão bom quanto podíamos esperar.

— Pelo que entendi, não posso falar com ele.

— É complicado. Você tem mais conhecimento sobre o caso que os investigadores.

— Devem me interrogar amanhã.

Eira se sentou na ponta da cama, viu as copas das árvores pela janela, o brilho de uma lua amarela, quase cheia.

— Quais as chances dele?

Ela ficou ouvindo a advogada falar, objetivamente e com toda a calma. Ter dirigido embriagado era o assunto menos complicado no momento. A suspeita pelo homicídio de Kenneth Isaksson, que poderia ser visto como um crime premeditado, era algo que poderia se alongar. Era difícil comprovar passados 23 anos, com indícios e testemunhos vagos, provas técnicas que deixavam espaço para diferentes interpretações. Petra Falk tinha esperança de conseguir arquivar a acusação por falta de provas, se é que o processo seguiria adiante e, em segundo lugar, alterá-lo para homicídio culposo.

— E Lina?

— Estou completamente determinada a deixar o homicídio de Lina Stavred fora disso. O único fato que aponta que ela esteve nas proximidades é o testemunho de 23 anos atrás de alguém que imaginou tê-la visto a bordo de um barco. Não há provas.

— Mas o vestido dela foi encontrado — disse Eira, percebendo de imediato que fora ela mesma que os tinha levado até lá, tinha sido um mérito e um erro ao mesmo tempo. — E a mochila que ela usava ao desaparecer.

— Ainda não vi as análises, mas, pelo que entendi, trata-se de fragmentos, que devido ao material pode ser considerado uma mochila. Um texugo fez a sua parte e nos ajudou.

Eira ficou calada por um instante, tentando ordenar a quantidade de detalhes. O casaco, o vestido, o preservativo, Kenneth Isaksson, que era um amante melhor que todos os outros... Era como se fosse um sistema radicular ramificado, com todos dos insetos e parasitas que viviam dele, um bando em que não se podia diferenciar um do outro.

Ela ouviu a voz suave da advogada, uma falação, enquanto a lua se libertava das copas das árvores e subia.

— Se o promotor de justiça decidir juntar tudo com o caso de Lina, vou alegar o passado criminoso de Kenneth Isaksson, as drogas pesadas... Não seria ele um assassino mais plausível? Mas acho difícil que vá tão longe, desde que não encontrem o corpo dela. Ainda que Lina Staverd estivesse em Lockne naquela noite, o que não foi comprovado de fato, nada indica que ela tenha morrido lá. Ela pode ter se afogado no rio em outra ocasião. Analisando as provas técnicas, ela pode muito bem ter saído de lá andando.

— Sem o vestido?

— Não estou falando literalmente — disse Petra Falk. — Foi somente um exemplo de argumentação.

Eira não disse o que estava pensando. Seu cansaço era extremo, tinha vontade de se jogar na cama. Não tinha paciência para uma pessoa que se dedicava à argumentação, mesmo que fosse a profissão dela. Só queria dormir.

— Você queria me dizer algo importante? — perguntou ela.

— Como eu disse, eu argumentaria que há uma série de cenários possíveis...

— Você disse que Magnus lhe pediu para me ligar.

— Ah, desculpe. Já ia me esquecendo.

Ela parecia estar lendo a mensagem. Eira imaginou Magnus a escrevendo pessoalmente, podia até ver a caligrafia espaçada dele sobre um pedaço de papel.

Imaginou o papel dobrado sendo aberto.

Diga para a minha irmã que não fui eu. Eu não a matei. Não se faz isso com quem se ama. Diga para Eira, para ela entender.

E la remava contra a corrente, contra as forças do rio. Tinha pressa, pois havia se esquecido de uma reunião na delegacia que já começara — todos já estavam lá, menos ela. Os remos ficaram presos na vegetação, nas algas, ou seja lá como se chamavam, e depois viu os corpos flutuando ao redor do barco; precisava largar os remos para conseguir apanhá-los. Havia aqueles que ainda não estavam mortos. Um remo escorregou na água, e Eira se debruçou sobre a borda do barco e ficou remando com as mãos, pois precisava pegá-lo. Viu um rosto sob a superfície, os olhos estavam vivos. O barco andou e ele ficou submerso, ela já não o via mais.

Magnus.

Eira se obrigou a acordar, abriu os olhos. Ela conhecia o sonho tão bem que até sonhando sabia que se tratava de um sonho. Apesar de saber disso, seu pulso acelerava.

Havia luz. Estava amanhecendo pouco depois das quatro da manhã. A persiana estava aberta e ela havia adormecido sobre a colcha.

Não havia odores nos sonhos dela, mesmo assim ela achava que os sentia, como um gosto na boca. A água ligeiramente salobra, o apodrecimento. Escovou os dentes e esquentou o café do dia anterior.

Tinha sido só um sonho. Qualquer psicólogo amador teria franzido a testa e dito que ela sentia a obrigação de salvar o irmão, mas não era esse pensamento que permanecia com ela, tampouco a sensação de se mover livremente entre os mortos.

Era aquele barco a remo que tinha ido parar em terra firme.

Ela conhecia bem os movimentos do rio e sabia como as correntezas agiam, a cada segundo quinhentos metros cúbicos de água passavam através da usina elétrica, saindo para o mar de Bótnia. Seria possível que um barco sozinho conseguisse passar pelas ilhas grandes e ficasse preso em Språngsviken, rio abaixo perto de Lunde, onde ela mesma se encontrava? Ficou parada olhando para os galhos lá fora, enquanto seus pensamentos vagavam pelo rio.

Um pássaro bateu asas quando ela se levantou.

Ela se vestiu e deu uma olhada na mãe, que tinha dormido a noite toda no sofá. Depois saiu e ligou o carro.

A essa hora ainda era muito calmo em Lockne, nenhum técnico forense tinha começado a trabalhar. Mesmo assim, Eira estacionou o carro um pouco afastado do local, próximo à estrada, escondido atrás de uma casa abandonada. Vizinhos atentos podiam muito bem já estar acordados às cinco horas da manhã e ficar pensando "que tipo mais doido" andava por ali.

Ela passou por baixo da faixa de plástico. Era uma cena do crime onde ela não tinha permissão de entrar. O sol da manhã passava entre as árvores, fazendo as teias de aranha e o orvalho cintilarem. O solo estava escavado aqui e ali. Havia terra empilhada e grama arrancada. Eira pensou na dioxina que devia ter sido liberada do solo.

Na beira do rio, entre o mato de junco e as estacas do antigo ancoradouro, as libélulas pousavam sobre a água. O corpo verde-esmeralda, as asas transparentes, uma beleza de tirar o fôlego.

Aquelas linhas.

Diga para a minha irmã que não fui eu. Eu não a matei.

Magnus tinha pedido pela compreensão dela, o que nada tinha de estranho, mas por que mencionara somente Lina, quando estava sendo acusado da morte de Kenneth Isaksson?

Não se faz isso com quem se ama. Diga para Eira, para ela entender.
Ela tinha a sensação de que aquilo parecia um enigma.

O que ele queria que ela entendesse?

Que ele havia matado Kenneth Isaksson pelo amor que tinha por Lina?

Se Magnus tivesse batido com uma barra de ferro na cabeça do garoto, não o teria feito porque achava divertido. Ele não era capaz de arrancar as asas de uma mosca. Foi o que a mãe tinha dito quando Eira fora flagrada fazendo isso uma vez — que Magnus nunca o fizera na idade dela.

A neblina da manhã pairava sobre o rio, encobrindo a praia do outro lado da baía. Eira podia vê-los chegando por lá, no barco. Kenneth, que tinha crescido na cidade grande e mal sabia remar, Lina meio deitada na popa, em seu vestido de verão.

Se Magnus soubesse que sua amada viria ali, acompanhada por outro. Se Lina tivesse jogado o fato na cara dele, para deixá-lo com ciúmes. Se esse era o lugar secreto deles, onde ela e Magnus costumavam espalhar os preservativos usados, então seria, na verdade, uma provocação brutal.

Uma bofetada na cara.

Se Magnus foi até ali. De moto, é óbvio, aquela mais leve que ele tinha, a azul. Eira se lembrava da vibração no corpo, da velocidade, nas vezes que pôde andar com ele. A moto fora roubada mais tarde e ele comprou uma vermelha.

"Eles vinham de motocicleta também."

Ela tinha mencionado isso, aquela senhora de idade que morava por lá, ela tinha falado da motocicleta.

Se Magnus tivesse estacionado junto à fundição, vendo-os juntos, pelas janelas quebradas, e Lina houvesse tirado o vestido, e ele estivesse magoado e louco de ciúmes, com uma quantidade de barras de ferro por ali... Ou se Kenneth o tivesse avistado e começado a brigar, Magnus fora se defender, apanhando uma...

Eira se sentou sobre uma pedra, a alguns metros de distância de onde tinham encontrado as primeiras partes do corpo de Kenneth Isaksson, enterradas em lama azul e restos de madeira.

Somente Lina não se encaixava na imagem. Ela se afastava do campo de visão, como a neblina sobre o rio, desaparecendo no ar.

Se Magnus houvesse continuado a agir como um louco e perdido a cabeça, poderia ter acontecido durante o tumulto, enquanto brigavam?

Teria ele escondido um corpo entre a madeira no rio, e depois cavado uma cova?

Magnus não era uma pessoa fria e calculista, que deixaria tudo limpo depois. Eira que ganhara essas características. Ele era puro impulso e sentimento, Magnus era como uma folha ao vento, era o o caos.

Eira apanhou um graveto e o jogou na água. Algumas libélulas voaram imediatamente para o lado, e o círculo se espalhou sobre a água. O graveto parou sobre a superfície, mal se mexendo. Era assim que as correntezas faziam na baía. Um barco não sairia flutuando sozinho, a menos que houvesse uma tempestade. Teria ficado no lugar, balançando junto à margem. Talvez pudesse sair um pouco do lugar com o vento, porém ficaria preso à primeira toca de castor que houvesse pela frente.

Não se faz isso com quem se ama.

Ela ouviu o som farfalhante das asas das libélulas, ao tocarem umas as outras. Trinta batidas por segundo, apesar de parecerem imóveis.

Diga para Eira, para ela entender.

— **M**agnus chegou a mencionar para você o que aconteceu naquela noite?

— Nunca — respondeu Eira.

Tinham se reunido na sala de conferências da delegacia de Kramfors, onde ela já estivera tantas vezes. Era mais tranquilo ali do que em uma sala de interrogatório, pensava Silje Andersson, mas deixava a situação um tanto quanto confusa. Como se houvessem marcado uma reunião pela manhã e só estivessem aguardando pela chegada dos demais colegas.

— GG tentou arranjar alguém de fora que pudesse fazer isso — ela tinha dito. — Teria sido melhor, mas agora é época de férias... Estamos tentando fazer ideia de como ele é, e seria uma infelicidade não ouvirmos o lado da família. Pelo que entendi, pode ser difícil conversar com a mãe dele.

— Vocês não devem fazer isso — disse Eira. — Ela é doente e não sabe de nada.

Agora ela era a única da família a falar.

— Você percebeu se Magnus mudou depois da morte de Lina Stavred?

— Achei que você quisesse conversar sobre Kenneth Isaksson.

— E se eu colocar assim — continuou Silje —, Magnus mudou no início do mês de julho daquele ano?

Eira tinha o direito de não responder, podia escolher as perguntas que não quisesse responder. Como parente próxima não tinha obrigação de testemunhar. O dever de falar a verdade podia entrar em conflito com o desejo de proteger os seus próximos, havia exceções dentro da legislação; mas, ao mesmo tempo, ela era policial e deveria ficar ao lado da verdade.

— Sim — respondeu ela. — Magnus perdeu o controle, começou a usar drogas pesadas, o que não é de estranhar quando se pensa no que aconteceu com a garota que ele amava.

— Muitas pessoas mencionaram o ciúme dele — conitunou Silje. — O que você me diz sobre isso?

— Não posso responder a essa pergunta.

— Como já disse — insistiu Silje —, não estamos investigando o homicídio de Lina Stavred, mas ela é parte importante nesse caso, não temos como deixá-la de lado.

— Se foi realmente um homicídio — retrucou Eira.

— O que você quer dizer?

— Vocês não encontraram o corpo dela, apesar de terem escavado. Precisam se questionar por que ele, no caso, não o escondeu no mesmo lugar.

— O que você acha disso? — perguntou Silje.

A investigadora a observava calmamente. Eira sempre sentira admiração por Silje Andersson, pela inteligência discreta dela, que também era emocional e, por isso, sempre acertava com precisão.

Agora essa mesma inteligência a deixava apavorada.

Tudo poderia ser interpretado como se Eira estivesse defendendo o irmão. Virado do avesso. Uma ideia que houvessem acabado de discutir poderia agora significar que Eira sabia mais do que aquilo que tinha coragem de revelar. A insegurança dela podia ser uma mentira, a certeza também.

— Não sei mais o que pensar — confessou ela. — É muito confuso.

— Compreendo — respondeu Silje.

Você não compreende nem no inferno, pensou Eira.

— Magnus alguma vez mencionou o nome de Kenneth Isaksson? — continuou Silje.

— Nunca.

— Eles se conheciam?

— Não tenho a menor ideia. Encontraram algo que comprove que eles se conheciam?

— Não, mas ambos podem ter tido um relacionamento com Lina. Há certos achados e testemunhos que comprovam isso, como você já sabe.

— Vocês sabem por que Kenneth Isaksson fugiu justamente para cá?

— Ele queria ir para um lugar deserto. — Silje se recostou na cadeira, as mãos cruzadas sob a nuca, em uma posição relaxada. — Entramos em contato com uma garota que estava em Hassela, mas não contou nada para ninguém na época. Ela queria que ele conseguisse escapar. Era nos lugares desabitados que a verdadeira liberdade podia ser vivida, segundo Kenny, como era chamado; fora da civilização, que fazia a pessoa livre se transformar em um acéfalo submisso.

Silje não parecia reagir ao caminho sinuoso que o interrogatório havia tomado, pois era Eira quem fazia as perguntas agora. Talvez ela também estivesse confusa, ou poderia ser a tática dela, para dar uma sensação de igualdade.

— Além dessa garota — continuou ela —, nem a mãe dele teve algo de bom a dizer. Ele entrava e saía da clínica de tratamento para viciados, desde os 15 anos, roubava e agredia, inclusive a própria mãe. Crimes relacionados a drogas e um histórico de violência, mas nesse caso ele é a vítima, e é assim que temos que tratá-lo. Você sabe como é.

— Magnus não é violento — declarou Eira.

Silje ergueu a sobrancelha, discretamente, em um movimento quase imperceptível. Talvez Eira nem tivesse reparado se não estivesse acostumada a observar as reações das pessoas do outro lado da mesa, cada mínima mudança.

Ela não tinha sido questionada sobre a violência do irmão.

— Ele podia esmurrar as paredes e tal — continuou ela —, bater a porta com força quando saía, mas nunca agrediu ninguém lá em casa.

— Ameaça de agressão também é agressão — rebateu Silje.

— Vocês já pensaram que pode ter sido Kenneth Isaksson quem matou Lina?

Silje olhou para o tablet, procurando alguma coisa.

— Há um processo por agressão contra Magnus Sjödin — disse ela. — Foi há cinco anos...

— Uma briga entre bêbados — falou Eira. — Uma briga comum em frente ao Kramm. — Ela sabia muito bem como parecia errada, mesmo assim não conseguiu evitar que lhe escapasse. Brigas não existiam como nomenclatura na justiça. Chamava-se de agressão, mesmo que a outra parte houvesse provocado a briga, e que Magnus também tivesse apanhado.

Mais perguntas foram feitas, mas depois ela mal se lembrava. O que lhe restara foi o que ela mesma havia dito. Não se expunha os mais próximos dessa maneira. Não contaria para pessoas estranhas como Magnus era uma pessoa sensível, fraca, que ele nunca conseguira dar um jeito na própria vida.

Ela queria mostrar a imagem verdadeira dele, aquilo que não constava nas denúncias policiais, nos rumores e nos problemas, e ela sabia como ele iria odiá-la quando ficasse sabendo.

— Já estamos terminando? — perguntou ela. — Prometi a GG que mandaria uma porção de relatórios...

— Claro — respondeu Silje. — Não vou mais incomodá-la.

— Tudo bem.

Por força do hábito e de uma exaustão extrema, ela se encaminhou até a máquina de café automática, porém acabou desistindo assim que avistou dois colegas conversando por lá.

August era um deles.

Eira gostaria de vestir o uniforme, deixar tudo mais claro, mas estava de folga e pronta para ir para casa.

Não estava nada bem. Ela tinha fracassado em proteger o irmão e passar uma impressão de estabilidade, em separar a vida privada da profissional, como todos diziam que se devia fazer.

Ela nunca tinha entendido bem como fazer isso. A pessoa levava consigo todas as suas características pessoais para o trabalho e, quando chegava em casa, a cabeça continuava a trabalhar. O cérebro era o mesmo e seguia funcionando, o sono não conhecia esses limites.

Ficou pensando se August conseguia separar o lado profissional do privado.

Quando ele chegava em casa e se encontrava com a namorada.

Ela ficou imaginando se ele teria buscado a namorada e mostrado as redondezas para ela, talvez parado junto ao monumento em Lunde e feito uma busca no Google pelo tiroteio em Ådalen.

Johanna era o nome dela. Eira observou a fotografia do perfil dela em uma página que havia guardado. Era um tipo de garota fria, com cabelos longos e brilhosos, dentes brancos.

Agente de produtos de cuidados com a pele.

A namorada de August foi uma das primeiras pessoas a compartilhar o discurso de ódio contra Olof Hagström, a número três na corrente iniciada pelo post de Sofi Nydalen. Talvez as duas usassem os mesmos produtos para a pele.

Dadas às mesmas demonstrações de ódio.

Eira só queria juntar o material que tinha e enviar para GG, mas ficou presa no mesmo thread. Aquela Johanna não era somente fria e bonita. Havia um outro lado nela, que gritava para cortar o pênis desse tipo de homem. "Agora vemos que estupradores andam livremente por aí, enquanto ninguém escuta as garotas." Ela apoiava a ideia de expô-los com nome e foto nas redes, de prendê-los para sempre, e dava joinha na proposta de que eles sofressem estupro coletivo na prisão.

Eira ficou pensando em como August lidava com isso, mas talvez eles nem conversassem sobre segurança jurídica na cama. Ela continuava a ler um ou outro comentário mais adiante, um pior que o outro.

Vocês são como um rebanho de ovelhas ... Já leram a história do bode expiatório? Creio que não.

Vocês ao menos sabem ler, seus mongoloides retardados?

Eira reconheceu a postagem. Ela e August tinham reparado por ser divergente dos demais comentários, não seguia o fluxo para o mesmo lugar como os outros.

Talvez houvesse milhares de pessoas que ainda usassem esses termos, que não seguiam a corrente e não queriam se atualizar.

Simone era o nome da garota.

Eira examinou o restante dos comentários para ver se Simone aparecia novamente. Ela aparecia mais uma vez.

Ele era um verdadeiro *loser,* azar o dele.

Ela releu os dois comentários diversas vezes, até achar que conseguia ouvir a voz da garota. O rosto não dava para ver. Simone usava uma imagem da Margarida da Disney como foto do perfil. Não era raro as pessoas terem as fotos mais estranhas no Facebook, nem todos queriam se mostrar como realmente eram.

Ele era um verdadeiro loser.

Parecia ter sido escrito por alguém que conhecia Olof Hagström naquela época. Muitas pessoas o tinham conhecido, obviamente, colegas de escola inclusive. Podia significar que Simone vinha do mesmo lugar.

Vocês são como um rebanho de ovelhas... Já leram a história do bode expiatório?

Ela se lembrou de mais uma coisa que Elvis tinha dito, que Lina lia livros franceses sofisticados ou fingia que os lia, tanto faz. Eira entrou em uma livraria on-line e procurou pelo título. Apareceu um livro policial, e também um escritor que soava francês.

"Expulsão e sacrifício são formas de estabilizar a sociedade, onde a violência é dirigida por meio de ritos sagrados..."

Ela voltou ao thread. Além de um homem que achava que deveriam trabalhar politicamente para mudar o sistema de justiça em vez de expor as pessoas, Simone parecia ser a única a ir contra a corrente.

Vocês ao menos sabem ler, seus mongoloides retardados?"

Eira não entendia o que aquilo significava. Ela estava defendendo Olof Hagström? Simone parecia se achar mais inteligente que os outros, sabia de algo que ninguém mais sabia.

Como era apenas um print da tela, Eira não conseguiu seguir adiante, então entrou em sua própria conta, um perfil sem foto que nunca usava fora de contextos policiais. Eira buscou por Simone e encontrou diversos usuários com esse nome; ficou procurando entre eles até aparecer a foto da Margarida.

Conta privada.

Eira se levantou, abrindo a janela para respirar. Olhou para os telhados vizinhos, para as montanhas ao longe, para o céu infinito.

Ar, realidade, equilíbrio.

Um barco que navegava por Sprängsviken. Kenneth Isaksson queria viver livremente longe da civilização. Lina queria ir embora dali.

Liberdade.

Ir embora para nunca mais voltar.

Ela desligou o computador e foi até a sala de Anja Larionova.

— Você ainda está com aquelas denúncias antigas abertas?

A investigadora tirou os óculos, deixando-os pendurados em um cordão no pescoço.

— Sim, se você estiver se referindo aos barcos roubados em 1996.

— Você poderia dar uma olhada se alguém registrou o roubo de uma motocicleta em julho daquele ano?

Anja Larionova olhou atentamente para Eira. Ela tinha o olhar em um tom de azul gelado que combinava com a cor dos cabelos, nada lhe escapava. Eira decidiu não dar nenhuma explicação, pois a colega seria obrigada a lhe negar o pedido, se ela própria não quisesse cruzar aquela fronteira.

— Um mês inteiro de motocicletas roubadas no verão — disse Anja. — Por favor!

— Azul — falou Eira —, modelo leve. Suzuki.

Ela ficou pensando se deveria mencionar o nome do proprietário, mas era melhor não o fazer.

— Tudo bem — respondeu Anja Larionova.

— Obrigada.

Depois ela foi procurar por August. Ele estava sozinho no refeitório, comendo uma salada comprada no supermercado Hemköp.

— Oi, achei que você estivesse de folga. — Ele sorriu, mas continuou a mexer no celular e desviou o olhar para a embalagem de salada. Aquela pausa embaraçosa, quando não se sabe o que dizer.

— Preciso falar com a sua namorada — disse Eira.

O café tinha trocado de nome desde a última vez em que Eira estivera lá, mas por outro lado ela não costumava visitar os cafés da praça de Kramfors com frequência. Agora o local era administrado por uma tailandesa que tinha vindo parar ali por causa do amor.

Johanna era mais baixa do que Eira havia imaginado, mais esguia e menos fria.

Estava para o tipo mais falante.

— Que bacana nos conhecermos, August fala tanto em você. É tão bonito aqui. — Johanna deu uma olhada pela janela para a praça, que era o coração de Kramfors e seguia o modelo de centro de cidade sueca depois das demolições dos anos 1960. — Talvez não exatamente aqui…

Eira ficou imaginando o que August teria dito sobre ela, sobre eles, mas não tinha a intenção de perguntar.

— Você sabe sobre o que quero falar? — perguntou, então.

— Olhe, sinto muito ter compartilhado aquilo, mas sou muito ativa nas minhas plataformas, não é sempre que dá tempo de pensar melhor.

— Não estou acusando você — disse Eira.

— Não, por que faria isso? — Johanna tinha pedido um suco verde, que se assemelhava à água parada em uma fonte. — A pessoa tem direito de ter a sua própria opinião, não é?

Eira pediu uma fatia de bolo de Kramfors, chocolate com glacê.

— Trata-se de uma de suas amigas — disse ela.

— No Facebook? Olhe, tenho muitos amigos lá que nem conheço, uso o meu perfil para a construção da minha marca. — Johanna bebia o suco em goles pequenos demais, parecia estar somente umedecendo os lábios. — Trabalho com cuidados para a pele, mas August já deve ter lhe contado. Vendo produtos da minha própria marca, que não é exatamente minha, mas sou agente dela na Suécia. Deixe-me analisar o seu tipo de pele.

— Talvez mais tarde.

Eira tinha perguntado a August se a namorada dele sabia que eles estavam tendo relações. "Ah, claro", ele tinha respondido, como se fosse uma pergunta idiota, dessas que não se fazem.

— Trata-se de uma moça chamada Simone — continuou ela. — Preciso entrar em contato com ela.

— Ok... — Johanna apanhou o telefone que estava vibrando sobre a mesa. — Nossa, tenho tantos seguidores, não me lembro assim de todos. Como era o nome dela, mesmo?

Eira repetiu o nome.

— Ah, aqui está ela, nem tem uma foto. Por que as pessoas colocam isso, têm vergonha de como são? Acho tão superficial, toda essa fixação pela aparência nas redes sociais, o mais importante é se sentir bem por dentro, essa é a verdadeira beleza. Espere, vou ver quais amigos temos em comum, talvez consiga...

Eira pediu licença e foi ao banheiro. Lavou o rosto com água fria, para manter a mente clara. Não tinha nada contra o amor ser livre, era uma ideia bonita, mas não entendia o que August via naquela garota que também visse em Eira, duas pessoas completamente opostas. Ou seria essa a questão, encontrar alguém para dois lados diferentes de si mesmo, já que ninguém podia ser tudo?

Ela nunca havia pensado que, talvez, sua pele fosse um pouco seca.

— Agora achei! — exclamou Johanna para todo o local ouvir. — Venha, vou lhe mostrar.

Ela puxou a cadeira para ficar mais próxima de Eira, fazendo os ombros, os braços e um dos joelhos debaixo da mesa se tocarem. Era íntimo demais, mas Eira se controlou para não se afastar da outra. Estava consciente da proximidade do corpo de Johanna. Havia algo de excitante em ter August como um elo em comum e ficarem assim tão próximas.

Ela engoliu em seco e se debruçou sobre o celular, no qual Johanna tentava lhe mostrar como sua rede de contatos era relacionada com a de Simone.

— Ela teve um relacionamento com um homem que conheci no meu emprego anterior, nos vimos em um restaurante que ele tem, foi uma vez na primavera.

— E ficaram amigas?

— Se é que se pode chamar assim — respondeu Johanna. — Como empresária, preciso ter um bom contato com todos, e ela não era nada jovem, estava em uma idade em que os cuidados são mais que necessários.

— E quando é isso?

— Quantos anos você tem?

— Trinta e dois.

— Ah, ok. Simone é um pouco mais velha, por volta dos quarenta. Eu ficaria mais segura se fizesse uma análise. É assim que se pode ver a verdadeira idade.

Ela sorriu para Eira, passando dois dedos, levemente, pelo seu rosto.

— Mas você tem a pele ótima para a sua idade.

Quando Olof fechava os olhos, as imagens da casa voltavam à sua mente, o fogo e a fumaça. Parecia ter sido há anos, mas, ao mesmo tempo, recentemente. Às vezes ele enxergava sua família lá ao fechar os olhos, e depois via o pai no banheiro.

Os galhos batendo em seu rosto quando corria.

— Estava descalço — disse ele. — Corri para fora da casa só de meia. Depois, não me lembro de mais nada.

— Está bem — falou a fisioterapeuta sentada na ponta da cama dele. Ela massageava a mão dele e queria fazer com que ele mexesse os dedos. Ela falava com suavidade. — Você não precisa se pressionar.

Olof tinha dito que não queria conversar com ninguém, mas depois a fisioterapeuta apareceu no quarto dele.

Ele a achava bonita.

— A sua memória vai voltar pouco a pouco — disse ela. — Isso é bom. Você está melhorando a cada dia que passa.

Cada bobagem que ele lembrava deixava a mulher contente. Se ele dobrasse um dedo da mão ou mexesse os dedos dos pés — seus dedos gordos que apareciam quando ela puxava a coberta. Ela comentava o tempo todo como ele estava melhorando. Olof sabia que ela estava errada.

Ele iria piorar, porque se melhorasse, como ela dizia, ele teria alta e não poderia mais ficar deitado em uma cama onde trocavam o lençol com frequência e lhe davam comida, comida boa, porções duplas se ele assim quisesse; e ver o céu. O quarto dele no hospital da universidade de Umeå ficava em um andar tão alto que a única coisa que ele via era o céu. Nuvens passando, um bando de pássaros de vez em quando, que mudava de rumo ao mesmo tempo. Ele tentava descobrir qual pássaro era o comandante, até eles desaparecerem.

A terra e o chão, as pessoas lá embaixo, ele deixava de ver.

— Você sofreu um choque muito grande — explicava a fisioterapeuta. — E uma quantidade de ferimentos. Mas nada indica que você não possa se recuperar e voltar à vida normal.

— Acho que não me lembro de mais nada — disse Olof. — Está tudo preto na minha cabeça. Tenho dor de cabeça. Acho que não aguento mais pensar.

— Vai passar — disse a mulher —, não precisa se estressar. Vou dizer para a enfermeira trazer mais analgésicos.

Ela deu um tapinha leve na mão de Olof quando estava de saída. Fora naquela mão que a sensibilidade voltara primeiro. Se ficasse deitado, sem se mover, podia sentir as mãos dela o massageando muito tempo depois.

Nem aqui nem no inferno, pensou ele, vou me lembrar de novo.

Era, naturalmente, uma loucura pegar um trem até Estocolmo para caçar sombras que provavelmente nem existiam. Por outro lado, era uma viagem de apenas cinco horas de duração, se não precisasse esperar muito tempo para trocar de trem em Sundsval.

O chefe fora até compreensivo demais.

— Não tem problema, nós nos viramos. O rapaz de Estocolmo está com tesão em trabalhar horas extras. É claro que você pode tirar uns dias de folga.

Em algum lugar, na altura de Söderhamn, Eira comprou meia garrafa de vinho no vagão-restaurante e voltou para o seu assento.

A paisagem plana passava pela janela, uma infinitude de bosques de pinheiros.

No lado de trás de um panfleto de propaganda, ela desenhou todos os cenários possíveis. Sabia que se encontrava distante do mundo das probabilidades, mesmo assim, não era impossível.

O que não parecia se encaixar acabou se encaixando.

O corpo de Lina, que nunca fora encontrado. O barco, que flutuara para longe demais.

Magnus, que durante tantos anos ficara calado.

Ele já estava preso havia dois dias. No dia seguinte, o mais tardar, o promotor de justiça iria decidir sobre a prisão preventiva dele, se continuasse como suspeito do crime.

Eira tinha pensado em tudo o que era possível. Não havia ajudado. O que restava agora era o impensável.

Seria possível uma pessoa desaparecer, assumir outra identidade e levar a vida normalmente, apesar de ter sido declarada oficialmente morta?

Quando Eira desceu do trem na estação central, estava um pouco embriagada pelo vinho, porém o que a deixava mais excitada era o fato de que Lina Stavred talvez estivesse viva.

Por alguma razão ela havia esperado encontrar um restaurante bacana na área central da cidade, daqueles que August e a namorada costumavam frequentar. O endereço a fez tomar o metrô para um subúrbio ao sul da cidade.

Era uma delicatéssen italiana com um bufê de saladas e sete tipos de café no menu. O proprietário, que tinha namorado Simone, se chamava Ivan Wendel. Ele não se encontrava no local. Eira não queria ter entrado em contato com ele previamente. Segundo a moça no caixa, ele estava de licença médica a semana toda.

Depois de mostrar a sua identidade policial, Eira saiu de lá com o endereço dele. Duas conexões de ônibus depois, finalmente chegou em Stureby, uma casa com macieiras no jardim. O homem que abriu a porta parecia estar um pouco acima dos cinquenta anos, cabeça raspada e óculos modernos, vestia somente as calças do pijama.

— Simone? — Ele olhou preocupado para a rua atrás de Eira. — Não, ela não mora mais aqui. De que se trata?

— Posso entrar?

— Podemos conversar aqui.

Ivan Wendel ficou parado na porta. Eira avistou uma casa em cores claras, paredes brancas e móveis leves.

— Sabe onde posso encontrar Simone? — ela perguntou.

— Eu não a vejo há mais de uma semana. — Ele esticou o pescoço e olhou por cima dos arbustos. — Aconteceu alguma coisa?

Eira explicou a ele que era da polícia, mostrando a sua identidade. Sabia que não deveria usá-la quando não estava a serviço.

— Só preciso de algumas informações — disse ela. — Trata-se do caso de uma garota desaparecida.

O homem a examinou da cabeça aos pés.

— Simone forneceu esse endereço para a polícia? Acho difícil de acreditar.

— Como assim?

— Ela não confia na polícia, tampouco em nenhuma autoridade, nunca recebeu qualquer ajuda.

— Ajuda com o quê?

— Com um homem de quem teve que se esconder. Eu falei para Simone que deveria denunciá-lo, mas ela disse que já havia tentado e a polícia nada fez. Ele parecia ser poderoso lá em Norrland, de onde ela vem, e tinha contatos. É um absurdo que vocês não façam nada contra esse tipo de gente.

Eira olhou para ele, para as macieiras no jardim, para o belo bairro onde ele morava.

— Onde em Norrland? — perguntou ela.

— Sei lá, nunca nem estive ao norte de Uppsala. Simone não queria falar sobre o assunto e eu respeitei.

— Podemos nos sentar aqui na escada um pouco? — perguntou Eira.

— Não entendo o que você está querendo — disse Ivan Wendel.

— O nome Lina Stavred lhe diz alguma coisa?

— Lina o quê? Conheço várias Linas, é um nome bastante comum... — Ele se perdeu e olhou para ela. — Por que está me perguntando isso? O que tem a ver com Simone?

Eira apanhou o celular. Não sabia se devia, mas não tinha alternativas, então procurou pela fotografia de Lina que um jornal havia publicado novamente.

— Acha que essa garota pode ser Simone quando jovem?

Ivan Wendel examinou a foto, aumentando-a.

— Que idade...?

— Dezesseis anos.

— Não sei. São todas meio parecidas nessa idade. Não estou sendo machista, já tenho até uma filha adulta. Simone também tem olhos azuis, mas os cabelos são mais escuros.

— Você pode mudar os cabelos.

— Deve ter se passado... Quanto tempo?

— Vinte e três anos. Ele devolveu o celular para ela.

— Por que você quer saber?

— Porque essa garota foi considerada morta. Um homem foi preso por causa disso. Seria uma pena se ela estivesse, na verdade, viva.

— Isso é uma brincadeira de mau gosto?

— Eu pareço estar brincando?

Ivan puxou as calças do pijama para cima, pois tinham escorregado, deixando parte da cueca à mostra. Virou-se e entrou em casa, deixando a porta aberta. Eira ficou pensando se era um convite para ela entrar, porém ele voltou em seguida com um maço de cigarros. Fechou a porta e sacudiu um cigarro.

— Qual o problema das mulheres? — indagou ele. — Um dia falam em se casar e no outro somem. Tinha arrumado as malas quando cheguei em casa. Nenhuma palavra.

— Que dia foi isso?

Quando ele respondeu, ela entendeu de imediato. Um pouco mais de uma semana, nove ou dez dias. Exatamente quando encontraram os restos mortais em Lockne, no mesmo dia em que a história chegou ao alcance das mídias.

— Não teve mais notícias dela desde então?

Ivan Wendel se sentou a certa distância.

— Não falei com ninguém sobre isso, até menti para os meus funcionários que os resultados dos meus exames médicos tinham sido péssimos. Parece que a minha cabeça está pegando fogo, você sabe, a pessoa acha que vai acabar louca.

O primeiro pensamento que lhe veio em mente foi que o ex-marido de Simone a tinha encontrado e que ela se sentira obrigada a fugir. Ele não podia ligar para a polícia. Tinha prometido a ela nunca revelar nada, ninguém podia ficar sabendo onde ela morava, ela usava somente celular pré-pago, não tinha nem ao menos um cartão de crédito, sempre fez trabalhos informais, vivia escondida e à sombra da sociedade, apesar de andar nas ruas como qualquer outra pessoa.

Simone nem era o seu verdadeiro nome.

— Foram muitos anos assim. Em alguns períodos ela até viveu nas ruas, pelo que entendi. Ela é uma pessoa bastante sofrida, mesmo que disfarce bem. Talvez tenha sido justamente por isso que me apaixonei, pelo que há dentro dela.

— Como é o nome o verdadeiro nome dela?

— Não sei. Nunca perguntei. Eu precisava respeitar o desejo de uma mulher de ser quem quisesse, não é mesmo?

— Verdade — respondeu Eira.

— O que é um nome, afinal? É somente um rótulo em uma pessoa. Ela se chamava de Simone porque era quem queria ser, em homenagem a Simone de Beauvoir. Eu me apaixonei. Não me importava qual era o nome dela antes.

— Onde se conheceram?

— Na vida real. Nada dessa porcaria de Tinder. Ela entrou em uma das minhas delicatéssens um dia, procurando trabalho, me contou que precisava ser sem carteira... — Ele olhou para Eira. — Eu disse que entendia, apesar de ter apenas funcionários registrados, mas nós fechamos um com o outro de cara, e eu a convidei para almoçar e depois nos encontramos de novo. Ela era mais frágil do que aparentava, eu já havia sentido isso, e depois se mostrou muito sofrida. Eu tinha condições econômicas de sustentar uma mulher. Simone não era do tipo que tinha problemas com isso.

Ele se levantou e saiu andando pelo gramado, passou a mão pela cabeça raspada, acendeu mais um cigarro.

— Achei que nos amássemos, mas assim que falei a sério em ter um futuro com ela, ela fugiu. Ivan andou alguns metros para o lado, se virou e voltou. Andava de um lado para o outro como um animal em uma jaula pequena demais. — Quando ela deixou de atender ao telefone e a linha tinha expirado, fui a alguns lugares onde sabia que ela costumava trabalhar no centro da cidade, naqueles lugares onde aceitam trabalhadores ilegais, e a vi. Então, a segui. De repente, lá estava ela beijando um malandro no meio da rua. Foi isso. Ela não estava morta, jogada em um beco, tinha era conhecido outro. Não levou nem uma semana.

— Você sabe quem ele era? — perguntou Eira.

Ivan balançou a cabeça.

— Estava a ponto de segui-los, mas então vi a minha imagem refletida em uma vitrine e percebi que estava ficando como ele, o ex-marido. Então, fui embora. Não a vejo desde aquele dia.

— Você tem alguma fotografia de Simone?

— Ela odeia ser fotografada. Por causa do medo de que a foto seja postada em algum lugar. Eu gostava disso nela, que não era obcecada por sua própria aparência, mas tirei algumas quando ela não estava vendo, claro.

— Posso ver as fotos? — perguntou Eira.

Ivan Wendel tinha parado de andar de um lado para o outro. Ficou calado por um momento, somente olhando para ela.

— Não as tenho mais — respondeu ele. — O meu telefone estragou. No mesmo dia em que ela me deixou.

Era bom ter um livro consigo quando se ia sozinha a um restaurante. Muito melhor do que mostrar seu distintivo policial em lugares onde havia trabalho ilegal.

Por essa razão, Eira tinha comprado um livro quando passara pela estação central. Por acaso avistara justamente aquele livro que prometera a si mesma que um dia iria ler, o favorito de sua mãe, *O amante*, de Marguerite Duras.

Agora estava sentada a uma mesa junto à janela, de onde podia ver todo o restaurante e a rua lá fora. Eira não conseguia se concentrar na história sobre a garota e seu amante bem mais velho em Saigon, lia um pouco aqui e ali, apenas para parecer satisfeita por estar lá. Parou em uma parte que descrevia as pessoas que andavam pela calçada e no meio da rua, sem se incomodarem com os carros ou ciclistas que passavam.

"... a maneira de andarem juntos, sem nenhuma impaciência, sozinhos na multidão, sem alegria, sem tristeza, sem curiosidade, andando sem parecer ir, sem intenção de ir, apenas avançando por aqui e não por ali, sozinhos e na multidão, nunca sozinhos por si mesmos, sempre sozinhos na multidão."

— Já quer fazer o pedido? — O garçom era um rapaz jovem de cabelos compridos de um lado e curtíssimos do outro. — Ou prefere tomar alguma coisa primeiro?

Eira pediu duas entradas e uma taça de vinho. Se ali não rendesse nada, ela poderia pedir o prato principal no próximo restaurante. Ela havia recebido uma lista de Ivan com os nomes de três lugares que Simone tinha mencionado, onde ela trabalhara anteriormente.

Esse ficava em Vasastan, onde ele a vira pela última vez, beijando um homem no lado de fora.

— Simone trabalha hoje? — perguntou ela quando o garçom chegou trazendo o vinho.

— Quem?

— Simone, ela não trabalha aqui? Uma mulher por volta dos quarenta anos, olhos azuis...

— Sou novo aqui...

— Você poderia perguntar?

— Claro.

Sozinha na multidão, pensou ela. Era fácil ou difícil se esconder em uma cidade grande? Viver sob o radar, nunca totalmente visível. Em um país que tinha, provavelmente, o sistema de registros mais minucioso do mundo, onde o número do seguro social significava tudo, se ela nunca usava o cartão de débito, nunca ia ao banco, só tinha trabalho sem registro. Conhecia homens que possuíam imóveis e estavam dispostos a cuidar dela, arcando com todas as despesas, e arranjavam um médico quando ela ficava doente.

Seria possível viver assim durante 23 anos?

Talvez ela até usasse uma identidade falsa. Simone, que havia fugido quando o namorado propusera casamento, quando o caso Lina veio à tona novamente, que não se deixava fotografar.

Ela sabia que Ivan a tinha fotografado às escondidas?

Era muito fácil estragar um celular, bastava deixá-lo cair na água, isso já lhe acontecera algumas vezes.

— Não tem ninguém aqui que conheça alguma Simone — disse o garçom, quando trazia o vinho. — Tem certeza de que ela trabalha aqui?

No terceiro restaurante, Eira sentia que já tinha bebido demais e pediu um café, o que era bem adequado, já que se encontrava justamente em um café. Lotado de jovens afundados nos sofás, enquanto o relógio passava da meia-noite.

Ela ficou observando uma mulher de cabelos escuros que servia sanduíches com preços exagerados. De costas parecia ter uns 25 anos, porém, quando se virou, a idade se mostrava claramente em seu rosto, mas a escuridão do local impossibilitava a definição da cor de seus olhos.

— Como é o nome daquela moça? — perguntou Eira para outra garçonete, de cabelos curtos e corpulenta, que andava entre as mesas recolhendo as xícaras e empilhando-as como se fosse uma torre. — Acho que a conheço.

— Quem?

— Aquela lá, que está indo para a cozinha, de cabelos escuros.

— Ah, Kaitlin talvez, ou Kate, não tenho certeza. São muitas que trabalham aqui por turno, muitas novas a cada semana.

A moça limpou a mesa com um só gesto, deixando as migalhas caírem no chão.

— Você conhece Simone?

— Quem?

Mal se escutava no meio daquele barulho, muitos já tinham bebido demais e queriam evitar ir para casa sozinhos.

— Simone — repetiu Eira. — Ouvi dizer que ela trabalha aqui. É amiga de um amigo meu.

— Sei quem é — respondeu a garçonete, recolhendo a bandeja e olhando para a próxima mesa em busca de louça para recolher. — Mas não a vejo faz tempo. Quer deixar um recado para ela?

— Quero.

Eira escreveu seu nome e telefone em um guardanapo. Simone não telefonaria para ela, mas isso não importava. Ela assoou o nariz no outro guardanapo e o enfiou no bolso, para que os funcionários não precisassem cuidar disso. Lina, disse ela para si mesma, está provavelmente no fundo do rio, e você não pode solucionar esse caso sozinha. Pare de misturar sua vida privada com a profissional e não beba mais vinho. Ela quase pisou no pé de alguém quando se levantou. Sozinha na multidão, pensou ela. A vida de Magnus pertencia a ele. Ele mesmo dissera que ela deveria parar de se intrometer.

Esse último pensamento doía.

— Você se esqueceu disso — disse a garçonete lhe entregando o livro na saída.

— **S**eu irmão confessou. Era a voz suave da advogada de defesa, parecia vir de longe.

— Espere — disse Eira, saindo da cabine do trem onde havia se acomodado para dormir. Estava com uma enxaqueca violenta. O trem acabara de sair de Hudiksvall.

— O que ele confessou exatamente?

— O homicídio de Kenneth Isaksson.

Montes e vales verdejantes passavam pela janela cada vez mais rápido. O sacolejo estranho dos trens modernos a deixava com vontade de vomitar.

— Como?

— Houve uma briga entre eles, perto daquela serraria — contou a advogada. — Ele agiu por ciúmes. Magnus afirma que não tinha a intenção. Se o tribunal ficar ao nosso lado, podemos sair dessa com homicídio culposo.

Eira se segurou em um corrimão junto à porta, para não cair enquanto o trem balançava.

— E Lina?

— Não fui avisada se pretendem retomar o caso.

Eira entrou no banheiro para lavar o rosto e os pulsos com água fria, como fazia quando era adolescente e havia roubado bebida alcoólica, mas a torneira não estava funcionando. Foi até o vagão-restaurante e comprou uma Coca-Cola, engolindo dois analgésicos junto. Depois voltou para o espaço entre dois vagões e telefonou para GG.

— Obrigado por me incomodar — disse ele. — Parece que estou de férias.

— Estão investigando o caso Lina? — perguntou Eira.

— Não — respondeu ele. — O promotor decidiu não reabrir o inquérito. Por que quer saber?

— Estou em Sundsvall — disse ela. — Vou ter que esperar o próximo trem por horas. Você tem um tempinho?

O trem diminuiu a velocidade ao chegar à estação, as pessoas retiravam as malas do bagageiro e as colocavam na passagem onde ela se encontrava.

— Tenho tempo — respondeu GG. — Três semanas, aproximadamente. Planejava estar em um barco no arquipélago, mas não estou. Tem gente que diz que não há um arquipélago em Sundsvall. Quantas ilhas são necessárias, afinal?

Ele morava exatamente como Eira tinha imaginado, em uma casa antiga junto à esplanada.

— Vinho? — perguntou ele.

— Bebi demais ontem.

GG encheu sua taça de vinho tinto de uma garrafa já pela metade e disse que entendia que ela estava passando por uma fase difícil.

— Somos apenas seres humanos — disse ele. — É difícil quando algo se torna pessoal demais.

— Foi para você que meu irmão confessou?

— Não.

Ele insistiu para irem à varanda, se sentarem para fumar um cigarro. A vestimenta de férias dele consistia em alguns botões abertos na camisa. Eira nunca o tinha visto só de meia antes. Havia algo de íntimo em um homem sem sapatos.

— Não vou mentir para você, eu gostaria de reabrir o caso de Lina Stavred, mas o promotor não acha que haja o suficiente para isso. Paramos com as buscas em Lockne.

— Lina não morreu lá — afirmou Eira.

— É possível — disse GG. — Ou talvez sim. Talvez tenha morrido na floresta em Marieberg, como eles tinham achado.

— Você acredita nisso?

Ele apagou o cigarro em um vaso de flores. Parecia que um gerânio havia vivido ali, mas agora só restava um galho com algumas folhas marrons.

— Eu tinha esperança de ir fundo com isso — disse ele. — Me esforcei muito, você sabe, senão não teríamos encontrado o corpo de Kenneth Isaksson. Você tinha alguma razão. Aquela investigação foi feita em outra época. Se houvesse uma sentença condenatória contra Olof Hagström seria possível revertê-la, mas infelizmente não há. O caso foi arquivado e assim permanecerá. Se tivéssemos encontrado o corpo de Lina seria outra história. Seu irmão poderia ser considerado suspeito por duplo homicídio agora.

Eira se apoiou na grade, olhando para as copas das árvores alinhadas no amplo boulevard. Ouvia-se um saxofone solitário através do burburinho nos bares. O clube de jazz ficava a poucas quadras dali.

— Se eu puder lhe dar um conselho para o futuro — continuou GG, atrás dela —, é deixar um caso ser encerrado. Você não pode ficar remoendo. "Let bygones be bygones", como disseram no Vietnã sobre a guerra.

Ela ouviu o vinho dele sendo servido na taça.

— Você sabia que Olof Hagström acordou?

Eira se virou e olhou para ele.

— Verdade?

— É, sim — respondeu GG. — Parece que ele vai se recuperar completamente.

— Já falaram com ele?

— Vamos ouvi-lo sobre o incêndio, é claro, mas eles devem fazer isso lá de Umeå. Não há grandes dúvidas quanto às evidências do ocorrido.

— Ele deveria saber — disse Eira.

— O quê?

— O que realmente aconteceu com Lina Stavred.

GG passou a taça de vinho vazia de uma mão a outra, admirando o sol da tarde, e depois olhou para ela.

— O que você está pensando?

— Que acho que vou aceitar uma taça de vinho — respondeu Eira.

— Traga mais uma garrafa — disse GG, instruindo-a onde encontrar uma taça — e o saca-rolhas.

A cozinha estava cheia de louça suja, uma bagunça que contrariava a imagem profissional dele. Se GG fosse um suspeito, ela ficaria pensando por que ele estava sozinho, tomando vinho no primeiro dia de férias. Algo parecia errado com ele.

Eira se sentou ao lado dele, em uma poltrona de vime que era baixa demais.

— Você cresceu aqui na cidade? — perguntou ela, enquanto abria a garrafa de vinho.

— A maior parte do tempo — respondeu ele. — Quando não estávamos no arquipélago no verão. Se é que ele existe.

Ela ergueu a taça.

— Quando se cresce como eu cresci — disse ela —, o mais importante é como se transportar para o vilarejo mais próximo ou para mais longe, de casa e de volta, desde que se ganha a primeira bicicleta, até a moto, o trator EPA e assim por diante. A vida só começa quando se tira carteira de motorista. Tudo gira em torno dos veículos.

— Ok.

— Não consegui parar de pensar em como eles chegaram e saíram de lá.

— Estamos de volta ao caso Lina agora?

— Se Magnus foi até Lockne naquela noite, foi de motocicleta.

— Sim, é o que diz o seu irmão também — disse GG. — Ele queria ver o que aqueles dois estavam fazendo, mas, quando chegou lá, só encontrou Kenneth Isaksson. Não viu Lina naquela noite, nunca mais a viu. O ciúme é uma miséria.

— Então, quem levou a moto embora e quem saiu remando o barco, se Lina não estava lá?

— O caso está encerrado — declarou GG.

Talvez fosse pelo fato de seu superior estar só de meia, ou porque estava meio embriagado e o vinho tinto tinha manchado os seus dentes, mas ela não sentia mais respeito pela autoridade dele. Ela não tinha mais ilusões sobre fazer parte do que ele era. Ser assistente de polícia em Kramfors não era nada mau.

Pelos próximos trinta anos. Se é que eles ainda a queriam no cargo.

Ela apanhou o celular. O e-mail de Anja Larionova tinha chegado na mesma manhã, na hora em que o trem estava saindo.

Uma Suzuki azul. Tinha sido encontrada junto à ferrovia, a cem metros de distância da estação de Härnösand, no dia 6 de julho de 1996. O proprietário era Magnus Sjödin. "Porém ele só registrou o furto dois dias mais tarde", segundo Anja Larionova.

Eira abriu um mapa da área. GG não reclamou, apenas foi se aproximando dela.

— O barco foi encontrado aqui — apontou ela —, em Sprängsviken, logo abaixo de Lunde, a mais de dez quilômetros de distância. Não pode ter flutuado sozinho. Não creio que Lina tenha saído remando pelo rio, acho que era péssima remadora, ou então por que deixaria um garoto de Estocolmo passar vergonha?

— Certo.

— Creio que Magnus tenha emprestado a moto para ela — continuou Eira. — Ele voltou para casa de barco. Moramos em Lunde, crescemos junto ao rio, eu brincava nas margens desde muito pequena, quando ainda nem me permitiam ficar perto da água. Se ele empurrou o barco de volta para a água depois de ter chegado em casa, é provável que o barco tenha ido parar em Sprängsviken. Depois ele deu uns dias para que ela desaparecesse, antes de registrar o furto da moto.

Ela não disse nada a respeito das libélulas, sobre prender uma ninfa e soltá-la antes que criasse asas, porque seu irmão prezava a liberdade delas acima de tudo.

— E com isso você quer dizer exatamente o quê?

Eira estendeu a mão para pegar a garrafa de vinho, não porque quisesse beber mais, mas sim porque precisava, para aliviar o peso que sentia e para não se importar com o que ele pensava.

— Você já imaginou que Lina Stavred possa, talvez, estar viva?

— Se fosse o responsável pelo caso — disse GG devagar —, seria um pensamento provável que eu teria em alguma ocasião, mas como não sou...

— Escute-me, me dê um minuto.

Levou uns vinte minutos. Ela contou sobre Simone e por que tinha achado que poderia se tratar de Lina, que seria coincidência demais que Eira houvesse descoberto uma mulher que se esforçava tanto para levar uma vida no anonimato.

— Vinte e três anos — disse GG, olhando para um céu de nuvens leves — é muito tempo. Seria possível viver assim durante 23 anos?

— Há muita gente vivendo sob o radar nesse país, temos os sem documentos, os criminosos, as pessoas ameaçadas...

— Sim, é claro, mas fico pensando pelo lado humano, saber que magoou os pais dessa forma...

— Lina estava prestes a fugir com Kenneth Isaksson — disse Eira. — Ela talvez nunca mais quisesse voltar para casa. Depois do que ouvi sobre Lina Stavred, ela só pensava em si mesma. A imagem daquela garota boazinha só se fez quando ela desapareceu.

— Ou ela sempre foi assim na visão dos pais.

— Se eu estiver certa, deve haver DNA que...

— Não — disse GG categoricamente, colocando sua mão sobre a dela e a tirando em seguida. Não era nenhum gesto de carinho ou algo do gênero, era apenas uma maneira de fazê-la manter os pés no chão.

Acalmar-se.

Recompor-se.

— Ela teve um relacionamento com Ivan Wendel por quase um ano — continuou Eira. — É claro que há rastros dela por lá, nas roupas, em uma escova de cabelo, por exemplo...

— Estou falando sério — disse GG. — Você tem que parar agora.

Ele se levantou, deu um tapa no ombro dela e foi ao banheiro. Eira ouviu os ruídos, ele era desses que não fechava a porta quando estava na própria casa.

Em seguida, estava de volta.

— Você sabe que é necessário um bom motivo — continuou ele —, a suspeita de um crime, ou um mandado do promotor. Não se coleta DNA sem uma razão nesse país.

— Eu sei, sim — Eira afirmou e se levantou.

— Além disso, ainda que você esteja certa — disse ele —, não é nenhum crime viver na clandestinidade. Não há nada de ilegal nisso.

Eira deixou sua taça quase cheia sobre a mesa e se desculpou, dizendo que precisava pegar o trem para Kramfors.

— Como está indo tudo? — perguntou ela quando estava no hall, onde algumas caixas de mudança e sacos de lixo ocupavam o espaço.

— Com o quê?

— Você tinha falado em ter ou não ter filhos.

— Ah, não deu certo.

— Sinto muito, não tenho nada a ver com isso.

GG passou a calçadeira para ela.

— Queremos crer na nossa imortalidade — disse ele —, mas mais um mês se passa sem nada acontecer e, no final, precisamos assumir a nossa responsabilidade. Procurar um médico, examinar em quem está o problema. — Ele fez um gesto sobre seu longo corpo, fazendo Eira pensar no que não queria saber. — Depois não havia mais urgência em procurarmos por um apartamento juntos. Fiquei sabendo que ela nunca tinha deletado a conta no Tinder.

— Você tem razão — disse Eira. — Estou precisando de férias.

GG pegou a mão dela, com carinho e por muito tempo.

— Não falei de brincadeira — falou ele. — Caso apareça um cargo no outono.

A gora era outra mulher que estava ali sentada ao lado da cama dele. Ela tinha pequenas guitarras penduradas nas orelhas.

Elas sacudiram quando ela se debruçou.

— Não vi que você tinha acordado — disse ela. — Como se sente?

Olof não sabia o que responder. Para as enfermeiras ele não dizia muito, e para a fisioterapeuta, um pouco mais. Seria bom saber a que grupo ela pertencia. Com as faxineiras era tudo mais fácil, pois elas não falavam o sueco muito bem.

— Cheguei aqui há pouco — disse a mulher. — Você estava dormindo. Falaram que está bem melhor.

Ele achava que a estava reconhecendo. Muita gente trabalhava no hospital e ele não tinha como saber quem eram todos. Ele não tinha falado com muitas mulheres durante os anos que se passaram. Nunca, pelo que se lembrava.

Olof estremeceu quando ela pegou a mão dele.

— Sinto muito — disse ela. — Eu deveria ter ficado ao seu lado.

As lembranças começaram a voltar. Ele preferia que lhe dessem mais morfina, porém já tinham diminuído as doses agora. Uma porta batia novamente. Alguém gritava com ele.

"Seu nojento! Saia do meu quarto!"

— Ingela?

— Nossa, faz tanto tempo. Nem sei o que...

A irmã dele começou a rir. Não, ela começou a chorar. Talvez estivesse fazendo as duas coisas. Como ele deveria lidar com isso? Olof puxou a mão de volta. Ele agora conseguia se movimentar melhor, graças aos exercícios e à massagem.

— Não foi você, Olof. Sei que não fez nada contra aquela garota. Não foi você. Papai não deveria tê-lo mandado embora. Pode me perdoar?

Agora que ele sabia que era a irmã, olhou-a de outra maneira. Primeiro, era somente uma mulher, que tinha uma aparência especial. Bonita, de alguma forma. Óculos coloridos. Ele gostava daquelas guitarras. Eram divertidas.

Depois era Ingela quem estava ali, naquele rosto desconhecido da mulher. Ela estava descalça e pequena, sua irmã mais velha, que saía correndo.

"Venha, Olof. Veja o que achei."

"Você não me pega, você não me pega."

Ele estendeu a mão para apanhar o guardanapo na mesinha de cabeceira e assoou o nariz. Nossa, que barulho. Lá havia um copo com suco pela metade, que ele bebeu.

— Como você chegou aqui? — perguntou ele.

— Peguei o trem — respondeu ela. — Não temos carro.

— De qual estação?

— De Estocolmo. Moro lá. Tenho uma filha. Você é tio, Olof. Quer ver?

Lá estava a fotografia de uma criança, no celular dela.

— Papai... — ele começou a falar, pois sentia necessidade.

Aquela palavra. Pesava como uma pedra no seu peito, impedindo-o de respirar.

— Que sorte você ter ido até lá — disse Ingela — e tê-lo encontrado. Ficou sabendo o que realmente aconteceu?

— Foi a vizinha.

Ele sentira um grande alívio ao ficar sabendo. Um vazio. Não iriam trancá-lo de novo.

— Você aguenta falar sobre o funeral?

Olof assentiu com a cabeça, mas era mais Ingela quem falava. Sven tinha reservado um lugar no cemitério em Bjärtrå, mas não queria a presença de um pastor. Olof ficou pensando no enterro da mãe, ao qual não havia comparecido. Tinha lido o cartão com o local, o horário, as roupas claras que deveriam ser usadas e ficara tentando imaginar o que aconteceria se ele aparecesse por lá, com todas aquelas pessoas desconhecidas olhando para ele, e talvez alguns rostos conhecidos também.

Agora sua irmã dizia algo sobre as cartas encontradas entre os pertences dele, e ele ficou zangado por ela ter ido lá mexer em tudo.

— Por que você nunca respondeu às cartas de mamãe? — perguntou ela.

— Não escrevo bem — respondeu ele, e ambos ficaram em silêncio.

As palavras que ele pensava em dizer se misturavam de tal maneira que ele não conseguia dizer nada. Que ele havia lido aquelas cartas nas quais ela escrevera que ele era o filho dela de qualquer maneira, apesar do que havia feito, e que ela sempre seria a mãe dele.

"Acredito em você, Olof", isso ela nunca tinha escrito.

— A casa não existe mais — disse ele, por fim. — Todas as coisas de Sven foram queimadas. Perdão.

Era mais fácil pronunciar o nome dele do que dizer "papai".

— Mas, por favor — disse Ingela —, você não precisa se desculpar porque alguns idiotas incendiaram a casa. Não foi culpa sua.

— A polícia me contou tudo. Botaram fogo porque eu estava lá.

Agora a irmã dele começava a chorar. Isso não ajudava em nada, ele queria dizer. Se você chorar, eles irão atrás de você. Ficou pensando se o trem para Estocolmo sairia em breve.

— Conversei com uma policial que já conhecia antes — disse ela afinal, pois ele já estava pensando se deveria lhe oferecer um guardanapo ou outra coisa. — Você também a conheceu. Eira Sjödin. Telefonei para perguntar como você estava. Ela me disse que não foi você quem matou Lina. Não foi você.

Agora sentia aquela dor de cabeça novamente. Aquele peso que o puxava para baixo, fazendo-o acreditar que nunca mais se levantaria da cama, embora a bela fisioterapeuta o ajudasse a se levantar todos os dias, e ele já tivesse começado a ir sozinho para a sala dela.

— Eles não têm provas suficientes — continuou Ingela —, mas Lina estava viva quando você saiu da floresta. Não pode ter sido você. Essa policial queria que nós dois ficássemos sabendo disso.

Olof virou a cabeça para não poder olhá-la diretamente nos olhos. Ele talvez também fosse chorar agora. Olhou, então, para o botão vermelho que deveria ser apertado quando precisasse de mais medicação, ou ir ao banheiro, ou qualquer coisa.

— O cachorro — disse ele, pigarreando.

— O que você disse?

— Sven tinha um cachorro preto. Não sei que raça é.

— Entendeu o que acabei de dizer?

— Pode parar de falar nesse assunto?

— Mas você é inocente, Olof. Deveria exigir uma indenização. Trabalho na televisão sueca, não como jornalista, mas posso falar com algum dos nossos repórteres, alguém deve querer retomar o seu caso, com certeza.

— Silêncio — disse ele, apertando no botão de emergência.

Agora ele se lembrava bem. Era Ingela quem decidia tudo, "venha aqui, Olof, corre e busque, não faça assim".

— Mas...

A cabeça dele parecia estraçalhada. Ele se lembrava demais. Podia enxergar à sua frente como tinha ido atrás de Lina, a alcançado e a matado na floresta, ou teria sido perto da água? Havia uma quantidade de imagens em sua cabeça, mas ao mesmo tempo fora ela quem o empurrara e ele ficara jogado no chão, enquanto ela ia embora. Gritara com ele e desaparecera entre os pinheiros. As memórias se desintegravam. Não eram mais confiáveis. Olof não sabia o que estava certo, porque tudo estava errado, o que quer que ele pensasse ou achasse. Alguém sempre lhe dizia que estava errado, que tinha sido de outra maneira.

— Você tem que ir lá — disse ele.
— Para onde?
— Para o canil. Não quero que ele fique lá.
— Sinto muito, Olof, mas não posso cuidar de um cachorro. Moro em apartamento e a minha filha é alérgica...

Uma auxiliar de enfermagem entrou no quarto, perguntando o que ele queria. O cômodo ficava apertado quando havia várias pessoas lá dentro.

— Que bom que você tem visita — disse ela.
— Tenho dor — retrucou ele —, preciso de um comprimido de morfina.

A enfermeira deu um sorriso meigo, como sempre fazia, e entregou a ele dois analgésicos. Como se bastassem contra aquilo tudo.

— Agora vamos medir a sua pressão.

Ingela se levantou. O trem já devia estar de partida.

— Vou lá embaixo no quiosque — avisou ela. — Posso comprar um sorvete ou outra coisa.

— Ok.

A irmã parou na porta do quarto.

— Sorvete de casquinha — disse ela. — Você gostava desse, não é?

A lguém estava sentado na escada da entrada quando Eira chegou em casa. As luzes do carro iluminaram a pessoa rapidamente e ela achou que estava enxergando mal.

Ela desceu do carro.

— Oi, mana.

Era realmente ele.

— Então, você foi solto — constatou ela.

— A prisão estava cheia — disse Magnus, fazendo uma careta que podia ser interpretada como um sorriso. Eira queria passar a mão nos cabelos dele, deixar que ele descansasse a cabeça no colo dela.

— Mamãe está dormindo? — perguntou ela.

— Você tem razão — disse Magnus. — Ela achou que eu ainda trabalhava na serraria de Bollsta.

— Foi há 15 anos.

— Eu sei.

Eira entrou em casa para buscar alguma bebida. Magnus já estava munido de uma cerveja. Ela o obrigaria a dormir lá, ele não sairia para a estrada depois de beber.

Na despensa ela encontrou uma garrafa de suco de framboesa que já estava lá há uma eternidade. Consumir bebida alcoólica ela podia fazer em outra companhia, não na dele.

— Você faltou a reunião com a assistência social — falou Eira, se sentando ao lado dele na escada. Dali avistavam a estradinha de cascalho e o arbusto de lilás que tinha florescido, os ruibarbos que pareciam sobreviver a tudo.

— Desculpe — disse Magnus —, tive um contratempo.

Ela até deu risada.

— Não faz mal, adiei para a semana que vem.

Magnus pegou a garrafa das mãos dela, arrancou a tampa com o isqueiro e devolveu a bebida para ela.

— Eles não me consideraram propenso a fugir — contou —, foi por isso também. E porque confessei. A advogada acredita que pegarei a pena menor por homicídio culposo.

— Seis anos.

— Saio depois de quatro, se tiver bom comportamento.

Eira espantou os mosquitos com a mão. Tomou aquela bebida adocicada. Coçou as picadas. Eles podiam ficar ali calados a noite toda, por mais 23 anos, se dependesse dele.

— Então, o que realmente aconteceu naquela noite? — perguntou Eira. — E não pense em me contar o que contou aos policiais que o interrogaram, que Lina não estava lá quando você chegou a Lockne.

— Você é policial.

— E uma criança para quem não contam nada.

— Preciso de mais uma cerveja.

Eira sentiu as mãos dele sobre seus ombros quando ele retornou, como se quisesse fazer uma massagem nela.

— Você não tem nenhum microfone escondido, não é?

— Deixe disso.

Magnus se acomodou ao lado dela. Passou a cerveja fria sobre a testa antes de abri-la. A tampa voou e foi parar em algum lugar.

— Vou contar só agora e só para você.

Agora e nunca mais.

Naquela noite ele foi de moto até Lockne porque sabia que Lina se encontraria com alguém lá.

— Ela salvou a minha vida — disse ele.

— Como assim?

— Pode ficar quieta um pouco e deixar eu falar?

Eira colocou a mão sobre a boca, estava quieta.

— Lina tinha me contado que iam se encontrar lá, que ia fugir com aquele garoto, e eu estava com muito ciúme. — Magnus falava sem olhar para Eira, os dois olhando para a frente, sem se encararem. — Eu ia tomá-la de volta, ou bater no garoto, não sabia o que eu queria lá. Talvez só quisesse vê-los, para entrar na minha cabeça estúpida que tudo tinha acabado entre nós, que eu a perdera, mas então vi os dois lá dentro. Ela estava nua. Merda, achei que ele a estava estuprando, tinha correntes e tal.

Magnus tinha invadido o local. Queria tirar Lina dali e protegê-la, dar um murro na cara do garoto. Mas de repente era o garoto quem estava em cima dele, e só então tinha ficado sabendo o nome dele, na ocasião era somente Kenny, como Lina gritava e fazia ecoar pela antiga fundição. Kenny virara uma fera e atacara Magnus com golpes de judô, batendo-o contra o chão. No instante seguinte, ele sentiu uma corrente em volta do pescoço e perdeu os sentidos.

Quando Magnus recobrou a consciência, o garoto estava sobre ele, como se fosse um saco de areia. Havia sangue por todos os lados. E Lina... Lina estava ali parada com uma barra de ferro na mão.

Somente depois de sair de baixo do corpo, ele compreendeu que o garoto estava morto.

— Só ficou lá deitado, com o olhar fixo na eternidade.

— Então, foi ela — disse Eira. — Não foi você.

— Eu disse que assumiria a culpa, mas Lina rejeitou a minha oferta. Gritou que sua vida estaria arruinada para sempre se eu contasse para alguém, iriam mandá-la embora e prendê-la. Ela estava com o olhar perdido, certamente drogada, gritava que era culpa minha, que iríamos ser condenados a muitos anos de prisão e que preferia se matar.

Magnus deu uma fungada, limpando o nariz na manga do blusão. Eira não tinha certeza naquela escuridão, mas era possível que ele estivesse chorando.

— Era verdade — disse ele —, ela não sobreviveria. Lina não era uma pessoa que pudesse ficar trancafiada, tinha mil ideias na cabeça ao mesmo tempo e a metade delas eram maus pensamentos, acho que ela bebia para conseguir esquecer. Quando os pais dela tentavam mantê-la dentro de casa, ela escapava até pelo sótão se fosse necessário. Era muito boa em se fingir de santa e mentir sobre o que havia feito, eles nem sabiam que ela já transava. Em casa andava de mangas compridas para que não vissem a tatuagem.

— Que tatuagem? — Eira tinha lido a descrição de Lina mais uma vez antes de ir para Estocolmo. — Não havia nada sobre tatuagem nos registros.

— Não, é verdade. Foram os pais dela que forneceram os sinais particulares, eles não sabiam de muitas coisas sobre ela. Eu estava junto quando ela fez a tatuagem.

Magnus passou a mão pelo seu próprio braço esquerdo, tinha-o enchido de motivos clássicos certa vez quando tinha uns vinte anos, aquelas tatuagens que os marinheiros costumavam ter.

— Um coração e uns pássaros; eu estava convencido de que era para mim ou que simbolizava o nosso amor. Como a gente é idiota.

Ele ainda falava, estava de volta àquela noite quando tinham arrastado o corpo desde a fundição até o rio, porém Eira mal o escutava.

Ela tinha visto aquele coração, no antebraço, com alguns pássaros voando em direção à dobra do braço. Uma garçonete que tinha retirado a louça da mesa em um café em Estocolmo tinha uma tatuagem assim. Estivera bem à sua frente e Eira não tinha percebido nada. A mulher era um tanto corpulenta, de cabelos muito curtos, e ela achou que Lina não teria escolhido ficar dessa maneira. "Quer deixar um recado para ela?" E Eira deu a ela seu nome, e a outra deve ter entendido tudo ou procurado pelo nome e visto de quem a cliente do café era irmã.

— Preciso ir ao banheiro — disse ela, levando o celular junto.

Enquanto urinava, procurou pela mulher que se chamava de Simone, mas não a encontrou.

O perfil já não existia mais.

Magnus estava sentado com a cabeça apoiada nas mãos quando ela voltou.

— Esperei por tanto tempo que alguém encontrasse o corpo dele, que o nível da água baixasse, que ele viesse à tona. Cada dia que eu acordava estava preparado para isso.

— Você não deveria ter confessado algo que não fez — repreendeu Eira.

— Foi tudo culpa minha, ir lá me intrometer. Devia tê-los deixado ir embora, para qualquer lugar que fosse.

— Você falou que ele a estava estuprando.

— Foi o que achei que vi. Lina disse que ela queria experimentar algo mais violento. Tudo foi uma imensa confusão.

Lina havia trocado de roupa. Tinha dado um jeito de levar a muda de roupa para o local no dia anterior, quando planejaram a fuga. Depois foi de moto até lá. Magnus foi remando o barco até Lunde e lá eles se encontraram. Ele levou mais roupas para ela e pegou o dinheiro que achou em casa.

— Mamãe não estava em casa — disse ele —, e você... estava dormindo provavelmente.

Depois, Lina subiu na moto de novo. Magnus apontou para o lugar junto à garagem onde a moto costumava ficar. Ele não sabia para que lugar ela ia. Tinham concordado que ela abandonaria a moto depois de, no máximo, dois dias.

Nenhum rastro.

Desaparecida para sempre.

— Como você pôde ficar calado quando prenderam Olof Hagström? Você deixou uma criança de 14 anos levar a culpa — disse Eira.

— Ele estava atrás dela na floresta. Lina me contou quando jogamos o outro no rio e eu colocava pedaços de madeira sobre o corpo dele. Ela só chorava e dizia que tinha tido um dia péssimo.

Magnus se levantou, como se tentasse olhar para Eira, mas não conseguisse.

— Olof nem foi condenado, ficou livre. Eu bebi como nunca naquele verão, nem sabia o que estava acontecendo.

— Livre?

— Ele não devia ter confessado — disse Magnus.

— Não, vocês dois é que deveriam ter confessado, você e Lina.

Eira viu o rosto dele mudar de expressão, ela sabia que estava passando do limite dele.

— Confessei agora — falou Magnus. — Vou cumprir os meus anos. Sei que vou odiar, mas depois estarei livre.

— Isso não ajuda Olof Hagström.

— Se você contar para alguém — ameaçou ele —, confesso o assassinato de Lina também.

— Ela está viva — declarou Eira.

— Talvez sim, talvez não. Tentei me convencer de que ela morreu naquela noite com tanta intensidade, que quase passei a acreditar. Tornou-se mais fácil mentir desde então.

— Você não quer saber onde ela está?

— Quero crer que ela encontrou a liberdade que procurava, que achou um lugar onde tenha ficado tranquila.

Eira ficou pensando na mulher que se chamava de Simone e na escova de cabelo em uma bolsa no carro. Estava cheia de fios escuros, que não podiam ser da cabeça raspada de Ivan Wendel. Eira a tinha furtado do banheiro dele quando fora lá. Tinha também levado consigo uma echarpe do hall. Justamente agora não podia deixar os objetos serem analisados, mas talvez quando tudo houvesse se acalmado.

Se o caso Lina fosse reaberto.

A verdade a perturbava, mas quando respirou fundo, foi se acalmando, como acontecia com o vento amainando.

Ficaram sentados em silêncio, enquanto as nuvens se moviam e a lua aparecia.

— Você devia encontrar alguém — disse Magnus. — Alguém bom para você.

— O que isso tem a ver com a história?

— É só o que eu acho.

Eira admirou a noite, o céu que, pouco a pouco, ia clareando novamente, em algum lugar ao fundo, sobre o mar de Bótnia. Por um segundo, pensou em August. Não conseguiu visualizar bem o rosto dele, como ele se parecia.

— Eu tentei — disse ela —, mas não vai dar em nada.

— Então, ele é um idiota — falou ele, estremecendo ao ouvir o latido de um cachorro. Alto e muito próximo.

— Inferno — disse Eira, correndo até o carro. Ela tinha se esquecido do cão, deixara-o trancado no carro durante horas. Ele saiu correndo assim que ela abriu a porta.

— Farrapo! — chamou ela. — Venha aqui!

O cachorro tinha desaparecido imediatamente. Eira foi até os arbustos, mas não o via em lugar nenhum.

— Você arranjou um cachorro? — perguntou Magnus.

— Vou tomar conta dele por um tempo. É o cachorro de Sven Hagström, e Olof ainda está no hospital. Farrapo tinha sido levado para um canil e a irmã de Olof me ligou, ela não tem como...

— Não sabia que você gostava de cachorros.

Magnus deu um assobio, o que fez uma sombra junto ao jardim do vizinho soltar um ganido e vir correndo.

Eira o pegou pela coleira.

— Alguém precisava cuidar dele.

Posfácio

Este livro é uma obra de ficção, mas me inspirei em fatos verídicos, como sempre costumo fazer. Aqueles que estão reconhecendo os abusos em Jävredal se lembram, provavelmente, de acontecimentos semelhantes em Vallsberget, em Piteå, no verão de 1985. As penalidades leves no caso provocaram um debate violento e a mudança na legislação. Inclusive o interrogatório com Olof Hagström é inspirado em acontecimentos verídicos, em que crianças, depois de longos interrogatórios, acabavam confessando homicídios que não tinham cometido. Em Arvika, em 1998, dois irmãos foram condenados por terem assassinado Kevin, um menino de quatro anos e, em Hovsjö, em 2001, um adolescente de 12 anos foi acusado de ter matado o seu melhor amigo. Erros semelhantes foram cometidos também no caso Thomas Quick. Depois de muitos anos, quando jornalistas examinaram as investigações, todos foram absolvidos das suspeitas.

Há quase vinte anos, eu e minha família compramos uma casa em Ådalen com uma vista de tirar o fôlego do rio e das montanhas azuladas, pelo preço de um apartamento do tamanho de um guarda-roupas em Estocolmo. A minha vontade de escrever sobre essa paisagem, sobre essa luz e sobre essa melancolia foi crescendo cada vez mais, mas sozinha eu não teria tido coragem. Muito obrigada de coração a todos em Ådalen, que responderam às minhas perguntas mais estranhas, me levaram aos lugares onde não aguentei ir de bicicleta, contaram histórias sobre fatos ocorridos e examinaram detalhes sobre o que escrevi: Ulla-Karin Hällström Sahlén e Jan Sahlén, Mats De Vahl, Tony Naima, Hanna Sahlén, Åsa Bergdahl e a Fredrik Högberg, pois sem você nunca teria encontrado esse lugar.

Um grande agradecimento a Veronica Andersson na unidade de crimes violentos em Sundsvall e a vários policiais da região, e também a Per Bucht, meu primo e investigador aposentado. Zorah Linder Ben-Salah, minha fonte de conhecimentos sobre tudo que se relaciona com corpos em estado de esqueletização em lama azul, e Peter Rönnerfalk, pelo conhecimento médico, obrigada.

Erros eventuais e excessos são todos meus.

Meus agradecimentos mais sinceros a vocês que fazem parte do meu processo de escrita, tornando-o menos solitário: Boel Forssell, pelas discussões a respeito da história e da dramaturgia, Liza Marklund, Gith Haring, Anna Zettersten e Malin Crépin pela leitura e pelos olhares atentos que desenvolveram a mim e ao texto extremamente, também Göran Parkrud pelas conversas sobre a trama, os personagens e a psicologia, adoro que você me leve para águas mais profundas.

A minha editora, Kristoffer Lind, Kajsa Willén e a todos os outros na Lind & Co, é uma alegria constante trabalhar com vocês. Astri von Arbin Ahlander, Kaisa Palo e toda a turma da Ahlander Agency, fico muito feliz por vocês receberem os meus livros.

Astrid, Amelie e Matilde, o mais importante de tudo. Obrigada por cada minuto que vocês passam comigo, se importam e me apoiam, e por serem essas pessoas maravilhosas.

Tove Alsterdal

DIREÇÃO EDITORIAL
Daniele Cajueiro

EDITOR RESPONSÁVEL
André Marinho

PRODUÇÃO EDITORIAL
Adriana Torres
Júlia Ribeiro
Juliana Borel

REVISÃO DE TRADUÇÃO
Mariana Donner

REVISÃO
Fernanda Lutfi
Luíza Côrtes
Alice Cardoso

DIAGRAMAÇÃO
Henrique Diniz

Este livro foi impresso em 2022
para a Trama.